U0581525

当代中国最具实力中青年作家作品选

全民阅读精品文库

江南梅雨天

张廷竹中篇小说选

张廷竹/著

中国言实出版社

图书在版编目（CIP）数据

江南梅雨天：张廷竹中篇小说选 / 张廷竹著. —
北京：中国言实出版社，2016.1
　　ISBN 978-7-5171-1695-0

　　Ⅰ.①江… Ⅱ.①张… Ⅲ.①中篇小说—小说集—中
国—当代 Ⅳ.①I247.5

　　中国版本图书馆 CIP 数据核字（2015）第 292908 号

出 版 人：王昕朋
责任编辑：胡　明
文字编辑：张凯琳
美术编辑：张美玲

出版发行　　中国言实出版社
　　　地　址：北京市朝阳区北苑路 180 号加利大厦 5 号楼 105 室
　　　邮　编：100101
　　　编辑部：北京市西城区百万庄大街甲 16 号五层
　　　邮　编：100037
　　　电　话：64924853（总编室）64924716（发行部）
　　　网　址：www.zgyscbs.cn
　　　E-mail：zgyscbs@263.net
经　　销　新华书店
印　　刷　阳谷毕升印务有限公司
版　　次　2016 年 1 月第 1 版　　2022 年 1 月第 2 次印刷
规　　格　710 毫米 × 1000 毫米　　1/16　　印张 18.5
字　　数　284 千字
定　　价　38.00 元　　ISBN 978-7-5171-1695-0

前　言

　　20世纪八九十年代，我写的主要是中短篇小说，也拥有不少读者。后来从军队转业到地方，我下决心沉寂十年，多观察、多思考这个百态纷呈、泥沙俱下的变革时代。十年后厚积薄发，我发表和出版了六部长篇小说，其中三部是本人纪实性的人生经历。

　　这些长篇小说很受读者欢迎，《小说月报》在2005年专门出过一期增刊，该期刊物只刊印了一部作品，就是我的《盛世危情》。接着社会上便出现了许多盗版书，颇令人惊讶，因为我的书里没有暴力与情杀，干净得完全可以去作教科书。

　　拼搏了大半辈子，到了退休之年，累了，没有精力再去写大部头作品了。近五年时间，我断断续续地写了些中篇小说，发表在《收获》、《十月》和《中国作家》、《北京文学》等刊物上，倒是又引来不少读者的追捧，我在《北京文学》两次给几十年的老读者回过信，感谢他们对我一如既往的厚爱。

　　一名作家只有永远保持真诚善良的心态，真切地反映生活的本来面目，才能不断赢得读者的信任和理解。我相信读了这本选集的人会生出同样的感受。我说过，我从来不需要去刻意体验生活，因为我一直生活在非常严峻、极其真切的现实之中。前几年我在全国作代会上有个发言，不少报刊和网络都报道了，我说："我对文艺工作与人民血肉相连的理解，不是浮光掠影的歌功颂德，而是真正理解劳动人民的疾苦，保持一种悲悯的心态。"

　　相比一般人，我的经历更坎坷一些，或者说更传奇一些。我出生于香港，襁褓中回归内地，小学毕业就下乡插队，人小，懒，农活干不好，却当过一任生产队队长；我在造船厂干了十二年，绝大部分时间都在挨批斗，却一边被斗一边升职，从工段长、科长、厂长助理到分厂副厂长。最无望时我遇见了贵人，穿上了军装，从边防前线回来后一路向前。总算像个官了，却忍不住要反腐败，整整八年"风霜刀剑严相逼"，腐败分子进监狱了，我也没了工作单位。直到还差一年就要退休时，才找到了领退休金的地方。

我的经历使我了解各个阶层的人们，我理解他们人生的艰难与辛酸，当代人的奋斗与迷茫，是我这几年作品的主要内容。当然，这些艰难辛酸与奋斗迷茫是有历史渊源的，因为我们的民族曾经历尽艰难困苦，进入新时期后，某些事物又走向了新的极端。我们在改造客观世界的同时也被客观世界所改造，写作令我的灵魂在大千世界里浮沉，一个个大大小小的人物组成了一幅今天的浮世绘。

因为篇幅所限，这本书只选了我近年发表的五部中篇小说，选时考虑题材和人物相对接近一些。感谢我的老朋友杨晓升，三十多年前我受批判时约我的稿，今天又当我的编辑，我却连饭都从未请他吃过一餐，就像几十年来对其他出版界的朋友一样。

愿读者们喜欢这本书。

张廷竹

2015 年 10 月于杭州

目录

江南梅雨天

一

从小害怕跟领导打交道的黄山坡，一早就被叫进了总经理办公室。陆总手上的香烟已经燃到指头，喉咙一响，长长的一截烟灰掉落在写字桌上。他等着山坡自己交代，但山坡支支吾吾的，他说，我没事，我能够承受。陆总说，这不是你个人承受不承受得起的问题，本公司不容许这种行为。山坡低下头说，他跟您也算老相识了，不要为了这点小事翻脸。陆总不耐烦地皱了皱眉头说，你这人怎么这样麻烦，这是小事吗？这时候山坡听见走廊上响起硬底皮鞋的喀喀声。他朝门外看看，脸色变得更加苍白。陆总拍一下桌子让他回过头来。陆总说，怕什么？今天我就是要替你讨回一个公道！山坡不由得两腿哆嗦起来了。门外却传来了一阵笑声，接着响起文明快乐的说话声，陆总，今天又有什么好事找我啊？

山坡看到陆总走到饮水器前，山坡赶紧凑过去给文明倒水。陆总说，"你们是老同学吧，中学还是大学，是一个班吗？"文明接过山坡递上的茶杯，瞟了他一眼，山坡弓着的身体像薄薄的纸一样被风吹着，簌簌地抖动。文明说，"是大学吧，西南医学院的同学。"陆总没说话，朝山坡看。山坡只好替文明补充说，"一个班、一个宿舍的，大学五年我睡上铺他睡下铺。"陆总的眉头锁紧了，眼睛里泛出一种比天气更冷的寒意。陆总连说了三个好字，然后才挥挥手，"黄山坡你忙你的事去吧，放心，你的老同学不会找你麻烦的。"

山坡走到门外就再也走不动了。他靠在走廊的墙壁上，面对着墙上一张本季度销售进度表黯然神伤，他恨自己没管住这张嘴，也怪张老师没征求他的意见就将这件事捅给了陆总。张老师是陆总的老师，退休赋闲了常来公司坐坐。有一天张老师问他的婚事，他说没钱找不起对象，张老师说你的收入还可以吧，他的眼睛红了，一句话冲口而出：我是托人介绍到公司来的，每个月的奖金要分一半给介绍人呢。

陆总关上了门，屋子里说话声轻了许多。听上去好像文明在解释，而陆总很长时间没吭声。山坡抖瑟瑟地点燃一支烟，心里的郁闷和担忧像一块铁沉重地往下坠。偶尔有同事经过，诧异地朝他看，他的笑容有气无力，像躲进云层的太阳。

读书时山坡跟文明就没法比。风流倜傥的文明身高一米七五，父母都是公务员，他呢，听姓名就知道，黄山坡；娘在山坡上挖番薯，挖着挖着就肚子疼得躺下生出了他。黄山坡来到这个世界上时只有市斤三斤九两重，二十岁时长到一米六戛然而止。如果说文明是大少爷，那他充其量只是个小小的书童。漂泊来到江南这座省城时，人家已经混得风生水起，他却连一张回家的车票也买不起了，再苛刻的条件也得接受不是？

屋子里砰地一声响，接着是陆总的咆哮声，各个房间的人都跑到了走廊上来。他们听到陆总说，你帮我介绍业务介绍人，我已有酬金付给你，没想到你还来这一手！这五年上下铺的老同学，你也下得了手？陆总又说，甭给我玩儿虚的，我就问你一句话，你还想不想在这座城市、在这一行里干下去了？！

山坡跑过去推门，想劝说一下，门开了，脸色铁青的文明跟跄着朝外走，迎面相撞，疼得山坡捂住脑袋。文明瞪他一眼，那眼光像一把刺刀。于是，山坡抓住自己的胸口，靠在门上发出了痛苦的呻吟声，他确实被因为自己而引起的这一场冲突所吓坏了，他宁可再分一半奖金给这位大少爷。

后来他思想斗争了整整一个星期，是否去文明那里赔礼道歉，要不要向他作一番解释？陆总好像知道他的想法，陆总说，黄山坡啊黄山坡，如果你那么做，你就不必回公司来了，我给你多发一个月奖金，你回老家去当赤脚医生吧！山坡只能苦笑。他岔开话题说，陆总，我不是赤脚医生，我是县医院正儿八经的内科主治医生。陆总仿佛吃了一惊似地重新打量他，是吗，他说，我还以为你忘记了自己是怎么出来的呢，原来你还记得。

山坡羞红了脸。他愣怔怔地坐在办公室里，面对着窗外的雨景。江南的雨丝缠绵细腻，落在地上悄无声息，高楼耸立，立交桥上的交通灯红黄绿不断变幻，他的思绪飘散开去，想起了老家山溪中的竹排，瓦舍茅屋错落于县城的桥涵亭子间。县医院门前有一座石板桥，五年前他从桥上走过去走进了医院，五年后他从医院走出来走过了石板桥，同样的雨季，不同的是他的命运发生了根本的变化。

黄山坡当了五年内科医生后辞职出走，原因很简单，医药代表送给他的回扣，他不敢收。辞职前一个月，一位病人硬生生地被滥用的药物夺走了生命，几十位死者家属跪在病房走廊上，呼天抢地嚎啕大哭。给死者滥用过药物的医生护士何止十位数，偏偏有一位老医生被抓住了且铁证如山。老医生 20 世纪六十年代毕业于名牌大学，原本也是一个要面子知廉耻的人，临老了却走到这一步。门诊部正闹得不可开交时，黄山坡听见一位小护士在办公室喊救命，他跑过去一看，老医生斜靠在藤椅上，嘴向一边歪了，泛着气泡。手臂上挂着一支针筒，他将空气注入了自己的静脉，颤悠悠地踏上了黄泉路。

山坡忘不了他当时的害怕，他架着老医生逐渐变硬的尸体，脑子里全是前两天老医生对他的提醒，老医生说黄医生啊黄医生，别人都拿回扣你不拿，你就是这个医院的全民公敌你懂不懂？！

整整一个月，年轻的黄医生恍恍惚惚地徘徊在门诊与病房之间，不知道自己该选择哪条路。从小到大他不敢得罪任何人的，怎么敢做全民公敌？但是不做全民公敌就有可能成为第二个老医生，这更使他感到恐惧。

那是黄昏时分，太平间门前静悄悄的，唯有一只知更鸟在桂花树上啼啭几声，更增添了寂寞凄凉的感觉，一位医药代表从假山后面走出来，吓了他一跳。医药代表说，黄医生这是一点小意思，山坡像被烙铁烫了一下推开她的手，你不要害我，他喊，我不想做第二个老医生！那位风姿绰约的医药代表一脸惊恐，好像遇见了一个逃出病房的精神病患者。

山坡递上辞职报告时，那位喊救命的小护士满脸崇拜地朝他看。昨天傍晚小护士陈芳经过太平间，亲眼目睹了医药代表贿赂黄医生的过程。护士们私下将那位漂亮的女代表称为狐狸精，面对狐狸精的诱惑毫不动摇，黄山坡的形象瞬时变得高大起来，至少在陈芳眼里远远超过了一米六。黄山坡走出院长办公室，看到小护士愣了愣，小护士说，你打算去哪里工作？请不要忘记给我来一封信，合同期满了我说不定会去找你。

别人都以为山坡是一条汉子，只有他自己知道是如何的犹豫彷徨。他甚至连医生都不敢做了，先是去重庆、成都打工，卖过残疾人电动车、轮椅、血糖仪，后来听说文明在这座江南的省城开公司，就给他打电话。文明说，你的光辉事迹我听说了，我这里需要的也是医药代表，你不合适。文明考虑了一会儿。这样吧，他说，我介绍你去一家生物技术公司，虽然也跟医院打交道，因为产品比较先进，目前还不用像其他医药代表那样，天天去拍医生的马屁。

生物技术公司坐落在城东，窗外有一支化工厂高高的烟囱，刺鼻的苯酐气味在空中袅袅扩散，周围却是鳞次栉比的新老楼盘。一辆白色雪铁龙轿车驶过离窗口不到十米的高架桥，山坡害怕地将身子往后缩了缩。文明开的也是这种车。他好像看到文明满面怒容地坐在驾驶室里，嘴里叽里咕噜地在骂人，骂他。

陆总说你到底怕什么？山坡说不出，可他就是摆脱不了心头那种沉甸甸的感觉。

中午有短暂的休息时间，山坡打了一会儿盹，他梦见自己在大学宿舍里，文明喝得醉醺醺地从外面回来，他踢踢床下的脸盆，说，山坡你还没把我的衣服洗掉啊，你有钱还我了？脸盆里浸泡着两件汗背心和两条田径裤，还有一双臭袜子。山坡说，我用洗衣粉泡着呢，我这就拿去洗。他走到楼道上，迎面走来一位女生是班长。班长瞟一眼盆里的衣服，抬高嗓门说，剥削阶级欺负劳动人民也不过如此，山坡你给我放下！他面红耳赤地傻站在楼道上，看见文明笑嘻嘻地出现在宿舍门口，文明说，我们这叫互通有无，完全符合社会主义市场经济原则，班长，你的观念是否太陈旧了一点？

梦里的场景如电影一般转换。一下子转到嘉陵江边，阳光穿透稀薄的云层，烤热了码头上的石阶，他在骄阳下搬运货车上的轮椅。一个骑车经过的女人突然喊了他一声，他回头一看，是班长。班长的车后带着一个两三岁的小女孩，班长说叫叔叔，小女孩乖乖地叫他一声叔叔，班长说，你的孩子多大了？班长瞧着他窘迫的样子张大嘴喊：山坡你真的连一个对象都没有找过啊？

往日风风火火的班长忽然变得腼腆起来，站在码头上扭了扭腰，放低了声音问他：你跟文明还有联系吗，是否知道他的电话？山坡眨眨眼睛说，你找他有什么事，你小孩都这么大了，莫非还想来一次婚外恋？见你个鬼！班长跺着脚说，脸上飞起一片红晕，她向四周看看，迟疑了一会儿，又放低了声音说，我们单位有一个科副主任的位置空着，我想请他父母关照一下。

手机短促的铃声使他从梦境中走出。山坡晃晃脑袋，仿佛这样能够清醒一些似的。两个场景都那么真实，真实得像窗外的树，窗外的车和路。这里没有家乡横亘天地的梯田和山脚下波光粼粼的河汉沟渠，只有钢筋水泥森林般筑起的高楼。梦境在缓慢地一点一点地消失，留给他的是一种模糊的、难以言说的惆怅。

"陈芳！"他揉揉眼睛，好像又回到了梦里，他说，"你怎么又想起我来了？"

租来的房子在南郊。同事阿彪给他介绍的。阿彪是苏北人，老家比他好不到哪里去，但是阿彪身高马大是个帅哥，被城郊卖地发了财的农户看中做了入赘女婿，住进了五层楼房。一步登天的阿彪对他说，房东是我老婆家的亲戚，看我的面子每个月给你便宜一百元房租，山坡兄，我对你够意思吧？

天色昏暗，山坡在房里坐着，等待着陈芳的到来。窗外的屋檐下嘀嗒着雨水声，屋内挂着的衣裳发出混杂着烟味的潮腻腻的气息。山坡在袅袅烟雾中回想往事，又想起了他的老家。

那是他从县医院辞职后的第一个春节，回家看望母亲。乡村老屋的飞檐下也在滴水，涟漪阵阵的河道上架着一座长着青苔的石桥，小护士陈芳撑一把油纸伞从桥上走过来，那素净的伞架和朴拙的伞面一如她当年的清新。山坡后来想起母亲的喜欢，心情就格外沉重。母亲从灶后跑出来，拉住陈芳的手，好像抓住了一座通往幸福的桥梁，母亲说，你是山坡的朋友？你真的是他的朋友吗？看到陈芳羞涩地点了点头，母亲合掌向天上拜了拜，喃喃地说，谢谢您啊老天爷，您终于对我们老黄家大发慈悲了！

母亲的喜极而泣使他鼻子发酸。不是因为陈芳的到来，而是伤感母亲这些年的艰难。父亲掉下山崖那年山坡十一岁，山坡记得出事的那天他和八岁的弟弟在屋后的竹林里削竹枝，母亲从屋里跑出来骂道，两个龟儿子吆，阿爸昨晚刚说过，不准你们去河里钓鱼，你们还想去钓啊！山坡还记得起初听见石桥那边传来一阵嚷嚷声，但是他和弟弟都没在意，他们以为又是谁家的菜地里跑进了猪或羊。直到村里的几位叔伯抬着父亲上了桥，他们才知道，天已经塌了下来。

父亲是去采草药丧生的。留给他们的唯一念想是一把药锄。短短的锄柄上曾经沾着鲜红的血迹，天长日久变黑了。从那一天起，这把药锄就不断地提醒他：这个家的将来全靠他了。生来矮小孱弱的他，努力地读书之余，拼命地干活和锻炼，但是先天不足，一米六终究成了他的极限。

他想起就是与老班长邂逅相逢的第二天吧，陈芳在同一个码头走下了船。山坡穿着新买的白衬衫，还系了一条红领带，踮起脚在那里迎接她。那一天陈芳披着长发，穿一袭白色的连衣裙，脚下却是一双平跟凉鞋。也许是晕船的缘故，她的脸色显得有点苍白。陈芳走上码头，拿一块手帕揩着脸上的汗珠，站在石阶上茫然四顾。

山坡记得，自己飞快地从石阶上部跑下去，红领带飘荡在胸前鲜艳如火，陈芳看见他了，皱起眉头说，你怎么买了这么一条红领带啊，太乡气了！

彼时彼地，山坡还租得起码头附近一套二居室的房子，虽然简陋但收拾得很干净。他们走过烈日下闹哄哄的街市，走过百货大厦、街心花园和电影院，满街的时装和外文广告让小县城来的小护士目不暇接兴致勃勃。终于到了山坡住的出租屋，山坡走到床边坐下，将唯一的一张椅子让给陈芳坐。他记得陈芳站在屋子中央，捧着洗漱用品说，盥洗室在哪里？看见山坡难堪地拉开房门，请她上租户们共用的卫生间去时，陈芳掩不住惊讶的神色，她说，怎么搞的，难道你连一套带盥洗室的房子都租不起吗？

今天回想起来，这样的开端很亲切，平淡而真实。那时他们还没有进入热恋期，共同奋斗的愿望处于萌芽期。事实上后来的日子有苦有甜，甜是主要的。假如他们一直留在西部地区，而不是跑到这座江南城市来，他们说不定早已买了房，结了婚，很可能连老母亲都被接来给他们带孩子了。

但是，他们跑到这座该死的江南城市来了，这座城市的房价，像山洪暴发时节哗哗满溢的溪流一样令他们恐惧。山坡觉得就是这高不可攀的房价，不仅淹没了他们的纯真年代，淹没了他们的爱情，连他对未来生活的信心也全都被淹没掉了。

丝丝缕缕，雨水打湿窗台上一盆兰花，雨雾弥漫在他的心中，整个世界是湿的。原本以为该忘记的都已忘记，该放下的都已经放下了，陈芳一个电话打过来才让他知道，该忘记的从来没有忘记，该放下的也始终都没有放下啊。

二

站在出租房的楼下，她感到记忆这东西真有些不可思议。离开他的时候，几乎未曾意识到那盆兰花的存在与否，会不会被他任其凋落或者扔掉，没想到抬起头首先看到的是它。凝眸而望，令她直觉双目隐隐作痛。一盆普普通通的兰花，好像又把她带到了一处纷纭而微妙的境地。

陈芳止住步，在一片岑寂中侧耳倾听，仿佛听到自己跟他分手离去时落泪的声音。她记得，那时有一阵风吹过来，把她的裙子吹得如同飞鸟的翅膀，她飞快地跑着，好像害怕他会追上来似地。

陈芳将这盆兰花放到窗台上去的时候，是一个星期天的早晨，山坡连早餐也来不及吃，匆匆忙忙地洗了一把脸就要出门去。陈芳转过身说，昨夜回来这么迟，今天一早又要出门去，星期天老板都不让你休息一下吗？上午有个大客户从外地过来，我得去接站，山坡说，陆总也去的。陈芳说，那你中午一定要回来。山坡说中午有什么事吗？陈芳说，第一要去看房子，第二要去买彩票。

山坡跟着陆总在机场等到下午三点多，晚点的飞机才降落下来，一个小姑娘走到举着牌子站在出口处的山坡跟前说，你是来接我的吧？哎，你们这座城市天气怎么这么糟糕，大雾直到中午才散，耽误了多少航班啊！山坡瞧着这个小姑娘一时不知说什么好，陆总赶紧上来接过了她的旅行包。陆总说，对不起，我替我们的老天爷向你道歉。陆总又说，不过不同的天气有不同的风景嘛，"水光潋滟晴方好，山色空蒙雨亦奇"不是？明天让他陪你好好逛一下西湖，就算是给你赔礼了。

陆总看着山坡疑惑的神情，将他拉到一边去。陆总说，这是大客户的千金，侍候好她比侍候好她爹还重要，何况侍候好她比侍候好她爹容易多了。陆总嘱咐他：机灵一点，她想吃啥就请她吃啥，她喜欢啥就给她买啥！

山坡瞟一眼小姑娘，那染过的一头黄毛，那吊带背心，那光着两条细腿的超短裙，无一不使他感到提心吊胆。山坡说，要是她喜欢在大马路中间跳街舞怎么办，我也陪她跳吗？当然，陆总毫不犹豫地说，交警队若是将你们扣了，我亲自去保你们出来。

陈芳记得山坡那天晚上八点多才回去。陈芳躺在出租房的床上，连中午饭都没吃。山坡开了灯，小心翼翼地走到床边，陈芳睁开眼睛朝他看一眼，迅速地把头又转了过去。山坡将手放到她肩上说，对不起，我真的回不来呀。陈芳霍地坐起身，离他远远地，将手抱着双腿说，我可不敢当你对不起这三个字，我是被鬼迷了心窍，离乡背井地跟着你出来过这种日子。一泓泪水在她眼里打转，我知道你在忙大事，顾不上我这个小护士了，她说，但不知你忙了整整一日，挣来一个平米的房子没有？

山坡沮丧地站在床前，再也说不出"对不起"三个字，因为这三个字已经说得太多，连他自己都觉得缺少诚意了。陈芳看中了城郊一套两居室的二手房，那时的房价是每平米一万三，六十平米要七十八万元，按说陆总给他的工资奖金也算不错了，但是除了上交给文明之外，还要接济母亲和弟弟，别说忙一天，就是一个月、一季度，他也买不起一平米的房子啊。

陈芳记得自己在床上呜呜地哭了一会儿，山坡说，陈芳你就别再哭了，其实我们租房子住也是可以的，生活压力要小得多，再说，现在买不起不等于将来也买不起嘛，政府不是一直在调控吗，房价说不定很快能够降下来。陈芳的泪已经流干了，加上又饿又累，她一边从床上下来一边说，你骗吧，你就一次又一次地用这种话骗我吧！

我已经厌倦了这种居无定所、搬来搬去的日子，她记得，自己真的很生气，她说，我每天出门去都会担心，回来会不会看见房东堵在门口，不是要我们腾空给他亲戚住了，就是又要加租金了！房子小一点旧一点都没关系，但是要我们自己的你懂不懂？她抬起眼睛哀伤地凝视着山坡说，为什么我不愿意跟你去领那张结婚证，就是因为我想有一个真正属于自己的窝啊！我想装修自己的房子，我想布置自己的新房，我想去挑选一张属于自己的新床、一个梳妆台，你懂吗？为什么这样看着我，她站起身问他，难道我的要求很过分吗?!

山坡拖着她往城里走。山坡总是用这种手段来瓦解她的斗志。山坡说，我带你去美食一条街，你想吃什么就吃什么，吃饱了你的心情也许就会好一些。陈芳说，我想吃口水鸡、豌豆鲞、豆花鱼，还有糍粑和担担面，你都买给我吃吗？山坡说当然，只要你吃得下，统统给你点上。

后来山坡反复向她解释：晚上跟他一起来这里吃饭的确实就是下午接来的大客户，不，不，是大客户家的千金！陈芳怎么也不相信。那时候那位多嘴的服务员可谓尴尬之极。因为看见他俩进门时她傻乎乎地说了一句话：先生您不是刚带着一位小姐来这里吃过饭吗，又来照顾我们老板的生意了？比她更尴尬的自然是山坡，他恨不得抽自己两个耳光。哪里不好去？偏偏又跑到这家店。

山坡紧紧拉住陈芳的手，他说，真的，那位千金小姐吃大餐吃腻了，问我什么点心好吃？我说担担面和糍粑，还有赖汤圆，他指着服务员说，她可以证明，我们吃的是不是这三样点心？

山坡当时的手心沁出许多冷汗，这使陈芳暗自得意。她甩开他的手说，别这么心虚好吗？她坐到餐桌旁去，她说，我想人家也不可能看上你，除非她身高只有一米四。山坡愣了愣，坐到陈芳对面的一张椅子上去，他点燃一支烟，袅袅烟雾遮盖了自己的表情。

现在想来，陈芳觉得自己确实有点过分了。她狼吞虎咽地吃下了一碗担担面，然后将手放到桌上，手掌托着腮帮，若有所思地看着他。陈芳说，这位千金长得漂亮吗，是不是很好骗的那种傻丫头？山坡说，你瞎说什么呢，什么骗不骗的，我为什么要去骗她？陈芳扑哧一声笑了，她说，说真的，我还真想你能找到一位有钱人家的千金呢，那样的话，你让她出一笔钱给我买房子，你就去做她家的入赘女婿好了。山坡的脸终于从烟雾后面露了出来，一半红一半青，他说，你别胡说八道，陆总派我明天还去陪她逛西湖呢，要不我向陆总请假，推掉这差事算了。

他打开手机，陈芳伸出手去拦住他，陈芳说，你发什么神经呀，无缘无故地推却领导给你安排的工作，领导会怎么想你？山坡的眼睛红了，叹一口气合上手机盖，对不起，他又重复了这三个不值钱的字，陈芳翻了翻白眼，她真的听腻了这三个字，那时候她只想到这抱歉的词儿从他嘴里出来，已经像白开水一样乏味；却从来也没想过，山坡说这三个字时，又是什么样的心情？

陈芳一步一步向出租房的楼上走去。走得那么蹒跚，那么沉重。她记得那天夜里天气闷热，蚊子嗡嗡地在他们头上飞来飞去，睡不着的她起来冲凉，哗哗水声中她任凭自己的泪水尽情流淌。她的家境比山坡好不了多少，父亲在深圳的一个建筑工地上打工，母亲病在家中，妹妹还在读小学。只有中专文凭的护士到了大城市只能去小医院做临时工，若是像山坡一样的为人处世，一个月的收入除了付房租，连温饱都成问题。陈芳记得自己揩干身子，泪水又淋湿了她的脸，回到房间后她走到窗前去给兰花浇水，浇的似乎全是她的泪水。

不知不觉中，小护士陈芳已经走到了顶楼，那里有一个露台，数星星的夜晚很浪漫。陈芳发了一会儿呆，想起此出租房已不是彼出租房，格式却几乎一模一样。

电话里山坡告诉她，现在他不住顶楼住二楼。陈芳却流连在这露台上。因为那逝去的春夏秋冬，正随着南面的江风向她飘来。护士们聊天的时候都说，这辈子依托的还是男人，虽然男人往往是不可靠的。只有一个老护士说，这话不全面，全面的概括是：有钱的男人往往不可靠，可靠的男人却往往没钱。

陈芳想起数星星的夜晚，山坡说，小时候妈妈告诉他，每个人都是天上的一颗星星，那些闪光的耀眼的星星，代表着地上的一个人，不管他是卑微还是伟大。

起初的日子，陈芳依偎着他，寻找哪一颗星星是他，哪一颗是自己，后来就淡漠了，甚至有一天，她用鄙夷的眼光打量着他说，怎么可能呢，就凭你这模样，这条件，会是哪一颗闪闪发亮的星星？

　　陈芳想起一句歌词：在一个没有灯光的夜晚一个人在独自数星星，第一次听到时，她情不自禁地潸然泪下。那是在她跟人合租的小屋，同屋的护士跟她交换了值班，兴冲冲地走了，因为科里新来了一位医生，是个离异的中年大叔，虽然年纪大了一点，但是他有房有车，惹得一帮"剩女"花枝乱颤。

　　那天晚上，远处有一家歌厅，传来这寂寥的歌声，她看着窗外的夜空，好像看到山坡也站在露台上仰望着同一片天穹，"在一个没有灯光的夜晚一个人在独自数星星"，这到底是为什么？

　　现在想来，数星星的夜晚，就是在她对他说出这句嘲谑的话后结束的。从此，他俩再也没有一起上过露台。看起来很小的事情，一点一点积累，就像很远的地方有个陷阱那样，一步一步地走过去走到那边上才发现没有退路了。人的命运诡谲多变，山坡跟她说过，没有后悔药可以吃的。

　　城郊跟市区不能比，雨停了，从露台望下去冷冷清清的。大概是交通不便，生活圈子尚未形成，许多新建的楼盘还是一片黑灯瞎火。近处有一家便利店，便利店隔壁是一间棋牌室，乌烟瘴气中传出洗牌的声响。陈芳有一种似曾相识的感觉，看见棋牌室上面的广告牌才恍然醒悟：她拉着山坡来过这里的，这个名叫"白领公寓"的楼盘当时每平米一万八，她说，四十六平米的一室一厅，首付二十来万就行了，山坡说，咱俩在这里人生地不熟的，向谁去借这二十来万呢？

　　陈芳掰着手指数亲戚，数来数去都是穷亲戚，后来眼睛一亮说，你家墙上的镜框里有张照片，一对夫妻男的穿着毛料军装，她不无兴奋的怂恿他说，听你娘说是你表姨表姨夫对吗？你写封信去求他们帮帮忙吧！

　　陈芳怎么也忘不了山坡当时的脸色，他的脸色难看极了。过了好几天山坡才告诉她，这个表姨原先是他爹的对象，订婚酒都喝过了遇到一名回家探亲的军官，她家将聘礼退回来时全村人跑来看热闹，那时山坡的奶奶还在世，老太太气得昏了过去。山坡的娘当时是赤脚医生，又是扎针又是灌药才把她救过来。醒来后的老太太拉着她的手颤悠悠说，两姐妹生出来的两个姑娘，相差咋这么大呢？娘的脸红了，她说，您放心吧，这样势利眼的姑娘毕竟是少数。

于是你娘就顶替你表姨嫁给了你爹？陈芳看着山坡点头，不由自主地将双手捧住了自己的脑袋。不可理喻！她喊，难怪你也是这样的臭脾气！山坡说，我娘说这是做人的道理，不能总是看着老实人吃亏，再说我娘也喜欢我爹。陈芳说，这喜欢的代价也未免太大了吧，一辈子孤儿寡母受穷受苦，她跺着脚说，居然还把他们的照片挂在墙上，什么意思？显示你们的大度，还是你们的情义？！

陈芳看见自己坐在床上翻着一本装饰画报，那些宫殿般的照片使她心碎，她抬头看看山坡，山坡也呆呆地朝她看。陈芳说，你傻看着我干什么？陆总叫你写的销售方案你写完了？那就洗洗睡吧。山坡说，我没写方案。那你写的什么？她走过去看他写的东西，山坡却慌里慌张地将那张纸蒙住了。疑心大起的陈芳一把夺过来，山坡赶紧又抢回去。陈芳咬牙切齿地看着他把纸撕碎了。陈芳喘着气说，山坡我总算看透你了，我会搬出去的，到时你不要后悔，你说的对，这世上没有后悔药可以吃的！

这世上没有后悔药可以吃，至少在搬走那天她确实是这样想。事先没有告诉山坡，他像往常那样上班去了，陈芳将自己的衣物杂品等塞进两个旅行包，回头看看这间出租房，她自己都感到吃惊：她的心里竟是如此平静。她从顶楼走下来，慢慢地走着，平跟凉鞋踩在楼梯上很踏实，那时有一种想法浮上她的心头，明天去买一双高跟鞋，她已经很久没穿过高跟鞋了。她的身高不过一米五七，她为什么一直要委屈自己，为什么不穿高跟鞋？

陈芳清楚地记得，那天早晨她已经走到了门口，却看见门边有一只垃圾桶，垃圾桶旁边有几片碎纸引起了她的注意。一种熟悉的感觉鬼差神使，她走过去捡起来，山坡的字迹出现在她的面前，她的手指哆嗦着，将这些碎纸拼凑成半页信纸，她紧张地找抬头，找到了一个姨和半个姨夫的称呼。那时候陈芳觉得一切如在梦中。天气潮湿，雾气迷蒙，她的梦在白茫茫的雾中漂浮。世上没有后悔药可吃，她想，假如她不去夺这封信，它就不会粉身碎骨地躺在这垃圾桶里了，而是被放进邮筒，也许已经到了收信人手中，也许，一张汇款单子已经在路上，向着他俩跑来？

但是到了那个时刻，似乎已经没有也许了，陈芳只能拎着旅行包离去。她忘不了回首的那一瞬间：她走到了棋牌室门前，却不由自主地站住，回头看着顶楼的房间，她的心吊在半空中。山坡的汗衫和短裤在窗口飘拂，浇过水的兰花默默地摇曳，好像在向她挥手告别。那时的"白领公寓"还是一片被拆迁后的废墟呢。

眼帘中是一片荒凉和萧瑟，陈芳不由自主地加快脚步，她感到冷，周围全是死寂般的虚无。

山坡不知道陈芳上了顶楼，他以为她要晚饭以后才过来呢。山坡拿起一包方便面，正要烧开水时看见了桌上一盒金华酥饼，这是张老师送给他的，张老师还送给他一瓶咖啡，说是从阿雷格里港带回来的。山坡问他阿雷格里港位于何处？张老师指着地球仪上南半球一个小黑点说，巴西跟阿根廷、乌拉圭交界处的一座城市，今年春节，他作为一名文化人去那里参加过国际文化交流活动。

浓郁的咖啡香味使出租房温馨起来，他的担忧和伤感好像也减轻了一点。笑眯眯的张老师跟总是摆着脸的陆总不一样，山坡在他面前不会打哆嗦。山坡说，张老师你把我害惨了，文明不会饶了我。张老师说，你叫他来找我吧，我跟他谈一谈，他姓文不姓李对吧，他爹的名字也不叫刚，他再狠又能狠到哪里去？

张老师也建议他咬咬牙买房，他说首付款可以大家一起想办法，他借一点，陆总借一点，同事们也凑一点，山坡说不行，我会为了还钱愁死的，张老师沉下脸说，我们又不是黄世仁。山坡合掌向他告饶，求求您，千万别跟陆总提起这事，他说，我的业绩不理想，怎么还有脸提这种要求呢，您老人家就饶了我吧。

他的业绩确实不太理想，客户们对他爱理不理的，公司的规矩是请客送礼可以，但是要把握分寸，不能害人害己。山坡知道有权决定采购的人早已厌倦喝酒吃饭，每到报销时看见阿彪手里的一大沓发票他就发闷，为什么他的客户那么喜欢吃呢？他问过阿彪，阿彪冷哼一声说，你的学历比我高，智商却比我低多了，这种事得自己琢磨懂吗？谁也不会跟你明说的。

曾经坚决拒绝医药代表贿赂的黄医生，现在绞尽脑汁把握好请客送礼的分寸。有一天，他走进一家医院，听到一位科主任在打电话请钟点工，对方说快过年了，钟点工都回家啦，山坡赶紧凑上去说，没问题，我帮您解决好了。科主任说你跟中介公司熟悉吗？山坡说您就别管我熟悉不熟悉了，星期天我保证把钟点工带到您家去。

星期天山坡自带抹布拖把到了主任家。他问主任在家吗，主任的夫人说，他每天早出晚归的，星期天也要出门应酬去，难得回家吃一餐饭，家里就像过年似的。山坡说，这是好事啊，这说明领导上重视他，他才这么忙，说不定下一步就让他当副院长了！主任的夫人笑了，你这个钟点工真会说话，她说，好好干吧，我给你多算一个钟头工钱。

山坡在她家整整干了一天，把一套二百平米的住宅打扫得明窗几净。夫人留他吃晚饭，他收拾好工具说，饭就不吃了，身上脏，我得回去洗个澡。夫人不食言，果然要多付一小时工钱给他，山坡这才告诉她自己的真实身份，山坡说，论资排辈我该叫主任老师，那您就是师母了，师母，学生帮您做点家务怎么好收钱呢？

山坡靠这样的行为去打动客户，慢慢建立起自己的市场份额，他安慰自己，累是累一些，总比害人害己强。一个冬天的早晨，那位大客户的千金突然给他打来电话，说是到了这里，住在江边一户人家家里。山坡赶到那里，看见她索瑟在群租房的一个角落里，像一只被人遗弃的猫。大吃一惊的山坡将棉袄脱下裹住她说，你怎么落到了这一步？她一把抱住山坡，将眼泪鼻涕尽情地揩在他的身上，旁边有个姑娘说，她是跟着一个"美院的研究生"从家里偷偷跑出来的，那"研究生"其实是一个骗子，现在傍上了一个富婆，扔下她走了。

山坡抱起傻丫头，向窗外眺望。雪下得很紧，江堤上已经积起厚厚的一层，外面寒风狼一般凄厉地嚎叫，屋子里傻丫头在他怀中痛苦地呻吟。山坡将围巾蒙住她的脑袋，黄继光炸碉堡似地冲出去，他的手冻僵了，刺骨的寒风迎面吹来，几乎要从他的脸上刮去一层皮，那时他一个劲儿地找车，可是江岸边连一辆经过的出租车都没有。

大客户两口子赶到已是第二天晚上，他们看到黄毛丫头躺在病床上，乖乖地张着嘴，任山坡将一勺稀饭送到她嘴里。两口子好像不认识这个女儿似地站在病房门口，怀疑是否走错了地方。傻丫头的母亲说，你就是那个骗子吧，你还想骗她是不是？山坡说我不是，我是黄山坡。傻丫头的母亲说，什么黄山坡绿山坡的，你就是一个从乡下来的小骗子！

值班的医生护士纷纷跑来看骗子。黄毛丫头从床上跳下来，拉着他的手向父母发飙：骗子已经逃走了！他不是骗子！！山坡木然地站在病房中间，说不出话，唯有身体在剧烈地颤动。幸亏陆总跟"110"警车前脚后步赶到，山坡才得以从困境中解脱出来。一位老警察拍拍他的肩，小伙子，他说，这年头啊，然后就没了下文，自顾自回到警车上去了。

黄毛丫头的父亲始终没说话。但是他的眼神让山坡很害怕。他将他从头到脚地看了好几遍，尖锐的目光好像超声波一样钻进他的小身板。山坡有了强烈的尿意，他跑进厕所，黄毛丫头的父亲随即跟了进来。"我只有这一个孩子。"山坡听到他的说话声，中年男子那种很有权威感的声音，"我现在和将来的一切都会留给她。"山坡困惑地朝他看了，他却不看他，而是瞧着小便池上方的花岗岩墙壁，"但是"，他说，"她的丈夫将不得持有本企业股份，不能支配本家族财产，而且，我的外孙必须跟我的姓，必须叫我爷爷"，他继续把话说完，"我的律师会监督执行所有的条款。"

山坡记得自己尿完了，依然傻乎乎地站在小便池前，他的感触非语言所能形容，他感到喉头紧缩，呼吸困难，这位大客户昂首阔步地走出去了，仿佛一位将军走过一个奴隶的身边，而他正是这个奴隶，被绑在耻辱台上示众。难以自制的他，终于落下了泪，他的眼泪洒到了衣服的下摆上，洒到了裤子的门襟上，看上去就像是尿失禁似的。

回忆如面前的咖啡，散发着一种苦涩的香味，山坡默默地吃着酥饼，面对夜幕渐降黯然神伤，除了他自己，没有人知道厕所里有过这样的一场谈话，连陆总也不知道。山坡不敢想象同事们知道的话会发生些什么？也许会有人劝他赶快答应下来，也许会有人眼红嫉妒他，更多的人，也许会嘲笑和戏弄他吧？山坡害怕所有的结果。山坡对自己说，黄毛丫头父亲的这番话，并不是特意向我说的，或许，他只是在自言自语罢了。

山坡清晰地记得，两口子带走女儿的早晨，陆总请他们吃了一餐宾馆的早餐。炉火在壁炉里熊熊燃烧，黄毛丫头对他说，傻瓜，那是假的。山坡不解地问，什么假的？黄毛丫头说，这是电壁炉，哪来熊熊燃烧的火焰呢？一切都是错觉，你明白吗，你看到的一切都是错觉，包括他们对我的关心。黄毛丫头说，其实他们心里最关心的不是我而是钱，是他们自己的利益的最大化。

不管怎么说，这个大客户成了山坡奖金的重要来源，也许他关照过财务，应收款总是准时到账，从来没有拖欠过，也许这些业务在他那里根本是小儿科，他只是将手指的缝隙松了松而已。谢天谢地，冬天过去了，春天也过去了，黄毛丫头没有再来找过黄山坡。

现在想起来，他真像是作了一个梦，一个冬天的童话，童话里的一切都是错觉。

陈芳的到来却不是梦，不是童话，她已经从顶楼一级楼梯一级楼梯地走下来，走到了二楼。山坡听到了她的叩门声，他放下咖啡杯，转身向门边走去。

三

久别重逢的开篇略显局促，山坡说你来了，陈芳点点头，山坡说你吃过饭没有？陈芳摇摇头。山坡说，我这里只有方便面和金华酥饼，你吃哪一样？陈芳好奇地打量着这一居室却带个小卫生间的屋子，心不在焉地"哦"了一声，回过神说，你吃什么我就吃什么吧。

陈芳坐在窗下的破藤椅上生闷气。她看到山坡的床头贴着从画报上剪下来的王菲和李宇春的照片。原先那套出租房，桌上总是摆着一个小镜框，她穿着连衣裙在草地上对着镜头妩媚地笑。现在，这个镜框没有了。

陈芳的心情在回味和猜想中变得很不自在：这么快他就把一切痕迹都抹去了？她走进卫生间，洗脸盆旁边有一块廉价的香皂，没有洗发香波，也没有晚霜之类的，她松了一口气。她回到卧室，破藤椅在她身下发出吱呀的呻吟声，她说，这么长时间了，你始终一个人过啊？

山坡愣怔怔地看着她。什么意思，他说，我不一个人过我和谁过？看见陈芳捂住嘴嫣然一笑，他把脸转向窗外。他看到几个年轻人打打闹闹地走进棋牌室，一位很像傻丫头的姑娘咯咯地笑着，将胳膊搂住一个小伙子的脖颈，小伙子喊了一声性骚扰，旁边的人都仰天大笑。他们比他不过小了五六岁吧？山坡觉得很孤独。

从前的出租房里有一张旧沙发，这样的时刻他俩总是依偎在沙发上，两个人在一起就没了孤独感。那时候陈芳收留过一只流浪猫，他俩拥抱时猫在沙发扶手上喵喵地叫。他抚摸她的头发，吻她的小耳朵。他想安慰她，迟早会有一套属于我们自己的房子，这样的话到了喉咙口又咽下去。他说对不起，陈芳抬起手堵住他的嘴，陈芳说，我不想听这些扫兴的话。

旧沙发送给原来的房东了，现在的一居室放不下它。那只流浪猫也早已离开。

山坡想起陈芳离他而去的那天，下班回家冷冷清清的，桌上放着一张纸，上面只有"我走了"三个字。他记得暮色初降，街道两侧的茶馆酒楼已经有霓虹灯闪闪烁烁，堵车的司机们不断地按喇叭，公交车站上等车的人们骂骂咧咧。他去找陈芳，快走到医院了，看见垃圾桶旁边蹲着那只猫。山坡弯下腰唤它，它却充满敌意地逃开去。空气里弥漫着垃圾的酸臭味，山坡跟它绕着垃圾桶捉迷藏，终于捉到它了，它张开嘴咬他，殷红的血从他手上流出来，令他的眼神变得迷离斑驳。他走进医院急诊室，给他打针的是位老护士，山坡在喘息声中向她打听陈芳，老护士撇一撇嘴，说，都围着那个有房有车的医生转呢。

从急诊室望出去，穿过晦暗而沉寂的庭院，山坡看到一位中年男医生跟两位护士小姐谈笑着什么，其中一位是陈芳。他看见她在笑，很开心地笑。他觉得恍若在梦中，恍若坐在电影院里看一部很搞笑的片子似地，于是他也像个傻瓜似的笑了。

"你呢，你没有一个人过吧？"山坡说，"别告诉我你一直还在等我。"

现在轮到陈芳愣怔怔地看他了，她的神情告诉他，她在惊讶他的言辞，怎么变得如此犀利了？小护士陈芳低下头去，沉默了一会儿，再抬头时眼里已经贮满了愤怒和屈辱的泪水，"别侮辱我"，她说，"别以为你多拿了几个奖金，就可以跑来嘲笑我了！"

山坡现出愕然的神情。他的脸色变得难看起来。你见到文明了？他说，还是他去找你了？他站起身，在房间里走了两步，站住，换了一种坦诚的语气说道，是的，我的收入是增加了一些，不过跟房价比，这种增加几乎可以忽略不计，他苦笑起来，仿佛身上有一处被刺破的旧伤，正在产生着新的疼痛，于是他皱紧了眉头，指着窗外说，就说这"白领公寓"吧，还没有交房呢，已经涨到了均价三万六！

陈芳的心猛然一颤，尽管有所预料，她还是被这样疯狂的房价吓了一跳。文明告诉她，黄山坡发了，找了一个大客户，路子愈来愈宽广，奖金也大大地有了。文明懒洋洋地靠在住院部值班室的门边，眼睛像车辘辘似地转动着，看看屋子里的中年男医生，又看看她，看得她面红耳热。文明说，东西是新的好，人嘛，总还是老的好，再说，你跟过他这么长时间，让他付一些青春补偿金总归是理所应当的。

现在呈现在山坡面前的，是一张略显浮肿的脸上哀怨的楚楚动人的表情。某种悲壮的感觉从天而降，山坡觉得自己过分了。"不可多得英雄气，最难消受美人恩"，山坡想，出来混总是要还的，既然是自己欠她在先，那么，还有什么可以指责她的呢？

山坡想到了他的童年，每当他犯了错误并且为此而痛苦时，他总会感到一双手的触摸，那是他母亲的手，原谅他的手。现在是否该轮到他了？让他也伸出手去，告诉这个曾经为他而离开家乡的小护士：他还爱着她，而这爱的存在是分开的时间所隔不断的？

然而，就在他刚弯下腰，打算先将两张面巾纸递到她手里时，小护士首先抓住了他的手，倒把他吓了一跳。一阵夜风吹来，泪涟涟的小护士陈芳在风中发出凄迷的絮语，山坡，她说，你不要嘲弄我，我受不了，我真的再也受不了了，是的，有人跟我说过，他爱我，愿意娶我，但是我一直没有答应，不知道为什么，我就是没法答应啊。

手足无措的山坡听到自己心里的脚步声，跟在一个女人身后的脚步声，渴望了解她的风云际会，想娶她的是谁，她又是怎样婉拒他的？但是他知道他不能问，如果她想告诉他，她会说的，如果不想告诉他，问出来的真话也会经过修饰。

他们都不愿意用回忆来折磨自己，他们分别已久，彼此有了一种陌生的感觉，山坡闻到一股香水的气味，这倒是不陌生，阿彪老婆从香港旅游回来时，阿彪带进公司的就是这种气味。陈芳说，你怎么啦，好像重新发现我似的？她听见他的声音变得软弱胆怯起来，却不明白这是因为他对这种奢侈品具有本能的畏惧。山坡摇着头，轻轻地推开她的手，不知道，他说，我不知道为什么，我觉得自己还在梦中似的，或者说又在做梦了。

山坡以为陈芳会留下，陈芳却看看表说，哎呀，快九点了，今晚我值班！山坡欲把半盒酥饼塞进她包里，她慌里慌张夺过背包说，我自己来吧。山坡有点诧异，她包里藏着什么秘密吗。陈芳说，我走了，明后天再联系。

楼道上只有一只五瓦的节能灯，山坡在微弱的光亮中目送小护士离去，他有一种惊艳的感觉，她好像长高了，这时候他才看清她脚上穿的是高跟鞋。他依然瞧着她的背影发愣。她穿着薄呢子外套和牛仔裤，里面是一个不安和敏感的灵魂。牛仔裤放大了她的臀部，每下一级楼梯，那腰臀就扭动一下，充满了异性的诱惑力。山坡又闻到了香水的气味。他的呼吸变得有些急促，一股温热的浪潮伴着不安向他袭来，山坡不明白为什么有这一缕忐忑。

她的背影消失了，他回到屋里去，那时他扑在窗口，闭上眼睛，深深地吸了一口气，重新睁开双眼时他看到一辆出租车开着大灯驶来，一个急刹车停下，陈芳弯下腰拉开了车门。山坡茫然地瞧着绝尘而去的出租车，在他的印象中，陈芳从来没有坐过出租车，再远的公交车站她也会走过去。也许，医院值班的时间提前了？

风吹过窗外的树，树枝在摇晃，暗蓝色的夜空也在摇晃，山坡耸耸肩，自言自语说，房子买不起，偶尔坐坐出租车还是可以的，时代在向前发展，我是不是太落后了？！

那天是房东收房租的日子，房东敲开房客的门时露出惊讶的神情：地板湿漉漉地，那张破藤椅翻转身搁在写字台上面，床上的床单枕套都被塞进了洗衣机，一台用了十多年的小鸭牌双缸洗衣机像个醉汉似地在卫生间发出巨大的轰鸣声。房东看见山坡穿着胶靴爬在窗台上擦玻璃窗，嘴里还哼哼着一首歌，"在许多未知的道路上，我追随着那朦胧的光芒"，房东又好笑又好气地说，你疯啦，这样的天气，这样的夜晚，你搞什么大扫除啊！山坡朝他笑笑，继续把他的歌唱完，"永远和你在一起，重逢的我们"。山坡站在窗台上，高高地举起一块脏兮兮的抹布说，永远和你在一起，你懂不懂？不懂问你老婆去。

四

医生值班室里坐着两个人，一个中年男医生和一个中年女医生，风韵犹存的女医生突然莞尔一笑，令男医生为之一振。但是女医生的笑容瞬息即逝，她的乌黑的眼睛漠然地注视着对方，你说的是真话吗，我对你的吸引力居然比那些小护士还强烈？她用一种矜持冷淡的腔调说，愚人节过去十多天了，还在说这种话，你不觉得特可笑？

一条发黄的罗纱窗帘把房间里的光线调节得若明若暗，屋子里因此而产生一种暧昧的情调，男医生痴痴地望着她，一双桃花眼水汪汪的，我发誓，我说的是真话，他举起一只手说，她们怎么能跟你比呢，你是一朵开不败的鲜花，在你面前，她们只是几茎青涩的小草罢了。

没有一个灵长类雌性动物会拒绝雄性的赞美，作为医生的她，更清楚听到这样的话，她的体内便会有一些激素类的变化，虽然只有在化学与显微镜的世界里才能看见。她那紧紧抿着的嘴唇微微启开了，迷离的神情在眸子里倏忽一闪，心中升起一种不可言状的情绪，使她感到全身燥热。惯于乘虚而入的男医生站了起来，走到她身边，女医生慌乱地推开他，你不要乱来，她说，我可不是那些小护士。

薄薄的窗帘挡不住他俩纠缠不清的身影，一颗泪珠从小护士陈芳的眼睫毛上滚落下来，刚走到值班室楼下，她抬头一望，正好看到这幕皮影戏。她知道，按照这位男医生自己的说法，他是一个"热情奔放的人"，"喜欢开一点无伤大雅的玩笑而已"，但是，仅仅在三天前，他还对她说过愿意娶她的话，莫非那也是一个无伤大雅的玩笑？

小护士陈芳怀着异样沉重的心情走上楼梯，楼道两边的病房有的熄了灯，有的还亮着，跟她交班的护士已经脱了粉色的工作服，站在护士值班室门口等着。陈芳说，你就那么等不及呀。那护士瞥一眼她的神情，诡谲地一笑说，早一点走比较好，免得打搅人家。陈芳说，那徐娘不是也该下班了吗，还有什么可打搅的？那护士瞧一眼紧关着房门的医生值班室说，我才不怕打搅她呢，我说的是你和他。陈芳的脸再也挂不住了，说，他和我有什么关系？他爱找谁找谁去，找个六十岁的老太婆也跟我不相干。那护士伸了伸舌头，不知道如何回答了。陈芳这才走进了值班室。

医生值班室和护士值班室只隔着一扇门，女医生从里屋走出来，一张脸捂在口罩后面，只露出一双冷冰冰的大眼睛。

徐娘半老的女医生向来看不惯这些小护士。还没换上工作服呀，她说，坐在这里胡思乱想什么呢，还不赶快看看今天的医嘱！啪的一声，她将一个讲义夹扔到小护士面前，别整天这山望着那山高的，能把你的饭碗捧住就算不错了！

女医生脱下白大褂走了，脸色苍白的小护士坐在窗前，面对黑暗的夜景哭了很长时间，她看见空寂和清冷刺破苍穹，一片婆娑的树影黑黝黝的，月亮努力地从一片云翳后面钻出来，却总是钻不出。她听见文明的说话声：东西是新的好，人嘛，总还是老的好。她还看见山坡指着"白领公寓"说，还没有交房呢，已经涨到了均价三万六！一张破藤椅吱呀的呻吟声萦绕在她的耳边，简陋的出租房窗台上放着一盆被细雨淋湿的兰花。她啜泣着，在啜泣中深深地感到她的纠结和无望。

中年男医生终于来到了她的身边。他将手放到小护士肩上，抚摸着她那丰润圆浑的臂膀。哭什么呀，有什么好哭的？他说，别哭了，再哭下去，我的心都要被你哭碎了。

浑身颤抖的小护士使劲甩开他的手，将脸重新埋在胳膊里，抽抽噎噎地，她哭得更伤心了。

山坡好像回到了许多年前的那个春天。在一条满是泥泞的乡间小路上，她追上了他。那是黄山坡同学最消沉的日子，父亲离开了他们，他交不起学费，再也不想跨进学校的门。考上大学即将离开乡村小学的她，如同偶尔掉落在他头顶的一片云彩，送给他十元钱，给了他生命的救赎。那时她并不知道，这十元钱是一根救命的稻草，那天的青青草色，将成为一个人永远的记忆，记忆中的乡村女教师犹如庙里的观音菩萨。

这个菩萨现在就站在他面前，看着他费力地擦洗一台抽油烟机，她的丈夫是一家省级大医院的副院长。山坡一进门就认出了她，但是她却早已把他忘了。

阻碍山坡开口相认的是她的女儿，一名十七岁的中学生。中学生将他使唤得团团转，一会儿说他没把抽水马桶的积垢彻底清除掉，一会儿又嫌他笨手笨脚地，一点儿没有专业知识。至少要扣你两小时工钱！女孩子双手叉着腰，声色俱厉地说，下午同学们要来我家开 party，不抓紧搞好的话，后果很严重！

山坡谦卑地笑，自从前天晚上陈芳重返他的出租房以来，他一直在笑，再说这是他恩人的家，他连羞惭的感觉都付之阙如。他转过身去拿去油剂，不小心碰到了一只橄榄油瓶子，砰的一声响，碎玻璃四溅，女孩雪白的袜子及裤脚沾上了油污。"对不起。"山坡红着脸向她道歉。女孩跳开去，弯下身子，拿一块毛巾使劲擦油污，她气呼呼地瞪着他说："你这是存心的不是？""对不起。"山坡只能重复他的歉意。"我们不雇你了"，女孩咆哮起来说，"走吧，你这个没文化的乡下佬！"

山坡的脸终于扭曲了，一块碎玻璃扎进了他的手指，他默默地走到洗手池前，打开水龙头洗去手上的油污、血迹。水很冷，冲着血水流进洗手池。这时候女孩的母亲才反应过来，她盯着她的女儿，声音因为激动而微微颤抖。"谁叫你这样说话的？乡下佬怎么了，你妈我也是从乡下出来的！""他把我的衣服、袜子全搞脏了。"女孩撅着嘴说。"他已经道歉了，你还想怎样？我看你才是没文化呢，十年的书都白读了！"

女孩的母亲从卧室拿来了创可贴，当她抓起他的手将创可贴敷上去时，发现他颤抖得那么厉害，不由得发出了疑问，你很冷吗，是不是感冒了？她将手放到他额上。那温热的手掌使山坡抖得更厉害了，"老师"，他说，"老师你真的想不起我是谁了吗？"他哽咽着说。

老师的手也抖了抖。"你是谁？"她的眼睛里带着几分疑惑。"等等"，她说，"你让我想一想。"她端详他。那张带着风吹日晒黝黑肤色的脸上，有一双羞怯而清澈的眼睛，带着几分委屈，又带着几分坚韧。那个经常碰钉子的鼻子下面，有一张土里土气的、随时准备保持沉默的阔嘴。这整张脸是个奇怪的组合，却带有一种独特的味道，好像出土的陶俑，残留着历史悠久的泥土。

"你是黄、黄山坡？"老师终于将他从记忆的深处发掘出来了。她的眼睛湿润了，想起了泥泞的乡间小路，她的瞳仁里，依稀看到那个小小的、孤单的背影。这背影其实并没有完全消失过，只是离开得过于久远罢了。

十七岁的中学生难以置信地瞧着他们。当母亲命令女儿叫他山坡哥时，她以幅度很大的摇头扭身表示强烈的抗议。这时，母亲真正地恼火了。母亲说，你知道他是谁吗，他是我最优秀的学生，从那所乡村小学毕业的同学中，他是第一个考上大学的，我听你外公外婆说，县医院的医生中，他也是最受病人欢迎的！

山坡从女孩脸上看到的，却是一种深深的怀疑，这神情甚至比当初那个黄毛丫头的母亲更叫人难堪。"妈，如果你说的是真的话，他一定是犯了什么罪逃出来的！"女孩突然喊道，跑进客厅去打电话了。"一个优秀的医生，为什么要跑到遥远的另一座城市来，而且变成了一个钟点工？"她紧张地拿起电话，声音抖得像风扇里进了沙子，"我要打'110'，他、他肯定是个逃犯！"

瞠目结舌的院长夫人看着她曾经的学生黄山坡，眼睛里出现的惊惧使他欲哭无泪。他飞跑过去，摁下电话按键，女孩惊叫着跳开，将双手蒙住脸，不要，不要碰我，她祈求着，浑身哆嗦着。一种难言的酸楚令黄山坡同学仰面长啸。客厅的大镜子映出他的形象：落拓，虚弱，无奈。他坐下来，不是坐到沙发上，而是坐到了地板上去，他把电话递过去，给你爸爸打电话吧，他像一下子衰老了似地，颤巍巍地说，那声音嘶哑、充血、精疲力竭而且凄凉之至。他说，他知道我的身份，知道我为什么，为什么要来做钟点工。

　　找老师比找表姨强多了，后来山坡告诉陈芳，根本不用我开口，老师就主动问我日子过得如何，有什么困难？城南的21世纪房屋中介店隔壁有一家馄饨店，他俩看遍了小户型二手房出来，坐在馄饨店里开讨论会。陈芳说，你估计你的小学老师能借你多少钱？山坡挠挠头，犹豫了片刻，伸出一个手掌。五十万！陈芳惊喜地喊。山坡摇摇头。五万元，他说，我怎么可能向她借五十万呢？就算我开得出口，就算她肯借我，猴年马月我才能还清呀？

　　失望之极的陈芳愤怒地咬紧了牙关。她站起身，向马路对面的星期八咖啡馆走去，这个老地方是她离开山坡这段时间的疗伤之处。当她感到忧伤或愤怒时，她总会来到这儿。当然，第一次是中年男医生带她来的，他说这儿的侍者从没有窥探他人隐私的爱好。

　　山坡傻乎乎地看着她离去，过了两分钟才追出去，馄饨店老板娘喊，喂，你还没付钱！他急忙掏出钞票扔到柜台上去。他看到陈芳一个人坐在空荡荡的咖啡馆里，她的心里想必也是空荡荡的，整个世界像一个巨大的咖啡馆，里面空无一人。山坡确实很内疚。她回来了，欢迎她的是什么？所有能够给予她的，他早已给过，不能给她的，依然如故。

　　山坡有一种破釜沉舟的感觉，他给陈芳要了一杯"卡布其诺"，陆总请大客户吃早餐时要过这种咖啡。山坡给自己要的是一杯冰水。侍者悄无声息地上来又退下去了，山坡伸过手去轻轻地抓住陈芳的手，他说，陈芳，对不起。陈芳的肩膀猛地缩了起来，她将脸转向窗外，我讨厌这三个字！她拧起眉毛，瞪着眼睛说道，你能不能不说了？她甩开他的手，我知道，我一直是在自作自受。

　　我有十万元存款。山坡轻声说。再借一点儿，我就能解决首付款了。

　　咖啡馆里很安静很安静，幽暗的灯光下，小护士一动不动，好像被他吓住了，山坡把卡布其诺拿起来放到她的手里，怜悯地看着她，她苍白的小脸因为惊讶而绷得紧紧的，唯有那两只眼睛的睫毛在微微抖动，慢慢地溢出一颗泪珠，接着又是一颗泪珠，放大了她那亮晶晶的瞳仁。

"我说的是真的。"他补充道。

她的第一直觉是伸出一个指头，挡住他的嘴唇，"我相信。"她说。她抬头看他一眼，然后又垂下了眼睛，她抱着双臂坐在那里，默不作声地望着山坡面前这杯冰水。她想起跟那位中年男医生来到这里时，对方总是要点许多食品，英格兰威士忌、司康饼、巧克力蛋糕、冰激凌球，她曾经说过他太浪费了，那位先生点燃一支雪茄，打一个响指，no，他说，小里小气的还叫男人吗?!

陈芳揩干了眼泪，然后站了起来，轻轻地走到吧台前，回来时手里拿着一杯热牛奶。她把这杯牛奶放到这个小里小气的男人面前，她又落下了一滴泪，她说，喝热的吧，你的胃不太好。

五

山坡说要么不买，要买就买两室一厅的房子，以后可以将他母亲接来养老。

两室一厅的房子起码五十平米，市区二手房最低价一万六，首付款二十四万还是负担太重。山坡每天在网上搜索，终于搜到一套每平米一万四的。

星期天，他俩一起去看房子。

这个星期天的遭遇日后将成为陈芳一生中最惨痛的回忆。刚走到那里，一桶污水从楼上泼下来，淋得她瑟瑟发抖呆若木鸡。山坡愣了愣，然后疯了似的冲上去。二楼有扇门刚要关紧，山坡用力一推，屋里关门的女人砰地摔倒，随即响起号炮般地嚎叫声：救命啊，强盗来啦！山坡愤怒地说，你再叫，我他妈的揍死你！女人从地上嗖地爬起，一只肮脏的塑料洗脚盆在她脚下翻了个身，她尖声叫起来，你别过来！山坡弯下腰捡起脚盆，扔到她头上去，女人抱着脑袋逃到了阳台上。山坡刚要逼过去，女人突然从阳台上操起了一把铁锹，她把铁锹举在半空中对山坡喊，出去，给老娘滚出去，你不滚老娘就一锹劈死你！

山坡沮丧地走下楼，抱住陈芳。陈芳在他怀里呜呜地哭。楼下有一爿理发店，他俩就站在这理发店的门口。店里没有理发工具只有三个袒胸露臂的小姐。小姐们懒洋洋地挤在一张长沙发上，漠然地看着他俩，过了好一会儿，终于有一位小姐动了恻隐之心，她说，进来洗洗换身衣裳吧，谁叫你们跑到这里来的？这里是贫民窟，没有道理可说的。

后来陈芳告诉他，小姐将她带到昏暗的里屋，她的眼睛好久才看清那里摆着三张小床，床上床下到处可见揉皱的纸团，一股腥味令她产生呕吐感。好心的小姐将自己的衣服拿给她穿，那裤衩和胸罩上都有一些洗不去的可疑的污迹。陈芳不敢坐到床上去，抖瑟瑟地站在那里换上一件露脐的短上衣，一条牛仔裤。丰乳肥臀的小姐装穿在她身上空荡荡的，她感到一阵阵冷风吹进衣裳，戏弄着她，她实在是尴尬之极。

两个人相拥着走出理发店，好像逃离一个噩梦。挂牌一万四的这套房子，跟那位泼妇只隔了一层薄砖墙，陈芳说她宁愿住到立交桥的桥底下去也不想住到这里来了。这真是一种可怕的感觉，她好像完全垮掉了，这种感觉在未来的日子里将会时常浮起在她的心头。山坡搂着她，感受着没穿内衣的小护士身上的战栗，任何不切实际的漂亮话对她都没有用处，只有每平米一万六以上的房子才会起到安慰的作用。

内疚感再次攫住了山坡的心，这种内疚是那么古老，那么陈旧，仿佛从嘉陵江一直流淌过来。小巷里遍地垃圾，两只苍蝇在他俩身边飞来飞去，好像化成蝴蝶的梁山伯与祝英台，山坡拉着陈芳的手，就在苍蝇嗡嗡的盘旋声中向她倾诉衷情，我这就给表姨写信，他语无伦次地说，我豁出去了，明天，明天我就向老师开口，向她借八万，不，借十万元。

他们回到出租房，陈芳立即冲进卫生间，悉悉窣窣地一阵响，那件露脐装被扔出门来，山坡刚接住它，那条牛仔裤又飞了过来。山坡怀抱着这套衣服，站在门外听到屋里的哗哗水声，感到那热水似乎流进了自己的身体，使他喘不过气来。很久了，他们没有在一起过了。他闭上双眼，仰着头，额上有一根血管在猛跳。有几秒钟的时间，陈芳在唤他，他却没听到，后来他蓦然睁开眼睛，才发现陈芳正从卫生间探出头来，向他要衣服。

我这里没、没有，他结结巴巴地说，没有女人的衣服。

你不必表白，陈芳向他翻了个白眼说，我能够感觉。

露脐装和牛仔裤从他的手里掉落下来了，山坡摊开双手，我表白什么了？他白痴似地问自已。他走向一只破旧的衣橱。他挑出一件衬衣和一条短裤。他回头说，先穿我的行吗？要是不行，我出去给你买新的。

雾气笼罩着卫生间，一盏节能灯半明半暗的灯光下，一个女人的胴体如一幅画，令他的眼睛定格。浑圆白嫩的胸臀展现在他面前，性感飘逸淋漓尽致。他想退出去，但是，她拉住了他的手。于是他把她小心地抱在怀里，她的头顺势落在他的肩上。他用手抚摸着她的脑袋，手指在她的秀发中被勾住了。他心中因此而产生了一种拥有的感觉，他说放心吧，房子会有的。

他确实是这样说的。他说房子会有的。

小护士陈芳的肩膀在他的双手中抖动，令他感到轻微的眩晕，她说，你不要骗我，我再也经不起任何人的骗了。

他们去看第二套房。

他们在卧室与客厅、厨房与卫生间之间来回踱步，房间里洒满明亮耀眼的阳光。天花板上传来楼上住户的说话声和脚步声，一个孩子在嘭嘭地跳绳。陈芳抬头盯着天花板，她说，值夜班的时候，白天我要睡觉的呀。山坡说，那就再去看看城北那套房吧，这个天花板、这个墙像纸一样薄！

等了五十分钟才等来一辆公交车，城北离他们上班的地方太远了。公交车像乌龟似地在嘈杂拥挤的街道上爬行。车厢里有人放了个臭屁，山坡看到陈芳捂住鼻子，一张沁出汗珠的脸涨得通红。山坡拉着她往后面走，但是整个车厢挤满了人无处落脚。终于到了一个车站，车门刚要打开，有人喊皮夹啊我的皮夹子不见了！车厢里骚动起来，司机说都别动，等"110"来吧。山坡看见一个挺斯文的眼镜男往门边挪了挪，一只皮夹掉到了地上。山坡张开嘴刚要喊，陈芳却狠狠地在他手背上掐了一下，陈芳说，咦，这不是皮夹子吗，找到啦找到啦！

车门开了，眼镜男率先下了车，跟在他身后的是两个十七八岁的小男孩，其中一个剃光头的男孩朝山坡耸耸鼻子，目露凶光。山坡身上掠过一阵痉挛。陈芳又掐了他一下，陈芳心有余悸地对他说，你不要命啦，一车人都不吱声，轮到你来做英雄？

终于到达目的地已是中午。年生已久的梧桐和松树排列在通往社区的小径两旁，透过树枝，斑驳陆离的阳光洒在一片缓缓倾斜的草坪上，给人一种回到家乡般的静谧美感。没有汽车的喧嚣，没有商场的大喇叭，几位老人坐在草地上懒洋洋地晒着太阳。这环境不像在大城市里，倒让人恍若置身村外的石桥边。一阵强烈的思乡之痛突然向山坡袭来：我们干嘛要跑到这里来？一个小小的乡村医生带着一个小护士跑到大城市来干什么呢？

　　这是一套总价八十八万的二手房，有一个十二平米的大房间一个九平米的小房间，客厅、厨房和卫生间都是袖珍型的。山坡说，这房子造好有十年了吧，怎么还是毛坯房呢？陈芳说你又在心疼装修费用了不是？毛坯房多好啊，我们爱怎么装修就怎么装修！陈芳打开主卧室的窗子，作了一个近似陶醉的表情，这是一个遥远偏僻的地方，她像朗诵诗歌一样说，但是有一派与世隔绝的田园风光。至于上下班辛苦一点嘛，她闭上眼睛又重新睁开，咬着嘴唇说，就辛苦一点吧！

　　山坡对着窗口沉思。他看见正对着这套房子的一栋小楼门上挂着一块小木牌，一辆轮椅被推到门口，轮椅上的妇人回首朝他、朝天空和草地看着，那无比留恋的眼光使他心里猛地一沉。那是一张被病魔折磨得又干又小的脸，眼里满是无法形容的痛苦和哀怨。山坡觉得自己回到了县医院，记忆中如幽灵一样出没于脑际的垂危者的眼光全都浮了上来。那种绝望的神情，那种悲戚的阴影预示着他们即将扑向死神的神情，通常会出现在哪里？

　　阳光照耀着他的眼睛，他避开阳光，陈芳好奇地问他在看什么，他没有回答。昏暗的灯光将木牌上的字影影绰绰聚焦到他的瞳仁里，他的眉头紧紧地锁到一起。钴60放射治疗室。他终于读出了这几个字，他读得很慢很慢，伴随着嘴唇的蠕动涌上脑际的是脱发、再障、血癌。他转身朝门外走去，陈芳拉住他，陈芳说，你怎么啦，这房子不好吗？他不知道该说些什么，一下子想不出即便是笨拙的安慰话，于是陈芳先开了口，她放开了他，两只手紧紧地捂着泪水涟涟的脸。"你太不诚心了"，她呜咽着，"我对你实在是太轻信了！"

　　他们站在草地上，陈芳似乎流不出眼泪了。她慢慢镇静下来。山坡说，"你看见这些老人没有，他们的外套下露出的是什么服装？"陈芳傻乎乎地瞧着晒太阳的老人，终于显出惊讶的神情，"病号服！"她说，抬起头向小径前方张望，斑驳的树荫挡住了她的视线，山坡说，这是肿瘤医院的后门，没挂牌子。

放射室离那套房子不到十米，他们再也不敢回到那里去。回城的路上，小护士一直紧紧地闭着双眼，痛苦地抿紧双唇，好像要把刚才看见的那一幕重新收回去似的。阳光。草坪。小径。梧桐和松树。每平米只要一万六。白骨精美丽的外衣仍在诱惑着她。她梦幻般地对山坡说，那里真的有那么可怕吗。

山坡挤出一丝惨淡的微笑说，你也算是学医的，你说可怕不可怕？

表姨的回信到来之时，山坡正在晾衣服。他刚要把小姐的牛仔裤挂到窗外铁丝上去，房东在楼下喊黄医生有你的信，山坡的手一抖，牛仔裤落到了房东头上。被湿漉漉的裤子蒙住脑袋的房东，晃动着两只手发出悲惨的喊叫声，你疯啦，女人的裤子也敢往我头上扔？你给我搬出去！

山坡抖瑟瑟地拆开信。说实在话，他并没奢望能有什么奇迹发生，相反，他只是希望看看表姨的回答，期待着他能感受到她的歉疚之意。果然，表姨说她没有多少积蓄，她丈夫转业后在一家国有企业当车间支书，工厂的效益不太好。山坡从信上得到的唯一慰藉是：表姨说表姨夫的单位有一所职工医院，如果他愿意，可以介绍他去那里当医生。

黄山坡医生当然不愿意去。他知道这所职工医院，他有个同学就在那里当医生。医院穷得十几年没更新过设备了，连一台彩色b超机都没有，来看病的多半是下岗职工，稍微贵重一点的药就没人去配。同学说，几年来人心惶惶的，一会儿说要改制了，一会儿又说负担太重没人愿意收购，有门路的医生护士都已经离开，只有脑满肠肥的头儿们一如既往的忙于吃喝玩乐。

山坡不敢把信拿给陈芳看。他去看他的小学老师。他像往常那样勤快地帮助老师做家务，老师说，歇一会儿吧，哪有这么多可以打扫的！他坐下来，有点局促不安，不知如何开口。老师含笑注视着他的眼睛，等着他说话。山坡说，孩子呢？老师说上她奶奶家去了，自从了解了你的情况之后，她懂事多了，知道生活不易，也知道孝敬老人了。

老师的家离江岸不远，他们听见轮船的汽笛声，很清楚，很苍凉，很遥远，让他们想起家乡。山坡说起这些天看房子的遭遇，老师一会儿笑出声来，一会儿为之欷歔。山坡想自己的人生虽不曾纵意，但也算幸运，有关心他的长辈，有朋友和同事，还有陈芳，连大医院副院长跟老师生的女儿其实也挺可爱。老师说，你说吧，首付款到底缺多少，这点钱我能帮你。到了这时候，山坡反而犹豫起来，有您这句话我就放心了，他搓着手，迟疑地说，现在还说不好首付款要多少，等我看好了房子再来麻烦您吧。

老师叫他吃了午饭再走。山坡说中午要请客户。他在街上走着，阳光特别温暖。他请的是省医院两位科长和他们的太太，事先请示过陆总，陆总说地方找得好一点，不要小里小气的。他在张生记酒店订了一个包厢。他算过一笔账，请太太们出席比光请科长们合算多了，现在酒价跟房价一样疯涨，太太在场的话男人一般不会喝得太多。

人群熙攘的餐馆内，一位科长带着他的太太已经到了，这是一个经常在电视剧组跑龙套的女演员。你怎么没把太太带来啊？她说。黄山坡脸红了，他对她的热情寒暄很不自然地报以一笑。我还是王老五呢，他说。他那狼狈的样子惹人同情。女演员拿起一支香烟，黄山坡赶紧拿出打火机，但是手抖得厉害，她看他怎么也没法把手凑上她的香烟，便抓住他的手，在笑声中喷出一口烟。

"我给你介绍一个姑娘吧"，她说，"听说张艺谋都用过她的。"

她说出一部电视剧的名字，山坡看过这片子，但是怎么也想不起那姑娘演的角色，其实他连这位太太演过什么角色也毫无印象。太太说，我演的是一位太太，在一场戏里跟另外几位太太搓麻将，那姑娘因为个子太小，演一个丫鬟。

她说过什么话吗？山坡好奇地问她。

她给我上了一杯茶，说了一句话。她说：太太，请喝茶。

科长笑了，刚进门的三位客人也在笑，他们都听到了这位太太的介绍。山坡的笑容却僵持在了脸上。人们发现了他的异样，包厢里安静下来，手足无措的山坡揉揉眼睛，只觉得全身的肌肉绷得又紧又硬似地，终于，他嗓音沙哑地说道，院长，您亲自来吃饭啊？

是啊，黄山坡同学的小学老师的丈夫，这位副院长说，难道让别人替我吃饭吗？

酒过三巡山坡才搞清楚，副院长原本打算回家吃饭的，走到医院门口碰到了另一对科长夫妇。科长太太随口说了一句有人请我们吃饭，副院长说，谁啊，科长略显尴尬地说出了山坡。他们没想到副院长也熟悉山坡，更没想到他会跟过来，他说，好啊，就吃他的吧，谁叫他是我老婆的学生呢。

山坡当然明白副院长的意思，这是在给他铺场子呢。有他老人家这句话，科长们跟他的业务关系就会牢固一些。他想起老师对自己近二十年不变的关心帮助，心里忽然对这位副院长也充满了感激之情，又不宜表露，他只好再次端起酒杯向他敬酒，他说，院长，我祝您全家永远快乐幸福。

"哪有永远快乐幸福的事啊，"副院长却叹气道，"上有老下有小，实在是太累了！"

满座的人皆是一愣，只有后来的那一位科长太太露出知情人同情的神色。她放下酒杯说，老太太又要换保姆了吗？今年已经换了十二个保姆，她还是没找到一个合适的？还有您那位千金，今年高考估计连"三本"都上不了的，出国去拿一张洋文凭的事，现在就该张罗了！

原来这位太太是副院长女儿的老师。她说的老太太，自然是副院长的母亲了。老太太以为儿子当了副院长，她就是诰命夫人，使唤保姆就像使唤丫鬟。现在的保姆可不是从前的丫鬟，她们口口相传，老太太就成了黄世仁的娘。科长太太说，院长啊院长，您找不到第十三个保姆了，除非您出更高的价格，每个月至少五千元，请一个月子保姆来侍候您娘！

除了这位老师，没有人敢对副院长的老娘和千金进行评说。山坡迟迟疑疑地说，不至于吧，您女儿看上去挺聪明的，怎么会连"三本"都上不了呢？副院长叹了一口气，还不是从小让老太太宠的，他说，那时我跟你老师整天忙得脚不沾地，除了工作还要读书考职称，实在抽不出时间去管教她啊。副院长转过脸跟科长太太说，你们学校也不怎么样，听说我女儿班上早恋的学生都有好几对了，这怎么得了？

顾不上看那位老师难堪的脸色，山坡沉浸在自己的沮丧中。大家都在给副院长出主意，有的说去澳大利亚好，有的说去法国好，不管建议去哪里，基本原则是肯定的：这孩子只有去国外读书，才可能有一个比较好的前途了。

　　瞧着副院长扳着指头计算千金的出国费用，老婆手里有多少积蓄，自己又有多少私房钱时，山坡的心在往下沉。如果说今天上午他的心里还有一座桥，吃了这顿饭，这座桥成了断桥。他知道自己再也无法向当年的老师开口借钱了，他好像看到副院长没了私房钱到处在打秋风，他还看到一个十七岁的小姑娘到了巴黎，本来是想打的去学校的，摸摸口袋，四处寻找地铁口去了。

　　那天席散，山坡跟副院长，跟科长和太太们握手道别，然后站在马路边上给陈芳打电话。电话通了，没有人接。山坡想昨天她值夜班，可现在已经是下午了，不可能还睡在床上，她跑到哪里去了？

　　手机铃声短促地响了一下，山坡以为是陈芳回了短信，打开一看却是一条彩信。这个陌生的手机号码让他迟疑了几秒钟。接下去看到的画面使他变成了一尊塑像。又是一条彩信进来了。手机在他的手里微微抖动，那画面也在抖动，画面上的两个人一会儿分开了，一会儿靠在一起。这尊塑像哆嗦着，哆嗦的幅度越来越大，终于演变成一种愤怒的奔跑。这是一种没有目的地的奔跑。他穿过马路，一辆急刹车的轿车司机探出头来骂他，他视若不见地继续往前跑，好几辆汽车停了下来，他还在跑。警察在岗亭上高声喊他，他听不见。

　　他恶狠狠地喊着一个人的名字。他有一种本能的感觉，这条彩信就是这个人发过来的。这个人没有放过他。其实从陈芳回到他身边的那一刻，他就有这种直觉：这位大少爷，怎么会如此好心，怎么可能轻易地放过"忘恩负义"的他呢？

六

照片很清晰，背景就是星期八咖啡馆，山坡忘不了那个靠窗的火车座，金丝绒的窗帘上织着玫瑰花。那时的陈芳面前只有一杯"卡布其诺"，现在的画面上，她的面前不仅有咖啡，还有冰激凌，还有一大块巧克力蛋糕。

第一张照片上，陈芳坐在一位中年男子的对面。这是山坡似曾相识的一位男子。第二张照片上，中年男子坐到了她的身边。山坡不敢看第三张照片，他坐在马路的街沿上大口大口喘气，汽车尾气和灰尘钻进他的肺里。后来他点燃一支烟。烟雾让所有的画面变得虚无缥缈，他才看清第三张照片：似曾相识的男子将手搭在了小护士的肩膀上。

没有第四张照片了，这使他多少放松一些。虽然他的心里依然笼罩着一种不祥的气氛。这些照片说明不了什么，他安慰自己，假如还有进一步的行为，偷拍的人不会到此为止。

在这座城市里，唯一同时认识他和陈芳的只有文明，知道他俩关系的也只有他。帅哥文明无疑是脂粉阵里的宠儿，对于跌宕起伏的感情所能带给人的伤害了若指掌。山坡想我不能让他如愿。我对此付诸一笑。

日暮黄昏，星期八咖啡馆的侍者迎来了一位孤独的客人，这位小个子客人径直走到靠窗的位子，沉默了许久。侍者谦恭地弯下腰，等待他的吩咐，他却继续沉默着。他靠在座椅上，他的剪影在暮色和夕光里显得单薄而脆弱。后来他说：来一杯冰水。

侍者惊讶地看他一眼，冰水是免费的，他说，他看见客人的眼神，很冷，因此而保存了一位训练有素的侍者应有的职业涵养，没有再往下说什么。侍者很快送来了一杯冰水。客人咕嘟咕嘟喝下去。他把杯子放到侍者的托盘上去，然后才说，来一杯"卡布其诺"吧。

对面的馄饨店很热闹，山坡看着那里的人们进进出出，他跟陈芳讨论买房时的情景浮起在馄饨店的雾气上，一切似梦非梦。相比之下，星期八咖啡馆的客人寥寥无几，着实冷清。现在的问题是，偷拍者不可能坐在店里进行偷拍，除非他化了妆，那么，他是从馄饨店那边拍过来的？

"请原谅"，侍者走过来说，"您是否需要再来一杯冰水？"

山坡愣了愣，这才发现自己的咖啡早已喝完。侍者说话的声音平静而礼貌，但在那种平静和礼貌之中，却显示出某种不同寻常的坚决，婉转地传达了他的不满。山坡忽然觉得很有意思，这位侍者令他产生了好感。

"你认识这两个人吗？"

这个看上去跟他年龄相仿的侍者，始终保持了与其身份协调的姿态，说话简练而且谨慎。他看一眼手机上的画面，略感惊讶地扬起了眉毛，"这是用手机拍的"，他说，"距离很近，应该是在这里，"他指着立地大玻璃幕墙的墙外，"或许是一个行人，正好路过吧。"

山坡似乎看到了这样的情形：文明缓缓地开车过来，习惯地向此处张望，他或许戴了一副墨镜，或许戴一顶帽子，帽檐压得低低的。当然，也可能是他偶然路过，第一次看见咖啡馆里坐着陈芳。这位一米七五的帅哥，表现却像一个小人，把车停靠在路边，掏出了带有摄像镜头的手机。他的眼睛在笑容里红润起来，他迅速地走近猎物。他想象着自己的快感将传达到被悲哀击倒的老同学身上，他的手因此而激动得哆嗦，连面容都扭曲了。

"他们常来这里吗？"山坡轻声问侍者。

侍者抬起头来看他了，那眼神里有了一种不可言喻的同情，仿佛山坡肩背着一个沉重的包袱，正在艰难地行走，而他的前方还有一道难以跨过的坎。他摇摇头，以同样轻声的语气说道，"不多，我没有太深的印象。"

你是一个好人。山坡站起身对他说。他拍拍侍者的肩膀。他说你是一个好人。他感到奇怪，说完这句话，他的心情也好了起来，至少是轻松多了。

山坡回到出租房时天已经黑透了，门口的灯泡坏了，借着对面便利店的灯光才能看清台阶。一楼房东家的门紧闭着，里面隐约传来搓麻将牌的声音。听到他的脚步声，房东打开门朝外看，房东说，刚才来了一个自称是你弟弟的乡下人，我没敢放他进来。山坡愣了愣说，你怎么能这样做呢，你太势利了！房东冷笑了一声说，谁知道他是不是冒充的呢，万一他是个小偷怎么办？山坡转身往台阶下走，他说，谁会来冒充我这个穷鬼的弟弟？乡下人怎么了，比乡下人更会偷鸡摸狗的城里人多的是！

棋牌室人声喧闹，赢了钱的人哈哈大笑，输了钱的人骂骂咧咧。看到山坡直愣愣地往里闯，一条汉子拦住了他。这是一个山寨版的保安，穿着一件过时的旧警服。保安说，你先去买筹码，拿到筹码才能进去。山坡说我不打牌我找人。保安立刻沉下了脸，将双手抱在胸前说，你走吧，这里没有你要找的人。

路口有一个大排档，电线杆下面放着几张小桌子，炸带鱼和炒螺丝的香味飘散在夜空中。山坡围着桌子转了一圈，找不到他弟弟。大排档的老板娘举着锅铲向他打招呼，你想吃什么，吃一碗炒粉干吗？山坡说我找我弟弟。老板娘说，没见过像你这样小矮个的年轻人呀！山坡急了，他说，我矮，我弟弟就不能比我高吗？！

手机铃声就在这时响了起来，山坡一看是张老师家，山坡说张老师你有什么事吗？张老师说，你赶快过来吧，你弟弟在我这里，我们等着你吃饭呢。

山坡在路口傻站了一会儿，想起给家里去信时谈起过张老师对他的关心。山坡感叹时代的变化，乡下来的弟弟一点不输城里人。找不到他，弟弟就给张老师的单位打电话，然后找到了他家里。山坡气喘吁吁地跑到了公交车站，正是交通拥挤的高峰时段，他掏出一支香烟慢慢地吸着，心里猜测着弟弟的来意。弟弟也许对县城的打工生涯失去了信心？也许只是受母亲之命跑来看看他吧？但愿是后者。

细雨不知什么时候飘落下来，冷风从护城河上空和街口那里吹来，街上的人们纷纷加快了回家的脚步。山坡拎着一瓶葡萄酒向张老师家走去，感到深深的凉意。家里供不起两个大学生，弟弟没读完高中就去县城打工了，从码头装卸工到仓库保管员，一直在最底层煎熬。去年回家时，母亲提到他的婚事，说村里有个姑娘很不错。算起来比他小三岁的弟弟当时也有二十七了，二十七岁的弟弟说，我哥还没结婚呢，我急什么？

张老师的家就在护城河边。窗户上映出他和弟弟谈话的身影。山坡想象着他们的谈话内容，他的心一点点抽紧。县城在不断地扩大，土地都被征用完了，人心惶惶的乡村成了大片空旷荒芜的原野，没有人去耕种。那些年久失修东斜西歪的村舍里，住着的都是些留守的老人妇女和儿童。山坡听到厨房里传出张师母的喊声，你们先吃起来吧，菜都凉啦！张师母说，别说那些伤心的话了，既然来了，工作总会找到的，一口苦饭总有得吃的呀。

他们终于看见了他。他的矮小的身影被透过细雨的路灯灯光投射在石板路上，久久地凝固不动，就像一棵无花果树的影子。张师母打开门。山坡看到弟弟站在客厅里，一只绑着绷带的手吊在胸前，山坡想起弟弟最近的一份工作，他在一家酒店当保安。"跟人打架打的？"山坡绷着脸往里走。他的嘴唇几乎咬出血来。弟弟说，几个喝醉的客人打架，他去劝架时受的误伤。

直到张师母说起最近托人给山坡介绍对象的事，客厅里才有了一些轻松的气氛。张师母已经给他介绍过三个姑娘了，山坡自嘲说我是"见光死"，没见面时听条件好像还马马虎虎，见面一看身高一米六，姑娘马上跟我说两个字：拜拜。张老师说，说到归根，还是你自己放不开，太在意这些外部条件。他说拿破仑身高几许，总设计师又身高几许？首先是你自己要有信心，别人才会不在意嘛。

张老师夫妇不知道他心里搁着一个小护士名叫陈芳。山坡很想告诉他们。他有一种强烈的倾诉的欲望。但是弟弟在场他怎么也说不出口。客厅靠墙处放着两只蛇皮袋，里面装满塑料做的小挂钩，弟弟说老家县城里有个发明家，发明的这种小挂钩能挂住四块砖的重量。张老师说，家里需要这种挂钩吗？张师母凝神想了片刻。或许有人要吧，她说，那些有花园的人家挂个洒水壶、小锄头什么的？

我们先买几个吧，张老师说，送给亲朋好友试用一下。

旧景旧情带给她一种茫然而酸楚的感觉，陈芳说自己再也不想去星期八咖啡馆了。中年男医生说，不去星期八咖啡馆就去我家吧，即便明天不再来往，总也得让我知道个缘由不是？小护士很清楚去他家的后果：历史的镜头将一遍遍重播。最后一次，小白兔对大灰狼说，这是我最后一次跟你去那个地方。

如果知道这"最后一次"将被复制下来，送到山坡手里，打死她，大概她也不会去。人生没有如果，而在"最后一次"之后却往往还有"最后一次"。

陈芳第一次走进星期八咖啡馆，是梅雨季节的一个黄昏。下班了，她还坐在值班室窗前黯然神伤。中年男医生走过来，抓住她的手软绵绵地捏了一下。失恋了？他说。那就再谈一次恋爱好了，人生苦短，何必自己跟自己过不去。陈芳摸摸自己的手，被他捏过的地方温暖而潮湿，她抬起头，看见一张老帅哥的脸，头发梳得精光，名牌西装里裹着一个保养得很滋润的身子。上车吧，我请你喝咖啡去。他指着窗外停着的一辆轿车说。那是一辆银灰色的宝马，在细雨漾漾中泛着富态的光泽。陈芳告诉自己应该说不，还没说出口，对方拉了她一把，于是她只好半推半就地跟着他下了楼。

这一跟就跟了将近一年多。开始是咖啡馆，后来到他的家。他家在郊区，一套复式排屋，装修得精美绝伦。无论从他的身上，还是那套房子，小护士都感受到某种微妙而迷人的力量，这是山坡所没有的：这个时代造就的所谓精英的力量。

问题是这种力量给她带来的是一种很不安全的感觉，不可靠，不长远。从那位中年女医生到略有姿色的其他小护士，他好像都有浓厚的兴趣。事实上在文明找到她，告诉她山坡的近况时，她已经品尝了很久的伤心与失落。忍气吞声，甚至表现出若无其事的样子，这在她与山坡的交往中是绝对不能想象的，而在这位先生那里却变成了习惯成自然。

山坡给她点燃了新的希望之火，想到表姨和小学老师可能帮助他们建设起一个温馨而且安全的小家，她就有了跟这位先生彻底分手的决心。可惜山坡没有看见第四张照片：那位中年男医生搂住她将她抱入怀中时，她推开他，站起身坐到对面去了。她说，你找别人去吧，我对你彻底死心了。

世界好像对于老帅哥突然变得陌生新奇，他的脸由红转青，陈芳走出星期八咖啡馆时，记忆中留下的就是这样一张脸。为什么？他说，你的话简直莫名其妙！我不是答应过娶你了吗？你急什么？不就是一张纸的问题吗，莫非你就是想着要用这张纸来控制住我？！

他的气急败坏和语无伦次给陈芳带来了愉悦感，她在街上走着，觉得自由和轻松。午后的阳光照在她身上，马路两边的树木郁郁葱葱，她看见联华超市门口有个卖彩票的摊子，就走过去卖了两张6加1的体育彩票，数字是她跟山坡在嘉陵江边重逢的日子。陈芳简单地回顾了离开县医院后他俩一起漂泊的过程，她觉得冥冥中向往的生活终于到来了。一座风景优美的城市，一套属于自己的房子，一个其貌不扬但是宠她爱她的男人，一种平静而靠得住的生活，它体现了每一个走进大城市的女人的梦想，陈芳的脸上因此而浮起了跟阳光相配的笑容。

山坡却没时间也没精力去了解陈芳的心路历程，他跑了整整两天，才给弟弟租到小商品夜间市场的一个摊位。这个露天市场位于相对偏僻的城东，每晚租金却要一百元。山坡怎么也忘不了第一天晚上惨淡的营业额：卖掉了八只挂钩，每只三元，一共二十四元。夜里十点半，别人都收摊了，他和弟弟还在苦苦等候最后的顾客出现。他们等来的不是顾客而是城管。城管说不准时收摊罚款五十元。山坡哀求说我们第一天摆摊不晓得这规矩，城管瞧着他弟弟吊在胸前的那只胳膊，动了恻隐之心说，从以人为本出发，就罚你三十元算了。

风从城市的最东端迎面吹打两兄弟的脸，含有江边潮湿的雾气。地铁工地将马路变成了小巷，歪斜的电线杆下是坑坑洼洼的街面。一辆小车驶来，大灯照亮了背着蛇皮袋的两兄弟。山坡放下蛇皮袋，抬起一只手挡住灯光，他看见小车刹住了，驾车的人推开车门下来。黄山坡你在干什么？！两兄弟都傻住了。陆总你，你怎么到这里来，来了？山坡抖瑟瑟说。陆总走到他俩跟前，像警察审视犯罪嫌疑人似的看着他俩。废话！陆总说，我家就在这附近。

山坡这才想起，陆总的家就在露天市场对面，他摸了摸自己的脸，手是冰凉冰凉的，脸上却异常的燥热，他说，我弟弟来了，在这里租了个摊位，我帮他收摊回去。朦胧的夜色中，街道一下重归寂静。山坡看到陆总迟疑了一会儿，转身回到小车上去，上来吧，陆总说，那声音是不容推却的，山坡带着弟弟走过去。把东西放到后备箱里去！陆总又是一句命令。

这个夜晚给他以一种虚幻的感觉，他听见陆总骂他笨蛋，陆总说这种挂钩你卖三元钱一只怎么卖得掉？你应该卖二十元一只！陆总还说，明天晚上你搬四块砖头来，我来帮你卖，我让你看看你究竟是不是一个笨蛋！

山坡在这场逻辑大战中完全没有招架之力。他怎么也想不通三元卖不掉的东西二十元却能卖掉。冬天用的一床被褥铺在地板上，弟弟睡着了，他在床上辗转反侧。借着熹微月光可以看见窗台上的兰花在摇曳，山坡布满血丝的眼睛忧愤而无奈。表姨的回信，副院长的难处，陈芳的要求，手机上的照片，还有一只手吊在胸前的弟弟，就像一座座山，压得他透不过气来。他怕冷似地缩起肩膀，直到凌晨才迷迷糊糊地进入梦乡。

七

　　房东站在台阶上冷冷地看着她。今天搓麻将又输了钱，他心里不舒服。他说，你又来找黄某人了？他不在。陈芳说，他去哪里了，他每天夜里都很迟才回来吗？他跟一个鬼鬼祟祟的乡下人出去了，房东说，天晓得他们在干什么！

　　陈芳打山坡的手机，没人接。陈芳心里充满疑惑。她想问房东那个鬼鬼祟祟的乡下人是男是女，房东已经回屋里去了。陈芳仰起头，细雨淋湿了她的脸。毕竟分开了这么长时间，她发现对山坡有了一点陌生感。陈芳知道自己再也经不起反复折腾了，下决心之前她必须彻底搞明白：许多事情无法预料，既然自己的生活中出现过一位中年男医生，那么山坡呢，他是否也遇到过其他女人？

　　山坡不接电话是因为他根本听不见手机铃声。陆总叫阿彪拿来了一台录放机，阿彪老婆以一口不太标准的普通话在音乐声中说：本挂钩是具有专利的高科技新产品，厨房里挂菜刀锅铲，阳台上挂水壶铁锹，盥洗室挂拖把木桶，广泛应有于生活的各个领域，充分体现了和谐社会的人生理念。一只挂钩高高挂起，下面吊着四块红砖，吸引了许多围观者。感觉新奇的人们议论纷纷，多数人说东西不错价钱贵了一点。站在圈外的陆总突然挤进人群，手

江南梅雨天　45

上举着一张百元大钞。陆总说，打点折吧，我买五只。山坡愣了愣说，给你九折吧，每只十八元，讨个彩头？好咧！陆总捧着五只挂钩挤出去，脸上堆起难得的笑容，回去讨好丈母娘了！

讨好丈母娘无疑是建设和谐社会的一项重要内容，恍然醒悟的男人们开始掏钱。山坡将阿彪老婆的广告声调高了，其他摊位前的顾客齐刷刷地转过身来，这时有个熟人看见了山坡的弟弟，咦，你的手怎么了？弟弟涨红了脸，说，挂钩上本来挂着五块砖，没想到捆砖的绳子断了，砸伤了我的手。乖乖，那熟人一脸不可思议的神情：这小小的挂钩，竟然挂五六块砖头都不成问题啊？

熟人是阿彪。他缠着山坡讨价还价，眼睛里流露出一丝狡黠的笑意。跟在他身后的顾客最后都以八折成交，拣了个大便宜似地离去。将近十点钟，市场里几乎没什么人了，山坡和弟弟收拾摊子准备回家。不知去哪里逛了一圈的阿彪重新出现。阿彪伸出一只手说，拿来。山坡眨眨眼睛，拿什么？我和陆总的钱啊，阿彪说，莫非你真以为我们想用这破挂钩去讨丈母娘的好了？

陆总露了一下脸就回家了，山坡兄弟请阿彪去吃夜宵。山坡跟阿彪谈着公司里的八卦，谁快结婚了，新娘子已经怀孕五个月了，谁快离婚了，老婆红杏出墙半年多了。阿彪说，你知道陆总刚才为什么匆匆离去吗？山坡说为什么？你那位大客户打来电话，他那位千金又离家出走了！阿彪摇着头，一脸悲天悯人地说，造孽啊，这么有钱的人家，怎么养出个这么叛逆的黄毛丫头来？大客户要陆总帮他寻找这个傻丫头。

他们聊天时山坡的弟弟低着头在数钱，一堆潮腻腻的钞票，大约有五六百元。数完了，他抬起头，脸上的表情是迷惘而复杂的。那条吊在胸前的胳膊微微颤动，脏兮兮的绷带上突然落下一颗泪珠。山坡愕然说，你怎么了？弟弟踢了踢还剩下一半挂钩的蛇皮袋，以一种几乎听不见的声音说道，我想回去，我还是回老家去找点事做吧。

这变化来得太突兀，山坡和阿彪都愣在那里。山坡凝视着泪眼朦胧的弟弟，他听见一种心灵急剧枯萎的声音。这座大城市给以弟弟的观感，显然与他到来之前的想象大相径庭，哥哥的现状和生存成本之高，以及做生意之难，都不是今晚上赚的这几个钱所能慰藉的。大排档所在之处离火车东站很近，一列火车轰隆轰隆地驶过，他们脚下的土地和他们的身子都在有节律地晃动，汽笛在遥远的地方拉响，山坡觉得他们的心在汽笛声中颤抖，山坡沉默地看着弟弟，哥哥我对不起你。

弟弟的脸上已经过早地刻上皱纹，几近于山坡记忆中父亲的形象了。去年大年三十，匆匆地吃了年夜饭，他就赶回县城去值夜班了。天上飘着雪花，山坡瞧着他在光秃秃的乡村小路上骑车远去，那暗淡的天光下，孤独的感觉分外辛酸。那时候山坡站在村口石桥上，用冻僵的手指点了一支烟，万籁俱寂，天地之间是一片苍茫的灰色。兄弟。他默默地念叨这两个字。他突然明白这是父亲留给他的最重要的东西了：他的母亲，他的弟弟，他们只属于他，只想着他，为了他什么都可以放弃，什么都可以牺牲。这无疑是他拥有的唯一财产，永远不变的财产。

这不是我们的家，在这里没有在老家的蓬门柴屋住得自在。山坡在弟弟眼里读到这样的话。弟弟回到出租房，默默地将被褥在地上铺开，每一个动作都蹑手蹑脚地，尽量保持安静。隔壁住着房东的老娘，惊扰了老太太房东又要赶他们走了。

淅淅沥沥的雨点又落下来了，夜风敲打着门窗。山坡在风声雨声中看见了母亲。年三十晚上从村口回去，他远远地看到母亲正从村里的石板路跑回家去。她脚下的破球鞋一路发出啪嗒啪嗒的响声。童年时他跟母亲说过：等我长大挣钱，就给你买双新鞋子，我一定买。我要给你买一双擦得亮晶晶的皮鞋，带你去逛马路，然后我们再去馆子里吃肉包子，吃到肚子撑得老高。我要挣很多钱，将来我们会住到城里去，那里有电灯、厕所和烧煤气的灶台，一划火柴就点燃了。我们将在灯光明亮的客厅里吃晚餐，是的，不叫夜饭，叫晚餐。娘，你笑什么，你不要笑，我是很认真的！

母亲依然穿着那双破球鞋，她说这是你阿爸留下的，不能随便扔掉。山坡给她买的皮鞋，她只在大年初一穿一天，还有就是陈芳去看他那一天。所以，那双皮鞋永远是新的，永远锃亮。

这两天确实有些精疲力竭，吃夜宵时又陪阿彪喝了点酒，第二天是星期六，山坡和弟弟没像往常那样一早起床。他们在朦朦胧胧中听到敲门声，起初不太响，是一种有节制的还算礼貌的敲门声，后来变得不耐烦了，咚咚咚，声音从门的下端加剧，那是用脚在踢。山坡说，谁啊，这么早来敲门？弟弟从地上一跃而起。门开了，一个女人刚要开口骂人，发现不是山坡戛然而止。弟弟没有见过陈芳。他光着上身，下面只穿着一条裤衩。陈芳说你是谁，你怎么住在这里？弟弟把门掩上，飞快地跑回去穿衣服。山坡从床上下来，披上外衣走到门边去，山坡说，陈芳你稍等一下，这是我弟弟，从老家过来的。

陈芳终于推开门进去了，弟弟穿好了衣服正在卷起地上的被褥，山坡帮着他将被褥放进那口破衣橱去，一只蟑螂突然爬出来。陈芳惊叫起来，那只蟑螂爬上了她的脚背。陈芳狠狠地跺脚，希望把这只可恶的蟑螂踩下来，山坡说别踩了别踩了房东要上来骂我们了！窗外果然响起了房东愤怒的喊声，黄某人你疯啦，你不想住了就给我滚，赶快滚！

弟弟弯下腰捡起那只可恶的蟑螂，轻轻地一捻，蟑螂在他拇指与中指之间粉身碎骨，陈芳恶心欲吐，那蟑螂的遗体从这个"鬼鬼祟祟的乡下人"指间溢出了一股白浆。弟弟走进卫生间去了，陈芳瘫软在床沿上，她的整个身心在极度的痛楚中轻盈地漂浮，她说，你弟弟跑来干什么呢，找工作吗？一个连中学都没读完的男人在这里能找到什么工作?!

卫生间传来了哗哗水声，接着是关门声。山坡伸出食指示意陈芳小点声。烦躁不安的陈芳环顾四周，身下吱吱响的破床，搁在桌上的破藤椅，墙边堆着的两只蛇皮袋，还有那破衣橱，那从楼下传来的叫骂声，都使她沮丧之极。怨天尤人的女人再也按捺不住了，她说，你表姨回信没有？你的小学老师呢，愿意借多少钱给你？这两天总找不到你，你不会把这些最重要的事都置之脑后了吧?!

她的嗓门在不知不觉中提高，卫生间的哗哗水声停下来了，屋子里突然变得很安静。山坡站在屋子中央，脸色黑得可怕，你嚷嚷什么？他压低嗓门说，表姨跟老师各有各的难处，再说你想过没有，这借的钱越多还款的压力越大，你就不能让我缓口气再想想其他办法吗？

很难形容陈芳的愕然，骗子，这是她对山坡说的两个字。小护士对当年的崇拜偶像黄山坡医生说你是一个骗子。那时候他们的心情和梅雨季节的天空一样充满了阴霾。陈芳的头无力地垂落在胸前，后来她站起身，含泪怒视着山坡，她朝卷起被褥后显得很干净的地上吐了一口唾沫，又说了一声骗子，然后夺门而出。

弟弟从卫生间出来，看着山坡追出去的身影发愣。他的脸上充满了愧疚与哀伤。楼下的房东惊讶地看着陈芳捂着脸跑下台阶，看着山坡从楼上跌跌撞撞地追下来。过了一会儿，他又看到了那个"鬼鬼祟祟的乡下人"，看到他背着蛇皮袋一步一步地走下楼来。他对房东笑了笑。他站在出租房的大门口，回头看了看门厅和楼道，他的黝黑的脸在刚出来的阳光下显得有点苍白。房东以为自己听错了，他听见这个乡下人对自己说：谢谢你对我哥的关照。

房东回头瞧瞧，没有其他人，这才相信，这话是对他说的。鬼鬼祟祟的乡下人说，谢谢你对我哥的关照。

快要追上陈芳时，一辆带拖斗的大货车挡住了山坡，等到大货车开走，他看见的已是陈芳钻进出租车的侧影。他打她的手机，她把手机关了。山坡拖着沉重的脚步走回去，破天荒的看见房东对着他傻笑。山坡害怕地说，你笑什么，有什么可笑的？房东说，你弟弟走了，你弟弟跟我说，谢谢我对你的关照。

山坡沉没在无边无际的黑暗中，一颗泪珠在他那阴沉黯淡的眼眶里闪亮，屋子里空荡荡的，弟弟的来去匆匆好像一个梦，陈芳的来去匆匆也像一个梦，他们都走了，留下他尽情地享受孤独。他躺下来，躺在那儿盯着天花板，天花板上斑斑点点的污迹仿佛一个个回忆的碎片。没有任何东西能支撑起他的精神，他的身体变得如此虚弱无力，似乎连手都抬不起来了。

枕边短促的一声响，山坡心一惊，这是彩信的声音。文明我操你奶奶的。他狠狠地骂一句，伸出手去打开手机。他看到一张灿烂的画面：一个姑娘穿着一条丝绸料子的花灯笼裤，像个土耳其的肚皮舞女郎似的，倚在一辆吉普车的引擎盖上，她咧着嘴，露出两颗大虎牙笑嘻嘻地看着他。"黄毛丫头！"山坡猛地从床上坐起，"你在哪里？"他发出一条短信。"你看看照片上的背景。"回信很快来到。

山坡看不出她在哪里。背景很模糊。路边有一栋大楼，远处是高架桥，好像还有一个被隔板围起来的工地。山坡毕竟不是本地人，他看不出这是何处所在。想到陆总正在为此发愁，山坡将彩信转发给他。

等待陆总回音的过程分外漫长，山坡将照片拿到窗前去仔细观察。工地隔板上的宣传画变得清晰了些，一条标语渐渐映入眼眶。这是一个地铁工地，山坡自言自语着，再看看那大楼，那高架桥，突然间他明白过来，就是城东市场附近那个工地！

在穿好衣服出门之前，山坡深深地吸了一口气，心中升腾起一股温暖的感觉，至少在这座城市，在他最孤独的时候，还有这么一个傻丫头还惦记着他，还希望见到他。他跑下楼，想着这位千金小姐和她的父母那些纷繁而尖锐的矛盾，不由自主地摇头叹息。房东正在跟一位送报的邮递员说话，回头看见了山坡。黄医生你的信！山坡一愣，接过房东递过来的信放进口袋，现在他来不及看什么信，他必须赶快找到那个胆大包天的黄毛丫头！

一辆出租车在城郊结合部肮脏嘈杂的街道上跑着，山坡说快一点，司机说这个乱糟糟的地方怎么快得起来？水果店和大排档占着人行道，行人走到了车道上。山坡将脑袋伸出去寻找那辆英姿勃勃的吉普车，看见它停在大楼下面。山坡向它挥手，这时候天空响起了一阵沉闷的雷声，接着就有雨点落下来，但是太阳还高高地挂在天上，跟那辆吉普车一起形成了一种绚丽的奇观。山坡惊讶地看见吉普车启动了，不是朝他驶来，而是向高架桥上驶去，山坡急得大喊，路人纷纷侧目，手机响了，山坡目瞪口呆。

你是一个骗子。这是第一条短信。

山坡还没有回过神来，第二条短信接踵而至：你出卖了我，你就是一个骗子。

山坡想起很久以前看过的一部片子，题目叫作《苦恼人的笑》。现在他脸上挂起的就是苦恼人的笑。今天上午他遇到两个姑娘，两个姑娘不约而同地将他称为骗子，而他从来也没想过要欺骗她们。真是有点儿黑色幽默。他看见一辆黑色的小车驶上高架桥，他从车牌上认出是陆总的车，他明白了，黄毛丫头比他更早发现了陆总。

出租车抛下他开走了，山坡转过身背对着地铁工地，雨点落在他头上，他的心都凉了。他的悲哀像这座绕城高架桥一样没有起点也没有终点。出租车司机告诉山坡，那辆吉普车名叫路虎发现4，性能强大而近乎完美。陆总的小车跟在它身后，就像一个小孩与刘翔赛跑似的，陆总怎么可能追上她呢。

八

回到出租房他睡了整整一下午，想起口袋里的信已是傍晚。潮湿的黄梅雨季让屋子里充满了霉烂的气味。山坡下了床，把窗户打开，风将他手上的信笺吹得簌簌地响。表姨的来信令他产生一种自惭形秽的感觉。表姨说，姨夫所在的企业终于改制重组了，新陈代谢，姨夫选择了提前退休，新来的大股东宣布一条优惠政策：选择提前退休的中层干部可以向本单位推荐一名适龄青工。

姨夫推荐了山坡的弟弟。表姨和姨夫只有一个女儿，大学毕业留在北京奋斗，现在是一家外资公司的雇员。表姨说，弟弟到了那里，可以住集体宿舍，也可以住在她家，新进企业的青工将参加半年培训，然后根据考试成绩安排岗位。表姨在信中说，在她和姨夫的印象中，弟弟是一个聪明勤奋的小伙子，加上他们在那里的人脉资源，想必不会安排得太差。

在潮湿的空气里山坡闻到了一种久违的香气，那是窗台上的兰花散发出的气味。此时的山坡，极想跟某个亲近的人分享表姨带来的好消息，他的第一反应是给陈芳打电话，但是，陈芳的手机依然关着。山坡不得不将电话直接打到了护士值班室。一个上了年纪的女声问他你是谁啊，找她有什么事？山坡说我是她的朋友，找她谈点个人的事情。对方惊讶地说，你真的是她的男朋友吗，我们怎么从来没听她说起过？

　　山坡叫她一声阿姨。山坡说阿姨您是不是当过派出所的户籍警啊？老护士说看来你真是陈芳的男朋友了，不过你搞混了，当过户籍警的不是我是我先生，现在他调去分局当科长了！哭笑不得的山坡央求老护士说，快请陈芳接电话吧阿姨，我有急事。老护士却沉默了好一会儿。老实告诉你吧，久久地沉默之后，她说，她刚才下班走了，我亲眼看见她上了一辆银灰色的宝马轿车，那是一位离过两次婚的男医生的车！

　　山坡听到老护士咬牙切齿的声音，山坡的脑子里一片空白。他的脸上，手上和背脊上沁出了许多细碎的汗珠，手中的手机屏还亮着，映出他眼睛里深深的恐惧和迷乱，他知道在他和陈芳的身上已经发生了某种悲剧，他心里却有一种奇怪的感觉，茫然的感觉，不知道究竟是好是坏。他合上手机，在房间里焦躁地来回走动。这是一种神经质的走动，他的思维变得迟钝，他好像一头被关在笼子里的动物，似乎是住在一个远离大街、遥远而孤立的乡下地方。那种无望和无助的感觉，令人意夺神骇。

　　让他在悲惨的沮丧中惊醒的是母亲的来电，母亲说山坡吗你真的是我的儿山坡吗，母亲的喊声穿过千山万水传达到他耳边，令他潸然泪下。山坡说，娘您在哪里，您怎么知道我这个电话啊？娘说，我在你表姨家呢，你表姨夫病了住在医院里，我过来帮你表姨照顾他，医生是你的同学，我现在用他的手机给你打电话！山坡惊讶地说我刚收到表姨的信，她没说表姨夫病了呀？！

　　表姨夫得的是胃癌。山坡豁然省悟，所谓大股东的优惠政策很可能是表姨的一种说辞，弟弟得益于重组方对这位即将离世的转业军官的"临终关怀"。他想象母亲和表姨站在医院的病房里，面对人生的一片苍茫暮色。多少年的磨难和漂泊如梦似烟，如今只留下年轻时两姐妹携手走过村口石桥的亲切画面。山坡说弟弟已经回去了，想必很快能去那里报到。他听到母亲慢慢地镇定下来了，用一种因为哭了太久而带着鼻音的声音轻柔地对他说："那我就放心了。"他好像看见了一个场景：母亲伸出手把一块湿漉漉的手帕还给表姨。他心里也湿漉漉的。

　　后来他打开手机，已经没有那种芒刺在背的感觉了，不管是文明提供的照片，还是老护士所说的亲眼所见，都不再使他成为一只惊弓之鸟。天要下雨、娘要嫁人他有什么办法？他什么办法也没有。手机上有一条短信，是陈芳发来的。山坡看看时间，十二点十五分，夜深了，她终于打开手机了，终于想起给他一个回音了。他看短信的内容。确实是一条短信，很短，很简单，很明确，呵呵，他真的很希望这信不是她发来的啊。

"你弟弟不回去，我就不过来了。"

天上有一轮苍白的月亮，月光透过窗户照在山坡脸上，他紧闭双眼，痛苦地抿着唇，仿佛在琢磨这句话背后的意思，其实完全没有必要，这句话已经说明一切。原本答应对方的一切，他都没有做到，不仅付不起买房的首付款，还增加了一个拖油瓶的弟弟。对不起人的始终是他，他太无能，心地也太软了。良禽择木而栖，何况是人，何况是一个举目无亲的小护士呢？

苍白的月光照耀着这个了无睡意地躺着的年轻人，也照耀着同一座城市里一位夜不成寐的小护士。她也在倾听着，倾听那柔和的夜声，一只在远处吠叫的狗，一辆经过的车子，一对情侣走过夜深人静的小巷传来的一阵轻笑。如果有人仔细倾听，或许能够听见她那柔肠寸断的饮泣声，因为她一直等到天亮也没有等来他的回答。

一条彩信再次出现在山坡手机上。那是星期一中午，山坡正在去省立医院的路上。昨晚副院长亲自给他打电话，告诉他即将对下半年和明年的医用产品招标，有些注意事项要跟他面谈。山坡坐在公交车上，窗外是一座大学敞开式的校园，毛毛雨洒在绿茵茵的草坪上，学生们来来往往。一栋黄色的小楼是图书馆，一群被授予学位的年轻人带着博士帽站在台阶上照相。山坡把目光移到别处。他觉得胸口像被针扎了一下。大学时代已经变得那么遥远，那些意气风发的脸使他看了感到郁闷。

手机嘟地响一下，山坡再次看到了陈芳。她站在医院门口，身后有一辆银灰色轿车，一个中年男子好像在劝说她，因为她背对着他，低着头噘着嘴。画面在移动，男人的嘴喋喋不休，陈芳的脸放大了，她笑了笑，像哭一样。她的身子终于转过去了，转向那辆宝马轿车。山坡凝视着陈芳的脸，突然觉得这个人对于他是那么陌生，又是那么亲切而动人，在这闷热潮湿得令人有些头晕眼花的公交车厢里，山坡发现自己冷静得简直有些可怕。他洞悉了陈芳脆弱的值得怜悯的心灵，他只能用一种悲哀的神情默默地注视着她。

周围没有认识他的人，否则一定会大吃一惊。他们从未见过黄山坡大发脾气，见到这一幕肯定目瞪口呆。车到站了，他跳下来，蓦然间对着手机破口大骂。文明你这个王八蛋！他喊，他的吼叫让站台上等车的人都打了一个寒战。你乏味不乏味？你愚蠢透顶！你他妈的真是一个丑角！你浑身都散发出一股腐烂的臭味你知道吗?! 人们惊恐地看着他。看着这个处于暴走状态的小个子男人。他们看到他挥舞着他的小拳头，他的脸因极度愤怒而扭曲成一张揉皱的漫画。伴着骂声他发出一阵狂笑。文明，有本事你就冲着我来，别他妈跟一个可怜的小护士过不去行不行？他的骂声变得嘶哑、单薄、破碎，有些哽咽了，他说，我们已经分手了，你知道吗，文明，我跟她已经分手了，你就不要再去打扰她了！

对方沉默着，山坡听到他的粗重的呼吸声，山坡努力调整着自己的呼吸，他谛听着，期望听到这位老同学最后的回答。山坡说，你的目的已经达到了，我们分手了，彻底分手了，是的，我很痛苦，你还想怎么样呢？山坡精疲力竭地说，继续羞辱一个完全无辜的女人吗，还是株连我的九族？

手机里传来一阵猛烈的咳嗽，对方好像被他的话呛住了。山坡抬头看看天空，毛毛雨停了，苍白的阳光穿透朦胧的积雨云，周边的景色焕然明亮了一层。对方终于开口了，听来不太像是文明平常的声音，他的态度跟天气的变化很一致。他用一种淡淡的有礼貌的声音说道："只是遇见了她跟别人在一起，给你提个醒而已。"他说，"你的反应过度了。"

我的反应过度了？山坡的骂声又到了嘴边，文明的口气，让他觉得这家伙不过是换了一种方式来嘲弄自己。但直觉告诉他，这家伙的做法的确很难指责。如果参加大学同学会将此事公开，同学们最多认为他是在无意间伤害了山坡的感情，而动机还是善意的。当然，山坡决不为他的话所动，狼要吃羊总是有理由的。

"你不必去省立医院了，"更让山坡吃惊的是这句话，文明说，"招标的事已经定了。"

后来山坡回味文明说话的声音：悠远、冷静、很肯定、很明晰，骨子里的幸灾乐祸全被那淡淡的语气所掩盖着。山坡不敢相信会有这样的事：还没有启动招标程序，结果就板上钉钉了。省立医院对面有一座教堂，山坡闭上眼睛，停了一会儿，听那钟声慢慢地消逝。不是板上钉钉的事情，文明不会告诉他，山坡在庄严神圣的唱诗班旋律中打着寒战。

　　副院长的神情告诉他，文明的话是真的，副院长脸上的无奈和歉疚使山坡的脚都软了，不得不赶紧坐到沙发上去。"今天早上院长亲自找我，推荐了另一家公司经销的产品"，副院长说，"同样的产品，报价比你们上半年的低百分之十五。"

　　山坡以为自己听错了，这个产品是从国外进口的，毛利不到百分之十，谁愿意倒贴钞票做这样的生意？山坡说，我可以看看这家公司的标书吗？副院长为难地看着他，摇摇头。山坡垂头丧气地靠在沙发上，十分恼火却又虚弱无力，半天找不到一个词可说。那时候山坡的模样确实惹人同情，他的两眼暗淡无光，脸上还挂着没有擦干净的泪痕，双手无力地垂在沙发扶手上。副院长拿起一支铅笔，在桌上笃笃地敲着，过了一会儿，他抬起头说，你去一趟我家吧，你老师记挂你呢。

　　老师趿着一双拖鞋出来，踢踢哒哒走到台阶上。山坡说老师好，老师说你来啦，你好像瘦了好多，怎么回事？是不是工作太累了？山坡说工作不累，心累。老师说，是啊，我孩子她爸刚才还来电话说呢，工作累一点不怕，就怕那些斗心眼儿的事啊，他说有家什么公司参加招标，把主要产品价格降得很低，次要产品抬得很高，院长又不是很懂，稀里糊涂就拍了板；将来打包给病人，万一有人投诉，作为分管院长的他谁晓得要担什么责任啊？

　　山坡明白副院长为什么叫他来看老师了，山坡跟老师说对不起，我想起一件急事，得赶紧去公司一趟！老师从台阶上跑下来拉住他衣袖说，那怎么行，你得跟我说说你买房子的事，找对象的事，这些事可不能一拖再拖了！山坡说，不急，这些事不着急，改天我再来向您汇报好了！他挣开老师的手，飞快地往外跑，身后远远传来老师的喊声：山坡你慢点走啊，路上小心！

山坡迷惑地看着陆总的脸，陆总并不惊讶，往常锐利的眼睛里有一种意想不到的淡定。他发出一声嘶哑而沉闷的笑，仿佛他等待这幕活报剧已经等了很久，而山坡拉开的帷幕既不有趣也缺乏悬念。这是一家新开张的公司，总经理就是文明。陆总告诉山坡。他看上去十分镇静，但声音却显得有些疲惫。你打算怎么办呢？陆总问山坡。

"他肯定给了院长一大笔回扣"，山坡苦恼地哼了一句，丧气地皱起眉头，"他什么都干得出来！我要去查证一下，说不定能找到证据。"

陆总狐疑地盯着他，盯得山坡很不自在，他看到陆总的脸上有一种真切的忧伤，仿佛一位戏迷发现舞台上的演员说错了台词。"证据是那么容易找到的吗？"陆总抬眼审视着山坡，语气中含有一丝揶揄，"就算让你千辛万苦地找到了证据吧，你又打算怎么办呢？"

"我去纪委，去检察院举报"，山坡冷静地回答，但是那颤动的声音还是暴露了他的激动。他的指关节在握紧的拳头上变白了，"我豁出去了，我不怕他们！"

陆总诧异地瞪着山坡，然后他露出一丝讥讽的笑意。笑意消失了，屋子里产生一种绷紧的、烦躁不安的气氛。山坡开始感觉或者说体验到什么叫慢慢燃烧，他的脸上和脖颈泛起由淡变深的红晕，虽然他还是不明白自己错在何处。他勉强地笑了笑。

"你想毁了本公司吗？"陆总直截了当地说，"从此以后，还有哪一家医院愿意跟我们再打交道？！"

如果陆总大发雷霆，山坡的感觉还好一点，但是没有。"你一直没有长大，你好像一个刚出校门的学生，"陆总停了一下，直盯着他。山坡第一次从他的眼神中看到深深的怜悯，好像他生来就是一个可怜虫似地。"你以为你离开了县医院，你就再也不会变成'全民公敌'了是吗？你大错而特错了！"陆总说，"小环境是依附于大环境的，莫非你不懂这个道理？"陆总抖瑟瑟地拿出一支烟点上，烟雾遮盖了他的一脸落寞，"除非你是大人物，你能改变这个大环境，"他说，"但是你不是，我也不是，你我都是小人物，怎么可能改变它呢？！"

山坡无言以对，什么话也说不出来，他的喉咙深处只能发出一种奇怪的声音。后来他双腿发软，蹒跚着走到窗户边将窗子打开，把满屋子的烟放出去。他沮丧地、迷迷朦朦地看着那座高架桥，看着一辆辆汽车将尘土洒满道路桥梁。天地之间有一张看不见的网，所有人都被网在其中，而他只是网中的一只虫子。难道就这样算了？他自言自语地说，他的声音有气无力，那木讷的语气好像是在参加一场葬礼。

多行不义必自毙。陆总说这话时没有愤怒，甚至没有丝毫的讽刺意味，他只是在陈述一个事实。你可以去找证据，他说，可以去查明事实真相，他从办公桌后面站出来，走到山坡跟前，将手放在他的肩上。但是不能拿去举报，而是用作震慑，懂吗，他说，你得叫他害怕，叫他自己去放弃这种行为！

一阵风吹来，仿佛吹进了他的骨髓，山坡在风中哆嗦。高架桥上开过一辆锃亮的宝马轿车，银灰色的，好像刚从洗车店出来，整洁异常，镜子般地反映出城市的画面。这辆车应该放到展厅里去，而不是行驶在他的面前，更不该让他看见车里的一对男女。这对男女在谈笑着什么，根本没有注意到高架桥旁边有这么一栋写字楼，楼里有这么一个窗口，窗前还有这么一个小人儿在风中哆嗦，在看着他们。

他的眼泪迸了出来。这不是文明带给他的眼泪，不是陆总带给他的眼泪，也不是陈芳或其他什么人带给他的眼泪，而是他乘上离开老家的长途汽车后一直藏着没有流下来的眼泪，现在它们终于不可遏制地涌泉般地流淌出来。

毛毛雨下个不停。陆总走了，同事们也都下班回家了，他从公司出来，独自站在高架桥下面，呼吸着略显寒意的伴着江风的潮湿空气。四周很静，天色正在黑下来。城市灯光朦朦胧胧地映照出一些建筑物的轮廓：散发着刺鼻的苯酐气味的化工厂高高的烟囱，附近农民房房顶上的避雷针和一座基督教堂的尖塔，桥边街面上的商店以及模仿欧洲风格的雕琢粗俗的新楼盘。新楼盘后面是城郊结合部的老房子，一盏红白相间的广告灯在旋转，那是没有理发工具的理发店。山坡隐约听见了一桶洗脚水泼到小护士身上时她发出的尖叫声，一位好心的小姐说，谁叫你们跑到这里来的？这里是贫民窟，没有道理可说的。一切如在眼前，却仿佛已过去几万年。

山坡没有听见身后的脚步声，他听见的是车轮滚过铁轨的哐嘡哐嘡的响声，高架桥过去是铁路，一列火车正向他的老家驶去。一双冰凉的小手突然蒙住他的眼睛。原野上的雨声消失了，他好像列车上的乘客驶进了一条黑暗的隧道。大概愣了一秒钟，山坡脸上露出一丝自嘲般的无可奈何的微笑。你这个傻丫头，他说，谢天谢地你还活着！他昂起头，将身子蹲下去一些，好让蒙住他眼睛的小丫头轻松一点。

黄毛丫头扑哧一声笑了，山坡乘坐的列车驶出隧道，他转过头去，那丫头却将两条胳膊箍住了他的脖颈，整个身子吊在他身上不肯下来。我一直等在这里，黄毛丫头说，等了整整一个下午了，等你这个骗子出来，你不会再出卖我了吧？

泪水再次淌落下来，跟雨水混在一起，不会了，他说，他又说一句，我怎么觉得这一切都像在做梦似的？傻丫头湿漉漉的头发贴在他的脸上，他向后退一步，想退到公司楼下的台阶上去。傻丫头依然吊在他身上。去车上吧，她没心没肺地说，车上暖和一些。

山坡顺着她指引的方向走去，看见那辆"路虎"停在公司后面一条小巷里。远处有一盏昏黄的路灯。周围一片寂静。细雨在暗淡的灯光下闪耀着温馨的光亮。黄毛丫头终于从他身上下来了，她伸出手掌，接住几滴沁凉的雨珠，她说，这是真的呀，这不是在做梦。

（2011年春天写于杭州城河边）

《江南梅雨天》首发于 2011 年第 12 期《北京文学·精彩阅读》，《小说月报·增刊》2012 年第 1 期转载，获 2009—2011 浙江省优秀文学作品奖。

走进斜阳

一

　　这是我七岁那年的秋天，放学时看见黄排长押着哑巴阿珍走进 54 号墙门。朦胧梦幻的黄昏，太阳落下去了，留下一片淡金色的天光映照着阿珍脸上的泪花，她手里捧着一个婴儿。邻居们都从屋里跑了出来，站在那里议论纷纷，我母亲哇的一声惊叫，几乎是狂喜地接过那孩子。一阵风吹过天井里的无花果树，阿珍抱着我母亲，眼泪像泉水一样地流了下来。黄排长鞠个躬说，拜托您了，张师母，这孩子再也不能让她带了。我母亲点点头，将脸紧紧地贴在那婴儿脸上。狭小的天井上面是一片补丁般的暗蓝天空，被他们的哭声说话声惊飞的是树上的两只麻雀，母亲突然喊出声来，小英子，她说，你都尿到我身上了，这就是你给我的见面礼吗！

　　邻居们都笑了起来。他们的笑声中充满好奇、同情和酸楚。谁也忘不了去年春天发生的那场悲剧，阿珍的第一个孩子被她无意中闷死在被窝里。人们看见黄排长举着他的拐棍出现在延定巷巷口，他的脸色铁青，眼睛里愤怒的光焰使围观者不寒而栗。打死你，他喊，老子今天一定要打死你！我母亲像听到冲锋号声似的冲出去，一把将跌跌撞撞跑在前面的阿珍拉进家门。母亲隔着窗子朝黄排长拼命地摆手，打不得，黄排长你听我的劝，打死她你也会去坐牢的，你们这个家就彻底完了！邻居们纷纷拦住他，报馆的保卫处长也赶了过来。保卫处长说，阿珍听不见孩子的哭声，老黄你打死她也无用。

你俩趁早再生一个吧，处长诚恳地劝告他说，生下来让张师母带上两三年，然后就能进报社的幼儿园了。

确乎如此，除了我母亲，阿珍在杭州城里觅不到其他的亲人。六年前她从绍兴乡下逃婚来到杭州，又饿又累躺倒在报馆对面的吴山教堂门前。母亲买了一碗馄饨，一口一口地喂给她吃，直到这碗馄饨连汤带水都进了她的肚子，阿珍才有了说话的力气。她从我母亲的怀里挣脱出来，跪在教堂台阶上，向她磕了三个头，她哇里哇啦地比划着，母亲似乎听懂了，又好像什么也不明白。后来母亲跟居民区主任说，不管搞不搞得清，我只能将她带回家来。否则怎么办呢，母亲无奈地说，一个哑巴姑娘，深更半夜流落在街头，那是要出人命的啊。

七岁的我给小英子盛了一碗米粉糊糊，拿着小调羹喂她。她向我伸出一只胖嘟嘟的小手，试图抓住调羹。我的小哥们儿秉生来了，哈，他说，我来喂吧，我娘也替人带过孩子的。我母亲说，秉生啊，你娘的身体还好吗，听说她去街道办的缝纫工厂上班了，她吃得消吗？一只知更鸟在门外的无花果树上啼啭几声，小英子露出两个小酒窝笑了，秉生的脸色却黯淡下来。我娘身体还好，他说，她天天夜里都在加班，总想多挣点钱，好去东北看望我阿爸。

尽管屋子里的灯光很暗淡，母亲还是看见了秉生脸上憔悴和无奈的笑容。穷人的孩子早当家，秉生就是如此。他父亲过去是我父亲属下的一名少将，徐蚌会战后解甲归田，在家赋闲不到两年，被易帜后的新政权押送去了抚顺战犯改造所。同在众安桥小学上学，我跟秉生不是一个班，有时走过他们教室窗前，我总是看见他蜷缩在角落里，像一条小狗似的。他的班主任名叫常青，是一名派出所户籍警的妻子，看他的眼光就像看美蒋特务一样。如果很多人举手回答问题他不举手，那老师就会突然发起脾气来。俞秉生你给我站起来！她说，你夜里在干什么，白天老是无精打采的？

带孩子。俞秉生委委屈屈地站起身说，帮一班的湘九家带孩子。那是报馆门卫黄排长的女儿，他一条腿丢在朝鲜战场上了，他老婆是个哑巴。

于是，那天下课时我被叫到了老师办公室。我的班主任，他的班主任，加上教导主任，对我进行三堂会审。她们等着我自己交代，但我不明白这有啥可交代的。我说，是我叫他来的，小英子不喜欢我抱她喂她，喜欢俞秉生。秉生的班主任常青老师扬起了细长的眉毛说，为什么，为什么这女婴不喜欢你而喜欢他呢？我耸耸肩，我也不晓得，我说，可能是我的动作比较粗暴吧。我的班主任不高兴地皱起了眉头，为什么不轻柔一点，她说，这可是阶级感情问题啊。我吓了一跳，赶紧说，主要是我不会哄她吧，俞秉生比较会哄，他总是唱歌给她听的，抱着她轻轻地唱。

他唱的都是些什么歌，教导主任问我，是不是催眠曲啊？

我们学校没教过啥子催眠曲呀，我的班主任说，他怎么会唱这种歌呢。

一声冷笑从常青老师嘴里出来，使我不由自主地打了个寒噤，那时候我确实感到很有些茫然，我垂下头，竭力回忆他唱过的曲子。大概是他娘教他唱的吧，这女人说，或者是你娘教的？我愣了愣，突然有一种感觉，我成了一只小兔子，正战战兢兢地站在一个狼外婆的面前。

他唱的是"雄赳赳气昂昂，跨过鸭绿江"。我终于想起来了，赶紧告诉她们。我伸出双手，好像抱着小英子似的，轻轻地迈出左脚，又跟上右脚，在她们面前慢慢地转着圈。雄赳赳气昂昂，跨过鸭绿江，保和平，卫祖国，就是保家乡。我摇头晃脑地唱着，沉浸在一种很陶醉的感觉中。我看见我的班主任首先笑了，接着，那教导主任也笑起来，只有秉生的班主任咬着嘴唇，脸上一阵红一阵青。

这确实是一个很滑稽的场景。一个七岁的小学生，闭着眼睛，那神情恍恍惚惚的，唱着歌，在办公室里跌跌撞撞地走着，双手虚抱着一个看不见的小娃娃。窗玻璃上出现了一些人头，有学生也有老师，我听见有个女孩子在喊她的同学，快来看，一年级一班的湘九在表演节目，被叫的同学扑哧一笑，她说，他在演什么，演瞎子走路吗？窗外的人都笑起来，有人说，真恶心，好像跳大神一样的。二班有个知情的同学向他们晃了晃手，他说，别胡说，他在表演俞秉生哄黄排长女儿的样子。女孩子们吐吐舌头，哇，她们说，俞秉生你太能干了！

上课铃声响了，我记得我当时的手心沁出了许多冷汗，我睁开眼睛，像一名等待宣判的嫌疑犯似的眼巴巴地瞧着我的班主任。教导主任向我挥挥手，说，回去上课吧，我和我的班主任同时松了一口气。风从操场上吹来，吹起秉生稀疏而缺乏营养的头发，我看见他靠在教室的门框旁，好像一只小牛犊，正在舔着有咸味的墙。我向他笑笑，于是他也笑了，那是一种很羸弱的笑，长久地留在了我童年的记忆中。

已经是冬天了，街上的行道树落下无数树叶，穿着臃肿的行人从我们身边匆匆走过，墙上的反击右派分子猖狂进攻的标语被寒风吹得噼啪作响。我和秉生都从来不穿袜子的，光着脚套一双圆口布鞋，裤脚又短，感到深深的凉意。秉生说，今晚我就不去你家了，我娘带回家不少外加工的活儿，我想帮她干一些。

我站在众安桥的十字路口，目送秉生走向祖庙巷。他的瘦削的身影被夕暮的阳光投射在人行道上，两片宽大的裤腿晃晃荡荡。悦来祥布店有台收音机在播放越剧《盘夫索夫》，一个骑脚踏车的男人跟着那唱腔哼哼着，不小心撞到了路边一个女人身上。那女人大声地尖叫起来。男人慌里慌张地跳下车说，对不起，撞伤你了吗，我陪你去医院。女人说，你把我的这个炼乳罐头撞瘪了，不，撞破了！男人拣起地上的罐头看看，尴尬地将黏糊糊的手在身上揩了揩，说，我赔你，你说吧，要多少钱？

我不由自主地走过去。那女人说六元钱，男人脸上浮起一层红晕说，我身上只有五元钱，女人叹口气说，五元就五元吧，以后骑车注意一点。女人走了，男人悻悻地重新跨上车去，我飞快地跑到垃圾桶旁边，拿到了他扔在桶顶上的那个破罐头。

那天晚上小英子终于喜欢我了，因为破罐头里至少还有三分之一炼乳。我将它倒出一点拌在米糊里，送到小英子嘴边，她先伸出舌头舔一下，然后才急不可耐地咽下去。如果我拖延一会儿，她就会哇地哭出声来，并且像少林小子一样，拳打脚踢起来。塌鼻梁、肿眼泡，不是要吃就是闭着眼睛睡觉，我对母亲说，她长大了会不会也是个哑巴啊？母亲瞪我一眼说，你瞎说啥，这么漂亮的小姑娘，你声音大一点她就会把头转过去的，怎么会是哑巴？

阿珍两口子到来时感动得一塌糊涂，他们以为这炼乳是我母亲买来的。母亲说，真不是我买的，是湘九拣来的。黄排长说，天下会有这么巧的事吗，张师母，这个钱我一定要另付给您的。我哭笑不得地将罐头上被撞破的裂口拿给他看，他仍然不相信。湘九兄弟，他说，你就别跟我扯淡了，我有钱你知道吗，别看我只是个门卫，我的工资加上抚恤金，比刚毕业的大学生记者都多呢。

许多年之后回忆起这个充满人间温情和信任的夜晚，我母亲的眼眶里依然潮腻腻的。这天晚上秉生没来，他的母亲却来了。她背着一个包裹，里面是十几件没锁纽眼的劳保服。她跟我母亲说，空下来时你也锁几件，多少可以赚几个买菜铜钿。看见阿珍和我母亲麻利地拿起活儿干了，黄排长转过脸去，有点不自在的样子。于是我抱起小英子，跟他走到墙门口去。这是俞师母，我说，俞先生在东北。我知道，黄排长打断我的介绍说，淮海战役时，我们营差点就把他给当场俘虏了。

我惊愕地看着他，听他述说往事。他嘴里说的淮海战役就是我母亲说的徐蚌会战。原来黄排长在那时就当了中原野战军的班长，并且是包围黄维兵团八十五军的主力之一。俞某人当时担任八十五军副军长，他是搭乘胡琏的坦克突围出来的，黄排长愤愤地说，我们营缺少反坦克的重武器，他娘的，牺牲了几十名战士，还是让他们逃了出去。

我无言可对。我还是一个小学生，就是一名大学生，恐怕也是无言可对。其实回想我的青少年时代，每当遇见这样的人和场景时，我觉得自己就成了一只迷途的羔羊，我的孱弱的头脑和身体都无法承受来自父辈与社会的重压。不仅是满月就离开父亲回到大陆的我，就是两岁才与父亲分别的秉生，父亲的形象也早已变得模糊而遥不可及了。许多个夜晚，我俩坐在西湖边倾听风声虫鸣，瞧着湖滨十九路军抗战阵亡将士的纪念碑发呆，想象着我们父辈抵御外侮或者打内战时的模样，想着他们的脸，竟然什么也想不起来。我们实在是一对很悲哀的小人儿啊。

后来我沮丧地站在那里，看着黄排长拖着他的假腿离去。那天他值夜班，而阿珍却非要留在我家帮我母亲干活，他只好匆匆地离去了。我的影子在昏黄的路灯下很夸张地洇开来，如同一个变幻的漫画像，胸前凸出的一块是裹在军毯里的小英子。这块军毯可不是她阿爸从朝鲜带回来的，而是我父亲参加印缅作战时，美国"飞虎将军"陈纳德先生送给他的纪念品。我看看这影子，又转过脸去看看黄排长远去的背影，于是，他那一拐一拐的形象，便使我那幼小的心灵中增添了更多的忧伤。

怀中的小英子蠕动起来，大概是又想吃了，她瘪着嘴，眼睛很亮地睇视着我，伸出手来抓我的胸。我低下头去，对她说，不能老是想着吃炼乳的呀，我们可买不起，你阿爸一个月能挣多少钱，六十元还是七十元？就算他挣七十元好了，一家人不吃不喝也只能买十来罐炼乳。他们为了你可以不吃不喝，你在苏北乡下的爷爷奶奶呢，难道让他们也忍饥挨饿吗？

小英子又瘪了瘪嘴，突然嘹亮地哭出声来。黄排长已经走到巷口了，倏地停下脚步，回头朝我们看，我挥挥手，去吧，她没事，我大声说。他点点头，转过身去，消失在了通向报馆的庆春路上。

二

　　天下人大饿的日子很快来到了，秉生常常叫我一起去菜场拣烂菜帮子。偶尔拣到一个番薯，他便会快乐得发抖，眸子里闪烁出兴奋的奇异光亮。回去煮熟了给小英子吃，他说，小心翼翼地将番薯藏进书包。这么小的孩子恐怕是没有记忆的，我提醒他，再说她已经去了幼儿园。为啥要她记得我，秉生不满地对我说，难道还想等她长大了来报答我吗？小英子叫我舅舅，我认真地说，却叫你哥哥，说不定长大了会嫁给你呢。秉生愣了愣，突然踢我一脚，你这个小流氓，他说，这么小就这么坏了！

　　报社幼儿园在竹竿巷里，晚霞随着巷子里粉墙黛瓦的屋脊曲折流淌，一点一点地温暖着蹲在院门口的我俩。后来在我的梦境中，经常会出现这座幼儿园灰色的小洋楼，洋楼前还有一个很大的草坪，草坪上有滑梯和跷跷板，老师带着孩子们在做老鹰捉小鸡的游戏。这是我从未有过的生活经历，我对那里的孩子充满了嫉妒之心。

　　秉生那干瘦细长的双脚钉在晚霞映照的台阶旁一动不动，双耳竖起，等待放学的铃声响起。我觉得我俩像两个特务，正在诱捕一名革命家庭的小姐。我好像听见了常青老师带着她老公跑来抓我们的脚步声，于是我在斜阳下打了个冷战。

铃声响了，一群孩子欢快地跑出来，七嘴八舌地议论着什么。一个小女孩说，我爸是主任，另一个小女孩说，主任算什么，我爸还是副总编呢！那时我正揉着蹲麻了的双腿站起来，看见四岁的小英子和两个小男孩撕扯着走在草坪上。这两个小坏蛋拉着她的衣角往门外拖，嘴里叫喊着，你爸是跛拐儿，你妈是哑巴！泪水从小英子脸上哗哗地流下来，瘦小的身体被他们推得东摇西晃，她突然扭过脸，用愤怒的苏北腔骂了一句粗话，Ｘ养的东西，她说，不仅让周围的同学，连秉生和我都怔住了。一个小坏蛋愣了半晌抬起手来，你还骂人？你这个小垃圾婆还敢骂人？

所有的孩子表情呆滞，傻乎乎地看着秉生将这个小坏蛋一把拎起，猛地甩在草坪上。我走过去，看见两个小家伙颓然坐在草坪上，整个身子在急促地颤动，眼睛里满是惊恐的神情。我说，向小英子道歉，不然明天就不要来上学了，你爸是社长总编也没用，明白吗？他俩好像不明白，咬着发白的嘴唇不说话。一位年轻的女教师从办公室跑出来了，怎么回事，她说，你们从哪里来的？

小英子号啕大哭起来，孩子们纷纷向老师告状。我不是垃圾婆，小英子大声喊道，他们先骂我打我的，秉生哥是好人，是来劝架的！我的面颜抽搐了一下，她眼里似乎只有秉生而没有我。年轻的女教师看看两个小坏蛋，又回过头看看泪流满面的小英子，怔在了那里。半天，她才醒过神来，勉为其难地说，好了好了，你们都有错，不准骂人，更不准讲粗话懂吗，否则我要告诉家长去的。秉生迟疑一下，拉起小英子往门外走，边走边说，别怕他们，谁要是再敢欺负你，你就跟他对打，打不过就去找我们。

那是西子湖边的黄昏，涟漪在脚下颤动，发出一种叹息般的低语声。一片即将落山的红光罩住了湖面，唤起人一种苦闷的感觉。我坐在湖边的石阶上，木然地凝望夕暮中的三潭印月，听见身边的小英子在啃着那个番薯。她吃得如此缓慢如此甜美，使我感觉分外地凄凉，我知道那是一个在洪水里浸泡过的"大水番薯"，基本上煮不烂。秉生还在教唆她，轻声对她说，幼儿园开饭时你要注意，第一碗饭要盛得浅一点，赶紧吃完还来得及盛第二碗。我回过头说，是你娘教你的吧，这是你爹当兵时的经验，可惜小英子根本用不上，因为幼儿园是分餐制，没有第二碗的。秉生说是吗？小英子点点头说是的。秉生沮丧地叹了口气，闪亮的眼神随之黯淡下来。

　　这个初冬的傍晚，将留给我们永久的回忆。我们带着小英子回到竹竿巷时，遇到了找上门来的哑巴阿珍的亲戚。那是她的舅舅和舅妈，我想起来了，当初逼她嫁给一个算命瞎子的就是他们。阿珍的父母死于一次洪灾，茫茫的大水淹没了几十里稻田和村庄，死去的牲畜漂浮在浑浊的水面上散发着令人窒息的恶臭。阿珍坐在大水退去后的家园废墟上叫天天不应、叫地地不灵时，她的舅舅舅妈领着一个六十岁的瞎子走过来了。那时候阿珍猛地站起，抓起一根棍子哇哇乱叫，舅舅说你不要乱来，这是我们给你找的一条活路。舅妈说，阿珍啊阿珍，你是个哑巴，不嫁给他又能嫁给谁呢？别看他又瞎又老的，挣的钱可是比青壮年还多。舅妈冷笑一声又说，你这个不懂事的哑巴，莫非也在做什么自由恋爱的美梦吗？

　　阿珍在民政局办的手套厂做编织工，下班回来较晚，黄排长不太了解这个背景，从食堂买了几个馒头回家，然后就进厨房去炒菜了。等他听见阿珍进门的脚步声，跑出来看时，桌上的馒头已经全都进了舅舅舅妈的腹中和口袋里。水，给我、我水，舅妈揉着自己的喉咙，正在使唤她男人时，阿珍扑了过去，一把夺过舅舅手上的茶杯，砰地扔到了窗外。刚好走到窗前的我赶紧跳开去，茶杯的碎片还是划伤了我的脚背。

　　黄排长不了解这两个来自绍兴的乡下人，我却是了解的，我冲进他家的客厅说，怎么，现在想到这外甥女和外甥女婿了？那舅舅将手护着鼓鼓囊囊的口袋说，你是谁，我家的事情轮得到你这个小猢狲来管吗？我不屑地一笑说，阿珍是我妈的干女儿，我不管谁管！大概那块馒头终于落下去了，阿珍舅妈翻翻眼珠子，插嘴说道，我们是阿珍正儿八经的长辈，能跟干亲比吗，你就别来插一脚了。我一愣，沉下脸说，什么狗屁长辈，黄排长你去把派出所警察找来，今天非把这两个人贩子逮起来不可！黄排长愕然地看看我，又转过脸去阿珍，阿珍跺着脚，指着我做了个手势，让他听我的。

　　这对乡下来的恶人终于慌了手脚。老太婆拉住黄排长，抹一把脸，霎时挤出泪来，阿珍啊阿珍，她凄凄凉凉地哭道，千错万错当初是我们的错，可我们也是为了让你活下去呀。现在我们都要饿死了，不得不来找你，你怎么能见死不救呢！她的哭号像唱越剧一样，颇有韵味，唬得黄排长进退两难。

老太婆突然蹲下身去，抱住了小英子。阿囡啊，她说，偶的乖阿囡，偶是你的亲舅奶奶呀，你娘她，她不能这样赶我们走呀。

客厅里乱作一团，报馆宿舍的邻居都走过来看热闹了，小英子吓坏了，哭着喊着扑向她妈。俗话说十个道你好十个道他好，因此我果断地打开了房门，将阿珍早年的遭遇讲给大家听。小学五年级的我已经是全校的作文状元，讲得如泣如诉动人心魄，秉生奔过去推那糟老头子，他说你们快走吧，不然派出所一定会把你们抓去的！报馆里两个年轻记者也过来拉扯两个老家伙，老太婆拼命地挥着手喊，救命啊，城里人欺负偶乡下人啊！阿珍抖瑟瑟地走过去，摸出一把钞票塞到她舅妈手上。阿珍气急败坏地拍着我的肩膀，让我替她翻译，我只好咬牙切齿地说道，这是她刚发到手的工资，一个月的辛苦钱都给你们了，拿着回乡下去吧。我挥着手说，走吧，赶快走吧。

天色已经黑透，食堂也没有馒头了，黄排长将原先炒的青菜萝卜热一下，煮了点稀饭，饥肠辘辘的我和秉生也不客气，将清汤寡水的锅子一扫而空。阿珍家的境况无疑比我或秉生家好多了，但粮食是定量供应的，自然也很紧张。阿珍什么也不吃，坐在床边啜泣。黄排长忧心忡忡地说，绍兴是鱼米之乡，如今都成了这样，我老家想必就更惨了。不行，我得赶紧回去一趟。他霍地站起身，说，坐轮船去，天亮就到苏州了。

阿珍不同意他今晚就走，说至少要买点粮食带去。黄排长是个急性子，食堂主任就住在隔壁，他说，我先找他借一点就是了。我不得不放下筷子，跟他去那位主任家。食堂主任胖乎乎的，倒也爽快，同意借给他四斤棉籽油、十斤面粉、十斤六谷粉。六谷就是玉米，彼时可是好东西。

那天晚上我才知道，黄排长的父亲早已去世，老家只有一个老母亲了，这老太太也不是他的亲生母亲，而是继母。我说你干脆将她接来杭州吧，也好替你照顾这个家。黄排长苦笑起来，她还有个女儿，跟她的前夫生的，现在一起住在我家的老宅，黄排长幽幽地说，如果我把老太太接来了，她们还住得下去吗？

风高月黑，我和秉生带着小英子，送他到运河码头。昏黄的桅灯下，我看见黄排长蓬乱的头发上结了一层白色的霜，疲倦的脸上满是刀刻般的皱纹。背景是几艘黑压压的船只，河水伴着桨声默默地流淌。坦诚地说，我是在那个晚上重新认识了他的，因为在这以前的印象中，我一直当他只是个扛过枪的翻身农民。类似秉生他娘这样的落魄太太们，常常跟我母亲说起这些翻身农民，那种害怕和鄙夷的口气，不可能不在我心中留下某些阴影。

黄排长跟阿珍很相配，他俩都是孤儿，一根藤上的两只苦瓜。如果他是健全人，或者不需要背负着这些米面食油，应该让小英子跟着去的，现在只好算了。令人意想不到的是，即将开船的那一刻，身后传来了急促的脚步声。我们看见一个人影在码头通向船舷的跳板上蹭了一下，然后便落在了甲板上。阿珍的到来使我们目瞪口呆。船上响起一片惊叫声。小英子从码头扑出身去，哭喊着我也要上船去，阿珍却拎起面粉和六谷粉，向我挥挥手，指指我家的方向，拉着她老公进了船舱。

牵着小英子回我家去的路上，我的耳边一直响着哗哗的水声。那是运河水面被螺旋桨划破的水声，一个失去一条腿的游子带着他不会说话的妻子在这水声中回家去。家乡其实没有他的直系亲人了，老乡们在河边的田埂和石埠上谈论起他们时，脸上的表情是困惑不解的，尤其那位老太太和她的女儿，看见一个哑巴媳妇搀着这个没有血缘关系的儿子与兄弟出现时，其惊讶与不安更令人难以想象。四斤棉籽油、十斤面粉和十斤六谷粉，当时足以拯救一家人的性命，老泪纵横的继母因此而显得分外迷茫。

很多年以后，小英子给我讲了一个故事。她说有一个少年，住在乡下，燕子在他家的门檐上筑了一个草巢。他看着大燕子在小燕子嗷嗷待哺的啁啾声中出去觅食，看着小燕子长大，再看着它们飞出去觅食，然后反哺给老燕子。少年的家乡很贫困，沿海的平原上是一片荒凉的盐碱地。少年的生母很早就去世了，父亲怕后娘虐待儿子，一直没有再娶。少年长大了，想去参军，他苦苦地哀求父亲说，你就给我再娶个后娘吧，这样我才能安心去当兵啊。父亲含着眼泪笑了，现在谁还会虐待他的儿子呢。于是，少年在继母进门的第二天离开了那个家，那座村庄，一群燕子盘旋在他的头顶，一直将他送到了队伍上。

这个故事很美，美得让人感到辛酸和苍凉，就像一对残疾人互相搀扶着走在那片荒凉的盐碱地上。路边的白杨树在初冬的风中颤抖，落叶如梦。天空下起了绵绵的细雨，空气中带着一股湿湿的咸腥的寒意。泥泞的道路上留下了他们的脚印，其中一个脚印分外沉重，那是黄排长的金属假腿留下的脚印。他们走过老宅，走过村落，一直走到了大海边。他们的头上已经没了当年的燕子，只有一只海鸥在低低地飞翔。

三

秉生和他母亲原先是打算暑假去东北的，但是他父亲病了，他们不得不在寒假里出发。我记得秉生他娘当时的打扮，她穿着一件老式的棉袍，将一条墨绿色围巾罩住大半个脸庞，脚下是一双厚厚的蚌壳棉鞋，看上去像是三十年代老电影中的人物。秉生则裹着一件黄呢子美式短军大衣，头上戴顶狗皮帽，那形象简直就是个小俘虏兵。月台上火车的蒸汽和冬日的雾气弥漫在一起，信号灯在远处变幻着红光与绿光，我母亲说上车去吧，替我问候各位老将军。我举起手，老三老四地跟他们说了句一路平安。

列车驶向北方，秉生茫然地看着窗外的异乡异土。阴惨惨的乌云在辽远的天空徐徐地移动。田野空旷而辽阔。寒风在长江与黄河两岸一无阻挡地呼啸着。列车经过一个个小站，秉生他娘念念有词地说，这里是你爹与日本人拼过刺刀的战场，那里是你爹跟中原野战军对垒的地方。"醉里挑灯看剑，梦回吹角连营。"秉生的心一下热了，旋即又化为冰冷。寒风悲啸，日色昏黄，蓬蒿断落，野草萎枯，秉生闭上眼睛对他母亲说，我爹他坐牢都坐这么多年了，你还说这些干什么呢。

他们从火车站走向城郊。昏鸦的叫声凄厉，脚下是积雪和尘沙混在一起被践踏成的硬土，耳边传来树木的折裂声，远处的高墙和岗楼闪烁着铁丝网与枪刺的寒光。他们终于走到了哨兵跟前，秉生他娘抖瑟瑟地掏出派出所开的证明递过去。哨兵很严肃地回到岗亭里去打电话了，他们的心又是一阵阵忐忑。

等待的时间其实不长，几分钟后就有一名大尉军官迎了出来。你丈夫住在医院里，他对秉生他娘说，我送你们过去。于是母子俩恍恍惚惚地跟着他上了一辆吉普车。女人说，我孩子他爹到底是啥病啊，他还有救吗？大尉笑了。开始以为是胃癌，手术时发现不是，他说，你们真的很幸运，也许，他很快就能出院了。

俞先生躺在一个单人病房里，脸色跟墙壁一样苍白，神情疲惫而凄婉。看到秉生跟着他娘推门而入，他不无艰难地抬起头，露出了欣慰的笑容。秉生他娘却一时失控，呜呜咽咽地哭出声来。俞先生摇摇头，伸出一只青筋绽露的枯干老手召唤儿子。秉生赶紧走过去，握住父亲的手。他很难相信，就是这双羸弱到了极点的手，曾经挥舞军刀向敌人发起进攻，令对方心胆俱寒。秉生说，张家姆妈托我们向你、向其他伯伯们问好。俞先生说，是吗，我听说张将军前些年在海峡对岸去世了，大概是受孙立人事件的牵连。

秉生回来把这个信息转告我们时，虽然我母亲早有思想准备，还是大哭了一场。母亲说，你爹他关在战犯改造所，怎么可能听说这样的消息？她点燃一支烟，猛吸两口又将它掐灭，也许是上面叫他们给对岸那些老同事写信搞统战，或者是那些探监的亲友传来传去传到他耳朵里的信息吧？我不相信，母亲猛地拍一下桌子说，活要见人死要见尸，否则我绝对不信！

那天晚上，阿珍母女正好来我家，母亲那泣血的痛哭把她们吓坏了。小英子马上要上小学了，已经很懂事，她抱着我母亲叫外婆，外婆您别哭，我害怕。阿珍绞了一把热毛巾，揩我母亲脸上的滚滚热泪。我不吭声，站在窗前凝望着昏暗的夜空，眼睛里闪烁着一种茫然而空洞的白光。我在襁褓里就离开了父亲，这使我难以展开想象的翅膀，他留给我的好像只有祥林嫂的门槛，怎么捐也消解不了无尽的罪孽啊。

秉生跟我一样，多少次在梦中飞越遥远的腥风血雨。他看见他娘藏在箱底的老照片，年轻的父亲带着士兵们涉过一条奔腾的江流到左岸去，这条江名叫澜沧江，左岸炮声隆隆的日军阵地卷起红色的火焰与狂风，挟起他爹跌跌撞撞地抢入滩头猛烈开火。秉生确实很难将这个父亲与病床上有气无力的老人重叠在一起。后来秉生告诉我，当他的母亲絮絮叨叨地讲起家中那些鸡零狗碎的琐事，而老头子倚在床头，露出劫后余生的笑容频频点头时，他只好走了出去。他的感觉与我完全相同，心里也是空荡荡的。

其实他比我幸运多了，那年夏天我俩同时毕业了，他好歹进了一所普通中学，我这个语文数学皆是满分的状元郎，收到的却是一张不录取通知书。俞先生的病使其因祸得福，提前进入了被特赦出狱的名单。获此喜讯当天，秉生他娘跑到我家，没完没了地哭哭笑笑，我母亲说，你是范进吗，你中举了是吗，要不要我给你一个巴掌？说完这话，我母亲真的扬起手，狠狠地打了她一个耳光。

我不知道是不是这个耳光让他家对我们有了芥蒂，我下乡插队时秉生没来送行。也许不是这样，也许跟我没通知他有关系，十四岁的我心乱如麻，谁都不想通知。阿珍送来一套棉毛衫，一双劳保球鞋，还有十五元人民币。母亲替我收下了衣物，把钱退回去。母亲说，用不着，他必须靠自己去挣工分过日子了，你帮得了他今天帮不了他明天，你拿这钱去给小英子交学费吧。

我孑然一身登上开往宁波方向的火车，觉得一切如在梦中。月台上响起刺耳的铃声时，我看见小英子飞一般地冲了过来，两根小辫子像兔子尾巴似的在她脑前脑后乱甩。接着我又看见了阿珍和黄排长，一个跑在前面，一个一拐一拐地跟在后面。阿珍哇啦哇啦乱叫，黄排长扶着柱子站住了，上气不接下气地喘息。我扑出车窗，接过小英子递上来的一袋糕点水果，我的眼泪唰地涌出来，止都止不住。黄超英，我喊小英子的学名，你要好好念书，将来孝敬你的父母！小英子点点头，火车头上的汽笛吼叫起来，淹没了她的回答声。

我看见乡村的风景散落在三门湾的山头与海滩上。水车在夏日的骄阳下吱扭扭地转个不息，农夫在田野的尽头耕作，蚂蟥叮在我的小腿上。老鹰的翅膀呜呜地响着，飞过我的头顶，干枯的水井里只有一摊泥浆。生产队的田地跟一个农场紧挨着，干旱使农场的棉花地龟裂，山羊在田埂上吃草，环绕村庄的河流迟滞地流淌，这条河通向大海，河水是咸涩的。

我很累，在阳光烤热了整个河岸的中午，总是有一种昏昏欲睡的感觉。有时我会躺到一棵大树下去，将一顶破草帽遮住脸休息，有时趴在水车上打瞌睡。那时我就会梦见遥远的家乡杭州。小英子给我寄来过一封信，一半是汉字一半是拼音字母。外婆老了，爸爸还好，妈妈也还好，她在信中写道，秉生哥在十一中读书，每天都要路过众安桥小学，他有时给我一颗糖，有时给我一块橡皮。

远处有个稻草人，扎在一根树棍上，风吹起它张开的双臂和头上的破草帽，朦胧中它向我走来。走近时我发现它变成了俞秉生。他佩着白色的校徽，衬衫口袋里插着一支钢笔、一支圆珠笔，怡然自得地朝我微笑着。十一中就在邮电路上，过去叫惠兴女中。我看见他走进校门，走到楼上的教室门口，然后又转过身来，又朝我笑笑。

接下去他就放学回家了，他走过岳王路，走到众安桥小学门口。这是一个阳光明媚的午后，风吹来凉飕飕的，他站在树荫下静静地等待，一如当年我们蹲守于竹竿巷幼儿园。铃声响了，学生们欢蹦乱跳地走出来。没有欺负小英子的坏蛋，只有俞秉生在等着她。这一回他送的不是糖果，也不是橡皮了，而是口袋上那支圆珠笔。小英子，他花言巧语地说，这支笔是我爸一位老朋友从海外带来的，那边的人叫它原子笔，不用灌墨水的，写出的字跟钢笔一模一样。他把笔送到小英子柔软的小手掌上。你用这样的笔写作文，他说，肯定比湘九写得好多了。

我从树下跳起。大灰狼，我指着稻草人大喊，小英子你千万别上他当，他是一匹大灰狼！一阵热风吹过，稻草人发出悉悉窣窣的抗议声。我揉揉眼睛，发现自己的影子半蹲半伏在地上，如一条精疲力竭的狗。一个粗犷的声音在远处喊我，湘九，你又在偷懒啦，快去踩水车！那是生产队的队长。我抬起衣袖揩着脸上的汗水，懒洋洋地回到水车上去。

浑浊的水面映出我疲惫而年轻的脸，忧郁的纹路像刀刻在石头上。梦中的一切太真实了，使我的心口像坠了一块石头似的沉重。俞秉生你得意什么，我不由自主地骂出声来，你不就是一个破中学生吗？你以为你走的就是阳关大道，而我这辈子只能走独木桥了？狗屁，我说，老子迟早还会回去的，那时再找你算今天的账！

　　没有人回答我。天地间一片寂寞。太阳躲进云层里去了，只留下了灰暗的天空。一阵炽热的河风吹来，仿佛在嘲笑我所说的都是胡话。乡村带给我无比空旷的孤独，我因此而品尝到一种很原始的人生苦涩。

四

二十岁那年我是搭一列闷罐子货车回家的，天正在黑下来，列车开始减速，哐当一声响，终于停靠在南星桥火车站的站台旁了。我鬼鬼祟祟地爬出车厢，钻进了蒸汽和暮色融合在一起的昏暗中。我肩上挎着挎包，还扛着一个蛇皮袋，里面是两条米鱼鲞和十几斤黄豆。我听见扳道工的吆喝声和远处驶来的另一趟火车的隆隆声响。这是一列挤满了大中学生的北上列车，他们高唱着革命歌曲，意气风发地步我的后尘去了。

昏黄的灯光剪出钱塘江边货栈和树木的轮廓，被寒风刮落的标语和大字报像魂幡似的在街上飘来飘去。江上传来一艘夜船的汽笛声，雪花轻轻地从空中飘落下来。我走过萧条与混乱的街面，看到江滨电影院门前高挂的纪录片海报，西哈努克亲王和莫妮卡公主双手合十向中国人民表示深切的感谢。海报下面站着几个卖茴香豆的小女孩，穿得比安徒生笔下卖火柴的女孩还要单薄褴褛。大哥，求求你买我一包吧。一个长得很像小英子的女孩召唤我，我摸出五分钱，买了她一包茴香豆。

我经过解放街回家去，在枝头巷口放慢了脚步。母亲来信说起过，俞先生特赦回来后，被安排到省政协当了文史专员，他家也搬离了祖庙巷那个七十二家房客的大墙门，搬到了枝头巷一个小墙门。我看见俞家的墙门口站着两个挂红袖套的中年人，斜眼瞟着门里的动静。我停住脚，听到秉生他娘的暗哑的哭诉声，好像还有两个女人在劝说她，不，是在呵斥她。独子怎么啦？他老子是病人又怎么啦？一个年轻而剽悍的女声拍着桌子说，红五类都要统统下乡去接受贫下中农的再教育呢，何况你家的后代！

我想走进去看看，被这两个街道工宣队的队员拦住。你跟俞家是什么关系？他们很警惕地讯问我，好像我是一个被当场抓住的小偷。我是俞秉生的老同学，我说，刚从插队的乡下来。一个好像是头儿的中年人上上下下打量我，耸了耸鼻子，突然提高嗓门说，你在农村表现好不好，有公社的证明吗？我愣住了，看白痴似的看着他，这跟我去看他有关系吗？我说，又不是去劳改场探监。这个头儿冷笑了一声，关系大着呢，他说，如果你在农村表现不好，又跑到他家胡说八道的话，他还会老老实实去黑龙江插队吗？我们辛辛苦苦做的工作不全成了白费心机？！

在苦水里泡过在血水里浸过的我，已经没了当年的学生味书卷气，巷子里有几位路人和好多邻居走了过来，我放下蛇皮袋说，大家看看这人还讲不讲理啊，我千里迢迢地给老同学家送来几斤黄豆，他们居然不让我进门！人们面面相觑，雪花飘落在我的身上，乱蓬蓬的头发湿漉漉的，一双破布鞋露出脚趾头，我的整个形象博人同情。终于有人忍不住开了口，那是一位大妈，居民小组长，她替我恳求工宣队说，就让他进去看看那个病恹恹的老头子吧，恐怕没几天好活了。

那个头儿还在犹豫中，一只手突然伸过来拉住了我的胳膊。我一时反应不过来，踉踉跄跄地就跨上了台阶。屋子里突然静默下来，门开了，那个呵斥秉生他娘的女工宣队员吃惊地说，你们是谁，闯进来想干什么？拖着我的少女也不答话，跨过门槛朝屋里走，女工宣队跟在后面说，好大的胆子，你们要公开抵触上山下乡政策吗？少女哼哼一声说，这是我小舅舅，他上山下乡时你还没进工厂呢。我这才转过脸去，看清了小英子的脸，十四岁的大姑娘了，要是在街上相遇我还真不敢认了。我对年轻的女工宣队说，她没说错，我插队去乡下时，你肯定还是个中学生。

房子结构是两室一厅，俞师母还在嘤嘤地哭泣，俞秉生面色如土，垂头丧气地站在角落里，两片分头耷拉在额前，跟电影里的叛徒甫志高没啥区别。我先不睬他们，径直朝里走，小英子却没敢跟进来。俞伯伯，我大声说，我是湘九，张某人的小儿子，我来看您了，您得撑起来，这个家，靠您儿子是撑不起的呀。

确实挺凄惨的，老头子靠在床上，眼里含着豆大的泪珠，顺着满是皱纹的脸颊滚了下来。这张面孔很像是一棵千年古树的化石，张开的嘴巴里只有几颗残牙，见到我，眼睛里居然还能发出一点光彩，这倒是有点出乎我的意料。老头子抖抖瑟瑟地拿起床头柜上的一副眼镜，戴上后打量我半天。是你爹的种，后来他说了这么一句话，倒让我也愣了半天。

等我回到客厅时，几位工宣队员都进来了。其中有一位队员的脸色很难看，原来他是报社印刷厂的。难怪头儿要拉住小英子时，他把他劝住了。他说，小英子，我要告诉你爹去，你跑来这里干啥，这是你能插嘴的事情吗？小英子噘着嘴说，我插什么嘴了，俞秉生家里这么困难，不让他留城也就算了，为什么非叫他去黑龙江呢？杭州郊区不行，哪怕去省里哪个农村也好，她自说自话地提出一个建议，跟我这位小舅舅去三门湾插队也行啊，万一家里有个三长两短的，还能赶回来料理。

居民区几位大妈也进来了，客厅里挤不下了，外面还在下雪，她们只好站在屋檐下，嘀嘀咕咕地发表着自己的见解。那位小组长说，这个小同志说的话也不是全无道理，万一有点事，俞某人单位都垮了，根本没人管，居民区更是解决不了的，只好去找街道，绕来绕去还是要绕到你们身上。另外两位大妈说，是啊，这件事还请你们再考虑一下，免得节外生枝嘛。

谁都明白她们的意思，关键是卧室里躺着的那个老头儿，关了这么多年，又把他放出来了，还当个什么专员，万一哪一天上面又想起来了，谁知道又是怎么一回事呢？别看他病病歪歪的，只要他还没死，总归是让人心里不踏实的。

这天晚上的纠葛，当时是不了了之。损失的是我的一条米鱼鲞、五斤黄豆。我将它们留在了俞家。幽暗的雪花连绵不断地落下来，小英子陪我回家去。我斜眼看着她，面部的神经微微抽搐。小英子说，你这么看着我干吗，跟我老爸似的。我差点跪下去，雪花落在我悲愤交加的脸上，我仰天长叹，真是没人教训的恶果啊，我说，你被俞秉生彻底带坏了。

小英子却没有一点姑娘家应有的矜持，她一只手撑着伞，另一只手拉住我的胳膊撒娇，我倒是想去黑龙江来着，她说，他们嫌我年纪太小，不让我去。我又被她的话吓了一跳。胡说八道，我沉下脸说，你爹你娘只有你一个孩子，你要是走了谁来照顾他们？这种念头想都不要想，我警告她，否则你就是一个不肖子孙！

走进家门，看到阿珍忧心忡忡地坐在我母亲身边，我就明白了，小英子果然是个不肖子孙。说起来她跟她娘来看我妈的，一转身就溜走了，溜到俞秉生家去了。我母亲顾不上跟我说话，先批评她，这么大的雪，你跑哪里去了？小英子啊小英子，我妈恨铁不成钢地数落她，你娘到墙门口去张望好几回了，你让她省心一些行不行啊？

哑巴阿珍流下了泪，她拉起我的手，要我替她教训这女儿。小英子茫然地看着母亲扭曲痛苦的脸，不知所措。她娘对此的反应超出了她的预计。我妈跟我说，小英子读初中了，但是学校停课闹革命，根本没人管她们，小英子整天东荡西逛的，实在是让人不放心。

我放下蛇皮袋，从肩上的挎包里拿出几本书来。我考考你，我摊开书说，如果你回答不出来，这个寒假你就哪里都别想去了，每天到这里来跟我做作业。别看我只有小学文凭，我告诉她，我插队的集体户有两位大学生，我跟着他们把高三的课程都学完了。

小英子张大了嘴，可就是说不出话来。过了一会儿，完全出乎我的意料，这个没出息的小家伙呜呜地哭出声来。她瞪着这些书，还有我做过的练习本，瞧着上面我写的习题与老师的批语，身子像打摆子一样地颤抖起来。她拿起一本《大学语文》，摸着这本教材说，这、这真是你在学习的课本吗，你在那个鬼地方都、都变成大学生了？

我无从描述这个小丫头当时的感受，我离开她太久了。这是一个特别寒冷的冬天，特大寒流使我家那间青盖瓦泥地下的小屋变得像冷库似的。所有的家务活，我都让小英子跟着我做，做完了就坐下来听我讲课。墙门后天井里有一口深井，打上来的井水冒着热气，我把家里所有的被单都放在脚盆里，命令小英子脱去鞋袜，赤脚去踩浸泡在水里的被单。小英子噙着泪说，我会被冻死的，我说，踩一会儿就不冷了，你连这点冻都经受不住，还想去什么北大荒?!

大年初三那天早上,雪后初晴,巷子里铺满发蓝色的行人的深脚印,清快寒冷的空气像针一样刺痛我的脸颊。窗子上一夜凝结的冰霜在阳光下变幻着色彩,一辆自行车犹犹豫豫地停在了我家门口,然后响起轻轻的敲门声。我撇撇嘴,示意小英子去开门,我听见她发出了一声快乐的惊叫声。不用回头,我就知道是谁来了。我说,俞秉生你怎么今天才想到来拜年啊,初一初二你都死到哪里去了?

俞秉生穿着一套屎黄色的化纤布棉袄,一种专门为知青定做的假军装,脸上的表情很难形容,好像有一点兴奋,又仿佛伴随着一种深深的无奈。我在迁户口,他说,我后天就离开杭州了。我母亲从里屋走出来,一把拉住他,颤声问道,去哪里,不是去黑龙江吧,你父亲怎么样,你娘呢,她还撑得住吗?

俞秉生哆嗦着嘴唇,好不容易才吐出四个字:乔司农场。他说,最后是区里定下来的,让我去乔司农场。我母亲松了一口气,身子软下来,倒在椅子上。小英子从地上跳了起来,拍着手说,好呀好呀,乔司离你家不过二三十公里地,农场还有工资发的,秉生哥,你要请我们大吃一顿!

俞秉生没请我们,倒是我母亲,将我带回家的黄豆焖了小半个猪头,请他吃了一餐饭。吃饭的时候我仔细观察他俩,小英子还是一副没心没肺的样子,嘻嘻哈哈地笑闹着,俞秉生却是心事重重的,只吃了一碗饭,就放下了筷子。

转眼就到了初五早晨,我们站在风中。几辆绿色的敞篷货车挂着红色的标语,从我们的身边缓缓地启动。小英子注视着车上的俞秉生挥着手远去,最后消失在天边,什么也看不见了。小英子泪眼朦胧地转过身来,突然"咦"了一声,我回头一看,也甚感吃惊,黄排长站在路边的一堆积雪旁,面无表情地看着我们。

小英子问,爸你怎么来了?黄排长淡淡地说正巧路过。我默默地跟着他俩上了公交车,打心底里不相信他的说法。去乔司的车是从艮山门出发的,门卫又不是记者,大老远地"路过"这里去何处?我坐在肮脏拥挤的公共汽车上,瞧着依偎在父亲身边的小英子,我的心在微微叹息。可怜天下父母心，我想。我知道，有一种微妙的感觉只能藏在心底，说出来效果就很可能适得其反了。小英子的心情却很快调整过来了，她指着窗外城郊结合部的景色，叽叽喳喳向她阿爸介绍着古运河两岸的风光。我想起了当年黄排长和阿珍沿着这条河回苏北探亲的情景，我觉得，幽幽流淌的运河水在十年以后仍然散发着令人压抑的气息。

我没想到的是，黄排长担忧的却不仅是女儿年纪太小，更严重的还是俞家的政治成分。那天中午，他让小英子去手套厂给她妈送一件大衣，却把我留在他家。陪我喝杯酒吧，他说，我们都好几年没有聚一聚了。

酒过三巡，话便多了起来。黄排长迟疑了一会儿，终于说出他的心里话。你听了别生气，他借着酒劲，推诚布公地说，我家跟你家的关系是一回事，跟其他人家又是一回事。如果不是你娘救过阿珍的命，我们这种家庭永远不会跟你们这种人家发生交集。他一五一十地告诉我说，我娶阿珍时是向组织汇报过的，组织上说，说到归根结底，阿珍跟你家的关系，不是亲戚而是保姆跟东家的关系，这样我才没了顾虑。他拉住我的手，不让我起身离去，我说的是当初嘛，他低下头去，闷闷地说，现在当然是另一回事了。

我跟俞老头子打过仗，他盯着我的脸说。我点点头，无言可对。两军对垒血流成河，跟我一起参军的同村十个弟兄，一仗打下来死了八个！他终于说到了核心问题。他的眼睛红了，一种深感愧疚的表情反映在他的脸上，显示出真切的痛苦。这时的黄排长确实很激动，他举起酒杯，双手抖得很厉害，酒水晃荡到了他的身上。他问我，又像是在问自己，如果我的女儿嫁到这种人家去，我怎么对得起那些死去的战友，我还有什么脸去给他们扫墓呢？

现实很残酷，我欲言又止，最后还是选择了沉默。这个做爹的人说，就算上一代的恩怨不该留给这一代，小英子的前途，总不能毁在这种人身上是不是？老实跟你说吧，让他去黑龙江就是我向工宣队提议的，报社印刷厂那位同事跟我关系不错，他看着我陡然变得青灰色的脸，咬了咬嘴唇，还是把话说完，我只想让那小子走得远远的，小英子再也见不到他了，也就疏远了。

空气凝固了。我艰难地扶着桌子站起来，嘴角漾起一缕凄苦的笑。内心的震惊和绝望让我无法自持，我想揍他，举起拳头又无力地放了下来。于是我抬起脚，将他的拐杖踢飞到窗前，然后抱住脑袋，又坐了下来。我端起酒杯，仰起脖子咕咕的灌下去，转瞬间满脸通红。你他妈的也太自私，太过分了！终于，我的愤怒迸发出来了，从小受到的委屈一时全涌了上来，我站在窗前，将手指着窗外，忍无可忍地大声嚷道，你凭什么这样编排人家，就凭这个江山是你们打下来的吗？所以你女儿就该比俞秉生高贵？滚你的蛋，我捶着桌子说，他老子出生入死打鬼子时，你他娘的还在江北乡下捡狗屎呢！

后来我记不起是怎么离开他家的了，好像是阿珍送我回去的，我一只脚高一只脚低地踩在雪地上，嘟囔着说送我去火车站吧，老子不想在这里待下去了，一刻也不想待了。阿珍自然听不见我在说什么，她牵着我的脖子，像牵着一条大狗似的把我牵回家去。邻居们吃惊地问这小子怎么啦，喝成了这般模样？我挥挥手，拜拜，沙扬娜拉，达斯维达尼亚，我向所有的杭州人挥着手说，再见了同志们，自由属于人民。

我母亲站在家门口说，阿珍啊，你老公怎么搞的，给你兄弟灌这么多绍兴糟烧，今天已经是初五了，你们还在过年吗？到处都是乱糟糟的，这种年有什么好过的？

五

我在三门湾插队八年，正式回城之日，正好是小英子参军离家之时。黄排长给老战友老首长们写信，替她求到了一纸入伍通知书。据说她去派出所注销户口时遇见了常青老师，这女人既当过俞秉生的班主任也当过她的班主任。黄超英，常青老师很八卦地说，你知道俞秉生他爹娘刚才来派出所干啥吗？他们写了张报告，居然请求将儿子的户口迁回城里来！哈哈哈，常青老师笑弯了腰，连个接收单位都没有就想调回来？她说，他们以为自己是高干吗，或者这里是台湾？！

常青老师的丈夫现在是区公安局革委会头头。他视察派出所时竟然带着老婆。令他们惊讶的是，俞秉生他老子不仅没死，还走出家门，走到了街道和派出所。小英子转身就去追两位老人。俞伯伯俞伯母！她喊，街上的行人纷纷驻足。人们愕然地看着这个穿着一身崭新国防绿军装的少女，气喘吁吁地跑到了两个白发苍苍的老人面前。俞秉生的爹娘也被她吓了一跳，疑疑惑惑地看着她，半天回不过神来。小英子调皮地举起手，在他老娘眼前晃了晃，老太太才眨眨昏花老眼说，是小英子吗，真的是你吗，你怎么把你老子压箱底的衣裳都套在了身上？

后来回想起来，我有种上当的感觉，俞先生这个老头子也许是个老狐狸。我怀疑当初街道工宣队逼着秉生去黑龙江时，老头子奄奄一息躺在床上的样子就是装出来的。儿子不去北大荒了，而是去了乔司，他的身体也就慢慢地恢复了。他认出小英子以后，神情由最初的欣喜很快变成了淡漠。祝贺你光荣入伍，他说，很客气很礼貌的口吻，中原比这里是艰苦一些，但是能够锻炼人嘛。你是革命的接班人，他貌似很诚恳地说，祝你一路高升。

俞秉生赶回来替小英子送行时却遭到了老头子无情的打击。小墙门里香烟缭绕，俞先生一边咳嗽一边还在抽烟。青梅竹马是小说而不是现实，老子对儿子说，语录上怎么说的？世界上没有无缘无故的爱也没有无缘无故的恨。因为它在阶级社会里是不可能实行的。儿子沉没在某种无边的黑暗中，他倔强地昂着脖子说，我们只是好朋友。老子并不言语，只是静静地看着他，看得他慢慢地低下头去。别骗自己了，几分钟后，老子才站起身来，他说，是我的儿子就要有勇气面对现实，别给我俞某人丢人现眼。

那天晚上黄排长和阿珍在多益处酒家办了一桌酒，请的客人除了我母亲，还有报馆几位同事老乡，以及小英子中学的两位闺蜜。宾客们举杯庆贺小英子光荣参军，两个女同学无比羡慕地拉着她的手说，吃完饭我们就去照相馆照张相。小英子心不在焉地说好呀，眼睛却老是瞟着门外。黄排长端起酒杯先敬我娘，她外婆，听说湘九明后天就回城了，咱们同喜。我母亲情不自禁地喜极而泣，拍一下阿珍的手，无限感慨地说，我们总算是熬出头了！报社印刷厂那位工宣队员跟黄排长碰一下杯，好了，他说，你终于可以彻底放心了。黄排长看一眼女儿，皱了皱眉。小英子的眉宇间凝结着一种不合时宜的忧伤，她仍然瞟着门外，突然就站了起来。

人们看见一位服务员迎向小英子，手里捧着一个小纸包。小英子接过纸包，并不拆开看，而是冲到了街上去。宾客们面面相觑，阿珍倏地站起身想追出去。我母亲拉住她。母亲摇摇头，对大家说，没什么，是她小舅舅托人带来的小礼物。宾客们纷纷点头，露出原来如此的神情，黄排长将筷子点点刚送上桌的糖醋鱼，说，快吃吧，冷了就不好吃了。

多益处酒家前方是众安桥十字路口，小英子跑到那里就站住了。俞秉生你给我出来！说完她就蹲在了地上，咬牙切齿地拆开那个小纸包。不出她所料，纸包里有十几封信，全是这两年她寄给秉生的。俞秉生从一棵法国梧桐树的树荫下瘟塌塌地走出来，看见小英子正在将那些信一封一封地撕碎，他惊叫一声奔过去，小英子手一扬，信件的碎片轻飘飘地纷纷飘落在夜空中，他傻乎乎地举起双手抓这些碎片，刹那间泪流满面。

小英子手里还剩下两封信，俞秉生抓住她的手说别撕了，你还给我吧。小英子像被蝎子叮了一口似的跳起来，她说，你给我滚！秉生抬起哀伤的眼睛凝视着她，小英子说，你放心吧，你寄给我的信，我今晚回去就统统烧了！秉生再也说不出话来了，小英子抬起脚，猛地踢在他腿上，他哎哟一声，抱住小腿坐倒在人行道上。小英子捂着脸跑回酒家去，随手把最后两封信扔到了路边的垃圾桶里。

这是春末夏初的夜晚，十字路口车水马龙，俞秉生却面对着一片死寂。下班回家的路人从他身旁匆匆而过，公交车靠站时售票员拼命地拍着车窗喊让开让开。交警在岗亭上吹哨子，一个小贩吆喝着白兰花要哇白兰花。被小英子踢伤的小腿在隐隐作痛，他的心更痛。他慢慢地走回家去，穿过延定巷走到枝头巷。小英子的身影消失了，他父母的身影却出现在眼前。他娘拎着一只簸箕在倒垃圾，微驼的背影看上去弱不禁风，他爹支着一根拐杖在门口仰望星空，一脸清冷寂寥的神情。俞秉生的心再一次抽紧，感到一阵无名的惶恐，他确实不知道，刚才发生的一切，他究竟是做对还是做错了。

很遗憾我没能看到这一幕。我回到杭州时小英子已经登上北去的列车。据说她在月台上哭得像死了爹娘似的，人们都以为她舍不得离开家，其实她更多的是在哭自己。阿珍抱着十六岁离家远行的女儿，母女俩哭成一团。黄排长却一句话也没说。他把小英子的行李送到火车上，然后就下来，默默地站在那里抽烟，那神色有点凄怆，有些尴尬，始终不敢直面女儿的眼睛。送行的人们后来望着他拖着沉重的步子，慢慢地回到报馆去了。

天黑了，从江南的田野上飘来麦穗的清香，地平线上高耸的水泥厂的烟囱冒出缕缕黑烟，袅袅升上发红的天空。小英子坐在车窗前，望着这一道道黑烟融化在暮色渐浓的夜空中，渐渐地模糊了。一位列车员来到她身边，说，请问你是姓黄吗，是不是名叫黄超英？小英子愣了愣，说没错，我是黄超英，列车员将一个信封递给她，说，这是开车前一位小伙子托我转交给你的，请你收下。

后来听说这个场景，我他娘的拍案叫绝。那时我已经进了古运河边的船厂，厂里有许多花枝招展的女工，我想找其中的一位谈谈恋爱却常常不得其门而入。我真佩服俞秉生，居然轻而易举地将断了线的风筝又扯了回来。小英子拆开信封，里面有一支新的圆珠笔，还有两封信皮上沾了污迹的信，正是她扔进垃圾桶的那两封信。于是，眼泪又从姑娘脸上淌了下来。她泪眼模糊地久久凝视着这两封破信，甚至忘了向列车员说一声谢谢。

吴山堂的钟声再次响起时，我在教堂门口遇见了俞先生。老家伙穿着一套虽然很旧却熨烫得笔挺的中山装，花白的头发也梳得整整齐齐，手臂上挽着秉生他娘。老太婆牙齿都掉光了，居然穿着一袭连衣裙，颤巍巍地踏着一双不知从何处找出来的黄色中跟皮鞋，站在台阶上向我划了个十字。上帝保佑你，她说，张夫人还好吧，星期天，她应该也来做弥撒。

我不知道说什么好，冬雪尚未融化，二月春风似剪刀，两个出土文物就迫不及待地出来亮相了。我妈刚从肿瘤医院出来，我忧伤地说，她说有些服侍她的活儿不方便叫我干，让我去叫阿珍过来。

吴山堂对面就是报馆，我走到门卫室，看见黄排长戴着一副老花镜，坐在那里看报纸。见到我，他放下报纸说，阿珍已经去你家了。我转身欲走时，他喊住我，拿起一封信说，这是小英子刚寄来的，你看看，小英子考上南京的军校了，信里还有一张她在军校门口照的相片。

我自作聪明地拿着这张相片去找俞秉生，还以为他俩早就不再联系了。星期天，俞秉生从乔司农场回家来看父母，正在书房里摆弄一台留声机。所谓书房，其实是个不超过六平米的小阁楼，有一扇很小的窗户。农场的工资是一个月二十六元，使他能够去吴山路旧货商店淘弄这些破玩意儿。秉生当着我的面上足发条，放上一张唱片，这才拿起小英子的相片凑到窗前去细细地看。音乐响起来了，这是贝多芬的 F 大调浪漫曲，俞秉生说，你听听，月光、命运、悲怆、田园、黎明，多么富有激情啊！我撇撇嘴，我说，我明白了，当初你是怎么骗小英子的，原来就是用的这一套。

俞秉生多少有点尴尬。不得不关了留声机，跟我聊起俗事。他在农场混得马马虎虎，已经接到调令去场部当文书，父母要他调回杭州，他觉得没啥意思。常青老师说的没错，我上哪里去找新的接收单位？他说，我爸想带我去求文史馆领导，天，他耸耸肩说，那地方让你去还差不多，尽是些遗老遗少！

不知道为什么，我就是想揍他，凭什么说我比他更合适去跟遗老遗少打交道，就因为我在写父辈的历史？那只是我的业余爱好，我的本职是造船厂工人，挺适合我的一个饭碗。谁没有一点业余爱好呢，研究二战历史总比摆弄一台破留声机泡妞儿强多了。

小英子一身戎装，站在军校门前，她呼吸着长江岸边的空气，好像从来没有这样自由呼吸过似的。她长高了，晒黑了，中原军营，那黄河边的风吹日晒让她变成了一个挺结实的大姑娘。她的神情仍然有些忧郁，仿佛带着无形的人性的枷锁，这枷锁是她自己套上去的，瞧着眼前这个一副小市民相的俞秉生，我真替她犯不着。

我知道我是个里外不是人的东西，可我就是忍不住。俞先生老两口回来了，略感吃惊地看着我。湘九啊，你拿着谁的相片哪，给我看看。俞师母说。她儿子脸煞地白了，拼命朝我使眼色。我却不管。小英子的照片，我将照片递给他俩说，你们瞧瞧，多么有情有义的好姑娘啊，可惜这世上，有些人实在是太对不起她。

小墙门里的气氛僵硬下来，我看到这一家人又惊又恼的表情。老太婆的眼皮在抽搐，脸色白里泛青，她瞧着照片，双手微微哆嗦。但这并没有使我感到内疚，相反，我觉得心里有一种特别的爽快。过了好一会，那糟老头子才冷哼了一声，今天对不起她是为了让她明天过得更好，他沉下脸说，我们高攀不起她。我抬起头，猝然间，我从幼年时起抵触过、苦恼过、怨恨过的一切，都在一秒钟内涌现在了我的眼前，使我口不择言。什么为了她好？我说，只不过为了你们自己的故作清高罢了！你们是你们，秉生是秉生，世界那么复杂，今天不知道明天的事，你黄埔出身怎么了，西点毕业又怎么了？瞧不起人家扛大枪的翻身农民是不是？可人家就是把你们打败了！别跟我扯这一套，我毫不留情地说，就是我老子从台湾活着回来了，我当他的面也是这么说。

土匪。俞先生这样称呼我。他说你跟你老子没啥区别。你爹投身大革命前就在湘北当过土匪，后来还给贺龙送过枪支弹药！他拿拐杖指着我，暴怒地翻我家的老账，我给他倒杯水，我说，你骂吧，别太激动，我认真听着呢。老头子才疲惫乏力地缓和了一些，他坐在天井里一张藤椅上，喃喃地说，你和你爹一样，都缺少理性，只按照自己的认知行事，无视这个社会的规则。你知道吗，他笃着拐杖说，那是要吃大苦头的。

该吃的苦头都吃得差不多了，说完了该说的话，我重新变得无精打采。向他们告辞一声，我回家去。走到门口点燃一支烟，缓缓地将心里的浊气随着烟圈吐在空中。我看到遥远的西湖和宝石山在晚霞的色彩中辉耀，看到换上春装的人们在漫步，孩子们在街上奔跑，年轻人背着书包去夜校进修，天上掠过条条浮云。我匆匆地走回延定巷去，转眼间，心头又充满了无言的惆怅，我那可怜的母亲还躺在病床上，对我家来说，新的苦难才刚刚开始呢。

张廷竹中篇小说选

六

　　小英子回家探亲是在当兵的第四年，她是傍晚时分走进延定巷的。左邻右舍正忙着洗菜烧饭，孩子们在墙门口玩耍，看见一个穿棉军大衣的女兵拎着旅行箱走了过来。她站在墙门口的石阶上，深深地吸一口气，摘下剪绒帽，抬起衣袖揩脸上的汗。我骑着自行车从巷口进来，远远地追着她的背影叫，小英子你回来啦！小英子转过身，泪水扑哧哧地掉了下来。

　　母亲正在熟睡中，老人家被肿瘤医院的化疗折磨得骨瘦如柴，脑袋轻得已压不住枕头。即使睡着了，她仍在呻吟，青筋绽露的双手瘫在床单上，时不时掠过一阵痉挛。小英子轻手轻脚地走过去，在床边跪下，将老人的手放到自己脸上，她的泪水使我母亲睁开了眼睛。小英子！老人家虚弱地招呼她，微微地笑起来，她的笑容沉静、严肃而勇敢，不哭，我母亲说，小英子，我们不哭。

　　小英子轻抚着我母亲冰凉的、枯萎的脸颊，大颗大颗的泪珠缓缓地痛苦地淌下，流过她俩的面颊、下颚和手。我端着一盆热水走到床前，洗把脸，我对她说，小英子拿起毛巾，先揩母亲的脸，然后才洗自己。我有一种全新的感觉，小英子真的长大了，进入了她生活中的另一个时期。

　　整个城市笼罩在雾霭和夜色中，黄排长和阿珍两口子也过来了。外面刮着风，透过窗子可以看到南方特有的冬天的阴雨正在飘落。我将一只煤球炉拎进屋子，让他们围炉而坐，一只茶壶在炉子上冒出了蒸腾的热气。饭桌上放着我撰写文章时搜集到的一些资料。小英子拿起来翻阅，其中有一张照片是我的父亲，下面有他的生平介绍。黄排长说，老人家看过这份材料了？我苦笑着点点头。如果不是我父亲死于非命的传闻得到确认，我说，也许她还不会一下子倒下，这个打击对她来说太沉重了一些。

母亲伸出手来要这张照片，当她颤巍巍地戴起老花镜，第一百次地看着这张其实很模糊的老照片时，大家屏神凝息，什么话都说不出来。母亲说，这张照片是在重庆照的，她记得很清楚，那天我父亲刚从印度兰姆伽盟军基地回来，在那里参加视察了劫后余生的中国远征军部队。说是重庆，其实我家当时住在嘉陵江边的乡下，那是一个小院落，门口有个菜园子，屋子里不仅有四间房，还有一间浴室，我的哥哥姐姐们总爱在山坡下的竹林里捉迷藏。现在回想起来，这一切似乎全然没有存在过似的。因为我父亲刚照完这张照片，敌人的飞机就飞到了重庆上空。小院落一瞬间就被炸弹夷为平地，菜园子和屋舍都飞上了天空。母亲还记得当时的情景，父亲双手插在土黄色呢子军服的腰带上，呆呆地站在废墟前，满脸满身都是泥土。他看着从山坡下尖叫着跑上来的我母亲和孩子们，向给他拍照的勤务兵伸出手去要一支烟，从不抽烟的我父亲猛吸一口，喷着烟发出一阵狂笑。

人不是那么容易死去的，母亲喃喃地对我们说，当你坚持不下去的时候，你坚持下去就是了。

病入膏肓的老太太好像成了一位哲学家，常常说一些令人颇费思量的语句。奇怪的是，小英子似乎格外爱听这些话，在军校的寒假里，她隔三岔五就跑来延定巷，坐在我母亲的病床前，听她那些断断续续的回忆和人生领悟。黄排长似乎也受了影响，坐在我家那狭小的客堂里，抽着烟，思索着，不知道他究竟在想什么。只有哑巴阿珍，走进我家就帮着洗衣做饭，不是在厨房就是在后天井的井台旁忙碌。

黄排长的继母就是在这个寒假去世的。接到老家来电当天，他们一家人就上了路。那个关于小燕子和老燕子的故事，就是小英子在码头上讲给我听的。码头已经不是从前的码头，建造和装修得光怪陆离，船票当然也涨了价。变幻不停的霓虹灯光把小英子的脸照得一会儿红一会儿绿。老太太临死前要求将她跟我爷爷葬在一起，小英子对我说，我爸的亲戚们不同意，他们说我爷爷已经和我亲奶奶葬在一起了，再多一个算什么呀。

你爸的意思呢，我说，他跟你怎么说？

他问我有啥想法，小英子咯咯地笑出声来，我说当然葬在一起了，莫非还让她去找她的前夫吗？莫非让她孤零零地葬到另外一座山岗上去？

老家有一条街，两边是矮小而丑陋的房子，里面光线阴暗，屋檐下早已找不到燕子的巢。小英子见到了黄家的堂姐妹堂婶子们，见到了那位跟她其实毫无关系的姑姑。小英子的心情像天空一样明朗，因为她们都围着她转，拼命拍她的马屁。到达当天就开了一个会，黄排长挥挥手说，别再争了，老太太就葬在我爹我娘旁边，另起一座坟就是了。姑姑松了一口气，突然跪下来，向黄排长磕了一记响头，她说，谢谢你的大恩大德，要不我们就无家可归了。小英子看见几位黄家长辈的脸一下变得铁青，他们说，这老宅怎么办，难道还让外姓人继承下去吗？小英子愣了一会儿，瞧瞧那被老烟熏黑的房梁和破烂的椽子，眼睛里流露出极度的失望和不忿，她站起身，叉着腰插嘴说，这跟你们有什么关系？房子是我爷爷建的，继承人是我爸和我，这位姑姑住到死，这房子还是我家的，倘若现在让你们分了，我们还有什么老家呢?!

如果小英子不是穿着四个兜的军装，登着59式高帮皮鞋，挨一顿揍是免不了的。黄排长瞪起眼说，你给我出去，这里有你说话的份吗？黄排长转过脸向长辈和堂房弟兄们说，这孩子被她妈从小宠坏了，请各位多包涵。黄家人都冷哼着不说话，阿珍则掩着嘴，偷偷地笑了。后来她打着手势跟女儿说，你这是从湘九那里学来的吧，他当年就是这样对付我舅舅舅妈的。

纸钱飞舞，红烛高照，小英子搀着黄排长跪下去，给他的继母磕了三个头。风儿把山上的小树林吹得飒飒地响，后来又纷纷扬扬地飘起了雪花。小英子悄悄地跟她爹说，你看看我娘，虽然不会说话，那风度和气派全是从张家、从外婆那里学来的。贫困艰难不可怕，就怕丢了做人的良心，老爸啊老爸，小英子感慨万千地告诉黄排长，以后你别再跟我说你这些穷亲戚的阶级感情了，我现在全明白了，都是扯淡。

黄排长气得头发像针一样一根根地耸立起来，却说不出反驳她的话。有一位图谋他家老宅最狠心的堂叔，儿子就是跟他一起上战场、尸骨未还的八个同村弟兄之一。黄排长实在想不通，当年他为了穷人翻身得解放，连儿子都舍得牺牲，如今却为何为了争夺一栋破瓦屋，便要将那个可怜的妇人赶尽杀绝？心绪纷乱不安的黄排长在山坡上一个踉跄，差点跌倒在荆棘丛中。荆棘刺破他的手，一种剧痛的触觉从手指传及了他的身体，他仰起脸，舔着手指上的血和落到嘴里的雪花，感到无比的茫然和苦涩。

继母入土之后他们回到杭州，一路上父亲连跟女儿说话都没劲。本来他还想借此机会聊聊她的个人问题，进了军校就是干部了，这件事阿珍过问不了，只有他来操心。报社印刷厂那位同事有个侄子，工农兵大学生，已经当了市里一个局的科长。小伙子长得一表人才，每次见面都亲热地喊他伯父。可是他刚提起此人，小英子就哈哈大笑起来。我认识他，她说，初中时他跟俞秉生一个班的，有一回我去十一中，亲眼看见他跳高时触动了横竿，却赖在沙坑里不起来，硬说是俞秉生打落了那竿子。什么玩意儿，女儿在笑声中不无鄙夷地跟父亲说，这么大的人了，还哭哭啼啼地跑去向老师告状呢！

我想通了，黄排长后来跟我，跟我母亲说，我管不了她的事了，横竖她在部队接触的人也有限，干脆等她找个同是当兵的算了，一辈子留在军营也不错。

他不可能想不到，女孩子心里还有当年的情愫。但是谁也避免不了选择性遗忘这种做法，何况这个做父亲的。这个星期天他来到我家，发现小英子却没来，他皱起眉头说，她出门时说来看外婆的，结果跑哪里去了？我母亲有气无力地嚅动着嘴唇，无法回答他，我却熬不住了，冷冷地瞥他一眼，说，这么大的姑娘了，还是军人，你怕她被人拐走还是怎么的？你也管得太多了。

小英子自然是去找俞秉生的，一个月探亲假，他俩只见了一次面，因为中间她去了苏北老家。这天是最后一个星期天，下星期小英子就得回去了。他俩约好九点钟在六公园公交车站见面。为了不引人注目，不让俞秉生感到自卑，小英子特意换了便装，蓝涤卡的两用衫，白袜子，黑力士球鞋，像个普普通通的女学生。她站在公园小卖部前，装作想买东西的样子，用眼角斜扫着从七路车上下来的乘客。姑娘家不能表现得太主动，这是从前的闺蜜警告她的，小英子想，我是不是该等到九点零五分才在他面前出现？

小英子手上戴着一块九钻的钟山牌手表，她看看表，已经是九点零五分了，她心里有了一点气，刚才的小心思全白费了，从前面几辆公交车上下来的根本没有俞秉生。小卖部店主说，姑娘，你到底想买啥，我看你把所有的货都挑过了。小英子吐吐舌头说对不起，我想买瓶汽水，可是天太冷了，我不敢喝。她转身往车站走，那店主撇了撇嘴，上海人，她说，这肯定是个从上海来到杭州的游客。

时间过得很慢。小英子踮起脚跟翘望七路车驶来的方向。那时杭州城里没有堵车这一说，天气又冷，街上行人稀少，俞秉生就是半小时前从家里出发，走路也该走到这里了。小英子知道他是昨天夜里就从乔司过来的，小英子想，莫非他也有两个狐朋狗友，给他出主意让他故意迟到一会儿？小英子摇摇头，这是不可能的，俞秉生不是湘九，他没啥朋友，从不跟三教九流的人打交道。

一辆公交车靠站了，小英子眼巴巴地盯着下来的人看，又是一辆车过来，俞秉生仍然没出现。现在已经不是九点零五分，而是十点零五分。小英子疑惑的目光从街上掠过，一种深深失望的感情反映在她的脸上，从焦虑而变成了凄苦。她知道俞秉生是个孝顺儿子，她知道他父母跟她父亲一样，反对他俩的交往。如果说小英子有点朱丽叶的风范，俞秉生跟罗密欧相比就差了一大截，这家伙是绝对不敢把剑刺向出身高贵的帕里斯伯爵的，从当年工宣队要他去黑龙江时他的表现就可以看出，这么多年的风风雨雨下来，他早已变成了一只缩头乌龟。

黄排长在我家坐到中午，小英子在六公园等到中午。黄排长终于叹着气回去了，小英子抹着泪走进延定巷。我母亲说，小英子，你这么早就回来啦，还没吃中饭吧，叫你湘九舅舅请客吧，请你到巷口吃馄饨去。小英子扑到我母亲床上大哭。骗子，她一把眼泪一把鼻涕地说，俞秉生是个骗子，外婆，我明天就回部队去了，我家跟他家真的不是一路人，我再也不会理睬他了。

七

令人啼笑皆非的事实是，俞秉生出门遇见了鬼。这个鬼不是别人，而是常青老师的丈夫。那时他刚走到枝头巷解放路口，一只手突然从街边的屋檐下伸出来，抓住了他的胳膊。你是我老婆的学生对吧，你是不是姓俞？这间光线昏暗的屋子在一条长长的走廊尽头，敞开式的走廊上有几家还未开门的商店，这男子躲在一个廊柱的阴影中沉声问他。俞秉生茫然地点点头，是的，我是常青老师的学生。裹着一件警蓝色棉大衣的男子将他拉到一家饮食店门口，不由分说地对他说，我们一起吃个早餐，边吃边聊。

饮食店里面有个小包厢，包厢里有一扇小窗子，窗外传来公交车到站的刹车声，车站旁边是思澄堂，美国北长老会在杭州建造的一所基督教教堂。封闭多年的教堂又响起了主教的声音，让我们时刻铭记上帝，为他在心中建起一座永久的碑。店小二送来豆浆、油条和两碗面条出去了，常青老师的丈夫关上窗子，放下窗帘。现在俞秉生听不到任何声音了，他看着对方狼吞虎咽地将油条塞在嘴里，觉得一切如在梦中。

你身上有烟没有？俞秉生摇摇头，没有。男子摊开一只手，借点钱给我，他说。俞秉生拿出皮夹子，常青丈夫一把抓过去。都借给我，他说，我会让常青加倍还你的。俞秉生心疼地说，里面有五十多元呢，是我两个月的工资。对方不睬他，站起身走到门前，店小二应声过来了，帮我买一条飞马牌香烟来，这位顾客递给他三元钱说，快去快回。

俞秉生有一种感觉，眼前这位老兄，至少有一个月没吃过一餐饱饭了，他的眼睛里燃烧着饥饿的火焰，抬起头时，总想照准一个人的脸狠揍一拳的样子。那时俞秉生确实感到了害怕，他畏畏缩缩地说，你吃吧，我先走了，我还要去六公园见朋友，已经迟到了。常青老师的丈夫瞧着他说，见什么朋友，这世上连老婆都是靠不住的，还找什么朋友？

俞秉生一阵眩晕，他想装出笑脸，喉咙里却止不住地打呃似的哽咽着，他说，你不是在区公安局当头儿吗，怎么成了这个样子？你不要害我，他恳求他说，我一向与世无争的。常青老师的丈夫喷出一口烟，阴冷地笑了，你与世无争有什么用？他在烟雾后面暗哑地说，狼要吃的就是你这样的羊。别看你老子现在又活过来了，伟大领袖教导我们说七八年再来一次，到了那时，你才会知道今天遇见我是多么的幸运呢。

这家饮食店将永远留在俞秉生的记忆里。店小二是个剃小平头的江北佬，穿着一件油腻腻、脏兮兮的白色工作服，炸油条的是一个大块头的面色红润的妇人，后来回想起来，这妇人好像从他俩进门起就盯着他们了，她那双眯缝着的眼睛里射出的奇特的光亮使人浑身寒抖抖的。其实常青老师的丈夫身上有一些明显的破绽，至少他衣领上被撕下的领章后还留着长长的线头。他那么饿，脸上胡子拉碴的，看见油条豆浆时那种贪婪的眼光，都让人觉得不正常。尤其是他的一只棉裤的裤腿在攀爬时被铁栏栅挂破了，露出一大块白色的棉絮。俞秉生恨自己真是瞎了眼，稀里糊涂地就将自己栽了进去。

主要的毛病还出在离开这家饮食店时，前公安局的头儿随手拿起椅背上俞秉生的大衣，穿到了自己身上，而将那件警蓝色的棉大衣换给了他。俞秉生的大衣是他父亲的一件灰呢子大衣，为了约会小英子偷偷穿出来的。俞秉生说，我不要你的警察大衣，我父母都不待见它。少废话，常青老师的丈夫说，放在前两年，这件棉大衣可比你那件破呢大衣值钱多了

他俩一前一后走出去，一群便衣警察猛地扑上来。那时小英子正焦急地翘首盼望在六公园的站头上，可惜她离得太远望不到这一幕。俞秉生挣扎着喊，我是被他劫持的无辜群众，你们不要抓错人！便衣们根本不理睬。他们

将他摁倒在阴暗的长廊上，一位便衣的脚在俞秉生的手背上碾了一下，他说，有你这样的无辜群众吗，跟他对换外装企图蒙蔽我们！俞秉生泪眼模糊地趴在冰冷潮湿的地上，来不及申辩，又发出了一声凄楚的尖叫，一支电警棍狠狠地戳到他脸上，他在痉挛中昏晕过去了。

常青老师的丈夫是从隔离审查中逃跑的，作为造反派头头，他不仅整过一些老干部，还得罪了不少同僚和下属。这几个便衣正是以往对他恨之入骨的基层干警。城门失火殃及池鱼，将财物捐助罪犯潜逃的包庇犯俞秉生自然百口难辩。他们将他拖到路边一个自来水龙头旁，冰冷的自来水哗哗淋湿了俞秉生的脑袋，使他浑身哆嗦着苏醒过来。有个特别狠戾的角色用手钳住秉生的双颚，他的嘴不得不张大开来，像一个无底的黑洞。便衣们朝这个黑洞猛灌一阵冷水，秉生蹬踢着，咳嗽着，他觉得他的胃马上要涨破了，头脑一片空白。他的脚终于踢到了钳住他双颚的那人裆下，那人一声尖叫，突然跳起来，将脚下的大头皮鞋踩下去，咔嚓一声响，他踩断了秉生的小腿骨。

叙述这件往事对我确实困难重重。我的心疼得不由自主地一阵阵抽紧。我常常想，如果我在现场我会怎么办？唯一的选择恐怕只能是拼了。后来我被特招入伍到了西南边疆，面对对手我总是把它想象成那个便衣，这样我才能热血沸腾地冲过去，死了也就死了。我记得获悉此事的最初那几天，我每天都陪着俞先生去上访，区里、市里、省里，我们坐在信访室，坐在等待长官们出现的衙门口的台阶上。幸亏当时还没有出现截访组织，因此没人把我们也抓进去。

俞先生写了一封椎心泣血的信，我拿到厂里文印室，央请打字员打印了几十份。除了跟俞先生一起坐过牢的那些政协委员文史专员，我母亲还提供了父亲当年的几位老朋友。这些现在北京身居高位的人，曾经从重庆的曾家岩、周公馆来到我家，吃过我母亲烧的杭州菜。总之，我对俞先生说，这件事闹得越大越好，否则人活着还有什么意思呢。

俞秉生表情呆滞，一声不吭地坐在病床上。事实上他一天都没进过预审室，便衣们发现祸水闯大了之后，就将他送进了公安医院。审讯是在病房进行的，将他的口供与常青丈夫的口供一对照，整个经过一目了然。做手脚的人当然有，有人说他是拒捕时自己跌伤的，有人说他跟便衣对打时被对方误伤。问题是当时是在闹市中心，围观者众，经历过十年浩劫的老百姓对这种暴力执法已经忍无可忍，就连检举罪犯的那个炸油条的妇人和店小二，也不能不实事求是地说出了全部经过。

全国人大一位副委员长带着一个重建法制的调研小组来到杭州时，召见了俞先生。摇摇欲坠的俞先生撑着拐杖，竭力挺直身子，那件从公安手里拿回的灰色大衣在接见室门前闪着清冷的光。我是你的手下败将，老头子硬呛呛地对这位副委员长说，但我儿子不是，如果这样搞下去，下一次被打败的是谁就难说了。副委员长想了几秒钟，谢谢你的忠告，他说，我将你当成一位净友。

农场跟插队的最大区别是，它是有劳保的。一群知青跟着农场卫生所的医生赶来，七手八脚把俞秉生抬到一辆救护车上。幸亏场部领导也来了，及时阻止了他们，否则这批知青要抬着他在解放路和湖滨路上走一圈。踢伤他的那个警察已被拘留。知青们非要看着他戴上手铐才肯离去。拘留所一位看守对我说，他娘的，算你这小子狠，希望你永远不要犯到我们手里。

小英子不知道这一切。我反反复复地考虑了许久，还是瞒着她算了。俞秉生已经残疾了，虽然看上去恢复得还不错，但是走起路来，总归跟以前不太一样了，或多或少，有些一拐一拐的，让知情者见了心里特别难受。小英子的父亲是残疾人，母亲是残疾人，难道她找的丈夫还得是一个残疾人？我跟我母亲说，我真的接受不了了。母亲唯有叹息，她躺在床上望着天花板，过一会儿，伤感的泪水便湿透了枕头。

其实这还是次要的，关键是俞秉生的心残了。他很少回杭州来了，似乎再也不愿意见到过去的熟人。偶尔回来住几天，也是躲在小阁楼上，守着那台破留声机，一遍又一遍地，听那些悲怆的命运交响曲。为了给儿子讨回一个公道，四处奔走的俞家老头子已经筋疲力尽，终于到了一病不起的日子。秉生他娘真正成了一个虔诚的基督教徒。

我闻到一股热咖啡、面包和黄油的滋味，听到咖啡壶里的水在噗噗作响。我走进小墙门，看见一个妇人雪白的后颈和裙服下套着肉色丝袜的小腿，她正弯下腰去从炉子上拎起咖啡壶，那姿势十分优雅柔美。我以为走错门了，刚要退出去，看见俞师母扶着门框出现在天井前。湘九，这是你秉贤姐姐，老太太说。妇人转过头来，你是张伯伯家的小公子？她向我微笑着，递给我一杯咖啡。去年我先生从巴西带来的，她说，你尝尝，我正想给张家姆妈送两瓶过去呢。

我想起来了，这是秉生的姐姐，比他大十八岁，新中国成立前夕跟着笕桥机场一名飞行师去了台湾。此后漫长的岁月里，这是俞家一个讳莫如深的话题，知情者如我母亲也从不提起。现在她居然回来了，赶上了她父亲最后的弥留之际。

我将奶昔和糖倒进咖啡杯，用调羹搅了搅便喝起来。这是我第一次喝咖啡，滚烫的咖啡香甜而苦涩，如同我们的生活。俞先生就躺在里屋，他拒绝去医院，他说，反正要死了，何必再去那里折腾，让我保持最后的一点尊严。我走到他的床前。他穿着一套宽大的睡衣，一张凹陷的脸上布满了黑斑，那怨艾不平的蹙在一起的眉毛，尖削的鼻子，紧闭的眼皮，仿佛都在向我诉说，诉说他这一生不平常的经历。他艰难地睁开眼睛，缓缓地伸出一只枯萎的手，指指小阁楼，然后放下来，放在小腿旁，他的手颤抖得那么厉害，但他还是竭力地控制住了，轻轻地拍着那里，使我的眼泪夺眶而出。

您放心，秉贤姐在我身边说，我会给弟弟请最好的医生，彻底治好他的腿。她哽咽着，封存了三十年的泪水丰饶地从她的眼睛里流出来，她跪下了，抓住她父亲的手，我不忍心看那只手，它孱弱得像老鸟的爪子一样。我走回了天井。

这就是俞某人留给这个世界的最后的形象。我看见了，他的儿子却没看见。他坐在小阁楼上发呆。听见他姐姐突然爆发的号啕大哭声时，他才慌里慌张地从楼梯上滚落下来。我转身奔进去，却看见俞师母倒了下去，我赶紧搀住她。邻居们听见哭声纷纷走了进来，小墙门里顿时乱作一团。

那是晚秋时节，树上的枫叶红了又黑了，一颗疲惫的心放飞在城市被汽车尾气污染的空中，聒噪的街头巷尾回荡教堂的钟声。我突然听见黄排长喊我的声音，使我感到诧异和激动。他举着一只花圈一拐一拐地走到我跟前，那沙哑的嗓音听来有点疲倦和萎靡，俞先生走了，我们总还是要表示一下哀悼之意，他说，毕竟小时候俞秉生没少照顾小英子。我瞧着花圈上的挽幛，落款上写着他们一家人的姓名。我点点头，将他引进小墙门去。

俞秉生在几位邻居大妈的指挥下布置灵堂，他的腿明显比平常瘸了一些。看见黄排长时他愣了愣，漠然地说，谢谢您黄叔叔。秉贤姐走过来了，扬起她细长的眉毛，用询问的眼光朝我看。这是报馆的黄排长，我说，不知接下去该如何解释。秉贤姐似乎早已了解这里面难以言说的关系，她微微地欠下身，鞠了一躬，问您太太和黄小姐好，她说，谢谢你们多年来对我家的关照。

黄排长仿佛到了另一个世界。递给他的那杯咖啡想必比我喝的更苦涩。邻居们陆续地走了，秉生守在灵堂，他母亲躺在卧室，秉贤姐却不让我和黄排长离去。我准备联系德国的医院，重新给我弟弟做手术，她告诉我们，她自己也是学医的，她认为这个手术并不很复杂，至少有百分之八十的希望，可以让秉生完全康复。是的，康复治疗有个过程，他可以借此机会攻读德国的大学学位。这位来自海峡对岸的太太说，现在的关键是要恢复他对生活的信心，黄先生，您是军人出身，先父与我先生也是，您一定明白心残比身残更可怕的道理，她盯着黄排长的眼睛说，我代表海峡两岸的俞家亲属，谢谢您的支持了。

这是一种赤裸裸的绑架，但是显得那么温柔，那么通达人情，从她嘴里慢条斯理地说出来，带着乞求的神情与殷切的期待，何况是在灵堂前，如何让人拒绝得了？黄排长窘迫得什么话也说不出来。他的眼前起了一片雾影，脸上保持着一种僵硬的苦笑，这笑容中混杂着痛楚和衰弱，后来他抬起手，做了一个烦躁而又无力的动作，可是，他仍然说不出话来。于是他只好叹了口气，前世作孽，他说，不知是说自己还是说他人。他从口袋里摸出一支皱巴巴的香烟，刚想找火柴，眼前出现了一盒万宝路和一只打火机，俞秉生的姐姐抹着泪花说，您想通点，年轻人有年轻人自己的未来嘛。

这个姐姐太厉害，太能干了！终于出门后，黄排长对我说，一副愤愤不平的、上了大当的神情。你自投罗网的，我说，幽幽地瞧着天黑下来的小巷。我的心里也很郁闷。我觉得这种事完全取决于当事人自己，任何人越俎代庖都不合适。时间在流逝，环境在不断地变化，曾经登楼远眺的少年已经走远，落叶飘零，温存着渐次疏远的晚秋。谁知道远在黄河之滨的军营里，今晚的女兵在想些什么？她像一只鸟，早已褪去了身上稚嫩怯弱的羽翼，还会频频回首，抚摸那年少轻狂时的伤痕吗？

八

　　我走进军营，望着镜子里的自己傻笑，一身厚厚的国防绿棉军衣穿在我的身上，那模样就像是一只大熊猫。特招入伍的过程很简单也很复杂，我想起便感觉很累。现在好了，一切都过去了。我向镜子里的我敬了个军礼，扮出一副严肃的神情，我想起了那个威胁过我的拘留所的看守，我朝镜子做了个怪相，老子永远也不会犯到你的手里去了。

　　这是一支老新四军部队，战争年代长期活跃于苏浙皖一带，因此小英子和我投奔的都是它。我在军部，小英子在直属通讯营，十年下来已经当上连指导员。我拿起电话说，黄指导员吗，我是军政治部张干事，请你过来一下。小英子疑惑地说，哪个处的干事，找我干吗？没事跟女兵套近乎，我找你领导告状去。

　　我不得不亲自过去。脸上乐呵呵的。她那拒人于千里之外的声音在我耳朵里像鱼似的游来游去，说明她有保护自己的警惕性。这个时代诱惑太多，这样才更让人放心一些。通讯营就在军部大院的南面，我走了二十多分钟才走到那里。围墙外是军直炮团，一排155榴弹炮的炮口直冲着我。一名河南腔的女兵很八卦地打量我一番，说，你好像那位新来的作家吧，俺在报纸上看到过你的照片，你找俺们指导员干啥，想把她写到书里去吗？

我是她舅舅。我跨进门去。女兵追上来说，别瞎说，俺还是你姨呢。接着便捂住了嘴。小英子从宿舍里跑了出来。天气晴朗，阳光明媚，宿舍旁边是操场，还有菜地、花坛、食堂门前有一长条黑板报栏。一辆吉普车在门前调头，轮胎发出刺耳的尖叫声，小英子也在尖叫，舅舅，她边跑边喊，你真的来部队啦，真的变成了张干事啦！

星期天，我们慢慢地走着，走出军营大门。火车站，南关，古老的城墙，小英子不断向我介绍这座中原古城的街景。天空万里无云，马车在路上旁若无人地奔跑。夹杂着厚重的泥沙缓缓流淌的黄河令我很失望，大片的河滩几乎完全裸露着，纤夫弯着腰，拉着一些搁浅的船，每一脚都会留下或深或浅的脚印。这不是史书中告诉我们的黄河，更不是诗人们反复歌颂的黄河，也许我来得不是时候，这是一个干涸的季节，黄河变得十分的憋屈和瞻前顾后，一如我们的心境。

你今年是二十六，我说，还是二十七岁了？

什么意思，小英子皱起眉头问我，你到底是什么意思啊？

一阵河风吹来，姑娘摘下帽子拢了拢头发，我望着她被发报机电键磨起茧子的小手，看着她那张噘起嘴唇的脸，那双忧郁的眼睛，一种酸楚的感觉油然而生。我已经看出，她不像从前那样活泼了，眸子里藏着心事，微肿的眼皮下露出疲惫的神情，我还注意到，在堤岸上坐下时，她就开始咬指甲，有点不安，有点神经质的表现。显然，她是在期待着我告诉她一些什么，她很忐忑，她关心的不是家事，因为那是我们写信时都跟她讲了的，包括我母亲的病情。那么她还想知道些什么呢？

我单刀直入地问她有没有对象。她把手搁在下巴上，眼睛越过我，怔怔地望着远方。追求的人有好几个，她说，可是我对他们一点感觉都找不到。有当面找我的，有打电话的，还有写信的，那都是些很文学很书面的语言，她笑了笑，比你的文笔好多了。我也跟着笑出声来，好啊，我说，不过你得查一查，说不定都是从书上抄来的！

这个过程，讲述俞秉生那天失约的过程，我没法把它记录下来。但是我又不能不说，因为我终于意识到，这对俞秉生，对她都是极不公平的。小英子刚听到一半，就从地上跳了起来，抓住我的胸口，拼命地摇晃着我，为什么你早不告诉我？为什么你们都瞒着我?！用涕泪滂沱这样的形容词我觉得过于肤浅，我被她拽得头昏目眩的，感觉她的眼泪能把黄河都填满了。我说，求求你，你听我往下说，常青的老公进去了，那个警察也被开除了公职。小英子一把推开我，颓然倒在黄河的堤岸上，这跟我有什么关系，她痛哭着喊道，秉生的腿都断了，谁也不跟我说，你们算什么我的亲人哪，她趴在那里，抓着一把黄土说，是我害了他，那天我不约他出来就好了！

我告诉她，秉生的姐姐在联系德国医院，世界上最好的外科医院，有百分之八十以上的把握，能使他完全康复。她瞪着我，脸上黄土和泪水混在一起。如果他正好是那百分之二十呢，她说，那不就又是一个打击吗？不行，我得赶紧回去一趟，我已经听到他的声音了，他在呻吟，他一筹莫展，小英子从地上爬起，跪在那里抓住我的手，你得把真情全部告诉我，她说，你不能再瞒我了，你们谁也别想再瞒我了！

我向你起誓，现在轮到我央求她了，我半点隐瞒都没有。你冷静一些好吗？我说，我告诉你的就是真情。俞秉生那种行尸走肉的样子，我是不会告诉她的，打死我也不会说。他俩迟早要见面的，也许，见到了，抱头痛哭一场，那小子就活过来了，我又何必现在就让她死去活来。放心吧，我拉起小英子说，其实他现在就恢复得不错，基本上不算残疾。

晚霞映照着低洼的盐碱地、水坑、芦草滩，风吹来转眼间就带着深深的寒意。亘古荒原之上梦境飘忽，落寞和乡愁渐渐地渗进我们的心底。我感受到她身上漂泊的疼痛感觉，想起一个十六岁的小姑娘远离父母，告别繁华都市来到这里转瞬已是十年，我的心又一次往下坠落。我不敢看她的眼睛，在两个如此小的地方，在那双深井般幽怨的瞳仁里，隐藏着多少思念的忧伤啊。

我想起小英子那个冬天星月兼程的回家之路就充满了辛酸，我跟她同时到达火车站，她经过陇海线转到京沪铁路回杭州去，我则从郑州到武汉再赴云南。那是黎明时分，空气中飘拂着油脂和化工原料的气味，火车站附近的工厂和民居在灰色的晨雾中影影绰绰显出杂乱的轮廓。小英子又落泪了，那个冬天她流的眼泪超过了前面二十六年。舅舅，你千万要当心，宁可不当英雄也得平安归来。我摸摸腰间的五四式手枪，背上背包告诫她说，回去千万别跟我妈说漏了嘴，就说我出国考察去了。

在前线的日子里，我不再关心后方的事情，每天都过得那么紧张，提心吊胆的，我扔开了以往的一切。我不能做懦夫。但是我也得让自己活下去。猫耳洞和前沿坑道是我最后的家，它们应当抓住我，作我的屏障，让我还能回到家乡去，还能倾听亲友们的故事，还能侍奉我的老娘。身后的野战公路，是我父亲带着他的士兵们在四十年前走过的路，我常常向他的在天之灵祈祷，既然你能活着看见抗战胜利，那就保佑你儿子也能凯旋归去吧。

一切都是后来才知道的。火车驶过艮山门外的铁桥发出一种空旷而清脆的震荡声，小英子又看见了她童年时熟悉的故土。城郊结合部仍然是乱糟糟的，孩子们在煤渣路上滚铁箍打弹子，枕河人家的衣服和孩子的尿布湿漉漉地挂在窗前。小英子看到当年送秉生去乔司的停车场，那里已经成了一片工地，只有吊车而没有汽车了。周围的旅客纷纷站起身从行李架上取下行李了，小英子仍然怔怔地瞧着窗外。对面一位大妈拍她一下说，姑娘，到站了，你不是杭州人吧？小英子用一块手绢捂住脸说，是的，我早已不是杭州人了。

她从公交车上下来。思澄堂正在布施圣餐。一位主教身穿殉道者的红袍，兴奋的脸上带着窘困的神情，领圣餐的人太多了，乱哄哄地拥作一团。主教站到台阶上去，浓密的白发从红色小帽下露出来，胸前的十字架在风中摇晃，他说，主啊，可怜可怜您的信徒们吧。排好队！一个一个来！！教堂的工作人员开始维持秩序。一群衣衫褴褛的乞丐被他们挡在了队伍外边。他们愤愤不平地叫骂起来，我们也是信徒，一个老头儿在寒风中高喊，上帝应该首先给我们吃饱！

小英子突然感到一阵眩晕，眼前的领圣餐的队伍和旁观的人群仿佛都消失了。她的视野在缩小，在重叠，远处的画面一阵模糊。她发现了俞秉生的母亲，老太太脸色苍白，穿着一件黑呢子长大衣，抖瑟瑟地排在队伍后面，手里还擎着一支早已被风吹灭的蜡烛。她那严肃而向往的脸是那样的全神贯注，身子却在旁人的推搡下摇摇晃晃，好像被什么人踩了一脚，于是她痛苦地扭曲了表情。小英子仿佛离她很遥远，却能清楚地看见她那心甘情愿的忍耐和痛楚。小英子看见一种陌生的、她所不能理解的生活正向她走来，一时间，她变得无比的惶惑了。

她跑过去，陷入了人流的漩涡，人们都在往前涌，小英子试图挤到老太太身边去，但一时很难。她坐了二十个钟头的火车，一路上又是心事重重的，她太累了。你这位军人也来领圣餐吗？一位教堂的工作人员指着她喊，人们霎时安静下来，纷纷回首朝她看。小英子终于走过去搀住了秉生他娘。伯母，她说，把这份圣餐让给更需要的人吧，回家去我给您做饭吃。

老太太愣怔怔地看了她几秒钟，又抬起头看主教大人，主教在自己胸前划了个十字，说，虔诚的信徒你回去吧，愿主永远保佑你和你的家人。老太太突然抱住小英子，呜呜地哭出声来，小英子，你终于来了，她说，可是秉生却走了，现在只剩下我一个老太婆了。

枝头巷那座小墙门的天井里，一位保姆坐在藤椅上晒太阳，仿佛她才是这里的主人。这是秉贤大姐央请居民区帮助找的保姆，居委会主任把她乡下的妯娌塞了过来。小英子走进客厅，看见地板上积着一层薄薄的灰，墙上还有一个很大的蜘蛛网。小英子走进厨房，发现水池里堆着一大沓油腻腻的盘子和碗，看上去至少有一个星期没洗碗了。更要命的是，当她气冲冲地回到天井时，看见那保姆正抽着烟，询问老太太今天怎么没吃圣餐？烟灰落在她的包棉袄布衫上，这件衣服分明是老太太的。滚，小英子说，你从哪里来的，马上给我滚回哪里去。你什么都不用说了，我就是这里的主人，我能做主。

居委会主任赶来时小英子正在打扫卫生。她指着一堆垃圾说，我做得一点不过分，要是给你家请这么个保姆，你受得了吗？主任红着脸说，走就走，这个月的工钱总要算给她吧？小英子沉下脸说，前面的工钱我还没跟她算回来呢，你把她叫回来，再请左邻右舍都来评评理，该不该让她把钱都吐出来？居委会主任恼羞成怒说，你是谁，是她家的女儿还是媳妇？小英子抱着双臂绕着客厅的沙发走了一圈，点点头说，你让老太太说吧，我是俞家的女儿还是媳妇？老太太请你告诉她。秉生他娘迟疑了几秒钟，说，我听小英子的，她说是我女儿就是我女儿，她说是我儿媳妇就是我儿媳妇。

天井外响起一阵掌声，邻居们站在门口纷纷叫好，福气啊，大妈们说，俞师母你真是好福气，这样的姑娘是你前世修来的！小英子羞红了脸，躲到阁楼上去了。阁楼静悄悄的，那台破留声机上放着一张积满灰尘的老唱片，小英子轻轻地拿起唱针，放到唱片上去，贝多芬的 c 小调第八钢琴奏鸣曲《悲怆》，重新回荡在了这座城市潮湿的灰蒙蒙的上空。

黄排长和阿珍坐在我家，看着这个全然自作主张的女儿，已经无话可说。我家也请了个保姆，我参军前请的，看见客人来就躲了出去。小英子说，外婆，湘九舅舅出国考察去了。黄排长惊喜地说，去的是苏联还是罗马尼亚，是军事代表团吗？我母亲抬起头，盯着小英子看，看着她将脸转到窗外去。军事代表团轮得到他一个营级干部去吗，母亲平静地说，谁也别哄我了，我天天都在听收音机的，听完了就点三炷香，祈祷他和他的战友们平安归来。

这是夜晚，而在德国的慕尼黑，现在却是早晨。俞秉生躺在担架床上，正被护士缓缓地推向手术室。秉贤姐跟在他身边说，你放松一点，手术方案做得非常严谨，可以说万无一失了。俞秉生望着天花板上的安琪儿，微微嗡动了一下嘴唇，谢谢你，姐，他说，做好做坏都是我的命，你就别再替我操心了。

给俞秉生发个电报的主意是我母亲出的。她对小英子说，你去邮电局打听一下，能不能发个国际电报过去，地址俞师母那里肯定有的。小英子说，这个不急吧，等他动完手术也来得及。我母亲斩钉截铁地说，马上就去发，一定要在手术前发到那里！这事情你得听老人的，母亲说，等到手术都做好了，甚至康复了，你再追过去，那分量就大大地减轻了。

俞秉生从手术室出来进入病房，第一眼看到的，就是放在那病床洁白的被子上的一纸电文。电报上只有非常简练的一句英文：I wait for you to come back。我等你回来。俞秉生用尽所有的力气把它紧紧地抓着，他想笑，可脸上的肌肉就是不听指挥，秉贤姐拿起面巾纸轻轻地揩他的脸，她说，哭吧，没关系，痛痛快快地哭一场，对你的身心有好处。

医生和护士面面相觑。麻药还在起作用，他们不明白他的眼泪从何而来。俞秉生靠在靠枕上，伸出双手拥抱他们，他的眼泪将他们的脸和白大褂都染成了湿漉漉的一片。I love you，他说，被他拥入怀中的一位金发碧眼的女护士愣了愣，露出同情的微笑，I love you too，她对这位看来因为手术完成得很好喜极而泣的中国小伙子说，我也爱你。

慕尼黑是一座"有心脏的世界城市"，茂密的森林围绕着它，城内众多的湖泊形成了无数的大小公园。慕尼黑大学是德国历史最悠久、文化气息最浓郁的大学之一，无偿为学生提供教育机会。早在姐姐决定送他去德国手术和康复治疗之时，俞秉生就开始准备应试时必须的材料。他是乔司农场出名的书呆子，傍晚时分，别的知青成双成对漫步钱塘江边时，只有他坐在宿舍里对着收音机读外语。康复治疗至少需要两年时间，姐姐让他申请攻读企业经济学位，他却选择了法学院。

他的选择使人感到忧伤。我的祖国需要法治，他坐在轮椅上说。面试室里一片静默，一位教授看着他沉静的神情，又看看他的腿，开始轻轻地鼓掌。掌声带动了其他面试者，最后形成一片热烈的掌声。谢谢，俞秉生低下头去向他们鞠躬。这座阿道夫·希特勒及其纳粹兴起的发祥地，这座二战期间被彻底摧毁、战后小心翼翼重建起来的城市，深刻地理解了他的痛苦和理想。

那时没有互联网，一封信至少要走半个月，秉贤姐大包大揽说，叫小英子复员吧，让她过来陪读。俞秉生摇摇头，不可能，他说，这是完全不可能的。秉贤姐说，怎么不可能呢，你俩可以一起留学，学成后留在欧洲工作，她想了一会儿，自以为是地说，是的，她家的老人是个麻烦，但也不是什么解决不了的问题呀，将来有了孩子，就把他们也接出来，给你们带孩子就是了！

我在等着你。俞秉生捏着小英子发给他的第一封电报潸然泪下。他觉得他的姐姐理解不了他和小英子，理解不了他们经历过的那么多的苦难和心灵创伤，更理解不了他们的向往，那种简单而卑微的向往，他们只要能够生活在故乡故土，过一种平平常常的有安全感的生活就心满意足了。

张廷竹中篇小说选

九

这个"太厉害太能干"的姐姐自然不是那么容易消停的,后来的三年里,她频频往返于欧洲和海峡两岸,不仅黄排长和阿珍,便是我母亲,也被她整得不胜其烦。最后,所有的老人都向她举起双手投降了,他们说,只要秉生和小英子自己愿意,他们爱去哪儿就去哪儿,我们不会干预。黄排长吹胡子瞪眼说,我跟英子她娘都有劳保吃的,用不着他们侍奉晚年。欧洲我们也不想去,睁开眼看见的全是黄头毛蓝眼睛,电视上说啥一句也听不懂,不管落雪落雨,抽根烟都必须走到露天里去,这样的日子,跟坐牢有啥子区别呢?

小英子已经二十九岁了,凡是知道我是她舅舅的各级首长和同僚,都跑来找我谈话。他们说,这到底是怎么回事呀,她是不是想出家当尼姑去?这可不行,对本部队的影响不好。我说有啥影响不好,你们一个个都跟酸狐狸似的,比居民区大妈还八卦。终于有一天我实在是忍不住了,买了几十斤糖果让人送到军部各处室与通讯营。黄超英订婚了,我宣布,对象是即将海归的一名硕士!我跟直工处处长说,结婚报告如果打上来,你赶紧批准,我请你去东京大饭店撮一顿。

人们围着小英子问长问短,气得她抓起电话骂我,舅舅你招呼都不跟我打一下，你太过分了！我哈哈大笑说，这叫倒逼机制你懂吗？横竖秉生也快回来了，迟宣布不如早宣布啊。我走到通讯营，那个河南女兵已经当了排长，俺舅啊，她叫我，叫得我汗毛凛凛的，俺黄副营长的对象长得英俊不，可有一米八高？我斜她一眼说，你想找打篮球的吗，我跟宣传处说一声，给你物色一个。

这天晚上下雨，雨泼打着窗外那一片泡桐树的枝叶，小英子坐在我的宿舍里听我谈她的前途。马上要授衔了，你可以授少校，穿料子服了。别太兴奋，我抬起手往下说，我替你联系过，跨军区调动难度很大，我的能量不够。你还是准备转业回杭州去吧，我盯着她的脸说，下一步又要大裁军了，迟走不如早走，地方上安排得也好一些。

小英子愣愣地看了我一会儿，将脸转过去，窗玻璃上映出她湿漉漉的模糊的面容，淅淅沥沥的雨声敲打着我们的心。电话铃声突然响起来了，总机说，地方上有位女同志找您。我说，哪位女同志呀，请问有何贵干？一个听上去很遥远的女声伴着电话线的杂音传来。湘九吗，我是你秉贤姐姐，是的，我到这里了，已经住下了。我看着窗外，好像那里有一个荒诞的梦境。

小英子跟我上了一辆吉普车，在哗哗雨声中赶到东京大饭店。金碧辉煌的大堂里摆着大沙发，餐厅的门开着，侍者正在将桌子上一摞摞空碗碟收走，红烧大虾和糖醋黄河大鲤鱼的气味弥漫在潮腻腻的大堂里。我们在沙发上坐下，望着两个染黄头发的小伙子在弹子盘前赌钱。歌厅里已经响起邓丽君甜美的嗓音，无言独上西楼，月如钩，寂寞梧桐，深院锁清秋。我看看身边的小英子，她的眉头紧锁。剪不断理还乱是离愁。不知道远在德国的俞秉生又怎么了？

我看着她俩，秉贤姐和小英子，尽管通过信，看过彼此的照片，她俩还是第一次见面。一盏枝型大吊灯映照着她俩的脸，秉贤姐脸上抹着薄薄的一层脂粉，很饱满，笑起来才露出眼角的鱼尾纹。小英子英姿飒爽，笑得略微有些局促。跟我想象的完全一样，秉贤姐感慨地说，你跟俞家有缘，绝对有缘。我深深地吸了一口气，说，有缘就好，秉贤姐，你不会是为了看一眼小英子，特意跑到这里来的吧？

当然不是。秉贤姐引我们上楼，进入她下榻的套间，又开始沏巴西咖啡。秉生快毕业了，在欧洲求职不成问题，但他还是想回来。她抓住小英子的手，颤抖着嗓音说，他说他临走时办的是留职停薪，现在要回乔司农场去。我特意去了那个地方，秉贤姐摊开双手，语音里有了呜咽，天，她像她母亲一样，在胸前划起了十字，向上帝祈祷。她说，那个农场已经变成了监狱，秉生的同事们全都成了牢头禁子！

小英子眨着眼睛，不明白这有什么不好，我想起了常青老师的丈夫，想起公安局的审讯记录上有一句话，那家伙将一件警蓝色的棉大衣换给他，命令他穿上时，俞秉生说，我不要你的警察大衣，我父母都不待见它。是的，不仅他们的父母，我母亲和我的许多亲友都不待见它。这一点，小英子是很难理解的。

我走进盥洗室去。我的脸是不是湿了，我瞧着我的脸，我的国防绿军装，我问镜子里的自己，我到底是在哪儿？我想起很久很久以前，我父亲被戴笠抓进了监狱，母亲每次去探监都受尽屈辱，后来，我的大哥被打成右派，被送去劳改了，母亲仍然去探监，同样的受尽屈辱。两种体制想必有许多相仿之处，它带给我们这些人的忧伤，带给这些微小的生命的历史的恐惧，实在是一言难尽啊。

秉生他为什么要读法学院，我听见小英子说，不正是为了改变这些吗？全世界都有监狱，监狱是法制的执行机构，为犯人提供一个赎罪的机会。好或坏，取决于这个国家制定的监管体制、监管制度以及监管警员的本身素质，这是秉生来信跟我说的。大姐呀，小英子说，你究竟想跟我说什么，让我撇下残疾的爹娘去欧洲吗？大姐请你站在我的角度想一想，是的，我们不妨去那儿生活，可是我们当真应该在那儿生活吗？

小英子确实成熟了，她说得既直接又委婉，令秉贤姐再也无言可对。历史是我们不可分割的一部分，尽管我们已经跟它说了再见，我们曾经属于它，它也属于我们，它可以老是萦绕着我们，我们却必须突破它。因为我们的血液里有着一种期望，这种期望是付出血的代价后才变得如此迫切和坚定的。

其实秉贤姐也明白，她的劝说是徒劳的，但是她总要尽最后的努力。她在中原待了三天，正值汛期，黄河总算开始争气，我和小英子轮番陪着她浏览古城名胜。站在堤岸上看褐色的河面旋转翻滚，古老的水声如无数人在叹息，唤起人沧海桑田的感慨。七朝古都皆被黄河的泥沙无情淹没，我们走到残墙断垣上，仿佛听到当年的晨钟袅袅，暮鼓声声，金戈铮铮，铁马啸啸。一座铁塔在此风雨不辍地守卫了九百年。塔顶的鸟群被游人的喊声惊飞，遥看横亘天地的田野和波光粼粼的河汉沟渠，气势宏大古风犹存。

秉贤姐的到来也不是没有一点效果，至少小英子答应了转业回杭州。领导说你先回去联系一下工作单位吧，有了比较理想的去处再打转业报告。我说那你就跟秉贤姐一起走吧，也体验一下乘飞机的滋味。我将她俩送到郑州机场。秉贤姐说，昨晚上我跟秉生通过电话了，他的论文答辩已被通过，大概也就是一周之内吧，她对小英子说，你们就会在杭州重逢了。

这是一个温暖的傍晚。挟着春的气息的南风，吹拂着出现在机舱口的秉生。他已经三十六岁了，头上都有了几茎白发，背着一个双肩包，迅速地走下舷梯来。这是一个让人心灵软化的黄昏，太阳落到远方的地平线底下，颜色褪成了淡红。朦胧的阴影爬过了波音 747 的机翼，坚实的土地融成一片浮动的云烟。去机场迎接他的是秉贤姐和小英子，见到他矫健的身影时，她俩都发出了惊讶的低呼声。

"弟弟"，他姐姐叫他，"弟弟，我们在这儿！"

俞秉生抬起头，他的背包从肩上滑了下来，他抓住背包，愣怔怔地看着她俩。

小英子走向出口处的门前，她站在一名机场警卫身边说，秉生哥，是我，我终于等到你了。

俞秉生伸出手去，不是拥抱小英子，而是搭在了一根大理石柱子上。他用尽平生之力想抬起腿来，可就是一步也无法向前迈进。机场的花岗岩地面太光滑了，他怕把自己摔倒，双肩包从他手里滑落下来了，他艰难地咬着牙齿，可是他仍然一个字也说不出来。小英子的呼唤使他浑身失去了力气，那条早已康复的腿也突然不再听从指挥，甚至发出了一阵剧烈的痉挛，于是他弯下腰去，抚摸着这条腿，脸上的泪珠儿，扑哧哧地滚落在了掉落在地的双肩包上。

小英子不顾警卫的阻拦冲了过去，一把抱住他，秉生哥，走吧，我们一起回家去，她说，你妈在家里等着你，等了整整一天了。

她扶着他，跟跟跄跄地走出了机场，秉贤姐叫来一辆出租车。俞秉生放下双肩包，捶着腿，靠在车座上喘息。小英子拿出手绢揩他的脸，不哭，咱们再也不能哭了，小英子说，抓住他的手，秉生的手又苍白，又虚弱，指间带着被笔杆子和计算机键盘磨出的硬茧。小英子抚摸着这些茧子，她的眼里终于也涌上了泪水。

几年的隔洋相望，自然会有漫长的岁月回味。接下来的日子还是要面对现实。俞秉生陪着小英子去落实安置单位。他俩走到民政局，把证件拿给门卫看，门卫挥挥手说，明天再来吧，今天机关里都在参加理论学习，谁也没空接待你们。

第二天，他俩一大早就去了，站在机关门口迎接这些公务员陆陆续续地到来。骑自行车的年轻人嘻嘻哈哈地把车停在车棚里，然后一脸庄重地步上台阶，最后上班的是乘轿车而至的领导。小英子拦住一位领导说，我是今年转业的本市籍军官，想咨询一下有关政策。领导看她一眼，问一位秘书模样的年轻人，今天相关处室有什么安排吗？秘书翻一下手上的文件夹，毕恭毕敬地回答，机关所有干部都要参加七一歌咏大会，今天是彩排。

我已经来过几次了，小英子没好气地说，我的假期是有规定期限的

领导自顾自地进去了，秘书的嗓门突然粗起来，机关不是为你一个人服务的，他说，你是哪个部队的，懂不懂规矩啊？歌咏大会重要还是你的个人问题重要？就你这种态度，还想不想让我们给你安置了?!

小英子真想抽他一个嘴巴，俞秉生拉住了她，算了，他说，我们走吧。先去乔司把我的工作恢复了再说，这里总会有办事的那一天吧。

小英子跟着他走下台阶去，那秘书却仍然气咻咻地瞪着她，他喉咙蛮响地对门卫说，记下她的单位姓名，转告相关处室，安置的时候要慎重考虑一下，不能把什么人都往好单位塞。

小英子火冒三丈。如果不是俞秉生紧紧地拽住她，她肯定会转过身去，跟这家伙争个你死我活。湘九说过的，后来小英子数落秉生，再骄横的人也会有他的顾虑，也怕他的小辫子被竞争者抓住，我在民政局门口跟他大吵一场，他就反而不敢明目张胆地报复我了。秉生酸溜溜地说，也许是这样的，

但这又何必呢，湘九是土匪的儿子，我们不是。

新建的公路使乔司变得离杭州市区很近，他们跳下公交车，抬眼望见一堵高高的围墙很突兀地出现在面前。围墙上竖着铁丝网。秉生讶异地瞧着这陌生的农场，在大太阳底下感到了一阵凉意。黏在衬衫上的汗很快被围墙外一条小河上的风吹干了，秉生抱着双臂说，是不是走错了，这真的不像是我的农场。小英子说，你去问一下哨兵吧，打听一下办公楼所在，有没有你的老同事？

哨兵是武警，看见小英子就向她敬礼。俞秉生说，我是这里的老文书，我要找场长。哨兵说这里没有场长，只有监狱长。办公楼就对着大门，一名干警打开窗子透风，突然喊出声来，秉生，你回来啦！秉生抬头朝他看，那神情恍恍惚惚的，小英子搡了他一把，喊你呢，肯定是你的老同事。秉生就势抓住她的手不放，他说，我有点怕，要不我俩一起进去。小英子说，你怕什么？你又不是犯人。哨兵扭转脸去忍住笑，这是政治处主任，他说，听说原先是农场的副场长。

秉生瞧着他的老同事发呆，他俩是当年坐同一辆卡车到农场的。政治处主任哈哈大笑说，你回来得太好了，这里不仅需要在科研生产上有文化懂技术的干部，更需要学法律懂罪犯心理学的人才。秉生啊秉生，你是我们单位，不，你是全省劳改系统第一个从海外归来的硕士生，说吧，你有什么要求，我们尽量满足你！

我没、没什么要求，秉生嗫嗫着说，小英子不满地踢他一脚。如果我转业到这里，能按原职级安排吗？她迫不及待地代替秉生提出要求。当然可以了，主任笑眯眯说，不过你得先成为秉生的家属，这样才好照顾你。办公室的门被推开了，连楼道上都挤满了当年的老知青。秉生回来了，还带来了一个当兵的漂亮媳妇！挤在后面的人哇哇大叫，怎么可能呢，他不是去的德国吗，难道带了个党卫军女军官回来？

都说择吉日迎娶能给老人冲喜，可惜我母亲已油尽灯枯。黄排长和阿珍试图将她老人家用轮椅推到婚礼现场去，我母亲摇摇头，她连从床上坐起的力气都没了。他们打长途电话给我，我刚接到调军区任职的命令，一时也无法回去。秉贤姐要把婚宴办到香格里拉酒店，黄排长说算了吧，小门小户的何必搞那么大排场，我苏北的穷亲戚恐怕连大门都不敢进去。商量了半天，还是放在多益处。据说黄排长的老战友一个都没去请，反而请来了阿珍的舅舅舅妈。他俩送了一个二十元的红包，黄排长还了他们二百元。好几年后，老战友们见到黄排长还在责怪他，黄排长苦笑着递一支烟过去，别生气，你知道那小子是谁家的儿子吗，惭愧啊，他的老脸上浮起一层红晕，我都不敢告诉你。

那天夜里，我母亲微笑着，倾听秉生他娘啰啰嗦嗦地汇报婚礼的盛况，听着听着就闭上了眼睛。人们七手八脚将她送进医院，医生给她插上了许多管子，但是她一直没有醒过来，直到我赶回杭州，老人家还是静静地躺在那里，脸上却始终挂着安详的微笑。

十

延定巷 54 号设了灵堂，前来吊唁的人络绎不绝。街坊邻居，子女们的同学朋友，香烟缭绕，哀乐回响，一封封唁电接踵而至。现在我才发现，父母曾经有过那么多的亲朋好友，不少人还活在世上。有的人官衔大到了不便提起的程度，有的人一日三餐难以为继。黄埔军校同学会来了一批老先生。市长送来花圈和悼文，说我母亲的一生，"是追求正义的一生，是爱国的一生。"

春寒料峭，外面下着蒙蒙细雨，每个人的衣服都散发着潮味。一对夫妇静悄悄地跋进了墙门。我看见一张灰白的瘦脸和一双阴郁的眼睛，我不认识他。他向后稍稍退一步，让他的妻子走到前头。我有一种熟悉的感觉，但一时不敢相认。她老了，围着一块褐色的羊毛披肩，身上的穿着和她的面容一样带着岁月的磨损。你认不出我了吗，湘九？久已泯灭的记忆终于浮上了我的脑际。常青老师！我说，您怎么找到这里来了？谢谢您来悼念我的母亲。

直到这天，我才知道常青的家庭出身，也不是什么红五类。她的生父是抗战期间在成都入伍的黄埔第十五期学生，听说后来去了台湾。常青母亲改嫁那年，常青已经十三岁了，自然懂得应该把这样的生父彻底忘了。但这毕竟不是一件容易做到的事情，所以她在政治上的表现分外积极。我想起了七岁那年，她让我表演俞秉生哄小英子睡觉的往事，我苦涩地笑了。离开大陆的时候，您父亲是一名上尉还是少校？我说，来我家祭祀我母亲的倒是有几位老将军，但他们恐怕不会认识您父亲。

拜托你，通过他们帮我向对岸打听一下，常青老师央求我说，本来我想找俞秉生的，想托他的姐姐，可是，她窘迫地看一眼她的丈夫，可是我们怎么说得出口啊。

我默不作声，好长一会儿，我默不作声。我确实很有些鄙视这对夫妇，想起俞秉生因为这家伙而受到的牵连，我的小腿好像也有了一阵断裂的疼痛。有几秒钟的时间，我很想把他们推出门外去，把门砰的一声关上。但是，他们那么落破，那么可怜巴巴地看着我，令我抬起手又无力地垂了下去。我避开这个问题问她，您快退休了是吗，生活还过得去吧？

还过得去。她说。他在做生意，什么生意都做，就是怎么也发不了财。我转过脸，对她丈夫说，有时候你骗骗人家，有时候你被人家骗骗是吗？这家伙笑了，亏他还笑得出来。是的，他说，主要是缺少资本金，假如能找到一个有钱的老丈人的话，那就不成问题了！

母亲的遗像挂在墙上，她老人家在叹息，瞧着这对燃香作揖的夫妇叹息。我听见一架飞机在城市上空盘旋，也许秉贤姐就在这架飞机上，昨夜她打来电话，说要赶来参加我母亲的葬礼。飞机渐渐地远去，那嗡嗡的马达声也在看不见的天边消失了。我送他俩到墙门口。常青老师紧紧地抓住我的手，我叹了一口气，拍拍她已经开始佝偻的肩膀。

湘九，常青老师轻声说，帮帮我，我现在活得很艰难。

会过去的，我说，一切都会过去的。但是您不能再相信他了，我指指她丈夫，不管找不找得到您的老父亲，您都得把养老的钱抓在自己的手里。

天气潮湿黏腻，妇人垂泪而去，街巷朦胧，一切尽在烟雨中。常青老师的丈夫从乔司监狱获释出来时，俞秉生和小英子穿上了司法警察的制服，他们阴差阳错地擦身而过。想到这里，我有一种时光倒错的感觉，如果他们在那里相遇又会发生些什么？我很难想象。这真是一个万花筒般的世界啊。

千山鸟飞绝，万径人踪灭。这是我在母亲墓地上的感觉。墓地面对钱塘江，她老人家一个人，端坐在寂寞的山坡上，钓着一江的寒冷，守候着那一片最后的洁白的孤独。小英子陪在我的身边，缄默无语。下山时我问她，俞秉生呢，他怎么不跟你一起来？追一名逃犯去了，小英子满怀忧虑地告诉我，一名新进监狱的犯人，秉生对他比较熟悉。

我感到惊讶。谁啊，我说，他对哪个犯人会比较熟悉呢？小英子犹豫了一下，咬住嘴唇。就是当初踩断他小腿的那个警察，她的话从牙齿的缝隙中挤出来，带着蛇一样丝丝的响声。此人被开除公职后，就跟黑社会的人混在了一起，她说，因为涉毒，刚被判刑，他对劳改农场的作息制度和地形等十分熟悉，看守稍不注意，就被他逃了出去。

那时的民间还少有手机，小英子腰间佩着一只笨重的对讲机，或许电讯频道还很宽敞吧，倒也蛮实用的。我听见对讲机里传来了俞秉生的声音，他叫小英子过去。小英子换上一套我母亲生前穿过的衣服，蓝色的大襟衫，灯芯绒裤子，像个从乡下来的小媳妇。我说你带枪了吗，她摇摇头，我迟疑一下说，我陪你去吧。

他们蹲守的地方离火车站不远。一夜没合眼，俞秉生和他的两位同事脸色苍白，冻得嘴唇发紫，偶尔抬起头，望望车站上空淡淡的晨曦。一列火车进站了，车窗内灯火通明，广播员柔和的声音在广场上回荡，车轮滚动发出低沉的隆隆声。车站附近有个买快餐的小吃店，门前支着蓝色的遮雨棚，有个身穿风衣的中年男子出现在了遮雨棚下，竖起风衣领子，朝周围看一眼，正是这一瞥，令人感觉不正常。俞秉生说，小英子，他认识我们，只有你，或许他从未见过。我说，他肯定不会认识我，放心吧，我跟小英子一起过去。

我穿着当兵前的旧夹克，挎着一只人造革挎包，卷起衣袖露出镀金的梅花表，整个形象就是一个供销员。那确实是我从事过的职业，跟小英子扮演的村姑很搭配。我们走进小吃店时，看见那家伙已经买了一份热狗，一大碗肉丝面，坐在角落里开始进餐。他咬着热狗，脸上露出牙龈被烫得疼痛难忍的表情。我让小英子去柜台前，也买两碗肉丝面来。我坐到这男人对面，瞧着他张大的咬着热狗的嘴，看见黄牙齿后面深邃的黑黝黝的喉咙，看着那热狗一点点地消失在这喉咙里。雾气从屋外弥漫进来，我笑着说，慢慢吃，别噎着。

他愣了愣，瞪起眼睛打量我。他的个子比我高，比我壮实，我估计自己打不过他。小英子端着两碗热气腾腾的肉丝面过来了，这时我已经看清楚他的手腕，那上面有一道明显的勒痕，那是狼牙拷还不曾消失的痕迹。我接过小英子递给我的一碗热汤面，一转身，猛地罩在他脸上。

　　这个老便衣警察，绝对是个经验丰富的好对手。虽然被我打了个猝不及防，却迟疑了不到两秒钟，一脚踢中我的胸膛，夺门而出。幸亏小英子手上还有一碗面，她砸过去，砸在他的肩膀上。俞秉生和他的同事已经悄悄地堵在了门口，被小英子再次砸中的逃犯只是摇晃了一下，但这已经够了，俞秉生他们扑上去，乱糟糟地将他压倒在了遮雨棚下。几张叠在一起的白色塑料椅子哗啦啦地倒下来，压到了他们身上，我忍着胸部的剧痛冲过去，跟俞秉生和他的同事说，让开，老子要狠狠揍他一顿！

　　他们将这家伙反铐在地上了，一个个喘着大气，柜台后的小吃店老板娘惊叫着跑出来，捂住脸，不敢朝我看。我的样子想必很难看，青面獠牙似的，我抬起脚来猛踢他的屁股，一脚下去，满头面条汤卤的这家伙沉闷地哼一声，艰难地转过脸来，狠狠地盯着我看。

　　我再次抬起脚时，却被俞秉生拦住了，他居然抱住了我的腰，气呼呼地说，你干什么？他犯了法，自有法律制裁！你以为你还在边境打仗吗，就是还在那里，也不准虐待俘虏！我他娘的傻了眼。俞秉生，我甩开他的手，你他妈真不是个东西！我愤怒地说，拉起一把塑料椅坐下。我点燃一支烟，愤愤地喷出去。小英子捅捅我，别生气，她央求我说，秉生就是这么个一板一眼的书呆子嘛。

　　俞秉生向小吃店老板娘要了一盆水，他的一位同事拿起一块毛巾不像毛巾、抹布不像抹布的脏兮兮的棉织物，给那家伙粗枝大叶地抹了把脸。这时候才有看热闹的人围了过来。天已经大亮了，一辆依维柯警车呜呜地开过来，人们纷纷向后退开去。这时，我已经成了一名多余者。我捂住胸，很无奈地穿过了广场，向离火车站最近的第三医院走去。我得去照个 X 光，看看是否断了一根肋骨。

　　幸亏十三根肋骨还好好的连接在那里，监狱长和政治处主任来看我时，我的情绪也平静了许多。给我单位写表扬信？那不是扯淡嘛。当然，我没把这话说出来，我心想，那还不如给我发点奖金呢。我说那是我应该做的，我只是为了保护小英子罢了。俞秉生从国外学来的那一套，你们适应得了吗，我不无怀疑地问他们，你们是不是常常感到有点头疼？监狱长和主任面面相觑，多少有点尴尬地笑起来。慢慢地融合嘛，主任说，监狱管理局已经批下来了，俞秉生被提拔为教育改造科科长了。

黄排长和阿珍，还有秉生他娘，都没有去过子女工作的地方，他们说去那里干啥？平白地惹一身晦气。我不怕惹这身晦气。于是，那天下午，我就跟着这两位领导去参观监狱了。

我记得那是傍晚时分，整个农场周围都是静悄悄的，空气中弥漫着一种清新怡人的泥土与花蕾散放出的馨香，一条河流通向外面，河下布着铁丝网。我走过一座小桥，桥墩上悬挂着绿色的藤蔓和藻类。平坦的草场，田野，麦浪翻滚，远处有一队犯人正收工回来。如果他们不是穿着一色的囚衣，如果没有荷枪实弹的士兵站在路边，我觉得这还真是一个风景秀丽的好地方呢，城里的空气和环境可比这里差多了。

我特意去看了看被我用一碗热汤面罩倒的那个老警察。

监狱总归是监狱，走进白天也点着灯的长长的甬道，便有一股阴冷潮湿的感觉扑面而来。窗子开在高高的让人举起手也够不到的地方，放眼望去，虽然被子像军营似的叠得整整齐齐，地面清清爽爽，但是那种气味却很难闻。一种集中了雄性动物的气味。一种浓重的汗酸味和臭脚丫子的气味。一种腐烂的气味。我屏气凝神，抱住了双臂。寒意侵袭了我，使我不由自主地哆嗦起来。

终于走到了楼道尽头的一间囚室前，我看见了那个老家伙。他呆呆地坐在一张小凳子上，目光空灵而涣散，好像精神已经出了点问题似的。即使听到了我们的脚步声，即使我们已经站在他面前了，他依然毫无感觉似的，只是直直地瞧着那扇用粗粗的铁棍焊接起来的门，像头石雕的大猩猩一样，无声无息。

我听见俞秉生那轻轻的叹息，他盯着他，盯了好长时间，他的神情让我觉得郁闷，好像在哪里见过似的。后来我才想起来，那是一种教堂神父的神情，好像全世界站在他面前的人都是罪人，他自己也是。

这样过了好久，俞秉生开始担心这家伙呆滞的眼神了，他抬起手，在他眼前晃了几下，突然喊他一声。这家伙倏地抖了抖，这才回过神来。他抬起头来，朝换了军装的我看一眼，鼻翼扇动起来，他的因咬紧而发肿的嘴唇几乎不会动了，他开始艰难地喘气。原来你是当兵的，他瓮声瓮气说，难怪我栽倒在你的手下了。他的话仿佛不是从喉咙里出来，而是从丑陋的肿胀的肚皮里一个字一个字地往上升，终于从嘴里蹦了出来。俞秉生讶然地瞧着他，松了一口气，他说，好，能说这话就好。

我瞧着老家伙的眼睛，我抬起手，指指俞秉生的腿，欲言又止，这家伙脸上的肌肉痉挛了一下，低下头去，避开我的眼神，不再理睬我了，显然，他不愿意回想那一段对他来说同样是噩梦般的往事。我能够理解他的心情，在他踩断俞秉生的小腿以前，他是专政工具，一名耀武扬威的警察，一切都是从那天开始的，他变成了专政的对象，所有的光明前途就因为这一踩变成了一片黑暗。

俞秉生推推我，让我闭嘴，虽然我什么也没说。好了，他说，这不是你该来的地方。他拉着我离开监室，他说，那件事已经过去了，现在他接受惩罚的是其他罪行，你就别再说从前的事了。

我很不满，我觉得俞秉生更应该去教堂，当一名忏悔牧师。我被他拖拽着，一步一步离开牢房，那是一个靠着电灯才有光明的地方，那里很沉闷很压抑，让人有一种透不过气来的感觉。走到门口了，我才恢复了我的呼吸，才有一种回到人间的感觉。我的眼睛突然潮湿了，体温一点一点重新回到我的身上，那是一种很奇妙的感觉，我好像从一座冰库里走了出来。

俞秉生拉着我来到了室外的一个小山坡上，眼前豁然开朗，山脉那柔和的蔚蓝的剪影在远处显现，在麦穗成熟时节的一抹斜阳中，一个人影由远而近。那是小英子，她正向我们走来。一朵即将消失的白云在她头上飘着，好像一座浮动的拱桥，从我们的童年一直延伸过来，慢慢地变成了历史。这是来自黑夜，来自一颗又一颗陨落的星星，来自曾经沸腾和冷凝的血液的历史。所有的这些往事，仿佛都集合起来在迎面走来的小英子脸上闪闪发光。周围的景色也受到她的感染而发生了变化，变得更加开阔和豁达起来。脱下军装换了警服的她，带着一种从容的神情，苦尽甘来地跑向我们，风吹起那一头短发，将天边的晚霞留在了她的身后。

我记得，我看看他俩，深深地叹了一口气，牢头禁子，我想起秉贤姐对他们的称呼，我说，风景这边独好，你俩啊，就在这里做一辈子牢头禁子算了。

（2012年夏天写于杭州城河边）

首发于2013年第10期《北京文学·精彩阅读》，《中篇小说选刊》2013年第10期转载。

点解

一

　　细皮嫩肉的程小雨是爬上一列运建材的火车来到杭州的。凌晨时分，列车驶进南星桥车站发出哐当一声巨响，身下纸质的水泥货包随之坍陷破裂，他惊惶地跳起，接着又卧倒在用货包高高垒起的"工事"后面，紧张地四处观察。他看到月台白晃晃的碘钨灯下一些衣衫褴褛的装卸工开始搬运货物，还有几名持枪的士兵站在哨位上漠然地瞧着他们。风从钱塘江上空吹来，吹散了火车头发出的蒸汽，与夜来的雾气融成一片。程小雨打着寒噤拾起他的背包卷，蹑手蹑脚往后退，退到车厢边了，先将行李扔下去，然后才倒转身子爬下去。没人注意他，于是他把手放在胸前轻轻地说了句"伟大领袖保佑我"，撒腿就跑，迅速地离开了那些纵横交错的铁轨。

　　从南星桥到市中心至少有十公里路，昏黄的路灯下偶然可见卖馄饨的摊儿，天蒙蒙地亮了，烧饼油条店也卸下门板开张，程小雨再也走不动了。可是他没钱，身上一分人民币也没有。他坐在马路的街沿上，捂着瘪塌塌的肚皮发呆，过了一会儿，他从被包卷里翻出一件 T 恤衫，迟迟疑疑地走到马路对面。

　　老板，我的钱包被人偷了，程小雨可怜兮兮说，我用这件 T 恤换点食品。

　　一个正在烘烧饼的师傅瞪圆了眼珠子。老板？他像看外星人一样看着程小雨。我一个卖烧饼油条的小摊贩怎么能算老板，算资产阶级呢？烧饼炉灼热的火光映红了他苦恼的脸，他的额上沁出许多汗珠。分明是一件汗衫嘛，他皱眉蹙首地又说，你怎么说是什么 T 恤，你从哪里来的?!

广州，我是从广州来的学生，程小雨想起离家时母亲对他的关照，母亲说，在不了解的人面前千万不要说你来自香港，否则他们会把你当成特务抓起来。

卖烧饼油条的小摊贩阶级斗争觉悟并没母亲说的那么高，他重新打量程小雨，眼光变得柔和了些。程小雨确实很狼狈，脸色苍白，脖子上鼻梁上乃至全身都沾着灰塌塌的水泥粉尘。他的表情是惊魂未定的表情，活脱脱像一只被砂子枪和猎狗追赶的兔子。

把你的汗衫收回去吧，这个苦恼的好心人说，这副烧饼油条送给你吃，以后不要乱叫别人老板了。

灯影淡淡的照着半蹲半伏在街沿上的程小雨，狼吞虎咽地吃下这副烧饼油条后，他不断打嗝，苦恼的好心人只好又舀了一碗豆浆给他。"'老板'是资产阶级，不能乱叫的。"程小雨喝一口滚烫的豆浆，终于笑了。十七岁的程小雨是香港香岛中学中五学生，那是一所出名的"左倾"学校，公元一九六七年，一批师生积极参与围攻港督府同警察街头对峙，被警方所镇压。程小雨的哥哥程大明是培侨中学教师，那所学校跟香岛中学相比，其左的倾向有过之而无不及。程大明因"煽动颠覆"被捕了，跟三百多名未满二十一岁的青少年一起进了赤柱监狱，程小雨不得不逃过罗湖桥来。后来我问过他：你究竟干过些什么哪？程小雨愣了愣说，游行啊，举着"红宝书"喊口号呀，你说我还能干些什么呢？

填饱肚子的程小雨终于有了向前走的力气，他开始东张西望。天色渐渐地亮起来，码头周围的空气中飘浮着炭黑和水泥的微粒，街道两旁的墙上刷满墨汁淋漓的大幅标语，一支车队威风凛凛开过去，车头上挂着"文攻武卫"的大牌子，车上的工人们戴着藤帽持着铁棍，穿着劳保服。程小雨跟着车队跑了几步，追不上去只好停住了脚，他摊开双手在浑浊的空气中喊了一声，我是你们的战友！吃进嘴里的却是一股汽车尾气。城河边有座农药厂，刺鼻的苯酐气味跟着这汽车尾气裹挟了他的全身。

终于走到了官巷口，程小雨从裤袋里摸出一个信封向路人打听延定巷。两年前我大哥刑满留场，好不容易获得了回家探亲的机会，他不是老老实实地待在家里晒太阳，而是悄悄给程大明寄去一封信，信上没敢说自己的处境，只说很想念当初的小伙伴们，希望能够联系上。大明的回信是寄到延定巷的，说他会有机会来内地的，见了面再作畅谈吧。

从延定巷到官巷口大概一公里路，这段距离内有三个粮站。那天早晨，我拎着一只米袋子，先是去的中北粮站，那里只有番薯没有大米，接着我走到弼教坊粮站，这个粮站里倒是有白晃晃的晚稻米，价格一角七分五，我娘身体不好想吃粥，晚稻米最好但是价钱太贵。我离开那里走到了官巷口粮站，看见门口水牌上写着籼米一角四分三，我心头大喜，刚要跨进门去时却被人拦住了。

同志，程小雨用一口港式普通话说，麻烦你啦，延定巷怎么走？

后来回忆起那个场景我总有一种虚幻的感觉，因为在我娘和我哥哥姐姐们的记忆中，住在九龙尖沙咀金巴利道的这户程家邻居，无疑也是很体面的一户人家。男主人是银行的襄理，女主人是一位经常参加慈善活动的富太太。从小听家人念叨往事，我对我的同龄人程小雨充满了羡慕之情，他们是真正的有钱人，怎么可能偷渡跑到买二十斤米都要反复计算的我家来呢？

看着这个信封，我的整个身子都不由自主抖动起来。

你不认识我了，我挥挥手，很无奈地说，你当然不认识我了，分手时我俩都还不满一岁。

几秒钟过去了，显而易见，程小雨简直不知道该怎么回答我。他的脸唰地红了，接着又变成苍白，起初是张皇失措地瞅着我，然后便激动得浑身颤抖。或许所有的愤青都有一股闷骚劲儿，他的脚向前一冲，居然扑进了我怀中。湘九，他喊我的小名，你真的是湘九？！

我推开他，然后握住他的手，香港对同样十七岁的我来说，是多么遥远的所在！确实是这样的，民国三十八年（1949年），当无数太太夫人带着少爷小姐仓皇辞庙，往罗湖桥对岸疾走时，我娘却将襁褓里的我塞过了铁丝网的这一边来。父亲身边只留下我的大哥，直到四年后老头子准备去海峡对岸，才让我大哥也回到杭州来。身为前国民政府高级将领的父亲为什么要孤身一人飞渡海峡，并且很快在那里死于非命？直到今天对我都是一个谜。

我当然也有点激动，可是我不愿意这样，因为激动是不对的。程小雨是个身份十分可疑的人，我应该把他送到派出所去。当然我不会这么做，母亲从小对我的教育是救人一命胜造七级浮屠。何况这个人是我家的老关系。这里说话太不方便，我竖起一根手指警告他说，走吧，一切等到了我家再说。

阳光穿透了稀薄的云层照在我们身上，红旗和标语几乎覆盖了所有街道里弄。延定巷是一条历史悠久的小巷，无数条内裤和尿布在竹竿上随风飘动。墙灰剥落的大杂院门口，一只像患了前列腺炎的自来水龙头滴滴答答在淌水，孩子们在煤渣铺成的路面上跑来跑去。我引着他进了54号墙门，穿过一条狭窄黑暗的甬道走到我家门口，看见我娘坐在门口拿着一把菜刀在削番薯皮。菜刀很重，我娘有气无力地削一刀歇一歇，无精打采的阳光照在她脸上，她的脸色比太阳更难看。我叫一声姆妈，我娘抬起头来。我听见身后一阵手忙脚乱，程小雨跌倒在了天井里的一棵无花果树下。

张夫、夫人，他从地上爬起来，结结巴巴地说，您就是张家姆妈？

"张家姆妈"这四个字从他嘴里出来，很有些拗口，跟银幕上太君说的话差不多。我娘却激动起来，他的港式普通话显然唤醒了她的某种记忆，这种记忆其实并不很遥远，不过十多年而已，但对她而言，却像是隔了一个世纪或者更久。我娘端详程小雨，看着他的小眼睛，姑娘一样细长的眉毛和两片薄嘴唇，我娘说，莫非你是大明？不对，我娘说，大明今年至少有二十七八了吧，怎么会长得这么嫩相呢。

延定巷54号是一个不设岗哨的囚笼，在这个岁月，我们一家人不得不在里面提心吊胆地等待任何可能发生的事情。墙门外面传来的口号声和杂沓的脚步声常常令我们不由自主地觳觫，那些挂红袖套的人随时可能闯进来对我们抄家批斗。我家有一个吃饭间一个卧室，我们关上房门穿过吃饭间进了卧室。我娘说，你是小雨，难怪你长得跟大明那么像，快，快告诉我，你怎么会跑到这里来的，你爹你娘呢，他们过得还好吧？

他们过得不太好，这使我找到一点这哥儿俩参加红色造反的缘由。大鱼吃小鱼，程家伯伯供职的那家银行被一家大银行兼并了，老头子成了一般职员，他们搬离了金巴利道，搬到香港铜锣湾永兴街一座公寓里，居住的面积小了一倍多，连给程大明找对象都增加了不少麻烦。或许这不是全部理由。或许程家伯伯和我父亲一样，历史上有过一些国共合作期间交情匪浅的朋友，这些朋友影响了他们的一生，使他们总是纠缠其间两头不讨好。否则如何解释大明和小雨一个进了培侨中学一个进入香岛中学呢，又如何解释我父亲居然把我娘和我的兄弟姐妹们都塞到了罗湖桥这一边来？

我娘最关心的自然是程大明，因为他是她的干儿子之一。我娘有过不少干儿子干女儿，这要归功于她的良好牌风，无论白崇禧夫人桂永清夫人，或者隔壁住的三干娘六外婆，我娘搓麻将输了就付钱赢了钱却统统拿来请客，孩子们都跟着我娘转，个个喊她干娘。我娘说，你不要瞒我，大明他到底干了些什么？

屋子里沉寂下来，天冷，风从未关紧的窗子和房屋的缝隙中吹进来，我们感到浑身凉飕飕的。春末夏初的时候，位于九龙的新浦岗造花厂发生劳资纠纷，警方拘押了二十多名包围厂房的工人和工会代表，于是，一大批支持者上街集会示威，引发了震动整个华人社会的骚乱事件。从夏天到秋天，从手持红宝书上街游行到以暴抗暴，警方施放催泪弹及木弹驱散示威者，"左倾"学校的实验室则以罐头盒子、汽水瓶制造土炸弹燃烧弹袭击警署。程大明除了"煽动颠覆"之外，其实际行动还有"用镪水从高处袭击经过的警车并侵犯公共交通"，这可不是轻易能得到豁免的。

程小雨说，大哥呢，我爹地妈咪和大明常说起张家大哥，他在何处公干？

我和我娘面面相觑。我娘点燃了一支烟，一角三分钱一包的大红鹰香烟。烟雾袅袅，掩盖了我们尴尬无奈的表情，我们的思想都被搞乱了，不知道说些什么才好。过了好久，我提出一组数字，1957，我说，你明白这个数字吗，程小雨摇摇头，不明白，他说，我不明白你在说什么。我苦恼地想了想，又说出一个名词：引蛇出洞。后来我终于忍不住了，我瞪起眼睛说，你读的什么狗屁"左校"，连这点历史都不懂?!

吃饭间放了一张高低床，一整夜程小雨在上铺辗转反侧。我告诉他，现在他面前有两条路：一条路是去找他在内地的挂红袖章的"战友们"，说不定他立马就成了英雄，会被送到各地去巡回做报告，白吃白喝还有鲜花美女闪光灯；另一条路是潜伏下来，跟我们过中国老百姓该过的日子，躲过风头再回香港去。

如果你想走前一条路，你就回不了香港了，除非你像1938年跑到延安去的那些人，等着有一天打回国统区去。这是我的分析。程小雨听完这句话连连摇头。那要等到何年何月？他痛苦地说，我爹地妈咪怎么办，谁去照顾他们？他往墙上一靠，手里抓着身上毛线衣的下摆，这是临走前他妈咪让他穿上的，在香港生活了十七年，他从未穿过毛线衣。他紧紧地咬着牙齿，不是冷，而是感到害怕，那牙齿在嗒嗒地响。这是一个原因。还有一个原因是，他已经知道我大哥为什么坐牢了。1957年在暨南大学读一年级的我大哥被打成右派，但还够不上坐牢，被判刑的原因是他打算偷渡回香港去，还没有进入实际行动就被人告了密。

他为何要偷渡？程小雨颇为不解地说，他本来就是从香港回来的，不是说"来去自由"的吗？

他被判刑的重要罪证就是你说的这句话，我娘告诉他，他对别人说，为什么来得就去不得了？

程小雨抱住脑袋，他在幽暗的陋屋中无声无息地坐着，我坐在他旁边，从关不紧的窗缝中看见外面下起了晚秋时节的霏霏细雨。程小雨靠在墙上，整个形象显得又苍白、又虚弱、又瘦削。我家的现状令他难以接受，无论是这破旧的房屋，我娘的贫病交迫，还是我大哥的遭遇，都使他难以复加的震惊。他父母和程大明也常跟他说起我家，在他们印象中我父亲是个因为思想"左倾"而失去权柄的民国将领，我母亲更是个心地善良平民出身的妇人。我妈咪说，你们是响应周恩来号召回来的，他自言自语说，好像是问我，又好像在问他自己，凭什么让你们落到这种境地？

程小雨从上铺下来了，坐到我脚后头，屋里屋外静悄悄的，一只知更鸟在天井的无花果树上啼啭几声，夜空中留下一缕凄清幽然的余音。他的神情怅然而悲凉，全然不像一个十七岁的少年。这时我才问起他偷渡过来的细节，他摇摇头，往事不堪回首。罗湖桥这头管得严一些，那头比较松，因为人们的想象中只有从这头逃过去没有从那头跑过来的。程小雨三岁便在游泳池玩耍，七岁就扑腾到了浅水湾，那条狭窄的界河对他来说还不够躲一个猛子。最厉害的不是那些拿枪的，他说着脱下衣服让我瞧他身上的伤痕，草丛里全是蚊子小咬，我在那里躲了一夜，被它们咬得只想潜回水里去了。

关键是没有人民币啦，程小雨叹息说。港币是带了一些的，妈咪交给他时说，到了深圳就去中国银行换成人民币好了。但是到了深圳他却不敢去银行换，到了广州还是不敢。他去柜台前打听过，要户口簿，还要有侨眷证明。他站在细雨漾漾的街道旁，绝望地打着哆嗦，衰仔，一个盯上他的黄牛过来了，如此喊他，老实交代你从哪里偷来的港币？程小雨从口袋里摸出一只捡来的红袖章，我是正儿八经的红卫兵，你敢污蔑我你胆子是不是太大啦！那黄牛愣了愣，换了笑脸说，我知道啦，你是抄别人家抄来的啦对不对啦？冇关系，我给你换一点啦。

程小雨害怕露财多了不仅受人欺诈，说不定连命都会送掉，因此他只换了二十元人民币，逃命似的离开了那里。他买的车票只够到湖南株洲，他在车站旁的大排档吃了碗面，剩下的钱便只够买两根油条了。此后的风餐露宿不难想象，这个十七岁的香港小少爷能平安地挨到南星桥，实在是没娘儿子天保佑了。

睡吧，我对他说，睡醒了我带你去洗个澡，把身上的晦气都洗掉。

湘海池浴室烟雾缭绕，脱得赤条条的人们在蒸汽中走来走去。程小雨刚脱下内衣，便招来了浴室服务员的质问。这个服务员绰号叫混堂阿三，家住在延定巷隔壁的祖庙巷。你这是皮肤病还是让跳蚤咬的？皮肤病不能进浴池的你懂不懂?! 程小雨面红耳赤愣住在那里。我走过去拍拍混堂阿三的肩膀，我说，不是跳蚤而是蚊子咬的，他是从我老家来的表兄弟，我老家在乡下，蚊子比苍蝇还大，我换了上海话说，阿三侬晓得伐?!

你老家在乡下，哪个乡下？混堂阿三眼乌珠骨碌碌转一圈，狐疑地看着我皱起了眉头，天气都那么冷了，哪里还有比苍蝇大的蚊子啊？

二

　　程小雨又看到了在原野上奔驰的运货列车，长长的火车缓慢地沿着铁轨在丘陵地带爬动。眼前一切如一幅老树枯藤昏鸦的古画。泥泞的道路，惨淡的乌云，还有茅屋、草垛和牛车。远处天空笼罩着一片烟雾的灰黄色，那是开矿的粉尘。矿山周围矗立着几座高高的哨楼，持枪的士兵警惕地居高临下瞭望犯人们一举一动。这就是美丽的杭嘉湖平原吗？程小雨眼睛里充满疑问。他原先以为这里的微风既温暖又柔和，吹拂着村姑、繁花盛放的草地和无数牛羊。我用悲悯的眼光看着他，好像看我大姐。听说当年在香港，别人至多想回大陆，我大姐却做梦都想去苏联。梦里的她总是开着康拜因在集体农庄辽阔的土地上割麦子。一直到了报纸和广播电台猛批赫鲁晓夫时，她梦里的麦子才算是割完了。

　　走到劳改场那扇铁门前，一种阴冷潮湿的感觉扑面而来，使我俩不由自主的微微哆嗦。一名早早穿上臃肿棉袄的士兵将手一伸，喝令我们站住，我们乖乖地在一米线外站住。士兵操着一口湖北还是湖南话问，搞么子的？我回答探望我大哥。士兵朝我俩上下打量一番，向地上吐了口吐沫说，探望犯人要有介绍信。我刚把手放进口袋，程小雨已经自作聪明地开了口。既然已经服完刑了，怎么还能说是犯人呢？士兵的脑袋向上仰了，翻起了白眼。服完了刑还留在这里的叫作留场犯。士兵说，他又向地上吐了口吐沫，这才放下脸来平视我俩，要是还在服刑期内的话，光有介绍信也冇得用，必须等到探视日才能进去。

我掏出居民区开的介绍信递过去，顺便敬上一支烟，我们不抽犯人家属的烟，士兵很严肃地告诉我。程小雨的嘴唇又动了动，我赶紧挡住他。我怕他再说出什么犯忌的话，那我们就不是犯人家属而是犯人了。班长，我孙子似的说，现在我俩可以进去了吧。

你大哥在场部医院住院，看完介绍信的湖北还是湖南佬说，前两天他被翻倒的矿车压伤了。

他的态度比先前好多了，也许跟我叫他班长有关，也许动了恻隐之心。我张大了嘴，两条腿颤抖着，就是迈不出去。一只手抓住了我的一个肩膀，那是程小雨的手。他把我摇一摇，我转过头去，依然张大着嘴。湘九，程小雨惊恐地喊我，我好像什么也没听见，于是他带着哭音再次喊我，湘九，他说，你别吓我，我可再也经不起吓啦！

我摇摇头，转过脸去盯着那士兵，我不是近视眼，也从来没带过眼镜，但我眼前模模糊糊的，好像戴着镜片，还站在澡堂里。

冇得太大问题呀，士兵无奈地耸了耸肩，做了个安慰我的手势，听说你老兄被压伤了一条腿，早已上了石膏啦。

从走廊开始，一排平房从里到外弥漫着一股来苏水、乙醚和汗水的气味，病房里全部没有窗帘，从窗前可以望见的几位病人的气色都很难看，萎黄、苍白、脸上带有一条条深刻细碎的纹路，看上去大部分像回光返照似的。我向一个穿白大褂的人打听外科病房，那人将嘴歪了歪说那边。我奔过去，看见一个脑袋上缠满绷带的人坐在床上，感觉中他的名字应该叫穆罕默德。刚想去隔壁病房寻找，穆罕默德开了口。小弟，他说，你怎么来了，是政府通知你们的吗？

我摇摇头。我知道他嘴里的政府二字含义很广，一切吃公家饭的都能让他们立正喊报告。政府现在太忙了，我说，白天忙着批斗别人晚上忙着被人批斗，没精力来通知我们。我侧转身，露出跟在身后的程小雨。我看见大哥露出骇然的眼神，他身下的病床也发出了激动的嘎吱声响，大、大明，你从哪、哪里来的，他语无伦次地说，不是从香港来的吧？肯定不是的对不对？他要从床上下来，牵动了那条裹着石膏的腿，一个趔趄，我赶紧扶住他。程小雨哽咽着说，大哥我不是大明，我是大明的弟弟小雨，说着他紧张地瞧瞧四周，拉住我的手说，你跟我说过我不是从香港来的啦。

走廊上响起管教的脚步声了，是那个将嘴向我歪歪的白大褂叫来的。我说程小雨你给我闭嘴，你就是我们从老家来的表弟。一位蓄络腮胡的管教大踏步走了进来。你家属来啦，他对我大哥嚷嚷说，好，我批准他们在这里陪你三天！大哥感动地抹着眼睛说谢谢您谢谢政府，我向程小雨无奈地耸了耸肩。

我们终于知道了大哥受伤的过程。那天他推着载满矿石的矿车从矿山的顶端往下走，这种矿车没有其他动力也没有机械刹车，遇到必须刹车时只能用一根棍子塞进车轮去阻挡。当时的情况非常紧急和危险，上面有一辆失控的矿车突然飞也似的滑下来，如果让它撞到的话将会如多米诺骨牌，把下面所有的矿车和人员统统带入灾难。已经被改造得像只绵羊的我大哥在那一瞬间突然恢复了将门出身纨绔子弟的本色，他跳下车，不是顾自己逃生而是把手中的木棍啪地插入车轮，同时将一只脚死死地顶住了车身。事后勘查现场，发现他的另一只脚，居然将泥石混杂的山地踩出了一个足有二十公分的深坑。

上面滑下的矿车翻倒了，它的撞击力有多少分量没人计算过，当惊慌失措的人们向四下里逃开去时，只有我大哥仍在死扛着他刹住的这辆矿车。那时他的一条腿骨已被压断，抵住矿车的是他的背脊、他的脑袋和他的整个瘦骨嶙峋的身躯。当他确信下面的人已经全部逃离时，他才向旁边一滚，滚到了另一条铁轨上去。两辆矿车都不再往下滑了，像两头被击败的怪兽歪倒在山坡上。

如果我大哥不是留场犯而是革命群众，他会变成蔡永祥刘英俊，一顶顶闪耀光环的英雄帽子会套到他的脑门上。可惜他是个留场犯，因此他只能坐在这吱嘎作响的病床上做他的"穆罕默德"。蓄络腮胡的管教似乎觉得有些对不起他，毕竟如果不是他挺身而出，一大批相关的责任人都将被作检讨、批斗乃至锒铛入狱。络腮胡诚恳地说，本来想给你上报减刑的，但是你的刑期早已服完了，要是这事情发生在你的服刑期内就好了，现在却来不及啦。

他的话深深地感动了我大哥。他靠在床头上，艰难地低下缠满绷带的脑袋，向他的管教鞠了一躬。感谢政府，他的态度更加诚恳，要不先给我加一年刑，然后再宣布减一年刑？他积极地建议说，那样的话，不但可以减轻你们心里的负担，还能教育大多数呢。

络腮胡的眼睛亮了亮，没回答我大哥，点燃了一支烟，开始认真思考起这建议的可行性。我跟程小雨目瞪口呆。疯了，我想，这里不是劳改场了，而是变成了疯人院。程小雨紧紧地握着我的手，他的双手冰凉，在这排简陋的用竹子泥巴垒砌的平房里，他穿着他妈咪织的毛线衣依然冷得浑身打哆嗦。络腮胡管教抽的是自己卷的叶子烟，熏得我俩直流眼泪，我俩因此而走了出去。

天色阴霾，我们站在被带电的铁丝网圈起来的屋舍与院落中，任凭寒风吹拂。我俩既像小孩子一样孤独凄凉，又像老头儿似的蹒跚无助。远处有一队收工的囚徒被看守押着走来，看守喊唱歌，他们就齐声唱起了语录歌，凡是错误的思想，凡是毒草，凡是牛鬼蛇神，都应该进行批判，决不能让它们自由泛滥。这参差不齐的歌声既粗野，又忧伤，满眼迷茫，惹人落泪，还伴随着部分囚徒脚上铁镣的叮当响声。

我们什么话也说不出来，所有的话似乎都变成多余的了。

程大明被关进赤柱监狱后，程小雨跟着他妈咪去探过监。他记得，在一名女警员的带领下，他们穿过两道铁门和整洁的过道，来到探视室。监狱的窗外是香港最美的两个海湾：深水湾和浅水湾。妈咪抹着泪跟程大明说话的当儿，程小雨怔怔地瞧着窗外出神。在热风的轻轻吹动之下，维多利亚海在抖动，太阳的金光耀眼地反映在海面的波纹上面。几只海鸟呱呱叫着，扑腾着白色的翅膀飞上蓝色的天空。那时候程小雨觉得监狱与外面最大的区别就是不自由罢了，他这种没心没肺的样子使得他的大哥大皱眉头。

让他离开这里。程大明对他妈咪说。必须尽快离开。

当时程小雨还不明白他的话，他以为程大明是让他离开赤柱监狱，没想到他是在敦促他赶快逃离香港。程小雨觉得自己没犯啥大罪，不过是个喊喊口号游游行搬搬路障的小角色而已，但是程大明提醒他妈咪，随着哥哥的被捕，人们势必会注意到这个弟弟。彼时，英国驻北京代办处早已被红卫兵放火烧毁，港英当局则派士兵乘航空母舰上的直升机从天台降落，上下夹攻"左倾"分子在香港北角的据点、位于英皇道与糖水道交界的华丰国货所在的侨冠大厦，同时封闭了多间"左倾"学校和报社。走吧，程大明脸色严峻地告诫他小弟，赶紧离开这里。

程小雨想不到关押他大哥的地方与关押我大哥的地方有这么大的区别。他站在冷风冷雨中瑟瑟发抖。后来他有了强烈的尿意走到一个露天茅坑去撒尿，但是他站在那里晃了半天脑袋却尿不出来。这就是程大明他们打算抛头颅洒热血去追求的公平正义世界？程小雨痛苦地寻思着，终于撒出的尿溅湿了他的裤腿和脚上的运动鞋。他觉得害怕，他不敢往下想了。再这样想下去会坠入一个思想的深渊。程小雨觉得这简直是自己该选择坐赤柱监狱、还是坐这座监狱的要害性问题，他委实难以抉择。

看来你也疯了，我叹息一声对他说，莫非你也成了被迫害狂，非得选一个监狱进去不可？

你的意思是说，他咽了口口水，喉结蠕动着，好一会儿才重新说出话来：我完全可以选择哪个监狱也坚决不去的？

我掏出那支被门岗拒绝的纸烟，将它折成两段，拿来分给他一半。当然。我喷出一口烟，吭坑的咳嗽着说，我、我们只是石头缝里的一株小草而已，管它东西南北风呢，我们首先得活下去，这才是真理。

我大哥听完程大明的情况后说了一句话，他说，没想到程家大少爷在香港也闹起了社会主义。他出了一会儿神，又说出第二句话：不过现在看来他和我也是殊途同归嘛。我和程小雨面面相觑，觉得他脑子好像没啥大问题呀，难道他对络腮胡管教的态度及建议都是在装孙子？

这个劳改医院大概很少收留住院病人，一长排平房只有前面几个房间有点人气。我大哥住的病房有四张床，他说原来还有位被镣铐磨伤四肢而得了败血症的囚徒住在这里，昨天被送到火葬场去了。络腮胡管教批准我和程小雨留在这里陪他三天，我说求求你别再说下去了，不然我俩宁可住到囚室去。程小雨脸色青晃晃地跑到了门外去，湘九，他哀求我说，我们住到附近镇上的旅馆去吧，说着便哇的一声呕吐起来。

好说歹说，我俩总算说动了值班室一位医生，在走廊尽头找到一间只有两张床的空房间，这是管教员生病才能享受的待遇，我为此送给那医生两盒大红鹰香烟。程小雨说医生是白衣天使，怎么也会接受你的贿赂？又说这贿赂也未免太小儿科了，两盒大红鹰只值两角六分钱。我踢他一脚，再次命令他给我闭嘴。这医生也是留场犯你明白吗，我循循教导他说，两盒大红鹰对他也不算小数目了。

我大哥回忆起他跟程大明少年时的友情，印象中大明其实比他胆小得多。从九龙乘渡轮到香港，然后就到了铜锣湾，那时还没有维多利亚公园，维园是一个大工地。他俩将自行车靠在堆起的下水管上，坐下来喝水吹牛皮。一排木头搭起的临时库房引起了他们的好奇心，两人蹑手蹑脚走过去，向门缝中张望里面的东西。他们看见一个巨大的铜像的基座，上面被绸缎包裹着。这是谁，是港督吗？程大明问我大哥。爬进去看看不就知道了？我大哥说。程大明抖了抖。他紧张地观察四周，路人经过他以为是保安或警察。我大哥在库房背后找到了两块可以撬开的烂木板，他还在那里提心吊胆地磨磨蹭蹭。大哥爬进去了，回过身向他招手，快进来，有个警察从避风塘方向过来了！程大明倏然一惊，这才顾头不顾尾地爬了进去。

库房里黑黝黝的，有一股陈旧、潮湿和酸腐的气味，那铜像露出的一部分冷冰冰的，好像还带有一些修补过的痕迹。不知道为什么，当我大哥去揭开铜像头部的绸缎时，他的手不由自主地颤抖起来。回眸看一眼程大明，他更是抖得厉害，仿佛这是一个不容亵渎的神灵。我们好像站在一座教堂里，我大哥告诉我和程小雨：那幽暗的光线和肃穆的氛围都给我们带来一种奇异的压迫感。

铜像的一部分揭开了，露出一双温和睿智的眼睛，眼睛下面是挺拔的鼻子，优雅的嘴唇。我大哥听到一声低哑的惊叫，转脸看见程大明咬着他那青灰的嘴唇，双腿都软了下来。为了让自己站住，他往板墙上靠着，而他的右手已木偶般地伸到胸前，划起了十字。尊敬的女王陛下，少年程大明喃喃地说，请您原谅我俩吧，我俩没有一点亵渎您的意思啊。

这是原先坐落在中区皇后像广场上的维多利亚女王的铜像，日军攻占香港后，将它拆去，运往日本作战利品。二战结束，港英政府便立即通知盟军统帅部，向日本索回。铜像已残破不堪，请专家修复，因原广场上的基座也被彻底破坏，只好将其重新立于新建的公园，并且将该公园命名为"维多利亚公园"。

程小雨很难想象当年的程大明，他说是吗，我哥他那时真是这样的吗？从他家搬离金巴利道住进永兴街那栋旧公寓起，小雨从大明那里就得到过无数次的提示，是万恶的殖民地资本主义制度害了我们，是大英帝国主义把我们这个家弄到了现在这步田地。大学毕业进入培侨中学工作后，程大明以前温软懦弱的性格在一些"左倾"同事的互相鼓动下变得面目全非。在一些阴郁的令人伤感的天气里，程家太太会想起我母亲和我的哥哥姐姐，她说不知道张夫人现在过的什么日子，还常去逛百货公司吗，有没有其他姐妹陪她聊天打麻将了？每当此时，程大明就会顶他妈咪的嘴。逛什么百货公司，打什么麻将？他说，大陆上人人都忙着学习忙着进步，张夫人也不会例外。再说她们本来就是进步人士很受尊重，说不定，她的大女儿大儿子都当了领导干部啦，她呀，正坐在西湖边的别墅阳台上晒太阳呢。

我们没有坐在西湖边晒太阳，而是坐在劳改场的医院病房门前晒月亮。程小雨说，住在金巴利道时，他家客厅里挂着一幅维多利亚女王的油画像，挂在壁炉上方，炉台上摆着银质的烛台。搬到永兴街时，女王的油画像没有摘下，而是留给了新的主人。永兴街公寓里没有客厅只有一个小吃饭间，有一天程大明在那里的墙上贴了一张大照片。照片上是一位穿着笔挺中山装的老者，眼泡皮略显浮肿，下巴上有颗痣，很庄严很肃穆地审视着他们。对于从小看惯了维多利亚女王温和笑容的程小雨来说，这位老者居高临下地看着他，使他感觉很惶然。他妈咪那种压抑的感受大概也跟他差不多，妈咪说，大明呀，我们家能不能不挂这张像呀？

不能。程大明斩钉截铁回绝她。他站在墙前，拿着一支红笔，在这位老者的像下恭恭敬敬地写出一行字：伟大领袖我们永远忠于您。

整夜都有伤员和病人在痛苦的呻吟，住在平房第一间的据说从前是一名大学教授。这位教授在抗战时当过远征军上尉，1957年居然还敢向学校领导提意见，老账新账一起算，他就成了货真价实的反革命政治犯。骨瘦如柴的教授患的是不治之症，他那断断续续的呻吟声像锯子一样锯着我们的耳朵和神经。突然一声嚎叫，程小雨从床上滚落下来。他是不是死了？小雨跪在地上问我，眼睛里流露出深深的恐惧和迷乱。我跑出去看看，没事，我说，拉起他回床上去。他的身体像猫一样缩卷起来，双手抱腿头埋在膝盖上。后来我就听见了一阵低低的啜泣声，我沉默了一会儿，我说，别哭了，这个世界不理睬眼泪。

　　值班医生拉开了第一间门，嚎什么，他呵斥那教授，已经给你服过止痛片了，再好的药我们这里也没有！医生打开廊灯，惨白的日光灯照着灰塌塌的三合土地面，冷冷地一片。所有的呻吟声都停止了，里里外外一派死寂。远处传来巡逻哨兵的脚步声，大概有只野猫或老鼠蹿过，那哨兵猛地拍了一下枪托，对着黑暗的旷野喊，谁？不许动！我看见你啦，你给我出来。

三

　　我娘让我给程家姆妈写封信，隐晦地将程小雨平安来到我家的信息告诉他们。我说这封信就让小雨以我的名义写吧，他家人一看笔迹就什么都明白了。

　　这是一个冬天的童话。我娘坐在窗前看报上的元旦社论。东风吹战鼓擂，现在世界上究竟谁怕谁，不是人民怕美帝，而是美帝怕人民。我们一天天好起来，敌人一天天烂下去。按照规定，程小雨应该去派出所报临时户口，但是派出所片儿警也分成了好几派，正在进行激烈的内斗。当然，即使他们正常上班，我们也不会这么愚蠢地自投罗网。我们跑到那里去，只是为了开一张侨眷证明罢了。

　　湖滨派出所对面是市一医院，狭窄的马路经常被人来车往堵得水泄不通。拉病人的三轮车大板车互不相让，一个老太太突然惊叫起来，抓贼骨头呀，我的看病钱被贼骨头偷走啦！人们乱成一团，几个中学生却乘机向空中撒起了传单。一名孕妇双手抱着大肚皮哭着喊着别挤啦别挤啦，再挤就要出人命啦。

　　我把程小雨拉到路边的花坛上去，他惊讶地看着这幕街景，神情恍恍惚惚。我搡他一把，走吧，小花来了！程小雨拉住我的手说，小花是谁，是一条母狗吗？我跺跺脚，别乱说，我说，小花是派出所的内勤，花木兰的后代。程小雨愣了愣，仍然抓住我的胳膊不放，你别骗我，他说，花木兰的后代也姓花，难道她先生是招赘女婿？

我无法回答这个年代过于久远的问题，我说你走不走，不走就站在这里别动。程小雨想了想，还是跟着我走到派出所去。我们看见小花进了办公室，先给自己倒杯茶，然后坐下了，从抽屉里拿出一把指甲刀专心致志地剪起指甲。我走上前说，小花同志，请你帮帮忙，给我盖个章。小花抬起头来，眯缝着一双细长的眼睛从下到上打量我。开侨眷证明，去银行拿外汇换人民币吗？我点点头，看见小花的双眸突然亮起来。昨晚我刚逛过侨汇商店，那里的东西都要外汇券才能买，她伸个懒腰说，你哪来的外币，是不是境外特务机构汇给你的活动经费啊。

我笑了，一只脚踩住程小雨的脚背，他的脸色一阵青一阵白，想逃又不敢逃。今天下午，米老鼠手里就会有几张外汇券了，我笑眯眯地告诉小花同志，那眼神称得上含情脉脉。你可别跟我说，你管不了他。

这位女警察捂住嘴呵呵地笑起来，她摘下剪绒帽，甩一甩两根小辫子，拿起图章往嘴上一呵，啪地盖了下去。米老鼠是谁？程小雨跟着我出去，急不可耐地问我。她弟弟，我说，我小学的同学。

我们只是石头缝里的一株小草而已。我们首先得活下去。程小雨深刻地体会了这个放之四海而皆准的真理。我跟他探讨他们在香港的行为。我觉得程大明的逻辑是荒谬的，父亲受害于大鱼吃小鱼的金融市场，他应该去找市场或市场操纵者算账。如果翻不了身，只能怪自己本事不够，风大浪高，驾船的能力欠缺。现在他不去学习这些本事，反而从喊口号撒传单发展到研究起了土炸弹硝镪水。莫非这样一来他老子就能重新当襄理了？莫非他们就能搬回金巴利道去住了？这真是瞎搞一气，我说，如果你们成功了，按你老子的成分他也只能是更倒霉，很可能连个小职员也没得当了，戴上白袖套铜锣湾扫马路去！

勒令某某老师交代历史问题，或者揭露某男老师跟某女老师轧姘头的标语大字报，张贴在一所中学大门口的两边墙上。米老鼠耷拉着两只大耳朵袖着双手晃着双腿站在墙边。我把三张侨汇券放进他脏兮兮的旧警服口袋，我说，米老鼠，你这身皮也该洗洗了，你姐她自己搞得香喷喷的，怎么就不管管你呢？米老鼠低头看看衣裳，嘿嘿地笑起来说，湘九，把你的人字呢咔几军装换给我吧，我保证将这身警服洗得干干净净地交给你，我这就送干洗店去洗好不好？

我身上的黄皮要追溯到抗战胜利那年，我娘买了联合国救济署处理的剩余军用物资：两匹黄色人字呢咔叽布。这两匹布，我娘带到香港，又从香港带回来，让我从读小学起就成了一名小丘八。同学们远远看见我就叫我举起手来，说我是个来自台湾的俘虏兵。一九六六年夏天，首都的红卫兵小将们穿着跟我一样面料的黄军装出现在银幕上，于是，俘虏兵成了革命战士。米老鼠的爹娘都是警察，从小穿腻了这身蓝褂子，他缠着我换衣裳，已经缠了将近一年了。

这哥们是谁？米老鼠说。要不把他那双运动鞋换给我也行。

我表弟。我言简意赅地说。你爹娘还没回家？

当了分局局长还想当市局局长的父亲是造成米老鼠他家所有不幸的祸首，他以为他的属下乃至同僚也是他辖下的老百姓，谁也不敢提他的意见违抗他的意志。他错了，他们到了可以批斗他的时候比谁都激烈。什么跟某个有历史问题的女人上床叫她男人守着门啦，什么该抓的不抓该毙的却放跑啦，你一句我一笔，将他变成了十恶不赦的黑社会头子兼异己分子。老两口先是进了机关牛棚，接着又被送到农场。再下去，我估计该跟我大哥一起去推矿车了。

程小雨从没接触过内地的干部子女，小花和米老鼠使他感到很新奇。如果说他以前所处的是灯红酒绿花花世界，那么他现在见到的更是光怪陆离荒诞不经。港币换成人民币了，程小雨终于挺直了腰板，他说吃饭去吧，我埋单。米老鼠激动得双手颤抖，活像一个饿成低血糖的乞儿。到奎元馆去！吃大肉面！他的提议让程小雨愣了几秒钟。也许想起了自己从深圳过来一路上的饥寒交迫，他脸上漾起一缕同病相怜的苦笑。

一碗热乎乎的面条，上面搁一块白花花的肥肉，米老鼠又往碗里放了不少辣椒酱，呼哧呼哧地吃得满头大汗。我说，你几天没吃饱了？你从前好像不吃大肉面而是吃三鲜面的吧，我印象中你跟你姐一样挑剔，包子要吃富强粉，肉馅要拌笋丁。米老鼠放下筷子，脸上浮现出怅然之色。从前已经一去不复返了，他幽幽地说，现在我姐每月月初给我十五元钱，让我自己吃饭，每个月到了下旬我就饿得像只土拨鼠，到处找食吃。

别怨你姐，我开导他说，她参加工作不过两年，工资也低。再说女孩子要打扮什么的，花销总大一点。

你好像要做我姐夫似的，米老鼠说。你可别枉费心机。我姐说了，她要嫁个大官，至少是省厅一把手，这样才能把我爹我娘解放出来。

我没嘲笑他，更没嘲笑他姐。当到省厅一把手的人该有多大年纪了？五十，或者六十岁？哪怕是个造反上去的，总不会低于四十岁吧。小花上月才过的十八岁生日。我送给她的生日礼物是一支英雄牌铱金笔，在市一医院门口捡来的。

街上开过去一辆广播车，四只大喇叭震耳欲聋，开远了，我们才听清楚广播员说的内容。北京发出了一个《关于进一步实行节约闹革命，坚决节约开支的紧急通知》，我们听到的是最后一条：叛徒、特务、走资派、没有改造好的地、富、反、坏、右分子、反革命资产阶级分子和反革命知识分子在银行的储蓄存款，实行冻结，不准提取。

我的脸色很难看，程小雨也是，我们暗自庆幸及时将港币换成了人民币，不然的话，很难说会不会受到这个文件的牵连。街上的欢呼声经过半开半闭的门窗传进来，一群学生和市民在喊叫坚决拥护的口号。一帮傻瓜，我压低嗓门对程小雨和米老鼠说，他们有什么好欢呼的？就因为他们在银行没啥储蓄存款吗？这样下去，他们也永远别指望自己能致富了。再这样过上十年，他们都会变得比你这只土拨鼠更饿，连喊口号的力气都会消失，所有的银行都会关门大吉，大家抱着宁可吃光用光也坚决不存银行的想法，回到大跃进过去天下人大饿的年代，最终拼个你死我活。

我瞧着窗外的街景，用一种大逆不道的口气继续说道，要是他们还有点头脑的话，应该回到家里去向列祖列宗祈祷，请祖宗保佑他们辛辛苦苦积攒了一辈子的几个小钱不被劫掠走才是。

我真想让你做我的姐夫。米老鼠因此而泪汪汪地瞧着我说。你比我姐小一岁比我大半岁，挺合适的，再说现在我们的家庭成分也快跟你家差不多了。他咬咬嘴唇，转脸对程小雨说：来斤加饭酒吧，三角五分的普通加饭就行。程小雨去柜台上买了酒，米老鼠端起杯子猛喝一口。湘九，米老鼠青面獠牙般说，我理解你大哥为什么坐牢了。他又端起酒杯喝了一大口。要是我在香港待过那么多年，我他妈的也会想着偷渡回去的，那个美国还是法国的诗人怎么说来着，生命啊女人啊，若为自由什么的，两者皆可抛？

西湖边天气很冷，但我们身上因为喝了酒而觉得很暖和。我们走到六公园公共厕所，撒完尿我和米老鼠就脱衣服，他换上我的人字呢黄皮，对着镜子左照右照。万里古德，他跷起大拇指说。我却一分钟都不想在湖滨路上逛了。我得赶紧回去洗你这身蓝皮，用烧滚的碱水泡一遍，再用透明皂狠狠地洗，我对米老鼠说，要不，我浑身都会长疥疮的，跟路边的叫花子没啥区别。

终于盼到了程家姆妈的回信，我关上门，程小雨抖瑟瑟地撕开信封。天好像亮了，又好像还在半夜里，这信的内容让我们心里七上八落。骚乱已经完全终结，香港的秩序恢复正常；程大明被判了七年徒刑，刑期从被羁押那天算起。港英当局发出公告，敦促所有参加过骚乱活动的人去各警署自首以获宽大处理。程家姆妈在信中举了几个例子，都是香岛或培侨中学的学生，因为是一般"非法会众"，自首后被判入监一年以下或缓刑。程家姆妈喟然长叹说，"这些学生尚未成年，来日方长，不自首又能怎么办呢？躲得过今天躲不过明天，只能这么做了。"

我们难忘在雨夹雪中从延定巷走到火车站，再慢腾腾走回来的过程。城市的街巷变得黑暗、曲折而漫长，我们看着浓重的夜色一点点地吞噬了桥栏干与行道树，不由得想起监狱铁窗和叮当作响的沉重镣铐。我们在火车站售票窗口前徘徊许久难以取舍。如果回去自首，首先将面临的不是港英当局，而是罗湖桥这边的边防警察，因为程小雨是偷渡过来的，所以他只能偷渡回去。想象中躲过后者比前者困难要大多了，程小雨说，他身上带着香港身份证，万一被抓住的话，大不了坦白交代后被遣送回去就是了。

我摇摇头。我说这边遣送你是没啥了不起，那边却会增加你一个偷渡罪。程小雨烦躁不安地说，增加就增加吧，用米老鼠的话说，虱多了不痒债多不愁。我说那多判你两年怎么办？两兄弟都在牢里，你爹娘还活得下去吗？

一辆卡车突然在我们身边爆了胎，车子和飞出的轮子使我们耳朵里灌满了绝望尖锐的鸣叫声，一位女同胞下了车，她说，真他妈倒霉，这下子半夜也到不了我爸妈那儿啦！我愣了愣，然后惊枪兔子般地从地上跳起，飞快地跑过去追那只轮胎。这轮胎骨碌碌地转着转到了护城河边，一半还在岸上一半悬在了河面上。我扑过去，在它即将掉下去的当儿抱住了它。

我滚着这会飞的轮胎回到卡车那儿去，司机从车上跳下来连声说谢谢谢谢。小花狐疑地瞪着我和程小雨，突然一把抓住我的手腕，拽着朝驾驶室推。我挣扎说你干什么，我不能扔下我表弟。小花哼哼了一声，松开手说，那咱们就都坐车上去吧，反正有车棚的。我心虚地问，你爸他老人家乐意见到我吗？他曾经告诫过你弟弟，不准他老跟我混在一起的。小花不以为然地笑笑，此一时彼一时，现在他还有啥资格瞧不起你？她转过脸对程小雨说，上去吧，不远，就在钱塘江对岸！

卡车换上了备用胎，司机踩下油门，车子猛地往前一冲，我们在车上挤成一堆。小花推开我说，老实点，你身上一股老碱水味儿。我坐直身子，在路灯和月光下看着她，觉得她那种撒娇的模样很滑稽。你爸他没资格瞧不起我了，你还有资格对吗？小花朝我撇一撇嘴，踢我一脚说，当然了，我是无产阶级专政的工具你是被专政对象，这个地位能平等吗？我腾地站起身，我们下去，我对程小雨说，既然不平等，怎么能坐在一辆车上？

程小雨还没爬起来，我的腿被小花抱住了。一点玩笑都开不起，她撅着嘴唇说我，犟着不让我挣脱，她说，你也太不像个男子汉大丈夫了。车子颠簸得厉害，我不得不重新坐下去，我苦笑说，你是工具我是对象，你不说我也清楚得很，但是你总得给我一点活下去的信心不是？小花愣愣地看着我，眼睛里慢慢地有了一层雾气，对不起，她轻声说，我不是有意的。

我的前十七年中很少经历这种独特的场面，程小雨想必也一样。车上沉默下来，我们的耳边掠过冬天凌厉的江风。小花斜倚在驾驶室的后背上，将整个身子缩瑟在蓝色的警棉大衣里面，脸色苍白，失去了我们上车前的鲜活。车子已经驶过了钱江大桥，眼前是大片空旷荒芜的原野，路边有一些东斜西歪的房屋，狗在村子里吠叫。汽车离开了大路，向一条泥泞的机耕路上开去。

我把小花扶下车，她的腿有点麻木了，那脸上也好像哭过似的，眼圈红肿着。程小雨替她拿着一个网兜一个纸箱子，里面大多是吃的东西。低矮的平房跟我大哥住的劳改场几乎一模一样。一个瘦削的身影被幽暗的月光投射在平房前的泥路上，凝固不动地盯着我们，就像一棵老树的影子那样。那一刻，我确实挺佩服这个十恶不赦的老头子，他身上有种死不改悔的精神，落到这种境地了他妈的还站得如此挺拔。

我认识你，你就是那个被你娘从罗湖桥下铁丝网塞过来的小家伙。他对我说，我儿子总爱跟你混在一起。现在又轮到我女儿了？

老爸。女儿嗔怪的声音在夜的旷野上显得娇柔无力。我看见老头子咧开嘴笑了，充满某种恶趣味的快乐。我低下头，看见自己和程小雨的影子萎缩在地上，很像两个进宫请安的奴才。我是她的马仔。我低三下四地说，谁叫我生来就是无产阶级专政的对象呢。

老头子"哦"了一声，若有所思地重新打量我，然后转过脸去看程小雨，终于，他侧身做出了一个请的姿势。小花已经跑到平房的门廊下去了，她推开门，我们就听见了她娘的哽咽声。算起来她娘那年只不过四十五六岁吧，却成了一个头发花白的老妪，她的压抑的哭泣声在夜的农场上空回荡着，引来一阵阵草狗的狂吠。

白发老妪坐在病榻上招呼我俩，原先丰腴白皙的她，现在又黑又瘦，不停地咳嗽着。她说，湘九你穿的好像是我儿子的衣服呀，那他现在穿什么呢？他穿得比谁都暖和，我安慰她说，他不仅换走了我的人字呢外套，还拿去一件毛线衣，我娘给我织的，米老鼠却说他穿着更合身。

有的人身上会带一些传奇的故事，过去他们对我感兴趣，现在转移到程小雨身上。老头子的眼光真是太毒辣了，他扑朔迷离地看着小雨，看得这少年坐立不安手足无措。你不是广州的学生，你是从境外过来的。问了几个听来很平常的问题后，公安分局老局长直截了当给他下了结论。我和程小雨倏地站起，悲哀地瞧着门外的茫茫夜色，又跌坐下来。门外停着那辆大卡车，膀大腰圆的司机打开车窗在抽烟，那烟头在黑暗中一闪一闪，仿佛一盏盏警告我们的红灯。

为什么？我有气无力地说，死死盯着这个老狐狸狡黠的双眼。老头子坦然一笑说，我问他学校还上课吗，他应该说"没上课"，而不是说"冇上堂"，我问他以前跟公安警察是否交往过？他冲口而出他家楼下就住着一位"差人"。如果说前一句还可以解释为广东方言的话，后一句就根本是两种制度、两个世界所用的词汇了。你们说，中华人民共和国境内有哪个地方将民警称为"差人"的?!

程小雨已经缩成了一只毛毛虫。除了我，房间里有三位新老警察，他们像猫看老鼠似的看着他。这是一个残酷的耐人寻味的等待过程，等待这孩子彻底坦白交代。我紧紧握住程小雨的手，我说，别害怕，他们不会害你的。这孩子呜咽起来，他说都到这步田地了，还要隐瞒什么？反正横也是一刀竖也是一刀，你们看着办就是了。说着他将手伸进怀里往外掏东西，先掏出他的身份证，再掏出他的学生证，然后是他妈咪的来信，最后掏出一只红袖章来。香岛中学"湘江评论战斗队"！小花惊讶地抢过去看，眼睛里冒出了崇拜的小火花，程小雨，你了不起啊！她说。她把红袖章递给她爹娘看，她声音发颤地说，这是一位在敌占区坚持革命斗争的自己人，咱们一定要坚决做好他的堡垒户啊。

本来打算做王连举的程小雨，现在闯进了李铁梅家。不管老家伙受到多少委屈，小花她爸始终认为自己是个李玉和。革命者遇到革命者，这事情就比较好说了。老头子反复看了程小雨的证件，确信他所说都是真的，老革命遇到了新问题，他点燃一支烟，沉吟起来。我提心吊胆地瞅着他，同时观察周边环境，只要他提出任何我们不能接受的做法，拼死也要夺路而逃。

我有个老战友在罗湖分局，老头子终于重新开口说道，以前是副政委，现在还是不是就不清楚了。老头子喷出一口浓烟，在腾云驾雾中斟字酌句，你去找他吧，把情况都跟他们老老实实地交代清楚，我想，他们会在政策允许的情况下给你帮助的。

屋子里充满劣质烟草的烟雾，老头子趴在一张油腻腻的小饭桌上给程小雨写那位老战友的姓名地址，小花她娘拍拍胸口，继续吭哧吭哧地咳嗽着。

小花忧郁地瞧着老头子把信纸折好，送到程小雨手里，忧郁地看着他一迭声地表示感谢。我看看她的神情，心里就有一种对老家伙的怀疑和惶恐。果不其然，当我们一起告别两位老人，回到车上去时，车子一动，小花就跟程小雨说，别听他的话，不能傻乎乎地去找那个副政委！我说为什么，怕牵连谁吗？她略含幽怨地望着我，说，不是牵连谁的问题，而是不了解对方现在的处境、观念和变化。万一他坚持一切都要按程序办呢？这事情就没有转圜余地了。

千万别以为被批斗了几回，他们的思想就会转变了，十八岁的小花同志老谋深算地说，这些老家伙呀，多数都是花岗岩脑袋。

四

　　程小雨跟我们挥手说拜拜，车轮在他的脚下滚动，我们呆呆地站在月台上，煤烟带着炭黑的微粒飘落在我们身上。程小雨当初来到这里，还是秋天，城市和乡村还能看到一点金黄色，而今已是春寒料峭，太阳变得暖和了些，背阴之处，积雪还没融化。所谓我们，其实就是米老鼠和我，少得可怜的两个人，两个没地方上学或者上班的少年，两个小瘪三。

　　小花在派出所上班，空下来就修修指甲，她确实不必来给程小雨送行了，该做的一切，她都做了。她给罗湖分局那位副政委家打了电话，接电话的是政委的儿子。小花啊？知道，我当然知道你是谁啦。南下的时候，你爸是营长，我爸是教导员对不对？两人争着向同一位小姐献殷勤对不对？哈，你爸那个大老粗怎么争得过我爸这个小白脸啊，该小姐后来就成了我妈啦！米老鼠对我们说，我总算纨绔了吧，我在旁边听得目瞪口呆，这小子绝对是个衙内，整天跟三教九流打交道的真纨绔啊。

　　小花说程小雨你要找的就是这种人，江湖义气，天马行空。小花说我打听过了，他家老爷子现在被整得比我爸还惨，写他的大字报简直就是一部黄色小说。老爷子被关进去了，没人管的衙内就更是四处游荡。小花想了半天想不出贴切的形容词，她说你们香港人怎么称呼这种人呀？程小雨不假思索地点点头，小花同志你不用再说了，我明白了他就是一个"古惑仔"。

关键的问题不在于他是不是古惑仔，而在于他是跟程小雨站在一条战壕的同志。香港骚乱最严重的时候，大约有一百多名声援的"沙头角民兵"跟巡逻的香港警察发生了激烈的枪战，这位衙内当时就在现场。他在电话里激动地向小花姐弟大吹法螺，说他冒着生命危险给民兵送过弹药，亲自抬着伤员去医院等等。小花说你在沙头角随时能见到那些香港警察，你不怕人家报复吗？他们哪敢，小小的分局副政委的儿子说，这个地盘上谁他娘的敢跟我对着干呀?!

小花说程小雨你即使暴露了真实情况，他也只会帮助你而不会出卖你。

我的不安并没有随着火车车轮远去，我把手放在米老鼠肩膀上，觉得双脚发虚，好像踩在一堆棉花上。心里老是萦绕着一种可怕的陌生的感觉。程小雨找不到其他退路，我想帮他却一点办法也没有。几个月朝夕相处，我跟这个本质淳朴的少年真的已成了兄弟。我只能在心中默默地为他祈祷。

我们小看了那个古惑仔，他开了一辆运货车亲自到广深交界处迎接程小雨。当然他不知道程小雨是回去自首的，小花含混地告诉他，有个离家出走的香港少年来旅游了一趟，现在想悄悄地回家。古惑仔说，进深圳就要查边防通行证了，啰嗦得很，干脆委屈他一下吧，跟猪猡们一起回家。

起初还好，程小雨跟他一起坐在驾驶室里，他递给小雨一支烟，抽吧，他说，这车上味儿太大。猪猡们在后面哼哼着，屎尿横流，程小雨被臭气烟味熏得眼泪鼻涕一起流出来。古惑仔拍拍他的肩，受罪了吧，你这个不良少年，他笑着将手指弹一下小雨的脑瓜，哥也受罪啊，受那位老花花女儿的委托亲自送你回家去啊，你可要改邪归正哦，从此做个你妈咪的乖宝宝啦。

经过第一道边检线时比较简单，古惑仔甚至不叫程小雨离开驾驶室。卧倒，他说，将他往地下摁，随手拿起一件破棉大衣盖住了他的背脊和脑袋。他探出身子去跟边检打招呼，兄弟，今天轮到你值班呀？那兄弟说，是你呀，你怎么开起这猪猡车来了？说着就踩上踏板往驾驶室里看，程小雨当时的全身都沁出了许多冷汗，他听见自己的心脏狂跳，好像闷得透不过气来。古惑仔及时转移了对方的注意力，他说兄弟你有多久没去看看我老爸了？你不够意思啊。对方愣了愣，从踏板上跳下去说，我是想去看他的，但听说你爸被转移到广州去了。广州就去不了了？衙内冷笑一声说，兄弟，别忘了当初老爷子是怎么培养你的！

古惑仔踩一下油门扬长而去。那位边检才想起他还没回答怎么开起了猪猡车。他站在公路旁，郁闷地从树上摘下一支杨柳枝儿，当初是当初现在是现在，他点燃一支烟，猛然醒悟似的抬起头向早已远去的古惑仔喊，我他娘的没去检举揭发他已经够意思啦。

经过罗湖桥是在夜晚，时明时暗的灯光和浓重的夜色融合在一起。远远地，程小雨就出了驾驶室，穿上一身橡胶雨衣，爬到车厢的角落去。一块撕破挂落的车篷布遮盖了他，猪猡们在他身边挤成一团，车子重新发动起来，颠簸着，一头大肥猪几乎压倒在他身上。风从远远的海上吹来，雨也下来了，程小雨在黑暗中打着寒噤。透过篷布的一缕缝隙，他看到边检站双方的警员在走动，信号灯在霏霏雨丝中变幻着红光与绿光。一辆辆满载粮油牲畜的大卡车驶过去，海关旁边货站的天棚和前方的桥面一齐咯噔咯噔地响起来，一个戴大檐帽的人将手电筒对着猪猡们照了照，挥了挥手，车子从桥上慢慢地开过去，另一个戴大檐帽的人又过来了，又是一阵灯光闪耀，接着又挥挥手。

程小雨仿佛从桥上往桥下坠落，紧张、疼痛、晕眩伴随着麻木的感觉。本来以为很惊险的遭遇变成了狼狈不堪的受罪，那头压着他的大肥猪使他欲哭无泪，从缝隙中可以窥见的天光消失了，猪猡把遮在他身上的篷布盖得严严实实。卡车驶出所有的检查站后，程小雨连推开猪猡的力气都没有了，严重的缺氧使他脸色苍白四肢瘫软。幸亏古惑仔及时上去揭开了那块遮盖他的篷布，他才悠悠然醒过来。马上到屯门了，古惑仔告诉他，你就在前面那个公厕旁下车吧，这样不引人注目。

外面的雨声很大，它进入亲人的梦境，使他的爹地妈咪从梦里惊醒。在半睡半醒中，他们听见自家的门铃短促地响了一声，接着又响一声。妈咪猛地从床上坐起，赤着脚奔向门边。门外是一朵微小的生命的火花，包围他的是黑夜和监狱的威胁。但是他不再害怕了，在公寓走廊柔和的廊灯的映照下，所有的阴影都开始退却。妈咪的一声呼唤使他一个字也说不出来，他只能站在那里，脸上掠过一阵剧烈的痉挛，他微笑着，泪珠儿一连串地从他腮帮上滚落下来。

香岛中学坐落在运动场道，南面就是九龙旺角分区警署。程小雨再次来到学校门前，旧景旧情触起他记忆犹新的往事。他站在人行道上注视着比从前冷清许多的教室与操场，教室里只有一些新生在"上堂"。墙头上还遗留着斑驳剥落的标语痕迹，楼顶上沙包垒砌的工事还没有完全清除。校门口布告栏上贴着一张新布告，一位年轻的女教师，曾经带着两名女学生在路边放置假炸弹，现在三人都被捕了，女教师被判监八年。

程小雨知道这位女教师，她是程大明心中的"自由女神"。妈咪去探监时，程大明说，告诉我，妈咪你一定要告诉我，她逃出去没有？妈咪你不要这样安慰我，这样对我反而是一种更痛苦的折磨。你实事求是告诉我吧，她现在是否还活着，有没有自由？妈咪我求求你了。

妈咪不了解这个女教师的情况，又不敢去打听。程小雨瞧着布告上那女囚的照片，默默地对他大哥说，现在好了，你们两人终于可以安心了，活着，七八年以后还能在一起回忆你们的往事，这就是最好的结局了。我已经明白，年轻时因轻信而激进而产生的后果，教唆你们的大人物是不会来替你们承担的啦。

一名戴眼镜的警官坐在文案后的皮转椅上，看见程小雨进去朝他咧嘴笑了笑，他点点案前一张椅子说，坐吧，是否需要通知律师？程小雨摇摇头，坐到椅子上去，我没有律师，他说，我只是个参加过游行的中学生。仅仅是参加过游行吗？是的。程小雨严格按照我和米老鼠的教唆回答说。我们要他将十六个字牢牢记在心里：坦白从宽，牢底坐穿，抗拒从严，回家过年。

他是主动跑来自首的，怎么还会隐瞒自己的罪行？从逻辑说，这个理由确实很充分。但是警官已经见识了不少这样的学生，他们也是自己进来自首的，却竭力避重就轻地交代问题。游行时他们都争先恐后地往照相机跟前凑，有的还特意跑到摄像机镜头前呼喊口号。现在，他们明白这些都是呈堂供证的证据了，所以才不得不"主动自首"。警官想我怎么可以相信这些小狐狸呢。

警官翻出其他人的自首材料，程小雨一见那些钢笔字歪歪扭扭的坦白书心里就虚了几分。肯定会出现一些把罪责都往他人身上推的同道者。果不其然，警官的脸色越来越难看了。至少有三次，你是带头喊口号者，警官冷冷地说，还有两次你煽动同学们搬路障用以阻拦警车。可以说你也算是个中坚分子啦。

胡说八道。唔关我事啦，程小雨连连摇头说，大家乱哄哄地一起搬路障，谁听得见谁在喊什么啊。

警官把他带到一间黑屋子去，屋子中央有个小放映机，警官向一名管放映的文员挥挥手，黑白胶片便刷刷地转动起来。银幕上出现了夏天的街景，人头攒动，一栋小楼高高的平台上，一个穿白衬衫的年轻人在发表演讲，镜头拉近了，程小雨的嘴角兀地抽搐起来。程大明，他在心里叹息，难怪你逃不出他们的手掌。镜头转向街面，出现一面旗帜，香岛中学的字样在半空中飘扬。警官说停，银幕上的画面就定了格，警官指着一位跳起来振臂高呼的学生说，这好像就是阁下吧，阁下对此作何解释？

幸亏没有他们在搬路障的镜头，使他的罪证不够完整。但是那天他仍被宣布了羁押待审，随即移送赤柱监狱。天色阴霾，铁窗外面一派浓雾，深水湾和浅水湾都被雾气笼罩着，见识过我大哥那个劳改场的程小雨镇静地被一名狱警押到囚室。那时他感到很失望，因为狱警丝毫没有表现出大英帝国皇家警察应有的文明礼貌。当程小雨动作稍有迟缓时，即遭遇了"废柴"、"叼你老母"之类的粗口对待，并且伴之于推搡脚踢。囚室里无床，只能睡在冰冷的水门汀上，身上盖一条薄薄的毛毯。

程小雨的头发已经养得很长，狱警让一个犯人给他剃成光头，程小雨提出抗议，狱警狠狠地踢他一脚说，抗议无效。程小雨双手紧紧抱住自己的脑袋。他歇斯底里地大声叫嚷起来，我不剃，我还没被宣判，还不是罪犯。狱警说，你不是罪犯你怎么会被关进来？再说这是监规，有利于你们的卫生环境。给他剃头的犯人比狱警还凶，他拿起发剪就绞，被夹住头发的程小雨疼得流泪，他一把夺下发剪说，我自己来，我把自己剃成个鬼！程小雨举起发剪在自己头上刷刷地乱剪，剪落的头发纷纷扬扬飘落在囚室的潮腻腻的窗台和地上。

　　程小雨怎么也忘不了在赤柱监狱度过的第一个夜晚。难友们称呼他"YP仔"，意思是"少年犯"。囚室中人满为患拥挤不堪，空气里带有一股阿摩尼亚臭味。他缩成一团睡在角落里，倾听着铁窗外的风声雨声，还有浪涛扑向海滩的哗哗声。被狱警推打过的身子隐隐作痛，他在不由自主发出的呻吟声中辗转反侧。想想爹地妈咪今夜肯定无眠，想想他们一夜之间愁成了满头白发，他蒙住脸，刹那间热泪纵横。

　　程小雨怎么说都还算是幸运的，他在赤柱监狱只被羁押了一个月，判决书下来，一则是主动自首，二则或许是考虑到他父母年迈无人照料，或许因为最后落实的罪证只有带头喊口号，他被判缓刑监督一年。这种刑罚也称"感化"，在监督考察期内需接受缓刑官的监督和指导。

　　程小雨关在里面时，既希望能见到他大哥又害怕见面，大哥显然不清楚他的所有实情，或许会伤心得再也无法忍受。怀着这种矛盾的心理，放风时他小心翼翼地，总是将手半遮着面，用一只眼睛朝其他囚室看。然而他的顾虑纯属多余，他根本不可能见到程大明。虽然关在同一座监狱，哥俩的罪责不同待遇不同，放风时经过的通道也几乎是毫不搭界。

　　这是重获自由回到家里的第一个夜晚。大家都默不作声。爹地老了，患了老年痴呆症，出门不仅迷了路，还在中环的渡轮码头上跌了一跤，现在愣怔怔地坐在轮椅上。程小雨连晚饭都不想吃，他早早地进了他和程大明住的小房间，上了床，抓起枕头，将自己的脑袋埋在里面。妈咪说，你明天就去申请回校读中六吧，程小雨将脸埋在湿漉漉的枕头中想，一个班的同学有三分之一在服刑，还有三分之一转了学校，这个书还念得下去吗？

　　妈咪进来了，屋子里黑洞洞的，时钟发出滴答滴答的声音。妈咪的泪滴落到他身上。窗子外面，初夏的凉风阵阵。涨潮的海水拍打着码头堤岸，像一首悲壮而哀怨的乐曲。

　　除了回去读中六，他没有任何他路可走。他想起我，想起我娘我大哥，想起小花米老鼠一家人，想起送他回家的那个"古惑仔"。他咬着枕头，双手紧紧抓住床头的木柱子，握成了拳头。这是一个紊乱的时代，今日阶下囚明天座上客谁也说不准，唯一可以告慰自己的是，他还年轻，还有长长的路等在前面，而且他已经明白了该怎样去走。为他自己，为他妈咪，为这个家，他必须回去完成学业，然后成为一个能够支撑起这一切的男子汉。

他庆幸自己历尽艰辛地去了这么一趟杭州。

五

程小雨中六毕业后就走上了社会，大学课程是在业余完成的，开始他在一所小学当教师，很受孩子们和家长的欢迎。但是教育署下文规定了教师必须申请注册，否则不能做这份工作，同事们的注册申请都获得了通过，而程小雨的申请却被拒绝了。他给我来过一封信，诉说了这件令人气愤的事。

我记得我躺在湘海池浴室的破沙发上读他的来信，混堂阿三凑过来看信中附来的相片。这不是你乡下老家的表弟嘛，他眨着疑惑的眼睛说，怎么变成了香港佬？他出去了，我端起茶杯喝口水说，他跑到香港去打工了。他怎么跑出去的，阿三兴奋地问我，那边的钞票是不是特别好挣？我没回答，指指喝剩的茶杯。阿三点头哈腰说，满上，我马上给你满上。他拎着大茶壶屁颠屁颠地跑过来，一边跑一边说，你帮我问他一声，有啥办法让我也跑那里去打工！

相片是在程大明出狱那天拍的，两兄弟站在浅水湾的沙滩上。依山傍海一湾碧水，浅水湾的风景真的好美好美。港湾里泊着星星点点的风帆游艇，这是富人生活的天堂。相片上没出现东邻的监狱，也许它让人觉得晦气，其实赤柱过去是英军军事据点，也曾是香港岛的行政中心。

程家姆妈坐在轮椅上。这是她丈夫以前坐过的轮椅，他老先生已经告别了与人在一起的日子。我家里有一张程家姆妈过去的相片,那是我娘带着我即将离开香港时跟她一起照的。金巴利道往山坡上走二十米就是诺士弗台,我家的阳台面朝海港视野辽阔,程家姆妈抱着褓褓里的我靠在阳台栏杆上,她穿着很摩登的旗袍,头发烫成大波浪,脖颈上的白金项链被阳光照的晃花人眼。相片上的程家姆妈多么年轻多么美丽,转眼间却成了一个贫病交迫去日无多的白发老妪。我放下信,揉揉眼睛,那里的钞票也不容易挣,我对混堂阿三说,你还是老老实实地在这里做你的混堂阿三吧。

相片上的程大明瘦削而沧桑,三十五岁的他已经谢顶,背脊微驼,据说在监狱里做工,他干的活是熨衣服,整天弯腰所致。一家人乘叮当响的电车回到家。小小的厨房只能进去一个人。炉子上煲着汤,程大明揭开砂锅锅盖,不顾烫手就从汤里捞起一块猪肉骨头往嘴里送。程小雨站在厨房门外神情复杂地看着他,程大明回头说,你今天怎么不去上班,跟其他教师换的课吗?我不能当教师了。程小雨说。开什么玩笑,挺好的一份职业,我也打算回培侨中学去教书呢!

有案底的人不能申请注册,程小雨咬着嘴唇说,我都不行,你怎么可能。

肉骨头卡在了程大明的喉咙里,他将手掐住脖颈,摇晃着脑袋,稀疏的几缕头发在半空中飘荡。终于把骨头吐出来了,他喘息着,满脸涨得通红。那叫我们去做什么?他咆哮说,做贼,做强盗去?我们现在成了有色人种,生活在一帮白人的统治下!他举起双手,挥舞拳头。这就是殖民地的法规!他愤怒地走出厨房。对轮椅上的母亲说,不回归祖国,香港的穷人便永无出头之日!

程家姆妈抬起衣袖揩眼泪。我们原先不是穷人,老太太说,你爹地的老板去世了,换了个不懂金融的儿子做董事长,银行才被人吞并了。

程大明抱住头,他不想听这些。他走出这栋破公寓,天已经黑了,他站在一条很狭窄很破败的肮脏小弄堂里敲一户人家的门,敲得很谨慎。他希望开门的是不是那位女教师的父母而是她本人,虽然他知道这是不可能的。那位女教师的刑期还没满,还在女监的铁窗前眺望茫茫大海呢。

开门的不是女教师的父母而是她妹妹,她警惕地打量程大明,说,你是谁,为什么跑来打扰我们?程大明央求她说,你让我进去再说行吗,这里太不方便。那女仔犹豫了一下，程大明已推开她径直走了进去。女仔跟在后面说，你是她从前的朋友？你也是犯了法入过监的对吗？求求你，就别再来害我们啦。程大明心里难受得要命，他冷哼一声说，我还能害你们什么？我不过是替她来看看家人。女教师的妹妹说，替她来看我们？她害了我们一家，老爹老妈都被她气死了，害得我连中学都没毕业就到处打工养活自己。女仔越过他噔噔地爬上吱嘎作响的破楼梯，她张开双手说，你赶紧走吧，这个家跟她已经没任何关系了。

程大明站在楼梯下，咬牙切齿地看着这女仔。女仔说，别这么看我，告诉你，她患了绝症啦，他们来找过我，让我申请给她保外就医，女仔不屑地一笑，脸上浮起痛苦的神情，我说我有什么能力送她去医院治疗？她的病是在服刑中得的，那她的治疗就该是政府的责任是不是?!

那天夜深了程大明还在外面游荡，三十五岁前从未抽过烟的男人买了一盒万宝路，点燃打火机时他对着维多利亚海面说，烧吧，烧吧，干脆把这个世界统统烧光，大家一起完蛋算了。巡逻的保安在码头上盯着他，以为这是个太太跟人跑了要跳海的醉汉。这是夏天，他的双手却是冰凉，他浑身冷得直打哆嗦。海上一片迷雾，神秘的迷雾一直延伸到监狱医院，在垂危的病人头上蜿蜒地潜行着，从他或她的身上吮吸那最后的生命。程大明半蹲半伏在码头的堤岸上，回想着当年的"自由女神"。那时她是一个十分娇美的女仔，小巧的鼻子，红艳艳的嘴唇，细长的腿，同样的夏天，她穿着一条白色的短裙，在海边向他招手。女仔消失了。好像一颗陨落的星星。程大明哽咽着，跪在了码头湿漉漉的石阶上。

程小雨在这封信上说，那位女教师已经去世，在她离服刑期满还有半年的时候离开了这个世界。程大明获此信息时她的骨灰已经被抛向大海，除了她那个充满怨尤的妹妹，只有两名护士和一名女狱警在场，她们替她举行了一个极为简单的葬仪。于是，她彻底地消失了，就好像从未来过这世上似的。

我大哥终于不再当留场犯回到杭州时，我早已从插队的农村回城进了一家造船厂。那段时间我们都有点异想天开，我甚至想申请去香港走一趟。米老鼠他爹又成了分局局长。他点燃一支中华牌香烟，又喝一口龙井茶，然后才很庄重地教导我。他说，你去那里有什么遗产可继承，可以拿回来支援四化建设的？没有？没有你去那里干什么？去做叫花子丢社会主义的脸吗？

程小雨进了九龙观塘一家贸易公司做业务员。每次来信都说快了快了，老板很快会升他的职了，那时就会派他来内地当个负责人，专管采购内地材料方面的业务。但是我等了好几年也没等到他升职，去信问他，他说换了一家公司，一切都要从头开始。

冬日的一天下午，太阳特别好，一直躺在病床上的我娘叫我扶她起来，坐到阳光下的竹躺椅上去。我娘说，湘九你把那些老相片拿出来，我从抽屉翻出相册送到她手上。我娘默默地看着看着就闭上了眼睛。我大惊失色地喊她摇她，她却再也醒不过来了。她最后看的那张相片，正是她和程小雨他妈咪穿着摩登的旗袍，站在我家阳台上照的相片。

母亲举行葬礼的前一天傍晚，一辆夏利出租车开到延定巷巷口，几位从前见过程小雨的街坊愣了愣，瞧着这似曾相识的男子从车上下来，然后伸出手去挽他的太太。两个人虽然打扮蛮体面，但都显得疲惫和憔悴，看上去比实际年龄大了许多。后来我才知道，程小雨太太就是那位女教师的妹妹，新婚的她，白天在观塘一家服装厂做出纳，晚上回来还要干点外加工活儿贴补家用。

程小雨是在距永兴街不远的天后地铁站与她邂逅相逢的。天色朦胧，街灯在濛濛细雨中洒下昏黄的光亮，他从地铁上来，见到一身酒气的程大明正跟一个女仔推推搡搡。吃惊的程小雨赶紧跑过去拉开程大明，程大明推开他，指着女仔一个劲地说点解点解，点解你姐去世和葬仪都无通知唔？女仔气得落泪，拿雨伞的手簌簌发抖。她也说了句点解，点解唔非得通知雷？程小雨强作笑脸，将女仔拉到一旁去。他一直好中意你姐。程小雨说。一下子，喧闹的地铁站口变得无比寂静，进去出来的旅客熙熙攘攘从身边走过，他们沉溺在自己的世界里。过了好久好久，女仔才重新开口。她说你是谁，是他的弟弟吗？

深秋时节满地落叶，香港也是蛮冷的。程小雨说对不起，我请你喝茶以表歉意。他俩坐在茶楼的窗前，默默地瞧着程大明驼着背，摇摇晃晃地在雨中走回家去，他俩相对无言。茶楼里食客稀少，风吹进未关严的窗户使他俩感到深深的寒意。聊起各自的经历，程小雨这才知道，女教师两姐妹和她们的父母是一九六二年从边境大规模逃港过来的广东人，彼时，姐姐已读高中了妹妹还是小学生。她们跟着成千上万的大人孩子一起跑过来，香港警察一时也无可奈何。程小雨在这一刻理解了那位香消玉殒的女教师，少女时代的贫穷与屈辱使她很容易就走上激愤的不归之路。

两个孤苦伶仃同病相怜的人，在雨巷中默默地走着，许多的话，还没有说出来就在他们的头顶上飘走了，好像昨夜的星辰，好像铜锣湾上空的微风，好像那飞快消失的童年的梦境。程小雨将她送到家，其实那只是一间租赁的小屋罢了。街沿下有条沟，雨水在沟中哗哗地流淌。楼梯旁有个洗烫店，熨衣服的女工光着膀子站在工作台前忙碌。熨衣服的热气从虚掩的窗子里飘散出来。我哥在监狱里干的就是这活，程小雨说，干了将近七年。女仔凝神想了片刻，我们厂里正在招工，明天我就向老板推荐一下，让他去做烫衣工吧。

程家姆妈已经走在我娘之前，年轻时参与过无数慈善事业的她，去世时连块墓地都买不起，最终还是乐善堂出面给了她一处墓穴。如果不是这女仔帮忙，出狱后始终三天打鱼两天晒网处于半失业状态的程大明，将成为程小雨挑不起的一副重担。程小雨将女仔的话转告他时，程大明忽然古怪地笑了，他又在喝酒了，桌上放着一包花生米，他抓起一粒花生米抛向空中，张大嘴去接，花生米准确地落进了他的嘴里。他嘎吱嘎吱地咬着花生米，青面獠牙地说，好啊，我一个大学毕业的优等生，这辈子就只配当个烫衣工啦！

参加我娘葬礼的同时，也算是这小两口的旅行结婚了。按她的想法，是想回一趟广东老家的，给祖宗坟头上三炷香，告诉他们自己把女婿带来了。程小雨说，你先写封信去问一下，那些坟头还在不在？结果不出所料，作为逃港者家的祖坟，早就被推倒复耕，成了一片稻田。程小雨又将我家跟他家的渊源讲给她听，于是她跪在地板上，向列祖列宗磕了三个响头，站起身，对新郎官说，去吧，明天就去杭州。

我大哥拉着一辆大板车从南星桥货栈回来，正好遇见他俩从出租车上下来。大哥惊讶地瞧着他俩，一时说不出话。程小雨转身看见他，也是愕然地喊了声大哥，大哥你今天还在拉车呀？我大哥勉强地笑了笑说，这是弟妹吧，欢迎你，先回家去洗把脸歇息再说。新娘子瞧着我大哥胳膊上戴的黑色袖套，闪烁的眸子黯淡下去，黄昏的霞光照在她身上，她站在巷口用凄凉的眼神注视着巷里的 54 号墙门。墙门口放着两只花圈，白色的孝幛在微风中飘摇。

我大哥从劳改场回来后就开始拉车。他跟其他右派不一样，其他右派改正了就啥也没有了，他档案里还记载着妄图偷越边境的罪行。我大哥对这个问题避而不谈，他说拉车好，挣到的钱比当个公司小职员多多了。可是多年前在矿山的那场抢险不仅使他有点瘸腿，阴雨天还常常发麻疼痛。大哥抱歉地向程小雨解释，那批货是上个月就签了合同要送的，所以我今天不能请假。程小雨的眼眶潮湿了，你比我大哥想得开，他提高声音说，想得开就好啊。

暮色苍茫，狭小的吃饭间因为摆满花圈而显得更加拥挤。我们的眼前是一片深深幽暗，唯有窗外的无花果树闪烁着淡淡的红影。程小雨妻子捧着我家的旧相册坐在窗前翻阅，两位老太太年轻时的形象使她惊叹不已。我听见墙门口有什么动静，我走出门去看。程小雨说怎么了，现在我俩是合法过来的。我说来的应该不是派出所警察，警察不会给我娘送花圈。

我说错了。来的还真是警察。米老鼠他娘提前退休了，让儿子顶了她的职。香港来的两位同胞伸出舌头半天缩不回去，乖乖，公务员也可以代代相传？我说这是中国特色，再说，米老鼠当警察总比其他人当好一些对吧？程小雨一时反应不过来。点解？他说。我说点解是什么意思？为什么？他说。我像当年一样，给他脑袋上吃个爆栗。米老鼠是我们的哥们，哥们好就是我们好明白不?!

米老鼠说，伯母我给你上香了，我们跟他一起向我娘的遗像鞠躬。程小雨根本认不出米老鼠了，他从一只瘦猴变成了一头狗熊，肥头大耳，肚皮凸出，走起路来晃晃悠悠。一肚子民膏民脂，米老鼠自嘲说，全是三天两头的饭局整的。他指着他抬进来的大花圈说，这也是别人送的，花圈店老板的小舅子是个赌棍，第三回进拘留所了，老板死活不肯收我的钱，无非想叫我对那小子高抬贵手罢了。我说，一只花圈就想收买我？你也太小看我的觉悟了。

你有多少觉悟，我说，看看你的形象人民群众就清楚得很。

米老鼠将手一摊，表示承认我的指控。其实米老鼠还真算是一个勤政爱民的好警察，多吃多占一点是不可避免的，数额较大的贪污受贿绝对不敢。父母从"牛棚"出来之前，他一直生活在比较潦倒的境遇当中，这使他变得比一般人更胆小和谨慎。不过见到了久别重逢的程小雨，尤其是第一次来杭州的他太太，米老鼠当然要略尽地主之谊。他说，小雨你俩还没住下吧，说吧，三星还是四星级，我包了。

他俩打算住一个月，我说，你看着办吧。

米老鼠倒吸一口冷气，脸都白了，程小雨说湘九哥跟你开玩笑啦，我们在这里住三四天，然后就经过广州回去。米老鼠，接下去他就打听小花的情况，你姐姐结婚了没有，姐夫是不是省厅的大官啊？程小雨说，她最后怎么没找湘九呢，我真的好遗憾。

我无话可说。没心情开这种玩笑。第二天的遗体告别会上，我见到了小花。那时我大哥正在读悼词，回顾我娘从香港回来后参加过的工作。我满耳朵响着哒哒哒的声音，在那些满面倦容的女工脚踏或手摇之下，缝纫机发狂般地转动着。我娘是年纪最大的一个，低着头默默地缝纫，有时抬起拿着针的手，针上穿着长长的线。她的周围堆满了半成品的劳保服和碎布头。那是居民区办的缝纫工厂，辛辛苦苦干一天大概能挣七八毛钱。

我看见一个穿便装的女人从敞开着的大门外进来，悄没声息地站在悼唁的队伍后面。站在我身边的程小雨"啊"了一声，赶紧又捂住嘴。他已经知道小花的丈夫不是省厅的大官，他父亲才是。有段时间，不仅她爹娘老是解放不了，连她自己也受牵连要离开派出所了，为老爸老妈，为她那身警服，或许还为了米老鼠，小花毅然决定嫁给一位追求她好久的大官的儿子。我听米老鼠说过当时的情景，米老鼠说，姐，这身蓝皮脱了也就脱了，你又何必如此委屈自己？小花淡然回答说，我不嫁他嫁谁，嫁给你那个狐朋狗友湘九吗？他连自己都养不活怎么养我？这身蓝皮好歹能让我们比较体面地生活下去，怎么能轻易地脱了？！

哀乐在响，向我母亲告别的人们徐徐移动。除了亲朋好友，还有一些曾经斜着眼看我娘的人。现在他们说我娘是"爱国人士"了，当年她带着我们"毅然从海外回到大陆参加新中国建设的行为，受到政府和人民的热烈欢迎与高度评价"。他们不知道我是从罗湖桥下的铁丝网里被塞过来的，跟我握手时露出同志般温暖的微笑，希望我节哀。大哥受到的礼遇基本上跟我差不多，有的人可能不知道他曾经妄图偷渡回去，有的人也许知道，在这个场合装作不知道。

小花没跟我握手，她越过我，一只手握住程小雨太太的手，一只手拉住他胳膊。他们向后退了两步，然后就聊起天来。我听见他们在说深圳那位"古惑仔"，小花说后来你们有过联系吗？程小雨说有啊有啊，他早就不是古惑仔啦，他成了运输公司的董事长，手下光是运猪猡的大卡车就有一百多辆啦。

岁月如歌，我捧着我娘的骨灰盒一步一步走下殡仪馆的石阶，晚霞照红了远山近水，那种感觉很苍凉，很悲怆，也很壮美。小花姐弟和程小雨两口子陪着我和我娘，乘坐一辆面包车回家，我对他们说，我娘带着我们兄弟姐妹从香港回来那年，也就是我们今天这个年纪啊。

车厢里一片静穆，人们彼此打量，发现每个人脸上都有了一些细碎的皱纹，红尘若梦，转瞬间年华已逝。生活像一场早就编排好的戏剧，不管我们如何挣扎，都摆脱不了命运朝既定的方向前行。一滴泪落下来了，是小花的泪，又是一滴泪落下来，是程小雨太太的泪。我不敢回首，不敢开口，不敢看她们的表情，我把我娘的灵柩紧紧地抱在怀里，我抬起一只衣袖放到眼前，不一会儿，那衣袖就变成湿漉漉的了。

六

　　终于有了去香港的机会是在程小雨儿子已上小学之后，我随一个考察团去了那里。出入境管理处一位上了年纪的官员拿着我的公务护照看了半天，疑疑惑惑地说，你真是香港出生的吗？我点点头，是的。官员在键盘上敲了一会儿，眉头紧紧皱起来，没有你出过境的记录，他说，难道你是偷渡过去的？你为什么要偷渡到那边去？

　　那时我很小，迷了路，糊里糊涂地走过了罗湖桥。我说。谁也没有拦我，你们的警察没拦我，红帕子缠头的印度兵没拦我，包括你的前辈、出入境管理处的官员们，都熟视无睹似的，看着我蹦蹦跳跳地就跑到桥那头去了。

　　那后来呢，后来你长大了，怎么不请求回到这边来？

　　我不喜欢殖民地，不喜欢让白种人统治我们，看见外国人的旗帜在祖宗留给我们的家园上空飘扬，我心里觉得憋气。

　　官员瞪圆了眼珠子，好像有一支枪顶着他的腰眼。"九七回归"已经提上议程，他对持公务护照的内地客多少客气一点。他身边还有一位穿制服的小姐，不可思议地看看我和我的护照，像看一个怪物。我朝她挤挤眼，做了个怪相，她傻呵呵地笑了。

春末夏初，阳光穿透了稀薄的云层，烤热堤岸上的长椅和铜锣湾又窄又长的电车轨道。从天后站下地铁过海去九龙，在下面是阴凉的，上来便觉得热气扑面而至。观塘一家服装厂的门卫室里，程大明呆呆地注视着路面上灼热的阳光，手里一支良友牌香烟已经燃到了头。不到六十岁的他，手就抖得拿不稳熨斗了，老板还算心善的，让他留下来看大门。他穿着一身邋遢的工装，坐在闷热的小屋子里看一会报纸发一会儿呆，我走近了也一时反应不过来。

　　我找程大明，我对程大明说，我从内地来，是他家的老邻居。

　　程大明愣怔怔地看着我。那茫然的目光让我觉得他坐在海滩上，眼前突然出现了一个不知深浅的漩涡。后来他伸出一只手，仿佛从监狱的窗户里伸出来似的，伸向大海，而我的肩膀就是海上翻腾的浪花。你是湘九！他摇晃着我，充满激情地摇晃，他说，你大哥呢，他怎么不来香港？读中学的时候，他不是也追求民主进步的嘛，后来怎么会变成了被革命专政的对象？告诉我，小雨是不是在骗我？你一定要实事求是地告诉我！

　　我被他摇晃得头晕眼花。我抬头仰望天空。白云悠悠，辽阔的蓝色犹如大海，我好像正从空中下坠，不停地下坠，下面一个漩涡套着一个漩涡。我抬起手抵御他的摇晃，我恳求他，革命是一回事，执政又是一回事，我说，你不能只停留在一种思维里；大明哥，你别太激动了行吗？

　　我无法跟他讨论这种问题，这种问题过于严肃过于学术化，从我这个学历很低的人嘴上说出来似乎有点搞笑。程小雨的太太从写字楼跑出来了，程大明的激动使她感到吃惊。说到底，程大明的过去在她眼里是陌生的，这个老头儿精力充沛投身于政治冒险的时代她还是一个小女仔。她说，太巧了，程小雨今天正好来厂里看货，现在已经在路上了。我说那我就在这门卫室等他吧。那怎么行，程小雨太太说，这里太热了，你先去接待室吹吹冷气吧。

　　一个小男孩坐在接待室的沙发上喝可乐，地上扔着他的双肩书包。程小雨太太说，香港学校下午三点就放学了，只好叫孩子到这里来等着妈咪下班一起回家。她对孩子说叫阿叔，孩子乖乖地叫了我一声阿叔。我从背包里拿出一架模型直升机，摸摸他脑袋说，送给你，你上一年级还是二年级了？程小雨儿子哇地叫一声，谢谢阿叔，他站起身高举飞机在屋子里跑一圈，边跑边说，我上二年级啦，我长大了要做差人，开着这直升飞去空中巡逻！

后来的日子我常常想起这孩子的话，觉得无比的伤感。他可以有许多理想，却不能幻想自己成为香港纪律部队的一员，不光警察，他报考一般公务员都很困难。因为他是一个有案底的人的儿子。公开的招考条件上不会写明这一点，这属于内部掌控，就跟我小学毕业便失去了升学机会一样。那年我还不到十四岁，语文数学都考了满分，除了襁褓里就分别的老爹，我自己还能有什么罪？

不同的社会制度，在这个问题的操控上却惊人的相似。贼的儿子一定是贼，大法官拉贡纳特的儿子拉兹因此成了流浪儿。我记得，就是程小雨偷渡来杭州那年冬天，小花搞来几张内部电影票请我们去看这部印度片子，我流出的泪将身上的棉袄都湿透了。那时程小雨还体会不到这种刻骨铭心的痛苦，他说湘九你的感情太脆弱了，像个女仔似的。

程小雨到了，儿子扑进他怀里。爹地唔将来要做差人！程小雨抱着他，嘴上说好，好，眼睛却红了。太阳慢慢地向西边垂落，程小雨说我去车间看一下，然后一起去金巴利道。我说我也去车间看看。一片热浪扑面而来，嗡嗡的机器声不绝于耳，进入车间五秒钟，我身上的汗汩汩地淌出来。车间里没有空调，只有吊扇在女工们头上哗哗地旋转，扇出来的风都是热风。我看着她们的手，每个人手指上都缠着胶布。程小雨向我解释，手指和布料摩擦太多，手指头就破了。我点点头。我对一位中年女工说，每隔几分钟你要转一下头，一天坐在缝纫机前那么长时间，老低着头会使脖颈吃不消的。

程小雨略感惊讶地朝我看，我勉强一笑，小时候我跟你儿子一样，每天都去我娘打工的缝纫工厂，我说，我娘她们就是这么做的。

我们到了金巴利道，然后往坡上走，走到一条百米小街，街口竖着一块锈迹斑驳的牌子：诺士弗台。也许只有它，还保留着对我家的记忆。昔日的寓所全部变成了酒吧，那个摄下过太太们旗袍倩影的阳台，而今坐着几个五大三粗的拉美壮汉。程小雨说，我们就在这里吃晚饭吧？我摇摇头。太贵了，我指着酒柜上的菜单子说，何必呢，我们不是富人。

我心里想说的是，时过境迁，过去的一切早已消逝，该拿走的已经被人统统拿走了，现在我们万事只能从头开始。这里没什么可留恋的了，站在这栋小楼里只能令我们更加孤独更加伤感。最后的阳光落在山坡上，高楼和树木发出绚丽和金色的光彩，我指着车水马龙的轮渡码头说，我们回香港去吧，找个大排档，我请你一家、请大明哥吃晚饭。

　　隐瞒是一件很痛苦的事，程小雨对我说，但是不隐瞒曾经被判刑的经历他就找不到合适的工作。因为如此，他不得不经常"炒老板的鱿鱼"，只要遇到了过去的熟人或者老板听到了什么，他就很识相地自动离去。人们是不分青红皂白的，既不会想到他当年只有十七岁，也不会理解他只是一名喊喊口号的小卒子。人们的潜意识中，坐过牢的不会是好人。老板不放心使用这种人。

　　聪明勤快的程小雨因此而时常处于困顿，上次离开的那家贸易公司，确实是他最不想离开的地方了。那时他还没遇到现在的太太，而他的顶头上司是个老姑娘。吃完饭，太太孩子和程大明都回家了，大排档只留下我俩。程小雨猛灌一杯啤酒说，湘九啊，我不甘心，我真的不甘心啊。

　　也是这样的初夏，微风吹拂维多利亚港。程小雨业务做得好，老板发给他一个红包。老姑娘说你要请客，程小雨说我请你吃杭州菜，吃西湖醋鱼龙井虾仁和小笼包。他们乘轮渡到了中环，老姑娘挽着程小雨的手经过熙熙攘攘的街市走向饭馆。电影院在放映好莱坞的片子，海报上的英雄和美女情意绵绵天地辽阔，老姑娘指着海报说，你看那个女的，是不是跟我有点像啊？程小雨扑哧一笑，你倒是像那女的，但我不像那个男的，他说，你瞧他那肌肉发达的样子，老虎都打得死哇。他捏捏自己胳膊，我连拍几只苍蝇都感到手酸啦。

　　西湖醋鱼和龙井虾仁端上来了，老姑娘端起酒杯说谢谢你，程小雨说你太客气了，承蒙你的关照我才有今天。是吗，老姑娘从挎包里翻出一只精美的盒子，递给他。这是我从英国带回来的，正宗万宝龙的皮带，给你做个生日礼物吧。程小雨愣住了，捧着皮带盒子看着她。我的生日？他的嘴唇微微哆嗦。你怎么知道今天是我的生日？老姑娘眨眨眼睛，怎么了，她说，我去查了一下你进公司时留底的身份证呀。我还了解到你原先读的是香岛中学呢，那是所"左校"对吗？你不会是个"左倾"分子吧?！

　　多年以后回忆起当时的情景程小雨仍然深感后悔，他不明白自己怎么会有这么大的反应。也许他想到的只是惊愕与悲哀，也许还掺杂着其他情感：那些不可捉摸的、企盼已久的情感和欲望。他站起身，将那个生日礼物砰地摔在饭桌上，你太过分了，他的脸扭曲着，鼻子上沁出汗珠儿，用嘶哑的声调向对方喊叫，你以为你是谁，你是我的老板、我的监护人还是我老婆吗？为什么？他喃喃地问她。坐回到椅子上去，他摇着头，用一种被打碎了最心爱的玩具的孩子口吻悲伤地说道，我真的不明白，你为什么要这样八卦啊！

老姑娘被他的激烈反映所吓坏了，脸色煞白地向后退去，她的下颚抽搐着，声音直打战。我不是有意的，她解释说，我一点、一点点都没有追究你什么的意思。程小雨无力地挥了挥手，想去拉她，但是她像受惊的兔子那样，将双手护在胸前，躲到了餐厅的廊柱后去。程小雨的眼眶溢出了泪，他转开脸，望着窗外，窗外是热闹繁华的街市，他却像置身于沙漠，一片孤寂。老姑娘乘这当儿伸出手去拿自己挂在椅背上的挎包，一只手伸过去又缩回去，再伸过去，拿起挎包转身就跑。程小雨遥望着她的离去，舔一下嘴唇，咸津津的，不是泪而是咬出的血。

第二天我就递上了辞职报告。程小雨对我说。老板觉得不可理解，昨天刚发你红包，今天就辞职？程小雨低着头，嗫嚅说我家离公司太远，我大哥生病无人照料。老板心烦意乱地挥挥手，你先回业务部去，我考虑一下再说。老姑娘桌上的电话响了，老板叫她过去。程小雨呆呆地站在窗前，听见老板屋里传来他突然提高嗓门的说话声，你别解释了，肯定是你们看他拿红包眼红了，有本事大家都可以拿呀，别妒忌人家好不好！程小雨知道这是有意说给他听的，程小雨只能苦笑。老板是老姑娘的亲叔叔，迟早他们会知道他过去的一切，现在不走，到那时就会更被动，说不定身心俱伤。

这是一个逃避者，像一只狗，常常需要逃到角落里添自己的伤口。这伤口不是一般的外伤，心疼胃疼肝疼哪儿都疼。我拍拍程小雨的肩膀，一切都会变的，我安慰他说，这块土地，我打了个嗝，这块土地的命运都要变了，呃，何况人、人的命运呢。

那天晚上我俩熏熏然地走出大排档，几分钟就从小街走到了大街口，我俩愕然地看到维多利亚公园里外灯火点点，似乎有万头攒动，横幅标语一幅接一幅绵延开去，像海面上的波浪似的，男的女的，老的少的，手里都举着小旗。有的在唱歌，有的喊口号，警察们站在边上面无表情地看着他们。走近了，感觉人并不是很多但声势不小。一个中年人爬到台上去演说了，静一静，他拿着喇叭高喊，嘈杂的声音小了一些，我们侧耳倾听，断断续续的声音进入我们耳膜。我们不欢迎新上任的"末代港督"！彭某人提出的政制改革方案是乱港方案！我跟程小雨面面相觑。

当年的程大明很像他，程小雨说，比他更有风采。

演说很快结束了，人们又开始唱歌，令我感到惊讶的是，他们唱的是"团结就是力量"。唱得最响跳得最高的都是一些上了年纪的人。他们唱到"这力量是铁这力量是钢"时就猛地伸出拳头，好像正对面就站着一个敌人似的。一群小孩子高兴得乱喊乱跳，在人群中窜来窜去，我的眼睛突然眯起来，我看见了那架直升机。

你儿子！我说，他摔倒了，赶快去把他拉出来！

程小雨茫然地瞧着我冲过去，迟疑了几秒钟才跟上来。我避开一位身上体桖被汗水湿透的长者，又从一个伸出拳头的阿婶胳膊下钻过去，将孩子从地上抱起。谁带你来的？我问他。你妈咪吗，她在哪里？

伯伯带我来的，被摔疼的孩子哽咽着告诉我，指着前面一堆人说，他在那边。

孩子抱着被摔得凹下去一块的直升机，我抱着他，程小雨跟在我们后面。我们走到程大明跟前了他还浑然不觉。我们现在看见的程大明，和白天的他是大不相同的，非常兴奋，非常陶醉，满头的汗珠儿都是油光光的。这一刻我才想到，为什么我请他吃饭时问他喝什么酒，他摇摇头什么也不喝；因为他要头脑清醒地来参加这个集会。但是，此刻的他穿着一件褪色的黄褂子，颧骨上有两块红晕，吐沫飞扬地跟别人争论着什么，那脑子明显是不太清醒的。我放下孩子，拍拍他，你带来的孩子呢，你把他丢哪儿啦？

他惊讶地看着我，半晌才转过身去看后面，我侄子，他说，哎呀，我侄子你跑哪里去啦！他跳起来，没头苍蝇似的喊着往前撞，我赶紧一把抓住他。在这里，我抓着他的胳膊说，你侄子在这里。

孩子喊他一声伯伯，他喘着粗气弯下腰去抱住孩子。他的喘息像一头牛。程小雨这才向他开口。你不能把孩子带到这种场合来，程小雨严肃地跟他大哥说，你带我去参加游行那年，我好歹已是十七岁了，而他呢，他才上小学二年级啊。

不一样，程大明辩解说，现在跟当时不一样啦。

程小雨欲说还休，我拦住了他，向他摇头。在这个场合说任何不合时宜的话都可能招来激烈的反应，这是耳闻目睹过不少群体事件的我之深刻感受。我瞧瞧周围，每一张严肃的、紧张的脸都发人深思，都是些怀着企盼的普通人的脸，有的是数代土著的殖民地公民，有的是从内地移居过来没多久的北方人，有的是知识分子，有的是劳苦大众。他们当中，百分之九十九的人并没见过邓小平或撒切尔夫人，看来，他们是凭着一种朴素的本能和理想在为自身的未来呐喊。

小孩子啥也不懂，我重新抱起孩子说，别让他太累了，我们回去吧。

看着程大明想跟我们走，又不舍得走的样子，叫人心里很难过。我理解他，二十多年了，总算让他又有了大声发言的机会，使他产生一种回到青年时代的感觉，那红歌的旋律伴随着他经历过的甜酸苦辣，他的信念以及他这辈子所为之付出的沉重的代价，他怎么走得开去呢？一个人不可能否定自己的历史，他是虔诚的，这些脸上带着一种孩子气的中年和老年人，多数是很虔诚的。不管在北京还是在伦敦签署了一项什么样的文件，他们都虔诚地相信，唱歌、游行和斗争是必不可少的基础条件。

我们默默地离开他们，走到马路对面，我和程小雨不约而同地停下脚步，一种难以言说的怅然之感袭上心头。回头看看灯火闪耀的维园，暗红色的旗帜与横幅仍然在夜空中飘动，程大明突然从人群中跃起，打倒！他嘶哑地高喊一声，又掉了下去，淹没在人群中。我觉得很幸运，难得来一次香港，不仅看到了原先的家园，还见证了程大明们不屈不挠的斗争场面。在一盏昏黄的路灯下，我辨认了一下方向，我对程小雨说，我下榻的旅馆在哪一头，我走了。摸摸他儿子的头，早点睡觉，我说，你将来是要当警察的，那游行就不要去参加了。

孩子向我点点头，好的，他举起摔瘪的直升机说，我再也不跟我伯伯去了。

张廷竹中篇小说选

七

　　程大明觉得自己有资格当基本法委员会委员，我觉得这想法不无道理，但得有个前提：执政者还停留在革命时期。程小雨说，他神神道道地坐在窗前，戴着老花眼镜，一遍又一遍地查看报上的委员名单，他喃喃地说，这个人是亿万富翁，那个人也是大资本家。一声长叹，他把报纸扔了，瘫倒在床上久久地呆望着天花板。伴随他的是一台半导体收音机，一个男声充满惆怅地在唱着不是我不明白，而是这世界变化太快。

　　中国人喜欢上访，总认为冤屈都是小鬼造成的，阎王爷讲究的还是秉公办事。既然成了特区，香港也不例外。程大明起初不愿意，他说特首面临的麻烦事太多了，他的事跟金融危机和非典疫情相比，只能算是毛毛雨。程大明是一名有觉悟的特区公民，这一点谁也否定不了。

　　这个老人早已退休了，服装厂没有养老金，他向政府申请的孤老综援金和"生果金"，只能维持最基本的生活。假如没有程小雨援助，他一个月只能吃一次肉，想抽烟则去酒吧门前拣客人扔下的烟蒂头。

　　位于中环的兰桂坊经历过非典时期的死寂，却是全香港第一个复苏的地方。入夜，这条几百米的小巷依然灯红酒绿，三五成群的人们涌入小巷两旁的酒吧，各种肤色的男男女女在震耳欲聋的音乐声中高声叫嚷谈笑风生。大多数本地人不会意识到在不知不觉中发生的深刻变化，只有弯腰曲背蜷缩在马路边上的这位老人知道，那些说话声已经由从前的英语法语和日语，变成了以内地的普通话为主，香港话以及其他语种为辅。

许多进出豪奢场所一掷千金的内地官商，或许就是当年的红卫兵小将，程大明曾经遇见两个喝得醉醺醺的大陆客，非要酒吧乐队演奏"大海航行靠舵手"。他们从头到脚穿的都是名牌，手腕上带的也是名表，乐队年轻的萨克斯手向他们鞠躬说，对不起，我们没这首歌的曲谱。他们从口袋里摸出一叠美金和港币，向空中一扔说，你不会演奏没关系，只要给钱，就会有演奏的人啦！

刚拣起一个烟蒂的程大明浑身颤抖着，迈不动脚，在培侨中学教书时，他不仅会吹萨克斯还会拉手风琴，如果他愿意，这些钱就是他的了。他的一只脚已经跨进酒吧，却停住在了门槛上。酒气冲天的大陆客又摸出一叠花花绿绿的钞票，拿来敲萨克斯手的头，大海航行靠舵手你都不会吹，你干什么吃的？莫非你只会替资产阶级当吹鼓手吗?！萨克斯手躲避着，向他的同伴嘶哑地喊，打电话啦，报警啦。程大明沉默了一会儿，眯起眼睛哀伤地凝视着这两位不知天高地厚的大陆客，滚，他终于脸色惨白地指着他们骂道，败类，你们这些败类。

打完斋唔要和尚。这是程大明第一次上访时说的话，也是此后他反复强调的话。从那天开始，他写了一张又一张请愿书，要求撤销因为"爱国"而背负了大半生的刑事案底、彻底平反并给予赔偿。他走进一个机构，接待的人向他耸耸肩，他又走进另一个机构，接待的人向他摆摆双手，人们告诉他，即使是特首，"也无权撤销被囚人士的刑事记录"。

"对于那些老上访专业户，我负责任地说，不说百分之一百，至少百分之九十以上精神有问题，都是偏执型精神障碍。"这是北京一位名教授发布的结论。这位养尊处优的教授大概从未想过，对于程大明来说，他现在只有一个愿望：像正常人一样活着。这个愿望其实很卑微也很正常，教授先生没告诉我们，如果后来变成了不正常，那又是谁把他变成的呢？

斗室中香烟缭绕，供桌上的蜡烛哔啵作响，升腾起燃烧的火花。闻到油烟味，程小雨两口子跑过去推开那扇小门，诧异地看到供桌上摆放着程大明年轻时的黑白相片，与之并排的是那位女教师。蜡烛旁还有两个苹果两只橘子，还有两支烟两杯酒，那两支烟已燃了半截，长长的白灰跌落到地板上。听到推门声，苍老的程大明漠然转过脸，今天是我入监四十周年，他朝弟媳看看，也是你姐的忌日。他说。程小雨觉得沉没在某种无边的黑暗中，多年来紧张疲乏的身心在这间被扮成灵堂的小屋里猛然爆发出来，你还有完没完了，他说，人都快做完了你还闹腾点啥呢?!

程大明猛地抬起头，他哆嗦着，眼睛里流露出极度的痛楚和绝望。程小雨闭上眼睛，准备迎接一阵暴跳如雷的反击。但是没有。他睁开眼，顺着程大明的目光看去，看见他儿子愣愣地站在门边，像凝冻了似的，如一只迷途的羔羊。

你怎么了，程小雨小心翼翼地问他，好像声音响一点就会打碎什么似的，遇到什么事情了?

我明白了，已经长成英俊小伙子的儿子轻声地说，我明白你为什么总是阻止我去投考差人了，他突然提高声音，跺着脚嚷道，你害了我，你跟他一样，原来都是有案底的人啊!

程小雨跌坐在地上。三个好朋友一起去投考警察，两个考上了他儿子落选。点解，点解? 小伙子站在面临维港的高架桥上，准备一脚跨出去般的问其中一位同学。同学是警官的儿子，紧张地拉住他说求求你，你可别想不开啊。小伙子双手紧紧揪住他，告诉我，他大声跟对方说，你今天必须告诉我，问题究竟出在哪里? 同学低下头，叹了口气说，因为参加六七年，20世纪第六十七年那场暴动与骚乱，你爹地、你伯伯都被判过刑。小伙子傻了眼，他揪着自己的头发，半天才松开手，被他揪下的头发带着血丝从高架桥上飘撒开去，带走了他的梦想，他的希望。

儿子走了，程小雨两口子才反应过来。他们追出去，看见儿子在街口转了一个弯，消失了。小伙子在街上迅跑，跑过维园，跑过铜锣湾和中环，跑到轮渡码头。他上了船，海上的热风吹在他脸上，他的嘴唇拔凉拔凉的，下巴上挂着伤心的泪痕。他到了九龙，到旺角，站在香岛中学门口，眼睛里带着一种茫然而迟疑的神情。后来他下了决心，终于跨进学校的办公楼，请求了解父亲当年的表现。一名青年教师带他到档案室，哇，教师夸张地举起双手，你爹地是全优生啦，你看看这历年的成绩和奖励，不知他现在何处高就？

优等生有什么用？小伙子蹲在地上喃喃地说，都是你们害了他，他抱着头，在走廊上嘤嘤地哭泣。这所学校害了他，老师和校长害了他，也害了我们一家人啊。

教师们在他身边围成一圈，轻声议论着，程小雨当年的档案在他们手中传阅。有人说校长来了，教师们默默地让开路。校长是位长者。他拉起这孩子，将他搂在怀中。小伙子无法忘记这位长者给予他的同情与安慰，他用宽厚的手掌拍着他的肩膀，你父亲是个了不起的人，校长说，他从来没有屈服过，他一直在奋斗，校长哽咽起来，他说，眼光放得长远一些，小伙子，社会的偏见迟早会改变的，我们学校以曾经拥有过你父亲这样的学生为荣。

不知是谁告诉了媒体，闪光灯一亮，校长和程小雨儿子被摄入镜头。等到小伙子走出校门时，长枪短炮一齐对准了他。程大明四处上访籍籍无名，程小雨父子却在不经意间出了大名。报上的大标题五花八门，多数是"被屈入狱，改写一生"，有的则加上"累及儿孙"。程小雨平时节省得很，连报纸也基本不买。这天刚上班，总经理就叫他去一趟。他忐忑不安地过去，以为自己催讨应收款不力该挨批了。总经理坐在大班椅上，直直地注视着他，突然间拍着桌上的报纸爆发出一阵震天大笑，好啊小雨兄！他说，我当年在北京育才中学跟你一样，当然，不是学习成绩一样，而是革命的劲头儿一模一样！我真想不到，到了香港还能遇见你这么一位老战友。

程小雨这才知道，总经理是个来自北京的"太子党"，不仅总经理是，从未露过面的大老板也是。香港的当事人绝大多数都对自己这段历史讳莫如深，唯有这些来自内地的大亨才会无所忌讳。因祸得福的程小雨傻乎乎地从总经理室出来，连路都不会走了，想去厕所小便，走进女厕所听见某位女同事哇的一声叫，懵里懵懂退出来，又走进了部门经理办公室。部门经理正在接电话，看见他进去张大了嘴半天合不上。程小雨，不，程、程副经理，我刚接到你被提职的通知，还没来得及给你安排办公桌，你就来、来啦？

一向习惯低调再低调的程小雨又高兴又害怕，特别是那天回家看见"狗仔队"在永兴街一带转来转去，他脸色苍白地躲到弄堂角落给老婆打电话。别急着回家，他说，我俩到维景酒店旁边那个茶楼去吃晚饭。电话里传来高峰期地铁中嘈杂的喧闹声，老婆声嘶力竭地说，那儿子怎么办，我买了他爱吃的菜，说好今晚做给他吃的！再说明天又该怎么办呢，难道天天去吃酒楼啦？

　　被打了一剂强心针的是程大明，他背着这些报纸重新走上了上访之路。背包里还有一面颜色暗淡的锦旗，是他被捕后培侨中学的"爱国师生"敬赠给他的，不知怎么被他从母亲留下的箱底中翻了出来。原先的机构敷衍他，他去找议员。好不容易找到一位培侨校友出身的立法会议员，这位议员却说，在普通法下，好像没什么途径可以翻案，你或可向法庭申请延长上诉期，但要有充分理由。他耸耸肩说，政治因素一般不会考虑啦。程大明怒气冲冲地反驳说，不是政治因素我干啥上街去，我吃饱了撑的？

　　程大明蹒跚地走到赤柱走到海边，海风吹拂他的苍苍白发，他很想回到监狱去，那里可以养老，可以从铁窗里向外瞭望天空海洋，还可以触摸过去的梦境。而今的他，已经对自由不感兴趣，裴多菲说生命诚可贵，爱情价更高，若为自由故，二者皆可抛；程大明说扯淡，生命没了，爱情也没了，那自由也不是你的自由，而是别人的自由了。

　　岁月不知不觉过去。我大哥最后还是毁在了那条伤腿上，阴雨天隐隐作痛，没站稳滑了一跤，造成他中风而半身不遂。我不得不四处托人将他送进了老年医院。所谓医院，其大部分功能就是一家养老院。大哥要求和另外两位孤老住在同一个房间，免得看见其他老人隔三岔五有晚辈探视，心里不平衡。

　　我想给他搞个单人间，没这个门路。他刚住进去半个月，同屋就死了两个。半夜里时高时低的呻吟声，令人毛骨悚然，砰的一声响，一个老人从床上跌下，大哥喊着老兄老兄，却无法下床。他按床头的电铃，按了好久才有个从苏北乡下来的护工揉着惺忪睡眼走过来。大哥指着地上的老者，哆嗦着，护工蹲下去摸了摸，霍地站起身，乖乖，他诧异地说，这老头儿这么容易就死啦？！

我大哥这一辈子，除了做少爷的辰光，都是体力劳动者，他最大的爱好是吃肉。但是老年医院基本吃素，我探望他时带去一些鸡鸭熟肉，他狼吞虎咽地吃完了，才跟我说话。我找医院商量，能否由家属多出一点钱，让他吃得稍稍好一点？院方摇摇头说不行，你愿意多付钱别人不愿意，难道只给你做肉菜吃？

　　江南梅雨天，阴霾的日子总是少不了回忆与忧伤，这是一种难以排遣的寂寞，灵魂的寂寞。有时候，我想我大哥和程大明这种人，好像是父母亲多余生出来的，寿命活得不短，却一辈子受苦受穷。别人或许有跌宕起伏，他们没有。他们为青春时节的骚动付出了终生的代价。上苍对他们真的很不公平。

　　这天晚上下雨，雨泼打着车窗外人行道两边梧桐树的枝叶，我驱车去看他，身边带着一台笔记本电脑。在路上我跟程小雨又通了一次电话，小雨说，他大哥已经坐在电脑桌前了，正在将信将疑地问他的侄子，这是真的吗，我马上就可以见到我那位老邻居老朋友啦？还能面对面的说话？

　　我将电脑调试好时，我大哥的眼泪止不住地淌了下来。从前他不是这样的，戴上手铐脚镣时他也不曾这样。他靠在床背上，直直地注视着视频，他说，是你吗，你真是大明吗？屏幕上有一点模糊，摇摇晃晃的，我大声喊，小雨，你把所有的灯打开，把灯光对着你哥！小雨答应着，将一盏台灯照到程大明脸上。程大明眯缝着眼睛，将脸都贴到了电脑上去，他侄子扳着他的肩，将他拉回去。程大明就势抱着侄子，哇地哭出声来，嘴里喊着，张家大哥啊，我好悔！我当初应该跟你一起跑去内地的啦，我不该留在这里啦，我真的好悔好悔。

　　我大哥看着窗外，雨依然下个不停，陈年往事湮没在淅淅沥沥的夜雨中。程大明的开场白令他心里发堵。你别哭啦，别好悔啦。他瓮声瓮气地说，你好好看看我，我们半个多世纪没见面啦，说这些话就浪费电，也浪费时间了。

　　后来他对我说，程大明好像已经有点老年痴呆症了。这个发现令我大哥更加悲伤。雨水落在病房的窗子和院子里的梧桐树上，同屋的两位孤老，一个耳朵聋了，一个本来就是哑巴，不妨碍我们与香港的交流。但是，一个人不能把什么事情都说出来，要把历史上发生过的一切变成语言，即使对一个风烛残年的老人也可能是一种危险。何况在相当漫长的岁月里，他们之间有着一段莫名其妙的距离，隔着一重铁幕。

两个可怜的老头儿隔着视频相握，两个人伸出的手都是又苍白、又虚弱、又浮肿，手背上还长着褐色的老年斑。生命是短促的，我们看见时间在他们那没有血色的脸上飞快地消逝。程大明说，老哥呀，你当年为什么不跟我商量却向他人说你想回香港呀，这样你就完蛋啦。我大哥说，那时跟你商量不也一样？说不定你比人家更积极地把我卖了。程大明呵呵地笑了，将颤抖的双手蒙住老泪纵横的脸，说，老哥你真幽默，你说得我都有些惭愧了。

我们不能没有一点幽默感，不然的话我们就会很快的完蛋。我大哥认真地告诉他。但是我们的幽默感越来越让人辛酸，程大明说，现在的年轻人，很难理解我们的当年了。

明日黄花，他说，我们早已成了明日黄花。

我坐在他的床边，对面是那位哑巴，我看见哑巴在这养老院的病床上辗转反侧，从被子里伸出一只枯枝般抖瑟瑟的手，好像在梦中求人似的。这是一个从福利厂下岗的残疾人，白天院方将他的某个亲戚叫来过了，说是欠费太多不让他再留在这里了。不留在这里让他去哪里呢？没人回答。屋子里有一股霉气和一种很难形容的老人气，一种接近死亡的气息。我走到窗前，打开窗子，深深地吸了一口气。雨渐渐地小了，院里院外都睡得静悄悄的，只有电脑视频前的两位老人还在谈话。可说的话，好像很快就说完了，不可说的话，尽在默默对视的不言中。

让人惊讶的是，沉默许久之后，他俩居然又有了新的话题。这话题是程大明提起的。他抖瑟瑟地举起一张报纸，苍白的脸上浮起了一点红晕。这个世界还是会变的，他的话令我们感到突兀，他指着报纸上的照片说，底层人士拥护这样的领导！报纸覆盖了整个荧屏，中国西南的一座城市广场上，红旗漫卷，歌声震天，广场周围警察荷枪实弹，黑色的囚车呜呜呜笛疾驶街头。我和我大哥面面相觑了，愣了好一会儿，我大哥才深深地叹了口气。他扳起指头算了算说，可怜，大明你今年七十五还是七十六岁了，五十年前开始做的梦，这一辈子就做不醒了吗？

报纸挪开了，程大明不服气地瞪着我大哥，两个老得苟延残喘的老朋友，好像山野小路上狭路相逢的两个老仇人。我突然忍不住了，凑过去插话。我说，小雨，你还记得当年吗，你请米老鼠吃的那顿饭？装着大喇叭的宣传车从街上驶过，宣布冻结所有"有问题"人的存款，一群学生和市民在马路边上高喊着坚决拥护的口号。

当然记得啦，程小雨将脸凑在他哥脑袋旁对我说，你骂他们是一帮傻瓜。他脸色深沉地回忆。米老鼠说，去他妈的坚决拥护。我忘不了他的精辟总结，程小雨说，米老鼠说过，上面那些家伙，把所有有点钱的人都戴上了反革命帽子，不仅把这些钱拿去给自己拉帮结派，还借此获得没钱人的拥护。

报纸上这种人跟当年有什么区别？！

一层白翳遮住了程大明的昏花老眼，他迷茫地看着我们，佝偻着身子，很孤独，很苦涩。他想反驳我们，却无从反驳，半个世纪不安分的情绪在他的心里悸动着，思绪总是逆向出现，也许他也知道这是一种深入骨髓的病态，但是他已无法改变。

两个早已脱离了主流社会的老人，终于发现这个世界的主题其实已远离他们。他们重新安静下来，莫名地互相瞧着对方脸上露出孩童般的天真笑容。这个画面有点诡异，因为这种"天真笑容"隐藏在老树枯藤般的皱纹后面。

病房里很潮湿，从病床的床单被褥枕头和湿嗒嗒的地板窗台的每一块木料铁件上，都能闻到那股霉烂的气味。我看到大哥的眼睛也潮腻腻的，他抬起一只手，默默地揩着眼里的水珠。

一阵杂沓的脚步声惊动了我，也惊动了我大哥以及视频那边的程大明兄弟。走廊上突然亮起了灯光，一名护工在喊医生，黑黝黝的院子里晃动着几个灰白色的人影，医生进了病房。过了一会儿，真的只有一会儿时间，那杂沓的脚步声再次响起，一辆破旧的担架车吱嘎吱嘎地响着被推了出去。我听见程大明微弱的喊声，他在问我大哥你那里发生什么事啦，病房惨白的日光灯照在我大哥脸上，他哭一样的笑了起来，泪花迸溅中，他嘶哑地说，又有一位老兄弟走了，见上帝去啦。

　　于是我走过去，我跟程小雨说今天就到此为止吧。程小雨说好吧，叫他儿子将视频关了，我看见的最后景象是小伙子抱着程大明，替他擦着那皱纹重重叠叠的脸上的泪水，他耐心地说，伯伯您放心吧，您跟他们不一样，您常说革命人永远是年轻，所以，你的日子应该还长着呢，过两天，我再让您跟您这位老哥通话吧。

（首发于 2013 年第 6 期《收获》）

拯救

一

唐胜在"第八天"网吧找到阿辉是一个清冷的冬夜，从海上吹来的西北风在镇上呼啸着，网吧里烟雾缭绕，看不清人的脸。门窗紧闭空气混浊，使唐胜产生一种窒息的感觉。他看见一些明显是初中生模样的孩子躲在角落里，有的在打游戏，有的在网聊，显示屏上闪烁的画面更是令他透不过气来。一个胖乎乎的女人拦住唐胜说，你是干什么的，不准在这里乱闯！唐胜说我找人，找我侄子，他已三天没回家了！胖女人伸出双手将他往外推，一边推一边喊保安过来，你们在睡觉吗，她对保安说，居然把找人的都放进来了！

吵闹声惊动了躺在屋角一张长条椅上的阿辉，他揉着眼睛坐起身，迷迷糊糊地说，伯伯你怎么到这里来了？接下来他的反应是逃跑。唐胜猛地推开网吧老板娘，冲过去抓住了他的衣领。阿辉弓着的身体像虾米一样侧倒在长椅旁，瑟瑟抖动，他的两只脚乱颠着，将三天来吃过的一堆方便面盒子都踢翻了。唐胜说，你老老实实跟我回去。听到阿辉"嗯"了一声，唐胜才转过身去对那个老板娘说，我要向派出所和文化稽查部门举报你们。老板娘笑了，她朝两名保安使个眼色说，去吧，快去举报吧。两名保安一人扭住他一条胳膊，转眼之间，唐胜就被推出门去，推倒在了第八天网吧的台阶下。

愤怒的火苗在唐胜眼睛里燃烧起来，没想到这网吧竟是如此可恶。如果不是始料不及，他想他不一定打不过这两个保安，但他不是来打架的，于是那火苗熄灭了。

唐胜的脸被擦破了，殷红的血渗出来。阿辉真的害怕了，他拉着唐胜的手，将他从地上搀扶起来说，伯伯我陪你去看医生。唐胜瞧着他那一头染过的黄毛，熊猫般有一道黑圈的双眼，哭笑不得说，你到底还想不想读书了，不读的话你准备去干什么呢？阿辉黯然地低下头去，他说，同学们都看不起我，我在学校里一点乐趣都没有。

夜深的街道上没有几个行人，风吹着墙上花花绿绿的广告画，伟哥，足浴，专治性病的"老军医"，还有快男快女。远处的村庄黑黝黝，只有化工开发区的工厂一片灯火，刺鼻的化学产品气味飘散在镇子上空。农田早已被污染荒芜，青壮年都远离家乡进城打工去了，留守的老人管不住这些孩子。唐胜带着阿辉一拐一拐地向医院走去，走过黑漆漆的店铺、被拆迁的断墙残壁和瓦砾堆。亮灯的地方都是卖夜宵的排挡和暧昧的足浴店按摩房，袒胸露臂的小姐们隔着玻璃门招徕他们。唐胜把阿辉的头扭过来，他说，看什么看，这些女人有什么好看的！

阿辉不朝按摩房看了，而是直愣愣地瞧着拐弯处的学校。那是后堂镇上唯一的一所中学，二十年前，唐胜就是从这里毕业考上了省城的大学。唐胜想起自己把侄子送去后中那一天，从前的班主任已经成为校长。校长说，唐胜你给我出了一个难题。他指着学校大门的侧墙叫唐胜看，那上面有多少这样的学生啊，我真的是吃不消了！因为旷课逃学和打架偷盗而受到处罚的学生姓名，密密麻麻张贴在墙上，一群少男少女就在这墙前嬉皮笑脸地互相调侃着。一个少年说你上这个"光荣榜"两回了吧？被问的少女说，三回也没关系，我还真不想上学了呢，老师却说，《义务教育法》规定，学校不能开除我这个初中生啊。

唐胜不明白，这样的同学有什么资格看不起阿辉？唐胜说，你理他们干什么，管好自己不就行了？阿辉不吭声了，依然直愣愣地看着前方出神。过了好一会儿，他才很委屈地说道，我妈又生了一个孩子，还抱着这个婴儿来看过我一次，同学们都围着她俩看热闹，他们问我妈在哪里打工，她说没合适的地方，他们起哄说让她去那个帐篷里做演员好了。

唐胜这才发现，阿辉的目光不是落在教学大楼上，而是盯着校门口的一座大帐篷。帐篷门前竖着一块巨大的海报牌子，两个只穿着比基尼的嘴唇血红的女人向他高举起雪白的大腿。艳舞！艳舞！！海报上的大字触目惊心，喇叭响了，几个黑衣劲装的大汉要人们排好队检票入场。看着老老小小的乡亲们兴高采烈地鱼贯而入，唐胜觉得自己的心又一次沉到了海底。

乡村的质朴已经一去不返，成了城里人的唐胜对此毫无办法。追本溯源要怪罪于他的弟弟唐利，他确实是这样想的：唐利是造成这个家庭所有不幸的祸首。村里的土地，建造高速公路时被征用了一大片，开发区又拿走一大片，补偿金分到手当天，镇上的台球房就变成了赌场。小学五年级时，有一天放学回家，阿辉远远地看见家门口围着一群人。他跑过去一看，父亲唐利被债主们按在门槛上，脸色铁青一言不发。母亲披头散发，声嘶力竭地哭喊着，却挡不住债主们搬走了所有的家产。阿辉记得他当时害怕得浑身发抖的感觉，他抱着母亲凤仙央求她不要离开自己。凤仙却咬牙切齿地说道，我自己都养不活自己，怎么养得起你呢。

唐胜牵着阿辉的手走过学校和学校门外的大帐篷。他的腿上，摔伤的部位很疼，他的心里更疼。他记得得到消息陪同老爹老娘从省城赶回那天，看见没上学的阿辉失魂落魄坐在家徒四壁的堂屋里。他问他你阿爸呢，阿辉摇摇头，他又问你阿妈呢，阿辉仍然摇摇头。空荡荡的堂屋里只有地上扔着两只穿烂的破胶鞋，空气中残存着烟味酒气。老爹老娘抱住孙子老泪纵横。邻居们过来了，告诉他们说，凤仙办好离婚手续回娘家去的第二天，唐利也离开了这座村庄。他请邻居转告唐胜：对不起，替我照看一下阿辉，挣到钱后我会回来酬谢你的。

从那时到现在快三年了，原来跟大儿子一起生活在省城的老爹老娘，为了照看阿辉这个大孙子，只好回到了后堂镇。唐胜放心不下，每个月都要回来看一看。屋前屋后的菜地不能种了，唐胜对老爹说，重金属已经渗透泥土，塘里井里的水更不能喝，慢性中毒的后果非常严重。唐胜给他们买了饮水器，给他们生活费，让他们去后堂镇上买菜吃。为了方便来去，唐胜添置了一辆二手本田商务车。为此，他不得不辞去原本多少人羡慕的旱涝保收的公职，冒着后半生不可知的风险，开了一家小小的进出口公司，做起生意来。

天上不会掉下钞票来的！唐胜教育他的侄子。每次回老家他都要不厌其烦地教育他，给他讲那些励志的故事。他说你现在有饭吃有书读，被人嘲笑几句怕什么呢？他说，当年我在后堂中学读高中，你阿爸读初中，每天中午我吃一碗饭，没菜，他吃两碗饭，还要吃一个菜，结果怎么样？我考上了重点大学，他却连高中文凭都没拿到！阿辉啊阿辉，唐胜恨铁不成钢地对他说，你再也不可自暴自弃了，不可跑到网吧来玩游戏了，你知道吗?!

唐胜看见自己的腿上有一大块乌青，擦破皮的膝盖上满是瘀血。在医院的日光灯下，他的脸色苍白如纸。护士小心翼翼地给他涂上碘酒，他疼得嘴里发出丝丝声。阿辉的眼睛里终于有了两颗泪珠儿，他撅起嘴，向唐胜的伤口吹气，好像这样能够减轻他的一些疼痛和自己的负疚感。唐胜因此而感到欣慰。本来还要说一些教育他的话，想想算了。找了两个晚上才找到他，满面倦容的唐胜确实累极了，他把手伸出去，拍拍阿辉软绵绵的手背，他说回家去吧，爷爷奶奶担心你，三天了，都没好好地吃过一餐饭呢。

医院对面就是派出所，值班室亮着灯光。唐胜站在门前迟疑了几秒钟，听到里面的训斥声。那是一对没有办过暂住证的外地人，被联防队从农居房押到了这里。一个婴儿响亮地啼哭起来，唐胜踮起脚朝窗户里看。婴儿在母亲的怀里拼命地啼哭着，抱婴儿的女人说，俺们刚来这里还没找到工作，哪来的钱办证呢！

女人身旁蹲着她的男人，男人手上还紧牵着一个五六岁的小女孩。他们的衣着单薄，似乎被人从床上拖下来时，来不及穿外衣就被押上了车。唐胜觉得这个瘦骨嶙峋的男人蹲在地上很像一只被人戏弄的猴子。风从门窗的缝隙里吹进去，夹杂着苯酐的刺鼻气味的夜风使他们哆嗦着。这只猴子已经变得倦怠和麻木，两眼木然地瞧着训斥他们的"土警察"。这个"土"字是唐胜加上去的，他发现对方虽然穿着警服但没有佩戴警衔，乡下人搞不清他看得明白：这是一个协勤。

不办暂住证就马上离开后堂镇！协勤喷出一口烟说，抬起手拍一下桌子。别给我哭穷，他嫌恶地对那女人耸耸鼻子，这里是执法机构你知道吗，如果放你们一马我不就成了执法犯法?!

唐胜从他脸上看到一种失望,人民政府不怕你凶就怕你穷,老百姓都知道这句话。面对这样的穷人他再是拍桌子又有何用?瘦猴般的男人茫然地越过协勤望着窗外。沉沉夜雾笼罩着后堂镇,从大帐篷散场出来的观众们在雾气里若隐若现,他们的笑声议论声随风飘过来。男人恳求他说,离开这里你让俺们到哪里去呢,总要找到一个打工的地方你说是不是?

协勤已经变得啼笑皆非。地处江浙沪交界的后堂镇显然比他们的家乡富裕多了,在这个追求全球经济一体化的时代,贫困地区的人们像蝗虫一样飞向这里,他们怀着掘金的梦想,不撞南墙不回头。束手无策的协勤摊开双手,恶声恶气地警告这两口子,不准你们在这里喊穷。办暂住证是管理的需要。这里不是慈善机构,你们懂不懂?再说你们有什么文化,有什么技术?开发区根本用不着你们,就是放你们一马又有何用?

唐胜推门进去时阿辉的手上沁出许多冷汗,他说伯伯算了吧,你别去告网吧的状了。协勤皱眉蹙首地看着他俩,挥了挥手里的警棍。报案?报什么案?他说,被骗了还是被抢了?数额不大我们是不会立案的!

唐胜叙述他在各家网吧和台球房寻找阿辉时的所见所闻,着重报告了第八天网吧的违规经营。协勤笃笃地将手指敲着桌面,露出似笑非笑的表情。阿辉蜷缩在唐胜身边,他的神情恍恍惚惚,似乎很害怕,又仿佛在听一个不相干的故事。随着协勤越来越不耐烦的神情,唐胜觉得自己好像成了第二个瘦猴,一个没见过世面的外来打工仔。协勤皱起眉头打断他的叙述。你说的是第八天网吧吗?协勤说,你有没有没有搞错啊,那可是刚被县里授过牌的文明企业。

唐胜瞠目结舌地看着他教训阿辉。他说你叫什么名字,哪个学校的学生,看你的个头都有一米六了吧,谁能看出来你还是未成年人呢?他拿起警棍指着阿辉的脸说,下次再冒充成年人去网吧就要对你不客气了。他沉下脸,又教训唐胜说,做家长的首先要考虑自己的责任!

唐胜想反驳他时被走廊上传来的脚步声打断,一个挂二级警司肩章的警察手指上转着车钥匙探进半个身子来。我去我老婆店里看看,警司跟协勤打招呼说。协勤赶紧站起身,点头哈腰说,你放心去吧,这里有我。唐胜听到警司走向门口的脚步声，听到大门外响起摩托车发动的轰轰声，发动机响了两下又熄火了，唐胜听到他踢了一下车轮，气冲冲地骂了两个字：我操。

叔侄俩难忘这一次无功而返的派出所之行。他们瘪塌塌地走回家去。已经是凌晨时分了，大帐篷还在进行新的一轮表演，海报上的裸女突然变成了大活人，她们披着棉大衣跑到帐篷口，猛地拉开衣襟，肥嘟嘟炫目的胴体引来一阵阵尖叫声。唐胜急匆匆地牵着阿辉走开去。他说，你还小，千万别去看这种表演。阿辉说，看看有什么关系，我们班有好几个同学看过了。唐胜的脸因此而变得更加难看了。他说，你不能跟他们学，这种人将来不会有出息的。阿辉嘟哝说，镇上几个有钱的老板天天在这里看表演，难道他们还算没出息？

店铺稀疏残缺的霓虹灯照着唐胜沮丧的脸，他的气不打一处出来。路边的屋檐下，有几个身份不明的人蜷缩在肮脏的被窝里露宿街头，其中一半是阿辉那样的少年。他们路过了镇文化馆门前，门上挂着建设新农村的横幅标语。唐胜就在这横幅下朝阿辉发脾气，不准去就是不准去，他说，你哪来那么多的废话！你阿爸阿妈都跑掉了，我不来管教你还有谁来管教？！

阿辉晃荡着两条细长的腿，脸上的神情好像不明所以。唐胜痛苦地挠着头，用一种悲哀的目光盯着他的侄子，简直是无话可说。有钱不等于有出息，他竭力把口气放得和缓一些，不学好的话，他说，总有一天会悔之莫及的。比方你阿爸，当初拿到补偿金后倘若不是进赌场，而是进化工厂去当个工人，或者做点小生意，一家人团团圆圆地过得多好。阿辉听得低下了头去，他咬着嘴唇说，伯伯你不要再提起我阿爸，我心里已经没有这个阿爸了。

两颗泪珠儿终于从阿辉脸上滴落下来了，使得唐胜一阵辛酸，情不自禁地搂住了他。头顶上的霓虹灯突然熄灭了，一片幽暗的虚无笼罩着他们。对面的第八天网吧却亮起了一盏大灯。阿辉从唐胜怀里挣脱出来说，警察！伯伯，你看就是那个警察！唐胜骇然地抬起头，看见那位胖乎乎的老板娘正从台阶上跑下来，身后跟着将他推出门的保安。街上响起了胖女人嗲滴滴的责备声，唐胜听得目瞪口呆。你说五分钟就到的，现在都一刻钟了！我操，那辆破摩托车又发动不起来了，那位二级警司骂骂咧咧地迎上去说道，今天生意怎么样，没什么人敢来捣乱吧？

后来唐胜听他老爹说，小小的后堂镇上有五间网吧，竞争十分激烈，没有"保护伞"的根本开不下去。不光是网吧，还有台球房按摩房足浴店，哪一家不靠这些人在罩着呢？老爹叹着气说，你怎么会想到去报案呢，他们不查你的暂住证，没把你也弄进去折腾一番，我老唐家已算是菩萨在保佑了。

唐胜怎么也忘不了在童年的老屋里度过的这一个夜晚。他独自睡在堆满生锈的农具和木工家什的厢房里，苍白的月光从窗外照进屋内。后半夜的海风从杭州湾吹来，将外面猪棚顶上的茅草吹得飒飒地响，一只野猫喵喵的叫声如同婴儿啼哭。唐胜在这叫声中辗转反侧。想想当年的家乡是多么景色秀丽，农忙时种田农闲时做木匠的老爹虽然收入不高，一家人却是粗茶淡饭其乐融融。唐胜从床上坐起点燃了一支烟，思绪随着袅袅烟雾飘散开去。那时候整天盼着富起来，他喃喃地自言自语说，没想到现在富是富了一些，家乡却变成了这般模样。

二

一条土沟环绕着养猪场，沟里满是猪粪，本来是极好的有机肥，现在却乏人问津。急功近利的时代，人们早已习惯滥用那些立竿见影的化学肥料。娘舅一大早就在喂猪。他拎着猪食桶走进猪棚时，猪猡们争先恐后地乱挤乱叫。娘舅手忙脚乱地顾得了这头顾不上那头。终于喂饱了那些生畜，他筋疲力尽地走出猪棚，一屁股坐到了土沟旁的一块大石头上去，端起茶缸猛喝一气。

太阳出来了。阳光照耀着霜露浓重的平原，荒芜的田野泛射出一种金子般的光泽。远处的海面波光粼粼，耀眼夺目。太阳在娘舅吐出的烟雾中摇摇晃晃。新的一天又开始了，娘舅眯缝着眼睛想，做人却今天不知道明天的事。昨天夜里，他在他的姐姐家里一直等到十二点，也没有等到唐胜带着阿辉回来。唉，现在的小把戏，越来越不像话了！娘舅沉重地叹息着，站起身来，打算再去唐家看看。

田埂很窄，只容一骑一人通过，对面却走过来一家人。娘舅只好站住了，看着他们走近。他听见一个小女孩在父亲怀里剧烈地咳嗽着，一边咳一边说我饿，还有一个婴儿，也在母亲怀里暗哑地啼哭，蓬头垢面的两个大人却手足无措。娘舅说，怎么了，这孩子得去看医生呀！两口子愣愣地瞧着他，突然间，那女人就跪了下去。求求您帮俺们一把，女人一把鼻涕一把泪说，俺们走到这里走投无路了！

此景此情触起一种酸楚的回忆，娘舅想起了他带着唐胜唐利去上海卖西瓜那年。连续五天的暴雨使他们傻坐在十六铺码头的小船上一筹莫展，西瓜全都烂了。粮食吃完了，娘舅不得不跑上码头去扛大包。风狂雨骤，白天变成了黑夜，江边灯影稀疏，船桅在波涛中摇摆。娘舅晃悠悠地扛着一捆钢筋走上跳板时，雨水汗水令他睁不开眼睛。他的脚一滑，发出一声惊叫，幸亏有一只手及时拉住了他。惊魂不定的娘舅回首看到是他的大外甥唐胜。娘舅说，你怎么也来了，你扛得动这捆钢筋吗？

那一年唐胜读初三，十六岁。一道闪电照亮他瘦削而坚毅的脸庞，他不吭声，搀着娘舅颤颤巍巍地往前走，终于走到了货船上。娘舅心疼地说，你身子还嫩，别干了。唐胜说，多一个人多一份工钱，我吃得消。

娘舅忘不了那天傍晚找不到唐利时的焦虑。小船在摇晃，他和唐胜的心在黄浦江上飘荡。后来他们爬上岸，沿着码头附近的街道四处寻找。湿透的身子在风中雨中寒冷难耐，他们打着哆嗦抱紧自己的身体。走到东门路时唐胜的表情蓦然凝固，娘舅顺着他的眼光看过去，看见一个少年站在店铺的屋檐下向路人兜售折叠伞。平时十元钱一把的折叠伞，他卖十五元，这个年仅十三岁的小家伙的吆喝声在风雨中传得很远很远。手上的四把折叠伞很快卖完了，他靠在店铺门前的廊柱上数起了钞票。娘舅和唐胜走到他身边了，唐利才抬起头来。他笑嘻嘻地说，怎么样，我比你们两个人还挣得多吧？

冬日斑驳的阳光照在田埂上，娘舅的眼光越过这一家外乡人遥望前方。他记得唐利所说的生财之道：他身上只带了十元钱，他用这十元钱去弄堂里的小杂货店买了一把折叠伞，拿到雨中的大街上卖掉后赚了五元钱。他又去买一把折叠伞，再卖掉就有了两把折叠伞。如此再三，到傍晚时他已赚了八十元钱，而娘舅和唐胜扛了一下午大包总共才挣了六十元。

如果不走上歪路，唐家有这样两个儿子该是何等的兴旺啊！娘舅沉浸在往事中，他的眼眶不由自主地潮湿了。他听到扑通一声响，这才回过神来低下头去，他愕然地发现那男子也跪了下来。那时娘舅的眼前此起彼伏地跳动起乱糟糟的大小脑袋，这一家人在拼命地向他磕头。娘舅赶紧伸出手去拉他

拯 救 193

们起来。我可受不起这样的大礼，他说，从棉袄口袋里摸出十元钱，拿去吧，他把钱塞到小女孩手中，先把肚子填饱，再去药房买瓶止咳药水！

外乡人千恩万谢地将要离去时，有人却喊住了他们。娘舅惊讶地看见唐胜从海边走来。睡不着的唐胜一早跑到了海边，原本想散散心的他，看见的不是童年时捕捉可爱的小螃蟹的美丽海滩，而是浮着大量油渍和泡沫的被污染的海岸线。因此而变得更加郁闷的唐胜掉头回转村里时，远远地看到了昨夜在派出所相遇过的这一家外乡人。

两口子看见唐胜很是尴尬，那女人红着脸喊了声唐先生。唐胜点点头说，吃完这一顿你们打算去哪里呢，化工厂倒是在招工，但是至少要有一张大专文凭啊。男人和女人的眼圈儿红了，低下头去说不出话来。远处传来化工厂沉闷的机器声，再远处是服装厂，专门做外贸单子的。唐胜灵机一动，对那女人说，你会踏缝纫机吗，会踏的话我可以介绍你去做车工。女人的眼睛一亮，我会，我会的，她说，膝盖一弯，好像又想跪下了。娘舅一把拉住她，叹了口气，我这个外甥不该叫唐胜，或许叫唐僧更合适。娘舅对那男人说，我一个人忙不过来，你就暂时帮我烧烧猪食，打扫打扫猪棚吧！

唐胜看了看他俩的身份证，他们来自鄂豫皖交界的大别山区，男的叫韩东、女的叫李红。娘舅说厨房里还有点吃的，厨房隔壁是柴房，韩东你去收拾一下先住下再说。李红带着孩子进了厨房，韩东却没有去收拾柴房，而是扛起一把锄头打扫猪棚去了。

娘舅和外甥坐在养猪场的院子里聊天。水泥地上晒着厚厚的一层白米饭，馊酸的气味飘荡在空中。这些白米饭都是从后堂镇上几所学校的泔水桶里捞出来的。娘舅将猪肉卖给学校食堂，又从那里获得猪食，成本因此而降得很低。唐胜说泔水桶里竟然有这么多的白米饭，解决得了整个养猪场的饲料？娘舅说是啊，我常常看着心疼的不得了，那些学生零食吃多了，吃不下饭，整碗整碗地倒掉呢。

唐胜想起报上看到的新闻：西部山区学校的孩子们饿着肚子上学，读者们因此踊跃捐款，努力使他们吃上一顿免费的午餐。报纸连续报道了几天，唐胜的小公司有十来个员工，凑了五千元钱送到报社去。那天晚上，唐胜指着报上一张照片对他的儿子阿煌说，你看看这张照片，你还好意思挑食，还会吃不下饭去吗？

　　九岁的阿煌看着照片发呆。一个五岁的小姑娘听说姐姐读书的学校有免费午餐，赶去蹭饭，吃得太急噎住在那里。照片上的姐姐跟他同龄，瞧着妹妹的眼神就像慈母一样。阿煌突然哭出声来，将唐胜吓了一跳。阿煌把饭碗一推，跑进自己的小房间去了，唐胜恼怒地追进去。唐胜说，你倒是好，干脆扔下饭碗了！阿煌管自己在床头枕下一阵乱翻，找出了过年时外公外婆给他的压岁钱，一把鼻涕一把泪的阿煌呜咽着说，我也要去捐款，让那里的小朋友都能吃上午餐。

　　娘舅听着他的叙述，木然地眺望后堂镇上那所中学，一面国旗在高高的旗杆上飘扬着，操场上传来学生们的嬉闹声。娘舅说，你把阿辉找回来了，你管得了他的今天管不了他的明天。唐胜沉吟了一会儿，抬起头说，我把他带到省城去吧，托托人，想法子送进哪所民办中学去，总比这里的学习环境好一些。娘舅有些惊讶，他眯起眼睛凝想着什么，他说，你想过没有，也许情况会变得更糟糕呢？

　　唐胜以为娘舅担心阿辉会把阿煌带坏。唐胜说不至于吧，阿煌是住读生，双休日才回家的，同学大多生活在有文化的家庭环境，蛮懂事的。娘舅摇摇头，你想得太简单了，比我这个农民还简单。你看见他的眼神没有？娘舅说，他的眼神就像一匹小狼的眼神，看阿煌时又讨好又嫉妒的样子，那心机哪像是一个初中生啊？人跟人总是要比较的！娘舅将燃尽的烟头扔到地上去踩着，你在省城的那个家，那个有壁挂式彩电的客厅，房间里的空调，你们给儿子买的每一件文具和玩具，都会刺激他，增加他的逆反心理。再说你也不是什么大老板，娘舅激动地站起身说，你要认真地想一想，你毕竟是唐胜而不是唐僧，万一有个三长两短，你负得起这个责任，经得起那样的折腾吗？！

　　唐胜觉得娘舅有些言过其实，但是他又无法反驳。他的心里因此而变得沉甸甸的，好像有一块铁坠在那里。看看手上的表，八点多了。他不得不站起身。今天是星期一，他跟娘舅告辞说，我得把阿辉送到学校去，再跟他的班主任谈一谈，然后就直接回去上班了。

　　令唐胜震惊的是娘舅最后告诉他的亲眼所见。娘舅说那是他上次带着阿煌来看望爷爷奶奶走后的第二天。门前的晒谷场上放着阿煌玩过的滑板车，一根晾衣绳拴在两根树上，阿煌的小海军衫和一床被单在微风中摇曳。娘舅走过去时正好为被单挡住，阿辉朝四处环顾一圈，没有看见他的走近。娘舅看见他站到滑板车上去，车一动，仰天摔了一跤。阿辉爬起来一脚踢翻了滑板车，狠狠地吐一口唾沫，他骂骂咧咧地说，城里人玩的什么狗屁东西，有啥了不起！他又踢了一脚滑板车，然后才走到了晾衣绳前去，竟是将那件小海军衫当作了抹布，使劲地揩着自己搞脏的双手。

　　班主任是个毕业才三年的师范生。他站在操场旁边的一棵梧桐树下，忧心忡忡地说家庭环境很重要，阿辉的环境却很成问题。唐胜说，爷爷奶奶很操心的，每天晚上都要教育他一番。班主任勉强笑笑说，你去过他母亲那里没有？你应该去了解一下。阿辉隔三岔五就往那里跑，爷爷奶奶也不能不准他去的对吗？

　　这位年轻的教师还是蛮负责任的，他不仅去过唐家的老宅，还去阿辉的母亲那里家访过一次。凤仙的娘家在前堂镇，离后堂大约十五公里。她弟弟在镇上开了一家足浴店，给小姐们租了两间农居房做宿舍，凤仙就成了宿舍管理员。一个房间有四张高低床，住八个小姐，墙上满是斑驳的污渍和蜘蛛网，地上满是烟蒂和乱扔的面巾纸。凤仙倒是有一个小房间，里面放了一张床，一张麻将桌。老师说，你去看看那个环境吧，是不是适合一名初中生常去。

　　唐胜三年没见过凤仙了。做大伯的去看弟媳妇似乎不太合适，何况她跟他弟弟已经离婚。唐胜犹豫了一番，还是掉头驶向前堂去。前堂素来有小香港之称，那里有个深水港，南来北往的轮船停泊于此，赚海员们钞票的服务业畸形繁荣。带着鱼腥味的海风迎面吹来，使唐胜想起从前的日子。寒假里他跟着父亲来这里做过木匠活，两个人挑着工具和铺盖，挨家挨户地询问有没有雇主。

　　记忆中的画面十分黯淡。灵堂里香烟缭绕，供桌上的蜡烛被风吹得忽明忽暗。床板上躺着一位去世的老人，几个念经的老太太有气无力地敲着木鱼。老爹就在那灵堂前做棺材，唐胜当下手。一个十分挑剔的小伙子坐在那里，监督着他们干活。不准偷工减料，他说，否则我们不付工钱的！那时唐胜已经是大三的学生，很反感这个流里流气的小瘪三。木料是你们备好的，尺寸也是你们定的，唐胜说，你家的人轮流看着我们干活，怎么可能偷工减料呢？

他们的对话惊醒了昏昏欲睡的老太太们，有人直起身子捻了捻佛珠，抬高声音吟诵了几句佛经，也有人偷偷地笑出声来。看来这是一家吝啬苛刻的雇主，不太得人心。小伙子猛地抬起头，他的眼睛里流露出恼羞成怒的烦躁，他说，不想干就给我滚，死了杀猪的还能吃带毛肉不成？

唐胜撂下锯子欲出门去时被一个姑娘拦住。姑娘说对不起我爷爷去世家里人心情不好，她走到她弟弟跟前说，你态度好一点行不行，这镇上的街坊都快被你得罪完了，若是耽搁了明天的出殡，岂不是更让人笑话吗？

唐利结婚时唐胜很是吃惊，没想到新娘子就是这姑娘。他问老爹，老爹说他也是刚认出来的，他对这个儿媳妇倒是没什么反感。唐胜想想倒也没错：唐利要娶的是凤仙，又不是他的小舅子。

知道唐利先认识他的小舅子，然后才认识小舅子的姐姐时，阿辉都已经满月了。喝完了满月酒，门前摆起两张麻将桌，唐利跟他的朋友们将麻将牌打得哗啦啦地响。唐胜在里屋听到他们兴奋的谈话声。唐利叫凤仙的弟弟"师傅"，小舅子却鄙夷不屑地对姐夫说，我没有你这样无能的徒弟，我带你入门有两三年了吧？看上去蛮聪明的一个人，两三年了还是逢赌必输，一点技术含量都没有，真他娘的丢我的脸啊！

唐胜不想见到凤仙的弟弟，他按照班主任提供的地址，直接找到了凤仙的住处。他看到一条小河，河上飘来污水和化肥船上的腥臭味，河岸两边是改造得乱七八糟的一些老房子。做夜生意的店铺都还没有开门，捞地沟油的人骑着不断滴漏的自行车经过，将路面搞得滑溜溜的。他把车停在河边，小心翼翼地避开油污走过去，小姐们晾在外面的胸罩和内裤在他头上飘扬着。他走进一个暗幽幽的楼梯间，从一条狭窄的木梯走上二楼。他敲敲门，听到被惊醒的凤仙说谁呀，这么早就来敲门？

睡眼惺忪的凤仙脸色苍白，惊讶地看着从前的大叔子。她问唐胜，阿辉是否上学去了？唐胜说，谁给他上网吧的钱，你给的吗？凤仙说，咳，我就

拯救 197

是不给他也没用啊，打麻将赢了的人都会给他一点小费。闻之愕然的唐胜嘴唇哆嗦着，半晌才说出一句完整的话。你这里是麻将馆吗，他成了馆里的小厮，天下竟有你这样的娘？

凤仙的脸因窘迫而有点发红，趿拉着拖鞋走到临河的窗前去。桌上战斗了一夜的麻将牌还没有收起，她打开窗户，冷风进入，终于吹散了屋子里熏人的烟味。唐胜看到她在风中打了个寒噤。你别说得那么难听，她说，我总不能因为儿子来了，就把打麻将的小姐妹都赶出去吧，我就是这么小一个房间，我还能将他安置到哪里去？

房门虚掩着，楼道上有人开始走动。一位小姐喊我饿了，凤姐你那里有什么吃的？一边喊着一边就推开了门。哎呀，对不起对不起，小姐说，我不知道你屋里还藏着一个男人！她看见这个男人颓然坐在窗前的木椅上，脸色一阵青一阵红，可怜的男人，小姐自说自话地表示同情，凤姐你太过分了，这么个帅哥你还给他脸色看呀！凤仙尴尬地扔过去两块麻将牌，你胡说啥呀，她跺着楼板说，这是阿辉的大伯。

唐胜看见小姐怔住在门口，半天才醒过神来，她咯咯笑起来说，阿辉的大伯，不就是进出口公司的大老板吗，失敬失敬！她的视线游移不定，看看他和凤仙脸上的神情，又将床上乱糟糟的被褥扫一圈。她挤挤眼睛说，每次说到您就把我们羡慕得不得了，凤姐真是好福气啊，儿子有这样的大款伯伯在培养，只等着将来进省城去享福了！

小姐们陆陆续续地起了床，在楼道上走来走去。阳光经过浮着一层油污的河水的折射，在玻璃窗上投下飘拂的波浪形状。上岸的水手们开始光临这条街了，嘈杂的市声传进房间。唐胜想起娘舅对他的提醒，有一种喘不过气的感觉。有的小姐装扮好了下楼去招徕生意了，有的小姐站在楼道上拿着手机叫外卖，刚才那位小姐探进头来问凤仙，今天还打不打麻将了？她说，我约了两个冤大头来打呢，给姐妹们发点小财。

唐胜摆脱不了一种恍然若梦的感觉，他觉得自己就是一个冤大头，一个愚蠢的唐僧和尚，妖怪们正在扮出美女的模样对付他。阳光躲进云层去了，天空阴沉，黏稠的河流呈现出一种苍白的铅灰色，空气中蕴含着潮湿的腥臭味。我希望你别叫阿辉再来这里了，唐胜站起身，严肃地对凤仙说道，你若是想他学好，将来还能做一个有用的人，请你务必这样去做。

　　他说话的声音很冷，他的脸色很难看。说完这话，他就走了出去，走下楼梯。小姐们狐疑地站在楼道上盯着他看，他对她们没有一点笑容。其中一个小姐说，他真是那个小猪哥的伯伯吗，看上去不像是大老板啊。另一个小姐说，凤姐怎么也不出来送送他，莫非这两家人还在吵架吗？唐胜走出门了，骤然听到楼上的喊声，他抬起头，看见凤仙从窗口探出半个身子。我为什么不能叫他来？凤仙好像突然醒悟似的对他大声嚷道，我是他的娘，他是我生下来的，我有这个权利！

　　唐胜没有回答她，他转过头，默默地回到本田商务车上去。他将双手放在方向盘上，脑袋埋在手臂中，半晌不动。他确实感到很累很累，筋疲力尽似的，他不想说话，不想开车，跟任何人都不想说，哪里都不想去了。

三

天蒙蒙亮时韩东就起来了，他把土沟里的猪粪起出来，挑到附近的菜地里去。他对东家说，那些地荒着太可惜了，种点菜，自己不吃可以卖到城里去，即便用来喂猪也好。娘舅说这块地已经被征用了，你就种点大白菜和萝卜吧，种一季算一季。韩东在熹微的晨光中将猪粪均匀地洒在地上。他觉得困惑。千百年来，他的祖祖辈辈都是种地人，但是他家乡只有一些山地，东一块西一块的，贫瘠如骨瘦如柴的老人。韩东望着这一大片被人称为"鱼米之乡"的平原，他真的想不通：这里的人为什么还有这么多的烦恼，为什么要把这块肥沃的土地统统变成啥开发区呢，把它都变成大型的化工厂和服装厂？

一座小桥通往村里，韩东知道那三间农舍就是唐胜家。窗户朝向河水，一支被熏黑的烟囱耸出屋顶。薄雾笼罩着乡村湿润的凌晨，整个画面显得朦胧而悲伤。

韩东的脸色突然变得苍白了，仿佛在噩梦中浮游似的。他看见一个人影从农舍的窗子里慢慢地爬出来，身上背着一只大背包。这个男子在薄雾中显出他的轮廓，个子不高，手脚敏捷，看上去是一个蓬头垢面破衣烂衫的人，脸上的神情却从容不迫。他落地后环顾四周，看见桥下的韩东时愣住了。

清醒过来的韩东紧捏着锄头，他从那张冷静、憔悴和窥视的脸上发现某种无奈的痛苦，它似乎为所有的流浪者所共有，但雇工韩东知道那种痛苦与他格格不入。在韩东的老家，穷人可以去当雇工，可以去乞讨，却不能去偷盗。这是封闭的贫困山区与笑贫不笑娼的沿海地区价值观的悖反。更何况你偷的是我恩人唐先生的家，韩东想，我怎么能视而不见？

空气变得凝重起来，远处的化工厂在排放气体，薄雾变成了浓雾。韩东看见这条汉子从屋后的河岸上蹦起来，像一条发怒的猎犬。韩东听见空气中有物体掠过的声响，他向旁边跳开去。挥舞的锄头发出了沉闷的撞击声，一块青色的砖头在他的头顶碎裂开来。韩东也发怒了，他三脚并作两步冲过了小桥，但是他还是犹豫了一下，他看见这盗贼在墙根下捡起了一把柴刀，这就令性质发生了根本性的变化。

盗贼挥舞着柴刀冲到他跟前，韩东从他噬血般的目光中感受到一种横竖横的拼命欲望。韩东一边后退一边凝视着那把生锈的柴刀，他不知道该不该为了抓一个小偷而拼出这一条小命。这时的迟疑是最要不得的，韩东看见盗贼手中的柴刀朝他头顶上落了下来。韩东不得不扔下锄头去抓住对方的手腕，于是他的手被柴刀割开了一道口子。韩东记得那是漫长的一瞬间，他抬起脚朝对方的裆下踢去。对方沉闷地哼了一声，跌倒在地，韩东扑在他身上挥拳猛击。

奇怪的是这盗贼始终紧咬着牙关，没有呻吟也不叫喊，韩东以为自己将他的脖颈掐得太紧，他将手松开一点，于是对方把脑袋歪向一边干呕着，但依然咬紧嘴唇盯着他看。你是什么人，我以前怎么没有见到过你？韩东惊讶得不知说什么好，对方居然用一种审讯者的口气在问他。这时韩东感到了手上火辣辣的疼痛，被割开的手掌淌着鲜血。你管我是谁，他气愤地说，谁都有权抓你这个盗贼！

更令雇工韩东惊讶的却是东家的出现，唐家的娘舅叫他把这个翻窗跳墙的小偷放了。清晨的寒风驱散了笼罩村庄和田野的雾气，娘舅站在他们面前。他的脸色铁青，身子像树桩一样沉稳地站在那里看着他俩。雇工愣住不动，仿佛听不懂东家的话。于是东家不得不重复一句，让他走吧，他说，把背包还给他。韩东不得不默默地站起身来，拣起那只扭打时掉落在桥头的大背包，扔到对方脚下。他看见对方从地上爬起来，神情复杂地看了娘舅一眼，转身走了。

韩东听到唐胜父母开门出来的脚步声，老两口慌里慌张地问娘舅，谁来过了，你们在跟谁说话呀？这一刻娘舅却站在那里紧闭眼睛，像睡着了似的，他的叹息，如从一口古井里提上来似的悠然绵长。唐胜的老娘看见了韩东手上的血，她惊叫起来，急急忙忙地返回屋里去拿来一块白纱布。那时候韩东确实很疼，手疼，心也疼。他听见东家对他恩人的老爹老娘说，除了你们的小儿子，我那位号称出门去挣大钱了的二外甥，还有谁呢，谁会这样熟门熟路跑来拿你家的东西?!

窗子上映出一张瘦小的脸，两只眼乌珠骨碌碌地转动着，谁也不知道他是什么时候出现的，有没有瞧见不该让他看到的画面。爷爷哆嗦着，转过身去沉声说道，你趴在那里看什么？你夜里睡着没有，看见了什么人？爷爷苦恼万分地说，你为什么总是不跟我们说？这么小的小把戏，脾气怎么会这么犟，什么实话都不肯跟我们说啊！爷爷抖瑟瑟地操起一根柴棒吓唬他，被他奶奶夺了下来。

太阳出来了，阿辉背着书包上学去了。太阳落山了，爷爷奶奶守望着他的回来。荒芜的田野上枯草横陈，两位老人站在小桥边无比孤寂。风敲打着他们佝偻的身躯，花白的头发在河岸上飘拂。夜幕降临时，他们等来的却是老师托同村一位同学带来的口信。老师说阿辉今天又没去上学，请家长说明一下他不去上学的原因。

除了唐家老宅，那天晚上还有一户人家夜不成寐，那是在猪棚旁的柴屋，韩东与李红看着即将进入学龄的女儿唉声叹气。矮小简陋的屋子收拾得很整洁，从服装厂下班回来的李红听着丈夫的叙述心惊肉跳。把她送回老家去吧，妻子说，虽然坐在漏风漏雨的破教室里，一个老师同时教三个年级，总比学坏强。丈夫说，家里都是自顾不暇的老弱病残，你放心得下吗？女人愣了一会儿，抓住丈夫的手，泪水将他手上的绷带都打湿了。再不放心也得把她送回去，她说，我们辛辛苦苦出来打工究竟是为什么？就是为了孩子的将来呀！他们若是没了将来，我们挣再多的钱，哪怕像唐先生那样开一家公司呢，又有什么意义？

看着这位外来打工仔犹豫不决的神情，他的妻子又问他一句：如果孩子们都学坏了，成了不肖子孙，等到我们老了那一天，谁来捧我们的骨灰盒？

本田商务车开到护城河边一个小区门口，那里站着一位双鬓斑白的男子。心事重重的唐胜跳下车喊了一声张老师，张老师说，走吧，先把情况搞清楚再说。他上了车，坐到副驾驶座上。马路对面的一所小学操场上，师生们正在集队举行升旗仪式。校长站在台上对着麦克风喊立正敬礼，喇叭里响起了雄壮的国歌声，有的孩子还在嬉闹，老师们不断地批评他们，注意，严肃一点！

张老师在文化部门工作，唐胜上大学时，他担任过那所学校的兼职教授。唐胜向他说起家乡的环境变化时，张老师皱眉蹙首半晌无语。阿辉再次离家出走的消息传来，唐胜愁眉苦脸给他打了一个电话。张老师说，我跟你一起去看看，我倒是不相信了，从省里到市县，那么多的相关部门还管不了一间网吧？

车子从高速公路下来时放慢了速度，老远看见韩东站在路旁等候。唐胜说，我怕他们动蛮的，找来一位帮手。张老师摇摇头说，没这个必要吧，法规放在那里，他们还敢打我不成。

事实却证明很有必要，他们不仅敢打他，而且敢动用凶器。上午十点钟左右，他们到达"第八天"网吧，门口的保安靠墙坐着在打瞌睡，地上放着一支上了电的警棍。张老师经过他身边，旁若无人地推开门进去，唐胜和韩东紧跟在他的后面。睡眼惺忪的老板娘抬起头，吃惊地说，你们从哪里来的？张老师也不答话，径直朝里走，老板娘拉住他说，你是来找人的？是你的侄儿还是外孙，我替你去找，你自己不能进去！张老师冷笑了一声说，自己孩子我熟悉还是你熟悉？老板娘说，你熟悉也不能进去，谁都必须遵守这里的规矩！

网吧里横躺竖卧着一些成年人和未成年人，他们像狗啊猫啊似的，随便找个地方就睡着了，黑黝黝的屋子里，只看见一张张鬼一样苍白倦怠的脸。一个很像阿辉的孩子被他们的脚步惊醒，他坐起身打个哈欠，冷漠地看他们一眼，又打开了网上的聊天室。张老师拍拍他的肩，孩子，你在哪个学校念书，几年级了？孩子翻翻白眼，后堂中学，初一年级，他说。张老师还想问他什么，老板娘已喊来了保安，不是你的孩子你瞎打听什么，老板娘说，你们马上给我滚出去！张老师沉下脸说，你好大的胆啊，他转过脸对唐胜说，把这里的情况都照相取证！

唐胜只照了一张相，照相机便被一位保安夺走。另一位保安举起电警棍打在张老师头上，额头上顿时出了血。军人出身的张老师一把抓住保安的手腕，将它反扭到保安背后。韩东掐住正跟唐胜争夺照相机的保安的脖子，把照相机又夺了回来。为之惊呆的老板娘愣了几秒钟，转身奔出门去，抓强盗啊！她气急败坏地一边跑一边大喊大叫，街上的人都傻了眼。

唐胜焦急地说我们快走吧，一会儿她老公来了我们就走不了了！张老师掏出手机说，怕什么，我给县文化市场稽查大队先报个案！屋里屋外已经乱作了一团，唐胜听到远远传来摩托车的轰鸣声，有人喊来了来了，派出所来人了！稽查大队接电话的人不敢相信报案人是张老师，一个劲问真的吗，你真是省厅的张某人？张老师说，这还能是假的？莫非不是我报的这个案子，你们就不管了？！

两辆边三轮呼啸着开到了第八天网吧门前，围观者咧着嘴笑，充满某种茫然的快乐，使人想起鲁迅笔下的鲁镇百姓。阿 Q 说，找孩子的家长又要倒霉了，孔乙己说，我看未必，这一回老板娘可能踢到了铁板上。那位二级警司车上跳下来，怒气冲冲地步上台阶，协勤在他身后高举着警棍。光天化日之下胆敢扰乱公共秩序，协勤声嘶力竭地叫喊道，简直是无法无天了！

协勤的身子本能地向后退去。他看见张老师手牵着那个后堂中学的初一学生走出门来。是谁在这里无法无天？张老师说，抬起头来面向围观的群众。乡亲们，这个孩子已经在这里面待了一个星期了，除了吃方便面和睡觉的时间，都在上网，大家看看他，都熬成什么样了！张老师提高声音问道：谁家没有孩子？谁能够容忍得了如此毒害未成年人的黑网吧？！

人们看见他的额头还在淌血，他手里牵着的孩子在太阳下睁不开眼睛，脸色青晃晃的，孱弱无力地靠在他身上，好像站都站不住似的。人们骚动起来。韩东押着那个保安走到他们身边，韩东说，他们用电警棍打这位老师，网吧里所有人都能作证！保安捂着脸踉跄着朝台阶下走，他嘟哝着说，老乡，**俺也是没办法啊，东家叫俺打俺能不打吗？**韩东说你别喊俺老乡，俺嫌丢人。

协勤认出了他和唐胜。协勤气呼呼地说，原、原来是你们啊！到了这一步，唐胜也就豁出去了，他说，是的，是我们，我们走投无路了，不得不向上面反映。协勤跺着脚说，找上面有个屁用，强龙敌不过地头蛇，你他娘的迟早还得来求我们！唐胜冷笑着回答说，别忘了我也是本地人，从镇上到县里，我的同学哪个不比你强一点。

协勤正想破口大骂时被二级警司止住，回头看见镇上的一位副书记挤开人群走了过来。欢迎您，欢迎您亲自下来指导我们的工作！年轻的副书记走到张老师跟前，一把握住他的手说，那脸上的笑容如同中午的阳光一般灿烂。张老师接过他递上的名片看了一眼，脸上没有表情。你分管这方面工作是吗？副书记尴尬地点点头。那就请你按照有关法规秉公处理，张老师严肃地说，给家长们一个交代。

副书记请他去镇委"指导工作"，张老师说不急，我们还没找到孩子。他叫唐胜带路，去其他四家网吧看看。最近的一家网吧只有三十米远，他们走到那里时，看见一群蓬头垢面的孩子正在作鸟兽散。网吧老板和保安站在门口驱赶着他们，嘴里说快走吧，快走。副书记说，你们搞什么名堂，逃避检查吗？老板嘿嘿地笑着，哪敢啊，他说，本网吧一向遵纪守法，每天都要把未成年人赶走的！

围观者哄堂大笑。唐胜也苦笑着，他说，张老师，算了，今天不用再进任何一家网吧去了。一杆红旗在镇委大楼的半空中飘动，张老师凝目沉思，脸上颤动起几条硬硬的皱褶。副书记看看手上的表，县文广局的领导马上就到了，他说，还是先去镇委吧。

唐胜参加了这个临时召集的座谈会，除了县文广局，镇上的工商所、派出所也来了人。张老师只说了一句话，他说你们县正在争取"全国文化先进县"，你们自己看着办。春寒料峭，县文广局局长头上冒出汗来，他说，县里搞图书馆搞文化馆，硬件上投了不少钱，没想到软件上老是出问题。局长对镇上这些干部说，我管不了你们，我只好向县委县政府去汇报，谁砸了县里这块牌子谁承担责任。

派出所来了一位副指导员，居然是张老师在部队时的老部下。他看着老首长额上贴着的隐隐渗血的创可贴，黯然地说不出话来。会散了，局长和镇委副书记要宴请张老师，他摆摆手说不吃了，我去唐胜家看看他父母。副指导员说我陪你去吧，他抢先一步，跑到商务车旁拉开了车门。

唐胜开着车往家走，他从后视镜里看见副指导员那张苦恼的脸，听见他泣血般的诉苦声。小小的一个镇派出所，所长副所长、指导员副指导员加起来有五六个，从部队副团职转业的他，排在最后。而第八天网吧的老板，那位二级警司，竟是排在他之前的副所长！县里、甚至市里都有人罩着他的，副指导员说，逢年过节他忙得人影儿都找不到，下面收来红包再往上送，连所长也不敢得罪他呢。

化工厂的大烟囱在冒烟，烟雾遮挡了他们的视线，大地沉没在泥泞和潮湿的空气中。窗外的景色与车内的人，皆显得萎靡不振，农舍在沮丧中如星星点点的船只漂浮。张老师看着窗外，眉宇间凝结着一种难以形容的忧伤。他问唐胜，村口站着的两位老人是你的老爹老娘吗？看来你那个侄子还是没有找到。他的话像铅块一样沉重地坠落在车里所有人的心上。他说，我们对不起这两位老人家，我们拯救不了他们的孙子，不知道拿什么去拯救他。

县里还有几位在云南边疆打过仗的老战友，副指导员拉着张老师去跟他们聚一聚。张老师对唐胜说，他们会送我回去的，你抓紧时间去前堂镇上再打听一下，我估计这孩子不会跑的太远。

一队运送危化品的大型油罐车挡在他前面，唐胜的喇叭声根本不起作用。他想越过这个车队，但是油罐车蛮横地占据了半边超车道。那时候唐胜满耳朵都是打麻将牌的哗哗响声，阿辉在小姐们的指导下从腼腆生疏变得游刃自如。更糟糕的是，十五岁的少年一半海水一半火焰，他的眼睛不老实，总是朝小姐们身上不该看的地方看。这些小姐又穿的如此节省布料，白花花的身子不仅老是在他身边晃来晃去，还时不时地挤他一下。"小猪哥"，唐胜耳边响起一位小姐对阿辉的称呼，他的方向盘抖了抖，差点撞到油罐车的车尾上去。

河边有一个被废弃的驳岸码头，唐胜在那里泊好车，遥望凤仙所在的足浴店楼上，心里像堆了一畚箕垃圾般地难受。唐胜没有直接上楼去，他沿着周边转一圈，好像侦察兵观察地形。一种不良的预感在提醒他，这种地方不是好惹的，黄金荣杜月笙打天下时用过的伎俩，不乏继承的徒子徒孙。

足浴店门前有一棵香椿树，树下放着一张竹椅子，一个少年手里捧一只大茶缸，嘴上叼着一支烟，坐在那里腾云驾雾。他那染过的黄头毛，那瘦小的体型和警觉的神情，都令唐胜感到心悸，活脱脱又是一个阿辉。这少年比阿辉大一点，大约有十七八岁了。一个脖子上挂一条黄灿灿粗项链、体重将近两百斤的中年男人路过店门口，少年立刻站起身来。老板，洗个脚，轻松轻松！男人犹豫了一下，店门开了，一位小姐探出身子来，胖哥哥，她说，人生难得享受享受嘛。

小姐出现时唐胜打了个寒噤。超短裙下两条赤裸裸的白腿，使他身上起了鸡皮疙瘩。唐胜认出这位小姐，正是约了两个冤大头到凤仙屋里打麻将那位。现在她又逮住了一个"胖哥哥"。这个胖哥哥想必很快会变成一头猪，放在案板上任人屠宰。

唐胜转身欲躲时被黄头毛喊住。黄头毛说这位老板你也来享受享受！唐胜不理他继续往后走，黄头毛追上来一把拉住他。黄头毛说跑什么呀亏你还是一个开本田车的大老板呢，一点男人的气魄都没有！唐胜这才知道自己早已被他盯上了，唐胜扭过脸去说，你才多大岁数，懂得什么才真正叫男人的气魄吗？黄头毛猥琐地笑了起来，说，有钱就花有妞就泡及时行乐，这是我们老大的语录。唐胜漠然地望着足浴店那两扇门，门前小姐的亵衣像旗幡在下午发臭的河风中飘扬，唐胜说，你认识阿辉吗？

你是阿辉的什么人，你找他干什么？黄头毛重新打量他了，歪着嘴像一条警觉的狗舔着舌头。唐胜突然明白，张老师猜得没错，他找对地方了。他伸出手去，一把抓住少年的胸襟。告诉我他在哪里，唐胜用一种压低的带着威胁的语气说道，我是他的亲属，他说，谁敢诱惑他强迫他干什么坏事我跟他没完！

一群麻雀被笑声惊起飞上了天空，少年把眼睛眯成了一条缝，那嘲谑就在这细缝里转来转去。你是阿辉的亲属？可笑，真他妈的可笑！他的嘴和鼻孔一起张开了，笑得几乎喘不过气来的样子。他说，阿辉他娘就在楼上，我老大是他的亲舅舅，你居然还敢来冒充他的亲属？他那狭窄的胸脯，如同污浊的河流，不断地起伏着，他说，你这人太欠揍了是吗，居然敢来这里叫板?!

唐胜被突然拔刀相向的少年所惊呆。那是一柄磨得雪亮的水果刀，虽然不是管制刀具，那锋利的刀刃依然让人倒吸一口冷气。唐胜一躲，刀风擦过他的耳边，削去几茎头发。这是警告，少年收回短刃说，你识相的话就少管点闲事！黄头毛翻着白眼将手指点着他的鼻子说，脸上浮起轻蔑的笑容。

他的笑容维持了一秒钟，唐胜突然一个扫堂腿将他踢倒，然后弯下腰去，将膝盖顶住了他的十三根肋骨。黄头毛懵了，手上的刀落在地上。看上去文绉绉的唐胜，在学校里参加军训时获过奖，对付这样的小毛贼绰绰有余。他的膝盖往下一压，黄头毛的肋骨发出了吱吱的声响，小家伙惊慌失措地说，饶命，老板你大人不记小人过，放、放我一马。

足浴店里有一双冷冷的眼睛，目睹了这一幕场景。他把手一挥，两名身高马大的汉子冲了出去。唐胜警惕地往香椿树下跑去，拎起了那把竹椅子。他的脚一抬，地上的大茶缸飞了起来，猝不及防的一条汉子被滚烫的茶水浇得哇地一声叫，腿一晃，跌倒在地上。唐胜顾不上另一条汉子，他冲上足浴店的台阶，举起竹椅做出砸那落地橱窗的姿态。阿辉他舅舅你给我出来！唐胜站在店铺门前高喊，你还有一点人性没有，连自己的亲外甥都不放过?!

喊声惊动了左邻右舍，有人说见鬼了，大白天派出所跑来抓嫖抓赌了？还有人说一定是黑吃黑，老板的仇家找上门来了！半条街上一阵混乱，许多跑出来的顾客衣衫不整，有的光脚有的趿拉着拖鞋。那个胖哥哥跑到门口猛地怪叫一声，项链，我的金项链还在包房里！他匆匆忙忙地回转身，撞倒了门边的迎宾小姐，小姐在地上呻吟着爬不起来，店堂里乱作一团。屋里的老大正要走出来亲自教训他时，听到了凤仙扑在楼上窗口前的惊呼声。他大伯，你别乱来，阿辉在我这里！

后来的日子，唐胜总是想起凤仙怀里抱着的一个婴儿。这婴儿平时寄养在外婆家，这天是满周岁的日子，几位小姐妹拉着凤仙为她庆生。婴儿睁开好奇的双眼瞧着他，使他冷静下来。他怕吓坏了婴儿，因此而没跟凤仙争论也没训斥阿辉。那是一个从来没有见到过父亲的婴儿。她的父亲在她母亲还没有怀上她时，自称是个有房有车的金牌王老五，等到凤仙肚子里有了她，才发现他在老家不仅有糟糠之妻，还有一对双胞胎子女。逃之夭夭的父亲连买一瓶奶粉的钱都没有留下，凤仙的泪水像雨水一样尽情淌落在孩子的襁褓上。

在一线可怜的楼道灯光底下，眼泡皮浮肿的阿辉脸上起着一层微微颤抖的鸡皮疙瘩，像拔了毛的冻鸭似的。他不想跟唐胜回去，唐家老宅那三间农舍哪有这里的嫣红姹紫有趣。但是他又不敢对抗，大伯的眼神像一把刺刀顶在他的胸口，他只能一步一步往楼下走。回避唐胜眼神的不仅有阿辉和他的母亲，还有那些小姐与麻将客。他们默不作声地看着唐胜押着这个俘虏上了车，寻欢作乐的兴趣因此而低沉了许多。

紊乱的小街很快恢复了平静，一个女声的骂声从足浴店传出来：胖家伙逃掉了，不仅找回了他的金项链，连小费都没付！同事们幸灾乐祸地笑起来，她们说那你今天不是想抓一个冤大头，自己却成了冤大头吗？嬉闹之间，一位小姐突然发出一声尖叫，她的肩膀猛地缩了起来，转过身往包房里跑，我的手机被客人偷走了！这个杀千刀的老嫖客，她凄凉地喊道，我被他折腾了整整一个钟啊。

被黄头毛称为老大的凤仙弟弟终于走出了他的办公室。他拍了拍前台台面，店堂刹那间安静下来。人们小声议论着回到各自的岗位上去了，他站在橱窗前凝望那个被废弃的驳岸码头。唐胜的车子已绝尘而去，码头上静悄悄的仿佛什么也没有发生过。

从这个旧码头过去五公里是一个从内河通向海洋的新码头，巨型臂吊在半空中微微颤动。那里有许多仓库，看守仓库的有保安也有临时工，一些潦倒至身无分文的赌客可以去那里打工，挣到了几个血汗钱再回到赌场去。凤仙的弟弟掏出一支烟，身边那位被唐胜浇过一脸茶水的马仔赶紧摸出打火机，啪的一声，给他点燃了那支软中华香烟。

前几天你说看见唐利在那里替人看仓库，凤仙弟弟喷出一口烟说，你没有看错人吧？

那汉子迟疑一下说，他比过去瘦多了，蓬头垢面像个叫花子似的，但还是那副躲躲闪闪的神情。

凤仙的弟弟坐在前台上喝茶，斜眼瞟着他的马仔远去。那汉子怀里揣着老板让他送给唐利的一千元钱，嘴里哼哼着"不是为了什么回报所以关怀"，一肩高一肩低地走着像个醉汉。那歌声听来有点莫名其妙。他说老板你这么好心会有好报吗？说不定今晚他就全扔进赌场去了。老板笑笑说，那就随他了，反正他有这么一个好哥哥，总不会看着他彻底完蛋的。

四

马仔是在码头上一个仓库改建成的赌场里找到唐利的。那时他已经输得只剩下身上的羊毛衫。这件羊毛衫原本是唐胜放在老宅的，被他顺手牵羊穿上了身。那天凌晨，从老爹老娘的抽屉里他搜到两千元钱，这两千元使他没日没夜地在赌场里搏斗，直到弹尽粮绝。他瞪着血红的眼睛脱下羊毛衫，嚷着要换一百元筹码时，马仔拍一下他的肩膀，将一千元红包放到了他手上。走吧，马仔说，你那小舅子叫你该回去洗洗睡了。

赌场设在一个表面是台球房的里间，一片乌烟瘴气。一名保安手腕上拴着一条链子，链子的那头拴着一条高大的狼狗，向他吐出猩红的舌头。唐利打了个寒战，头脑总算清醒了一些。我连老婆都没有了，哪来的小舅子？他说，手里却没有放开那个红包。你没有老婆了阿辉总还有舅舅吧？马仔给他点上一支烟说，别硬撑好汉了，给你就拿着。

我不甘心，我要翻本，唐利说，你告诉阿辉他舅舅，就算我借他的，我翻了本就去还他。

马仔笑了。他等的就是这句话。无利不起早，他已经将老板内心深处的想法认真琢磨了一遍，老板告诉过他，按时尚的说法叫作天下没有免费的午餐。既然如此，老板凭什么要做这样的慈善事业？

马仔抖了抖手腕，一千元筹码在他手上哗啦啦地响。马仔说，唐利你这话像是条汉子说的，不过你好像欠他不止这一笔钱吧，我在他那里看见过你写的欠条，都是几年前的了，连本带利哪得算多少啊！

　　唐利的脸上一阵红一阵青，他知道这个便宜小舅子不是好对付的，当初出走避债，其中也有他的一份。走南闯北几年，戒不了这赌瘾，穷极无路他才悄悄地潜回了老家。他盯着马仔手上的筹码，心里存着一丝抗拒，喉咙里却咕噜噜响了一阵，双手微颤着伸过去，就像饥饿的人伸向食物。我能翻本的，我算过命了，瞎子先生说我今年是个翻本年。唐利用矛盾的目光试探地看着那马仔，马仔的脸上浮出信以为真的笑意。是吗，他说，翻了本就一切都好说了。唐利终于一把抓起了那些筹码。一群赌客突然发出狂叫声，他吃惊地转过身去环顾四周，原来他们都在看着他。

　　给我来几瓶啤酒！虱多不痒债多不愁的唐利高声喊道。他用牙齿咬开啤酒瓶盖，脖子一仰，嘴里泛出了汹涌的泡沫。他的疲惫的身体像羽毛一样飘浮起来，头脑先是一片空白，随即变得亢奋。豁出去了！他说。码头上传来一艘夜船的汽笛声，唐利就是偷偷爬上这样的货船回来的。既然他能够忍饥挨饿地躲在底舱里回来，能够忍受被发现后的拳打脚踢和上岸后的东躲西藏，今朝有酒今朝醉，他还有什么可顾虑的？

　　马仔加入了赌桌上的战团。他向牵着狼狗的保安挤挤眼睛。赌桌旁换了几位赌客。他们看见唐利坐在一把破椅子上，双手抖瑟瑟地划拉着那堆筹码，筹码在渐渐地减少下去，他却似乎浑然不觉。这是一场昏天黑地的赌博，狼狗盯着唐利的背脊，看见他的后背时不时掠过一阵急促的痉挛。荷官洗牌的时候，唐利浑身湿漉漉地瘫倒在了椅子上，犹如大病之人。

　　天亮时赌客们横七竖八坐卧在赌桌旁。唐利蜷在一件保安穿的棉大衣里，只露出一团乱蓬蓬的头发。马仔朝他身上踢了踢，唐利在长椅上翻了个身，马仔看见他翻了翻茫然的眼睛，朝他望一眼又缩进了棉大衣。马仔把一支笔一张欠条送到他手上说，再签个字，从昨天到现在你已经签了六回字了！唐利不得不重新睁开眼睛，木然地朝他看看，然后转过脸去，望着窗外的码头，我不想签了，他说，你告诉阿辉他舅舅，该怎么办就怎么办吧，老子要钱没有，要命有一条。

这个大雾弥漫的早晨，将留给唐利永久的回忆。因为他什么都明白，但是他无法抵抗，他的心里有一个魔鬼在诱惑他，明知道是陷阱他也会往下跳。码头上已经有人开始作业了，臂吊在空中徐徐移动，煤粉和水泥的微粒在风中飘散坠落，一辆油罐车开进装卸点，装卸工踩着颤巍巍的跳板走向货仓。唐利的心头有一阵疼痛，眼前的画面似曾相识。十六铺码头上娘舅和唐胜扛大包的记忆浮上他的脑际。童年的画面风雨交加，而现在却是一片宁静，他在这宁静中感到一阵阵难以形容的惆怅和惶恐。

再也回不到从前去了，他将那件臭烘烘的棉大衣蒙住脑袋，又躺在了长椅上。

债主押着唐利父子来到省城已是夏天，阳光穿透了稀薄的云层，滚烫的柏油路上黏答答的，暑热使中午的街上显得静寂。公司的会计和出纳正在计算本月的应收应付款，看见五六个人闯进门来。出纳以为是外地的客户跑来催款了，迎上去一看不是，是一群脸色阴沉的乡下人。出纳说你们走错门了，这里是进出口公司。债主们转过脸去看着一个满脸尘土疲惫不堪的少年，少年低下头去，就是这里，他说，我大伯的办公室在最里面。

阳光透过蓝色玻璃窗照在阿辉身上，他的身影单薄纤细，畏畏缩缩的脸上挂着两条泪痕，会计和出纳因此而打了个冷战。

靠在椅背上打盹的唐胜被纷沓的脚步声惊醒。他睁开眼睛，愕然地看着他们。面容清癯的唐利像犯人似的剃了一个光头，整个形象如同戏台上的傀儡一样呆板。他对阿辉说，跪下，给你大伯磕头，他自己则弯了弯腰，算是表示歉意。唐胜拉起阿辉说，什么意思，唐利你几年不见踪影，今天带一帮人来干什么？唐利还来不及回答，债主们抢在了他前头。他们将手中的欠条送到唐胜面前，七嘴八舌地说，如果你还有这个弟弟和侄子，就将这些债替他们还了！

从唐利潜回老家偷走父母两千元开始，唐胜已经得到过娘舅的提醒：唐利很可能在外面欠了一屁股赌债，这些人会找上门来。担心老爹老娘受不了这样的惊吓，唐胜又将他们接到了省城自己家。夜不成寐的老人家常常在半夜里惊醒，他们的唉声叹气从客厅传进唐胜的耳朵里。那时候唐胜只好披衣而起，走进客厅去安慰两位老人。他对嘤嘤哭泣的老娘说，儿大不由娘，管不了这么多了，你们自己的身体要紧。

唐胜知道自己的话很无力，总归是他们的儿子孙子，怎么可能不牵挂呢。老爹曾经提心吊胆地问他，债主会不会找到这里来？唐胜说，父债子还倒是听说过的，好像还没有子债父还这一说吧。再说这都是些什么债？赌债，法律不予保护的。日复一日，在商海中游得精疲力竭的唐胜，实在不想再在这些阴郁的夜晚讨论这个无奈而凄然的话题了，他说，睡吧，我谅他们也不敢明目张胆地打上门来！

今天他知道自己错了，错得很天真。没有一个债主说唐利欠他的是赌债。所有的欠条上找不到这个赌字。包括高利贷，白纸黑字也都写成了正常的欠款。债主们打量着办公室的沙发和大班桌，瞧着装潢的富丽堂皇的接待室露出贪婪的会心笑容。一位债主说，是的，我们都知道没有弟债兄还这一说，但是你开着这么大的公司，你是一个正儿八经的老板啊，怎么能眼看着亲兄弟亲侄子落难不管呢，说出去也太影响你的声誉了！

唐胜认出这个债主，就是阿辉舅舅的马仔之一。后来唐胜总是忘不了接下来发生的场景，他把出纳叫来，问她公司的业务员是否都出去了，出纳说有三个业务员正在回公司的路上。唐胜还看见窗外大街上有一辆洒水车唱着歌开过来，后面跟着一辆 110 警车。唐胜从办公桌后面走出来，一边走一边撸起长衬衫的衣袖，那个马仔惊惶地向后退去，他说，你想干什么，我们可是依法办事的。

唐胜当然不会动手打他。他一把夺过对方手上厚厚的一叠欠条，回过神的马仔结结巴巴说，我们老板说了，利息可、可以按照银行同期利息计算。唐胜回过身，将欠条摊开在办公桌上看一遍，心中暗暗吃惊。他抬起头说，如果我一分钱不替他还呢，你们打算怎么办？

阿辉突然哭出声来，使唐胜如刀割入肉。他猛地哆嗦了一下。回首，看见打阿辉的不是别人，而是唐利。唐胜愤怒地说，你打他干什么，你有什么资格打他？唐利不理他，啪啪给阿辉两个耳光，唐利说，其中有几张欠条是这小子写的，小小年纪的家伙，比老子学得还坏呀。唐利像疯子一样狞笑着，在阿辉裂帛般的哭叫声中继续打他。老子完了，儿子也完了，去死吧，我们一起跳这省城的护城河去！唐利号叫着往门外走，阿辉哭得上气不接下气的，好像要昏厥过去了。

唐胜的脑子里一片空白。心口一阵绞痛，浑身直冒虚汗。从小见不得欺负弱小的他，追到走廊上一把抓住唐利。唐利的手松开了，阿辉跟跄着跌倒在地上，唐胜一拳打过去，唐利将头一歪，下颚骨发出了迟钝的被击声。他没有反抗，没有恼怒，而是靠着墙壁，摆出一副任凭你打骂的样子，唐胜说你这个王八蛋，他不吭声，唐胜说你给我滚回去，他机械地转过身。债主们围上来议论纷纷，唐胜握紧拳头说，我教训他，管你们什么事！

公司里乱作一团，三个业务员老远听见吵闹声，急急忙忙地跑上楼来。听出纳简单讲了讲情况，他们把债主们叫进接待室去。业务员说，唐总处理他的家事，你们插什么手啊？阿辉则被会计出纳拉进了财务室。办公室的门关上了，屋子里终于只剩下两兄弟。唐胜咬牙切齿地问唐利，说啊，如果我不替你还债，他们，或者说你们，打算怎么办?!

把家里的老宅卖了抵债，唐利冷静而阴郁地说，仿佛在说一件不相干的事情，反正爹娘已经被你接到这里来了。

窗外的洒水车开回来了，依然唱着一支欢快的歌，那支歌名叫《在希望的田野上》。但是唐胜却好像听见瞎子阿炳的《二泉映月》。他仿佛看见在凄切哀怨的二胡声中，一个蓬头垢面的叫花子行尸走肉般落寞地走在泥泞路上。雪花飘落在他的身上，他在寒风中瑟瑟发抖。这个人没有爹娘，没有妻子，也没有儿子。这个人没有家，他的家早已成为一堆废墟。这个人就是唐利，他的亲弟弟。这是一幅不由人不看到的画面。

唐胜已对他的这位兄弟失望之至。他连发怒的心情都消失了。唐胜说，父母还在，这种断子绝孙的念头你想都不要想，你的欠款是七万多元，我给你十万元钱，如果你还有一点做人的良心，但愿你从此改邪归正。唐胜扔给唐利一支笔一张纸。写下来，摁上你的指印，他斩钉截铁地说，老宅从此与你无关，这个家从此与你无关，不准你再去老宅，连阿辉也不能去找，因为你不是老爹老娘生出来的，你是从石板洞里蹦出来的！

出纳被叫进唐胜办公室时忘了随手关门，所有人都听见了她的求告声。出纳说，唐总你不能一下子把钱都抽光了！这里的房租已经欠了三个多月

拯 救 215

了，还有两笔应付款也已到期。唐总啊，出纳颤抖着嗓音恳求他说，账上拢共只有几十万元钱了，再不付房租的话不仅是交滞纳金的问题，房东说要收回这套办公房呢，那两笔应付款也不能再拖欠了，否则会就断了那两处货源。

阿辉缩瑟在财务室门口，对面就是接待室。女会计眯缝着一双细长的眼睛，皱紧眉头看着他。女会计说，我跟你这么大的时候，已经去农村插队了，举目无亲，吃了上顿没有下顿的，照样要活出一个人样儿来。女会计以一种不可思议的神情说，你这是怎么了，居然带着一帮人来算计把你当亲儿子一样培养的大伯！苍白脸上带着红色掌印的阿辉说，他们逼着我来的，我不来阿爸要打我。女会计说，那你还送上门去干什么？你住在后堂镇，好好地上学，他们还敢去家里和学校抓你不成？

债主们簇拥着唐利离去。唐胜对阿辉说，你留下来，去看看爷爷奶奶。唐胜看着窗外，望见唐利就在路边的店铺屋檐下给债主分钱。他们在大声争执着，有人说利息给少了，有人说算了算了，能拿到这笔钱就不错了。唐利将剩下的钱揣进怀里，怒气冲冲说道，你们还想怎么的，逼着老子跟你们拼命吗？！

一种欲哭无泪的悲怆之情袭上心头，唐胜从桌上抓起那些欠条狠狠地撕碎，他将这些碎屑抛向空中，穿窗而入的风吹散了它们。唐胜回首，无言地看着阿辉。阿辉害怕地退到门边去。唐胜在屋里团团地走了一个圈子，阿辉提心吊胆地看着他，唐胜终于停下脚步说，你给我保证，从此不准再去前堂镇了，我把你和爷爷奶奶一起送回后堂去，你要听他们的话重新做人。唐胜盯着他，抬高声音说，阿辉你必须重新做人，你听明白了没有？！

唐胜忙着与业务员讨论货源问题时，阿辉坐在财务室写他的保证书。会计和出纳站在旁边看着他写，出纳说他的字倒是蛮好的，会计说是啊，本来挺聪明的一个孩子，被他父母毁了。阿辉突然抬起头，恶狠狠地对她们说道，不准你们这样说，我阿妈跟我阿爸不一样，她是真心为我好的，知道我读不进书，她正千方百计托人给我找工作呢！阿辉用一种梦幻的目光看着窗外的世界，喃喃地说道，等我找到工作了，有钱赚了，我才真的是重新做人了。

会计和出纳面面相觑，一时竟无言可对。

　　唐胜回到老宅做的第一件事是给父母安装一台电话。娘舅派韩东来帮助打扫屋子，韩东把他一家子都带来了。老宅因为有了人气而变得热闹起来，孩子们在屋里屋外跑来跑去。将近中午时，派出所的副指导员也闻讯赶了过来。他带来一个好消息：第八天网吧被处理了，停业整顿三个月。

　　唐胜已经有所预感，张老师告诉过他，从后堂回到省城不久，他写了一个调查报告送给省里分管此事的某领导。正好召开全省文化市场工作会议，这位领导就在会上讲了这件事，使县里终于感受到不处理不行的压力。唐胜说，现在才处理它呀，事情都过去快半年了！

　　副指导员坐在一张破旧的藤制靠椅上，不安地调整着姿势。他说，能够有这么个处理已经很了不起了，你还想怎么的？他点燃一支烟，郁闷地说，我陪着张老师去跟战友们聚会的事已经传开去了，那家伙不定要怎么对付我呢。

　　唐胜带着阿辉重返学校时十分尴尬，班主任说这个学生三天打鱼两天晒网他实在是吃不消了。班主任将他们带到校长办公室，校长阴着脸半天不表态。唐胜搡了阿辉一把，把你的保证书交给校长和老师，求他们再原谅你一次吧。阿辉的嘴唇哆嗦着，好像快哭出来似的，这是我最后一次逃学，他弯下腰，合掌作揖说，求你们放我一马，如果下次再犯，你们就开除我好了。

　　唐胜觉得阿辉像在演戏，他的腔调充满了江湖气。唐胜抬起手要打他，班主任拦住了他。校长的脸捂在手掌后面，只露出一双淡漠的无奈的眼睛，他说，你已经读初三了对吧，我们交换一下角色吧，算我当校长的求你了，求你好歹安心读完这不到一年的书，把初中毕业的文凭拿到手再走。那时你爱上哪里上哪里去，至少跟学校没关系了！校长顿了顿，还是语重心长地说了最后一句话：就算去当个工厂的操作工或者保安吧，一张初中文凭也是最起码要的。

　　唐胜将老宅新装的电话号码留给班主任，千恩万谢地跟他们告了别。街上围了好多人，正在看一家新店开张。砰的一声响，唐胜抖了抖，看见一个大炮仗蹿上天空，接着又是一声巨响，炮仗在空中炸开了。人们往四下里逃开去，噼噼啪啪的鞭炮声震耳欲聋。围观的人们议论纷纷，有的笑有的骂，唐胜拉住一个骂骂咧咧的老人说，大伯，这开的是什么店啊，惹的您这么气愤？

第八天网吧改了一个字，改成"第九天网吧"了！老头儿跺着脚说，老店停业整顿，前门封了，新店又从后街上开了出来，这扇门开的比从前还大，你说造孽不造孽？

唐胜的感觉就像在梦游一样，他向前走几步，脚步飘飘忽忽的，他的整个神情真的就像在梦游一样。他看见那个胖老板娘站在后街新开的大门前，咧着一张青蛙般的大嘴在笑，网吧的招牌就是原来的招牌，从前门移到了后门，只有那个"九"字是新做的，既显得突出又很得意。本来就狭窄的后街，被前来贺喜的花篮挤得更加狭窄，维持秩序的除了原先那两个保安，还有派出所的协勤。

网吧还是原来的网吧，但是店名变了，地址变了，执照也成了新办的，或许，连法人代表也改了名字。别说是省里，就是中央的人来了，又能拿它怎么办？！

鞭炮声惊动了学校的师生们，人们转过身去指指点点。唐胜恍恍惚惚地顺着他们指点的方向看，看见教室的窗口探出一个个学生的脑袋。唐胜闭上眼睛，分明看见了阿辉，看见他笑嘻嘻地趴在窗台上做着鬼脸，他睁开眼，阿辉变成了众多黑点中的一点。唐胜回转身向学校跑去，他跑到教学楼下，仰着头喊，把窗子关上，都给我回过头去，听老师上课！听见没有，他声嘶力竭地说：转过身去上课！！

夏天的阵雨下来了，落在他的脸上，然后从他紧闭着眼睛的脸上往下滴落，他的头顶和身体周围响起一片凝重的雨声。这是一个干涸的季节，全中国都在抗旱，江河见底，大湖成了草原，网络上围绕三峡大坝再度争论不休。这场凄风苦雨却不知怎么就落到他的头上，落到了这个繁华的长三角地区小小的后堂镇上。

五

小学门口有个卖报纸杂志的小亭子，唐胜看见张老师站在亭子前翻阅那些杂志。二十年前，张老师的文章常常发表在杂志上，后来陷于宦海沉浮，渐渐地变得稀少。等到他再去找编辑们时，那些素雅淡定的杂志封面已经被春光乍泄的泳装女郎所占领了。即使还有几本自称坚守贞节的，也是物是人非，变成了小圈子里的"同人刊物"。最后一代理想主义者走的走退的退，唐胜看见张老师点燃一支烟，烟雾在他脸上凝重的皱褶间袅袅扩散。

风吹来已经带有一丝凉意。一种病态的市场经济影响社会，文坛又不是在真空中。唐胜注意到张老师的脸色，好像一列火车，开进了一个黑暗的隧洞，隧道很长，仿佛有几十公里，张老师闭上眼睛沉浸在痛苦的思考中。唐胜怯生生地唤醒他。张老师终于睁开眼睛。小学操场上的喧闹和站台上停下的公共汽车，告诉他这是一个真实的省城初秋的早晨。张老师说，是你啊唐胜，我正想给你打电话呢，我托人给阿辉找了一条出路。

原先那种带有一些悲怆的神色消失了，张老师显得很兴奋。一座市场特别活跃的城市地处浙中，这座城市里有一所技校，校长是张老师的老部下。张老师说，老部下答应他，只要阿辉能够拿到初中毕业文凭，便可报考这所技校，他们对于管教阿辉这样的学生颇有经验。远远地离开从前的环境，又能学到实用的技术，这是最好的选择了！张老师告诉唐胜，校长说，如果在学期间表现不错，还可以保送读大专，他们已经办过两届了大专班了。

坐在张老师家的客厅里，亲耳听到他跟校长通电话落实此事，唐胜觉得他像置身于一个过于美好的梦境，他感到面前的这一切不太真实，于是他打开自己的笔记本电脑搜索这所学校。他看见了这位校长，看见他在跟国外一所大学签订合作办学的协议书，他搜索这所技校的专业，发现都是很适应当前市场需求的专业。张老师把阿辉的情况实事求是告诉校长，转过身说唐胜你有什么话要对校长说吗？唐胜摇摇头，将手捂住了嘴，把这样一个少年送给人家去管教，作为亲属，他感到脸上热辣辣的，还有什么话可说呢？

希望这孩子能顺利拿到毕业文凭。技校的校长最后提醒他们说。

电话挂上之后他们又谈了些什么，唐胜都记不清了。他一直在想校长最后那句话。这句话听来似乎有些意味深长，他猜想这位校长是在提醒他们注意某种不可预知性。这种猜想使他坐立不安，小说与电影中常常出现的种种变故情不自禁浮上脑际，这种变故往往是在猝不及防的情况下产生的。唐胜站起身对张老师说，我得回去跟阿辉的班主任商量一下。

很难想象一个人会被好消息弄得心烦意乱。那天下午他给老爹老娘打了好几个电话，公司有几笔业务一时走不开，唐胜只好通过电话了解阿辉的情况。阿辉表现很正常，有时晚上回去迟一些，那是在晚自习，把出走时落下的功课补上去。唐胜从各个角度观察和思考阿辉近期的表现，并没有发现什么违反常规的问题。但他还是觉得紧张与烦躁，也许正是他的表现太正常了一些，反而让他有了一种新的不安？

傍晚时分的电话里很嘈杂，堂屋墙上挂着一只有线广播喇叭。镇上在布置拆迁工作，要求农户们搬到新规划的楼房去集中居住，原先的宅基地将成为开发区的一部分。唐胜听见娘舅的说话声，娘舅对着喇叭喊，补偿金买半套楼屋都不够，叫我们怎么搬？还有我的养猪场呢，娘舅愤怒地说，你们只晓得吃肉，不知道猪也要有地方养的吗?!

唐胜叫老爹把电话交给娘舅，唐胜说娘舅你向喇叭嚷什么，当官的又听不见！动员拆迁的过程是一个漫长而痛苦的梦，娘舅听邻近村庄的上访户讲过他们鸡蛋撞石头的经历。他们以为上级的上级可以轻而易举地促成公平与正义，其实这些人离肉更近离养猪场更远。几乎每一家上访户的结局都很悲惨，他们倾家荡产地跟镇里县里打官司，破釜沉舟之后却通常是一无所获。娘舅说，我实在是气不过啊，明天老子就去买瘦肉精来喂一批猪，专门卖给他们吃！

唐胜知道娘舅说的是气话，但他的心里却在表示赞同。这使他为之一凛，什么时候自己也变得横眉冷对起来了？唐胜岔开这个话题说，娘舅你看我把阿辉送去外地读书如何？电话里沉默了一会儿，他听见娘舅沉重的呼吸声。就怕他还会逃走，娘舅说，他长这么大了，如果亲爹亲娘不配合，谁也管教不了了！

阿辉在夏天过后明显地长高了，他的脸上长满了暗红色的小痘痘，有时候他坐在小桥上观望韩东挑着猪粪走过，有时候他斜着眼睛看服装厂的女工下班回家，他的忧郁、倦怠和阴沉的表情让人觉得慌兮兮的。没有人猜得透这个少年心里的事。也许他的心里什么也没有，也许他隐藏得更深了。

有一天韩东两口子路过那里，看见阿辉和一个少女坐在树荫下。少女的母亲跟李红在一个车间做车工，她看见李红便慌里慌张地站起身来。不知道为什么，韩东夫妻的心就莫名地提了起来，他们看着这少女皱巴巴的衣裙，看着她紧张和害羞的神情发了一会儿怔。李红说，你坐在这里干啥呀，听说你不上学了，那就在家带弟妹嘛，你才十五岁呢，可别整天胡思乱想的。韩东的目光沿着少女那还没有发育好的瘦小身体渐渐上移，最后停留在她的脸上，他说，好好的一个女孩子，怎么刚上初一就辍学了，你爹娘就由着你？

爹娘负担太重，俺想去前堂镇上打工。少女不安地绞着双手，轻声细气地回答说。韩东皱紧了眉头，看见阿辉扭着脖子，撅起嘴吹着口哨，韩东说，前堂镇上有什么工能让你打的？你可不能跟人走了歪路！只是做服务员，端水倒茶什么的，少女辩解说，最多给人洗个脚。

阿辉猛地站起身，瞪了她一眼。自知失言的少女下意识地捂住了嘴。韩东朝地上呸地啐了一口，不能去，那可不是小姑娘该去的地方！尴尬的少女手足无措地瞧着阿辉扭过脸离去，眼圈一下子红了。韩东忘不了阿辉临走时的眼神，里面充满了轻蔑：不过是个给养猪场打工的穷鬼嘛，装什么装啊？

俺爹娘都不管俺，只要能挣钱回家就行。韩东两口子在少女的哭泣声中郁闷之极，少女说你们凭什么阻拦我呢？她的一双破凉鞋踩在河边沙砾地上，恼怒和屈辱使她的眼睛熠熠发亮。韩东气得身子簌簌发抖，他还想说什么，李红抓住了他的胳膊。李红咬着牙说，算俺们多管闲事，俺们是看在老乡份上，好的，有你和你爹娘哭着来诉苦的那一天，俺们就走着瞧吧。

娘舅告诉唐胜，韩东夫妇说起最后的场景：少女追着阿辉喊，你把手机开着，我会给你发短信的，我有个小姐妹也想找你呢！说者无意听者有心，娘舅说唐胜你没有给他买过手机吧，他的手机从何处得来，为什么瞒着爷爷奶奶？纵然有多种猜测存在，其中一个是最有可能的，唐胜眼前又出现了凤仙住的那间小屋，足浴店的小姐和"冤大头"在打麻将，输光了的客人将手表和手机都抵了赌债，阿辉无比羡慕地看着赢钱者。唐胜看见凤仙随手将一只手机扔给了他，拿去吧儿子，随时可以给这里打电话！

公司的员工都下班走了，落日残照也渐渐消失。周围的一切都朦胧地罩着一层灰颜色。沮丧如江边的晚潮，一寸一寸地涨上来，唐胜觉得整个心灵被浑浊的水流吞噬，回天无力的感觉使他连从椅子上站起的力气都没有了。他不敢相信娘舅的猜想，不敢相信这是小家伙给足浴店当"猎头"的报酬，他努力告诉自己，这种猜疑太夸张，娘舅想得过分了。

他决定无论如何也要把阿辉送到那所技校去，也许，这是阻止他走向邪路的最后一个机会了。

谁也不能阻挡一个孩子去看他的母亲，唐胜对凤仙的警告犹如一阵耳边风。娘舅老婆的娘家也在后堂镇，一些传闻终于来到了他们耳中。有人说凤仙女儿的父亲回来了，不知从哪里发了一笔财，在镇上开起一家茶馆。有人说那个茶馆老板不是她女儿的父亲，而是凤仙刚认识不久的相好。舅妈回娘家时，特意去这座茶馆现场察看，看到一个头上没有几根毛的男人坐在包厢里吆五喝六。茶馆的服务员大多是小姑娘，穿着开叉一直开到大腿根的旗袍，袅袅婷婷地穿梭在男人邪淫的目光中。

舅妈想起韩东两口子遇见的那个老乡家的少女，心里觉得寒抖抖的。本来还是天真无邪的小姑娘，转眼间就会变成卖弄风骚的商业女郎。舅妈去洗手间，看见两个服务员站在大镜子前描眉毛涂口红，装扮完了，对着镜子搔首弄姿。一个服务员说，刚才的客人给你小费了吧？另一个服务员将食指放到唇际"嘘"一声，从一半袒露的乳沟中挖出卷成筒状的两张钞票，纠缠我半天，才塞进这里两张"老人头"，她不屑地说，这个小气的老色鬼！

不管舅妈对这座茶馆抱有什么样的偏见，一个农妇的任何看法都是可以忽略不计的，服务员转过身来对她说，你是来上厕所的吗，本店厕所不对外开放！舅妈生气地说，我要了一杯安吉白茶，你们收我二十元呢。两个服务员漠然地注视着她，扑哧一声笑起来，去吧去吧，喝你的安吉白茶去吧，她们挥挥手说，坐到大堂的角落上去，别让其他客人看了以为我们在卖大碗茶。

舅妈瘪塌塌地坐在靠窗的一个角落里，喝一口淡而无味的白茶，一脸忍辱负重的表情。从茶馆到足浴店不到一里路，舅妈看见一辆三轮车从那里驶过来。无论她相信或者不敢相信，三轮车上坐的女客就是凤仙。河边的废墟上有几株向日葵，金黄色的花盘作为背景在她身后摇曳着，少妇凤仙对着秋天的小镇景色露出微笑，居然很有一些风韵。舅妈看见那个秃头老板打开窗子向她招手，老板说怎么样，我从香港给你带来的这条裙子很漂亮吧？凤仙仰起头呸了一声，什么香港带来的，她说，腰衬里面藏着一个小商标呢，分明是后堂服装厂生产的！

秃头讪讪地说这是外贸产品，凤仙说算了算了我不跟你计较这些，一边说一边俏咚咚地走上楼来。那时候舅妈很有一点紧张，她转了个身，将脸躲在侧对大堂的幽暗处。凤仙丰盈的熟妇身姿吸引了茶客们的目光，他们都抬起头直勾勾地盯着她看。服务员显然有些自惭形秽，与凤仙相比她们还是青涩的小草。她们很自觉地退到了角落里去，脸上露出宫女见到王妃时的笑容。

传闻已得到基本证实。秃头不是那个婴儿的生父而是凤仙的相好。从他俩相见时的态度舅妈看出这一点：秃头痴痴地望着她，那神情明显不像老夫老妻。凤仙对于打情骂俏的熟稔令舅妈感觉吃惊，她对秃头说，你今天抽了多少支烟啊，身上像烟熏火燎过似的。她翘起兰花指掸一下秃头的花格子衬衫，秃头的手也很不老实地在她臀部摸了一把，不要脸，凤仙扭了扭身子，将涂过指甲油的手指点到他额上说，给你一点阳光你就灿烂呀！

舅妈像一个小偷似的从他们的包厢门前走过，木珠编的门帘后面传出他们的谈笑声。舅妈听见凤仙提到阿辉，她说你得给我儿子安排一个好岗位。舅妈听见秃头嘴里咕噜着好像在表示为难，凤仙说你究竟办不办得到？办不到就算了，我走了。舅妈赶紧躲进隔壁包厢，她看见珠帘一掀，凤仙跨出来一只脚。秃头拉住了她，紧贴着珠帘倾诉衷情。秃头说，好，好，我尽力去安排吧，给他安排一个好位置！

舅妈看着凤仙的脚缩回去，珠帘发出一阵叮当的笑声，秋天的时光也跟着叮叮当当地流失。舅妈的目光久久地滞留在那垂下的门帘上，一只苍蝇在她眼前嗡嗡地飞来飞去，最后停留在一颗帘珠上不动了，好像那上面有甜腻的蜜糖一样。舅妈想阿辉就像这只稚嫩的苍蝇，迟早会被粘在这滩蜜糖上。

凤仙在包厢里呆了好长时间，后来去了卫生间。抚平了被男人摸皱的衣裙，重新梳理一番，她出来时脸色红润，神情愉悦，高跟鞋踩着楼梯马蹄声碎。三轮车远远地驶过来了，她蓦然间哆嗦一下，舅妈几乎是扑过来抓住了她的手臂。你就放过阿辉，让他去技校安安心心读几年书吧！舅妈跺着脚说了一句，声音就哽住了。茶馆里有两位服务员跑了出来，看见两个女人的脸都是煞白，凤仙的身子在颤抖，努力地掰开舅妈抓住她的双手。眼泪从她脸上掉落下来，她说，我是他的亲娘，难道会不关心他的前程吗？他根本不想读书，硬是将他逼到外地去，送他去劳动教养吗？将来就连他跑到哪里去了，我都不会知道！

舅妈茫然地眺望着河边的小街，三轮车和凤仙的身影已经消失不见了，暮色渐降，当星星点点的小雨变成畿泼大雨的时候，天地混沌，一切无可再言。心事重重的舅妈回到后堂镇时天已经黑透了。她没有回自己家，而是先去看阿辉。阿辉的房门紧闭着，里面隐约传来打电话的声音。舅妈敲了很久，阿辉才打开门。他好像知道她见过他娘似的，他说，别跟我谈上不上技校的事情，你们商量好了，通知我一声就行。

爷爷奶奶进了屋，奶奶说舅公舅婆都是为了你好，你大伯更是为你费尽了心，你可不能再辜负他们的期望了。阿辉坐在床上，双手抱着膝盖，虚无地望着天花板说，我知道，你们都是在为我好，但是我娘也是为我好对吗？你们叫我朝东她希望我朝西，我到底听谁呢？我累了，他仰面躺了下去，捂住耳朵说，对不起，现在我谁的话也不想听了。

屋子里亮着灯，他却漂浮在黑暗中。舅妈用悲哀的目光看了他一会儿，转身离去。爷爷奶奶送她到门口。他们与床上的少年同时经受着一种煎熬。有你们，有唐胜这个大伯是他的幸，有唐利和凤仙这样的爹娘却是他的命，舅妈叹一口气说，人啊，只能是尽人事、听天命吧。

六

　　遵照唐胜的叮嘱，爷爷奶奶严格控制给阿辉的零花钱。他们以为这样能使他难以出走，却反而增强了他的叛逆之心。在得知舅婆与他娘交涉情况的短短几天里，阿辉做了他想做的所有事情。他直接给前堂茶馆的秃头老板打电话，介绍两个少女去做服务员。他对十五岁的少女说，你和你的小姐妹今天就去上班吧，尽快争取请假回来一趟，把老板给我的介绍费带过来。

　　少女说我们也要给你介绍费的，但是要等到发工资那天。阿辉眯起眼睛看她一会儿，暧昧地笑了。如果你学得快，完全不用等到那一天，他说，你赚到的小费将远远超过你的工资。少女向后退一步，浮起红晕的表情丰富而青涩，一半是惊喜，另一半则是忐忑不安。她的手搭在河边的柳树上微微地颤动着。阿辉抬起手点了点她微微凸起的胸口，看过《满城尽带黄金甲》的海报吗，他促狭地笑着说，这条沟要像宫女们那样挤出来，客人喜欢把小费塞进那里面去。

　　阿辉跟秃头谈判，问他给他多少月薪，秃头说你想多少啊，阿辉说不能低于两千元。秃头在电话那一头哈哈大笑。每天给你一百元，做一天算一天！他慷慨地说，老子随时恭候你。

　　我才是你的老子。阿辉放下电话骂一句，心中突然有一种莫名的愤怒。

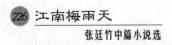

他低垂着头独行，在经过"第九天"网吧时，他看见保安依然坐在门口打瞌睡，孩子们敲击键盘的声音传进他的耳里。风吹起门帘一角，隐隐约约露出老板娘在柜台前数钞票的身影。这个世界一如既往，阿辉的眼眶莫名其妙地潮湿起来，他将袖管擦着眼睛走过网吧。如果说他走上了一条不归路，这网吧就是起点和向导。阿辉恶狠狠地想老子永远忘不了这里，总有一天，你们也会遭到报应的。

阿辉想给大伯唐胜写一封信。他摊开信纸却不知道写什么合适。风吹进农舍的小窗，少年脸上呈现出病态的青白色，一半黄一半黑的头发凌乱地垂散在额上。所有内疚惭愧之类的话都显得虚伪，用同学们的话说就是装。阿辉不想再装了，他知道这种词汇轻飘飘的，毫无意义。那么他还能写些啥呢，他想了半天竟是无话可说。

那天早晨阿辉骑走的是舅公的电瓶车，一辆半新不旧的车子，车座上脏兮兮油腻腻的，轮胎上沾满泥浆和猪鬃。这辆车没上锁，平时就停在养猪场的灶房门边。韩东听到车子启动的声音，跑出来看见阿辉的背影。他背着一只鼓鼓囊囊的大背包，唱着一首刚学来的红歌扬长而去。一送里格红军，嘎吱个下了山！韩东喊你上哪里去，什么时候把车送回来？高速驶去的电瓶车几乎是疯狂地鸣叫着爬上了一座公路桥的桥坡，阿辉回头瞥一眼说，井冈山，我去学习革命经验了，说不定还要去一趟你的老家大别山！

这句话跟着风过来，灌进韩东的耳朵，伴随着一辆危化品油罐车按响的喇叭声。有人看见这个养猪场的雇工拼命追赶，跑到桥坡上时上气不接下气累瘫在桥栏旁。他的喊声因此而变成了一种断断续续的呜咽，他说，没治了，俺的老天啊，这些孩子真的是没治了。

太阳出来一会儿又不见了，公路上晨雾弥漫。听到喊声跌跌撞撞跑出来的爷爷奶奶在雾气里若隐若现。他们的嘶哑喊声和啜泣声凄凉地回荡在原野上。回家后老爹做的第一件事就是给他的大儿子打电话，老娘站在门槛旁拼命地向他摆手，别再给他添烦恼了，他赶来也解决不了问题的，老娘走过去夺下老爹手中的电话说，阿胜呀，没事，家里没啥大事情。

电话里沉默了许久，老娘听见唐胜沉重的喘气声，别瞒我了，后来他说，我晚上回来。老娘听见他把电话挂了，呆呆地站在那里愣了半晌。老爹说要不再给凤仙打个电话吧，看看阿辉是否去了她那里？

从前的婆婆在听到从前的儿媳妇的声音时再次落下了眼泪，阿辉他娘，老人家说，如果他去了你那里，你可千万要劝他回来上学啊，一张初中文凭眼看就要拿到了，不能半途而废呀！他们听见对方的哽咽声，这使两位老人感到些许安慰。凤仙语气沉重地说，我会劝他的，若是他来找我的话。

唐胜匆匆地处理完公司事务，黄昏时分赶到了后堂镇。天边的云朵像一蓬柴草在燃烧，板结的土地、伛偻的老树和黏稠发臭的池塘发出低沉的叹息声。唐胜看见老爹老娘站在屋前的老树下，脸上呆滞地凝结着一种自责的表情。娘舅蹲在地上抽烟，草丛中飞出的蚊虫在他身边盘旋。看到儿子走近时，老爹的眼睛里突然噙满了泪。唐胜上前一步握住老爹粗糙如树皮的手，办法总比困难多，他说，阿辉在外面待不了几天就会回来的。

井冈山离这里恐怕有上千里路吧，他骑着一辆破电瓶车，啥时才能打一个来回啊！老爹抹着眼泪说道。

娘舅将一截烟蒂踩在脚下，他的手抬起又疲乏地落下来，落在膝盖上，你们还相信他的鬼话呀，他说，他怎么可能去井冈山大别山呢，我可以用脑袋担保，他跑不出这方圆百十里地去的！

老爹的泪止住了，老娘的眼泪还在不知不觉中流出来。她惶惶不安地说，如果他去的是前堂镇，凤仙的回电早就应该来了。唐胜跟娘舅一起摇了摇头。他们听见四周的土地、树木和池塘又一次发出了沉重的叹息声。

唐胜终于完全接受了娘舅的判断：凤仙的承诺不可信。舅妈的所见所闻证明这一点，这个女人将他们的努力视作了对孩子的一场争夺。天色渐渐黑下来，养猪场的狗在吠叫，树上有了落叶。唐胜想象着阿辉走进茶馆，秃头老板站起身打量他。乌烟瘴气的包厢里摆着牌桌，小姐在一旁侍候着，不知道有多少少男少女将青春赌在了这种地方。也许有一天他们会后悔不迭，也许很快就完全地麻木了。

电话是张老师主动打来的，傍晚时他给唐胜家打电话，想了解一下阿辉近期的表现，这才知道唐胜又赶回了后堂。张老师说，你给阿辉母亲打电话吧，就说你们打算向派出所报案，请求公安机关帮助寻找失踪少年。唐胜不解地说，这有用吗，再说报案也不需要得到她的同意。张老师说，如果她想出什么理由来阻止你们报案，就说明她知道阿辉的去向嘛。

我们自己没能力查找了，唯有报案。唐胜冷静地通知凤仙，那语气是不容置疑的。他听到电话那头传来略显慌乱的声音，不，不要急着报案，他不会跑得太远的！你怎么晓得？唐胜语速飞快地问她。凤仙嗫嚅着一时说不出什么原因，听筒里传来一阵暗哑无力的强笑声。派出所有了这样的案底会影响他的前途。在她的房间里似乎还有另一个人，他好像一直在倾听他们的谈话，大概憋了很长时间终于憋不住了，他突然咳嗽起来。凤仙的声音变得遥远了，可能用手捂住了话筒。真的，我怕会影响他将来找工作或者当兵什么的，凤仙的声音又变近了，唐胜仿佛看到一个秃顶的猥琐男人坐在她身边点着头。

三天，唐胜说我的耐心只有三天，三天后见不到阿辉，只能去报案了。他放下电话，环顾周围，老爹老娘和娘舅都睁大眼睛看着他。唐胜想说几句安慰老人的话，抬头看见一只纸一样苍白的手痉挛着从墙边伸向他家的门框，接着他们听见扑通一声响，一个人倒在了门口的地上。谁？唐胜一个箭步冲过去，骇然发现那人将另一只手捂着脑袋，指缝里正在不断地向外渗出鲜血。

这个撞破夜的雾霭回到唐家老宅的人，自然便是唐利。他紧闭着嘴，不回答任何问题，不说他是被什么人打伤的，又因为何种原因。唐胜也懒得询问。好在他的伤势看上去虽然骇人，还不至于要他的命，又饿又累长途跋涉是他终于支撑不住的主要原因。老娘抹着眼泪从厨房端出一碗面条，上面放了三个荷包蛋。匆匆包扎过的唐利像战壕里饿了三天的伤兵那样一把夺过碗，吞咽之声如同猪棚里的牲畜。大半碗面条落肚了，他才抬起头来，狼一般警惕地守望着门外的黑夜。

唐胜在门外听到老娘跟他的对话声。老娘说你不会马上离开吧，总要养好伤再说。我无路可走了，唐利自嘲般说，我不想拖累你们，但是我的脚把我带了回来。站在门外的唐胜和娘舅对视一眼，都不吱声。堂屋的镜子里映出唐利的身影，他的脸上依然是一片苍白，那飘忽而无奈的眼神跟行将就木的衰人一样充满宿命的意味。唐胜对娘舅说，听说你的身体大不如从前了，韩东一个人太忙，给他找个帮手吧。

唐胜对娘舅充满了歉疚之意，他好像总是在做善人，而娘舅却总是承办者。他俩坐在堂屋的门槛上，黑黝黝的夜空星光稀疏，舅甥俩的身影在月光下晃动着，望过去比身边的树还要寂寞。娘舅沉吟半晌说，让他住到养猪场去吧，说不定还会有债主之类的人找上门来。

没有人跟韩东交代如何与唐利相处，人们想谁知道他能在养猪场待几天呢。太阳出来时韩东看见唐利慢腾腾地走到了他的跟前。韩东正在起猪粪，他看见唐利拿起一柄锄头，慢慢地弯下了腰，他的动作那么疲惫那么笨拙，看上去像个城里来的老人。韩东不知道该跟他说些什么，也不便指使他做些什么，于是，两个默不作声的雇工慢慢地干着活。他们的身影在旷野中散发出孤独的气息。海风一阵阵吹来，冲击着他们流浪的灵魂。唐利干了一会儿就干不动了，他伸出手去问韩东，有烟没有？

他们在风中缩着肩膀，靠着猪棚的墙休息。韩东将一盒最便宜的劣质纸烟递给唐利，唐利皱眉蹙首地点燃了猛吸一口。他看着韩东长满硬茧的铁笊篱一样的双手，又看看自己白皙而皱巴巴的、鸡爪似的手，无声无息地笑了。

阿辉很快就会回来的，他很突兀地说道，但是回来又有什么意义呢，过不了几天，又会离开这里。

你怎么知道，韩东傻乎乎地说，你看见他了？

唐胜不是告诉对方要报案吗，这是他们最忌讳的。唐利在劣质烟草燃烧的烟雾中咳嗽起来，在阿辉未成年之前，他们会忍、忍一阵子。

韩东很难理解唐利用如此平静的口吻说话，他好像根本就是一个旁观者似的。他说的不是他亲生的儿子，而是不相干的街坊邻居。韩东很想看一看，在他那寥廓苍凉的心底，是否还残剩着一点温情，至少目前他看不出来。

他们挑着最后一大筐猪粪走向菜地。唐利在前面韩东在后面。这筐猪粪的重量明显地压在后头，唐利跟它的距离足足与韩东相差三分之一。但是他仍然走得跌跌撞撞，那摇摇晃晃的身子，好像是一名在河岸上被子弹击中的士兵。

七

　　唐胜在老宅里住了三天。三天后的傍晚，他正要拿起电话给凤仙发出"最后通牒"时，听见老爹的叫喊声从小桥方向传了过来。他冲出去，看见老爹老娘扶着河边的柳树在向桥上招手，他们的惊喜令他感到无比酸楚。他看到阿辉很不情愿地骑着那辆电瓶车从桥上下来，他的头发又染过了，那一半黑发变成了绿颜色。晚霞照耀着这个彩虹般的少年，唐胜却在炫目的光影中看到罪恶的影子，使他害怕使他愤怒。他真的很想跑过去揍他一顿。

　　唐胜站在老宅门前冷冷地看着他，阿辉迟疑了好久，慢慢地从一条村道上走过来。唐胜摸摸自己的手，冰凉而潮湿，他的手攥紧了，握成了两个拳头，阿辉因此而倒退一步，眼睛里闪烁着畏惧而又桀骜不驯的光芒。他做好了挨打的准备，他知道大伯从前不打他是因为他还小，也没有变成今天这般模样。现在终于该他经受这样的惩罚了。

　　出来混总是要还的，很多人跟他讲过这句话。阿辉在心里说，打吧，打完了，我欠你的也就少了。

　　唐胜的双眸越过他看着远方，看着那边的养猪场。斑驳的霞光使他眯起双眼，额角上沁出一些细碎的汗珠。他在等待唐利的出现，让他看看他的儿子成了什么样子。他看见灶房里露出来一个头，向这里张望。唐胜有一种奇怪的感觉：唐利不是在瞧着他们而是瞭望着更远的地方。前者不需要踮脚仰首，后者才须用如此视野。唐胜转过头去看看左右与身后，没发现什么异样。

养猪场的位置比较高，唐利从斜坡上跑了下来。一个趔趄，使他跌倒在土沟里。唐胜心中一紧，不由自主地迎着他跑去。那时候阿辉愣怔怔地站在老宅前的树下，一时怎么也反应不过来。他认出了他的阿爸，却不明白阿爸如何会出现在舅公的养猪场。看到大伯跑向他的阿爸，他更加茫然起来。眼前的画面使他感到陌生和突兀。

秋日的晚风从旷野上吹来，夹杂着苯酐和甲醛气味的晚风已经变得很冷。一切都恍若惊梦，老爹老娘也面面相觑。两秒钟之后，老人们露出欣慰的神情，他们似乎看见了两兄弟既往不咎的前景。但是，唐胜的奔跑突然停止了，好像一部年代久远的黑白电影断了连接。他看到唐利从土沟中爬了出来，一边爬一边喊道：我走了，你记住，千万不能让阿辉落到他们手里！！

唐胜已经跑到离他不远的土沟上，他顺着唐利所指的方向看去，顿时倒吸一口冷气。六七个粗壮矫健的身影从公路上跑来，目标正是唐家老宅。唐胜凝视着这些黑衣劲装的汉子，喃喃地说，是赌场的保镖吗，还是你的新债主？

韩东从柴房里跑出来，愕然地看着回身而去的唐胜。仿佛有一阵猛烈的海风在拖拽着他，摇撼着他，唐胜跌跌撞撞地穿过田野以一条直线跑向阿辉。韩东还看见了唐利的最后一瞥，那绝望悲愤的眼神使他感到一阵深深的寒意。快去帮他一把。这是唐利留给他的话。说完这句话，唐利沉着而粗暴地拎起柴房门前靠着的一辆自行车把手，一眨眼就离开了养猪场。

韩东觉得唐利尚未痊愈的身子像一株杨柳般的轻盈无力，但正是这种轻盈使他踩着车轮如哪吒般飞翔在旷野中。韩东听到了他说不能让阿辉落到他们手里这句话，这句话改变了他对这个做阿爸的人的一部分观感。来不及多想，他操起一把锄头便去追赶唐胜了。冤有头债有主，韩东带着一种朴素而执着的信念想，再多的人跑来也不能把阿辉带走不是？

晚霞尚未完全消失，老宅周围便充满了阴霾，急转直下的画面令阿辉呆傻。唐胜一把将他拉进堂屋时，他闭上了眼睛，然而，期待已久的拳脚非但没有落下，反而被他搂进了怀中。韩东跟逼债的黄世仁们几乎是前脚后步赶到，他将锄头一横，挡住他们进入唐家。唐胜斩钉截铁地说，这里是我和我父母的私宅，跟唐利早已没有相干了。

这个夜晚必将留在阿辉的记忆中，不是他想忘就能忘了的。韩东和唐胜毕竟是寡不敌众，他们的身上落下了雨点般的拳头。有人揪住唐胜的头发，拖着他往外走，唐胜顽强地挣扎着，双手依然紧紧地抱着阿辉。韩东向后退一步，猛地一个直拳，那汉子哇地一声叫，手松开了，带落唐胜的一大把头发。老爹老娘害怕得浑身发抖，老娘瘫软了，老爹想喊却发不出声音。唐胜愤怒地说，你们凭啥带走阿辉？被韩东打了一拳的汉子捂着脸说，父债子还，天经地义！

唐胜喊老爹赶快报警，老爹颤巍巍地走向电话时被两条汉子拦住。他们伸出手去抓住电话线，一把将它扯断了，他们说，别做梦了，逃得了和尚逃不了庙，今天要么给钱要么把人交给我们！

赶来解救的是娘舅，韩东的老婆李红慌里慌张闯进他家时，他刚喝下三两绍兴糟烧。砰的一声放下碗筷，他先掏出手机报警，派出所那位副指导员跟着张老师来唐家时，给娘舅递过一张名片，娘舅将他的电话储存了自己手机中。三言两语说完情况，娘舅已经走到村子中央，几位听到吵闹声跑出门来的村民纷纷向他打听出了啥事，娘舅说强盗来了，快跟我过去，一个也不能放走！

阿辉犹如一只惊弓之鸟，颤抖着被大伯护在身后。那些壮汉被村民们围住后，立时变了脸色，骂骂咧咧推推搡搡很快成了一面倒，搞不清情况的村民说你们是不是开发区和拆迁办派来的，他娘的你们是逼着我们造反啊！汉子们说不是，娘舅说不是你个头，一个无辜的未成年孩子你们也下得去手，你们跟那帮专搞强拆的家伙有什么区别?!

副指导员到来时，汉子们简直对他感激涕零，落到他的手里比落在村民们手里好过多了。有的村民还不想放了他们，娘舅说交给公家处理吧，免得说我们妨碍公务。村民们听到"妨碍公务"四个字同时打一个寒噤，他们知道这个罪名比赌博之类严重多了。刹那间，他们纷纷向后退去。

这件事的匆匆来去很像一场梦，瘫软下来的唐胜倒在堂屋一张竹椅上连说话的力气都没有了。这时他才感到头上火辣辣地疼，疼得他溢出泪花。老娘拿来一瓶红药水涂抹他头部，看见发根上到处是一块一块瘆人的出血点。老娘的泪连续不断地洒落在他的头顶，唐胜说没关系，很快会好的。

家人们围着唐胜说话时，阿辉悄然地走出了堂屋。大人们以为他回到自己的小房间去了，他却在村里瞎逛。回想这心有余悸的场景，他有一种芒刺在背的感觉。因为他认出在那些黑衣劲装的汉子中，有一位是秃头老板的马仔。阿辉曾经听唐胜说过一句话，唐胜说是张老师说的：好人都是一个一个的，而坏人却总是一帮一帮的。阿辉毫不怀疑，他娘的这位相好，至少也是这次行动的参与者之一。

阿辉看过许多动漫片，那里有无数的美女和海盗，他觉得自己就是爬上了一艘海盗船，它在暗潮汹涌的洋面上颠簸、震动。他感到一阵阵晕眩，他摇摇晃晃地走了几步，将双手撑着沉重的脑袋。那时他正走在养猪场后面的土沟旁，他坐下来，背靠着猪场的灶房，喘息着。

灶房对面有一扇小窗，那是收拾一新的柴房。石灰水粉刷过的白墙在一盏节能灯下显得十分炫目。阿辉看见韩东一家人在吃晚饭。简陋的小桌上只有一碗芹菜一碗豆腐汤，李红将一片肥肉从豆腐汤里拣出来送到韩东碗里，韩东又将它夹到女儿的饭碗里。女儿说，爹，你吃吧，俺不馋。韩东说，俺也不馋，你快要回老家去上学了，多吃点好的，老家可是难得能吃上肉了。

涌泉般的泪水突然从阿辉脸上掉落下来。被打被骂时不曾流泪的少年，那一刻不可遏制地将双手蒙住自己的脸。本以为心头已结起一层硬茧的他，迷茫地发现那硬茧成了一张薄膜，居然被这个穷人家温馨的晚餐场景轻而易举地戳破了。想到自己的父母，自己的家，阿辉咬牙切齿地重新站起身来，他的神经的战栗变成了一种寒热病似的战栗，他觉得冷，于是抱起双肩，磕磕碰碰地跨过了土沟。

奶奶将晚饭端上桌时才发现孙子出去了，她刚惊慌地喊出声时便被唐胜止住。唐胜说他不会走远，我去看看。唐胜在村里转了一圈，然后才走向养猪场。

天色早已全黑，清冷玄月斜挂西天，夜空穹顶浩渺无云。说是云淡风轻之夜，却有一种诡异的感觉。唐胜终于看见了阿辉。在黛青色的天光里，少年跨过土沟又坐了下来，就坐在沟沿上。唐胜听见啪嗒一声响，看到阿辉点燃了一只打火机，他的心头一沉，却没有急着走过去。到了这种地步，再以一个好学生的标准去要求他，唐胜觉得有些可笑。火苗儿照亮了阿辉的脸，他从裤兜里摸出一支皱巴巴的香烟点燃后吸一口，随即便吭坑地咳嗽起来。看来他还不是真正的烟枪，唐胜苦笑着摇了摇头。

少年脸上的泪水在火光照耀下闪闪发亮，火光熄灭后那泪珠儿依然清晰可辨。相比那一回在公司他阿爸打他时的哭号，这无声的落泪更使人感到触目惊心。阿辉将香烟扔了，仰面看着辽阔的夜空，那眼神空洞而迷茫。后来他转过身去，依然痴痴地瞧着那间温馨的柴房，唐胜顺着他的目光看去，看到李红的拿着抹布朝窗外瞥了一眼，随即将窗子关了，韩东逗着他们的儿子，窗纸上映出他把孩子高高举起的剪影。

唐胜走过去，走到他的身边。蓦然惊醒的阿辉迅速抬起手，将衣袖揩去脸上的泪水。唐胜将一包面巾纸递给他，他愣了愣，默默地接下来，不吭声。唐胜也不说话。土沟上出现两个静止不动的人影，该说的话都早已说过了，此时无声胜有声。

你阿爸还会回来的，唐胜终于开口说道，他心里还是有你的。

我今天看到、听到了。

回家去吃饭吧，别让爷爷奶奶等急了。唐胜温和地拍了拍他的肩膀，他们每天晚上都在等你。他拉住阿辉的手站起身来。他发现那手掌湿漉漉的，想必是擦眼泪的缘故，他触到那手腕上的脉搏，感觉到了那跳动的焦灼和惶乱。于是他竭力将声音变得更温和一些，他说，当心脚下的路。

我阿爸又跑回来了。阿辉突然说道。就在那边。

唐胜向前迈出几步。在小桥旁两岸的上空，暗蓝色的穹顶上，飞起几只轻捷的鸟影，一片小竹林被风吹动，发出沙沙的声响。静谧中令人感觉不仅是若有若无的鸟翅扇动声，不仅是风中的竹叶声，还有轻微的人的呼吸声。唐胜静静地倾听着，像一个定格的电影画面，停顿片刻之后，他继续走动起来，走向那片小竹林，他压低嗓门说，是你吗，唐利，你给我出来！

一艘无人的小船随波漂荡开来，涟漪在它周围泛着灰白色的泡沫。桥上桥下一片静寂，鸟影已远。没有人回答他，所谓的人的呼吸声只是一种错觉。夜，挟着凉爽的微风，吹过小桥，吹过竹林与河岸，将他们肃穆而又有所企求的脸变得青晃晃的。潮气打湿了他们的脸，打湿了他们的手和脚，徒劳的召唤使他们的心一次又一次沉沦。老爹老娘再也忍耐不住了，他们的呼喊声随风传来，唐胜不得不转过身去，高声回答说，放心吧，我和阿辉这就回来了！

他们的身影远去了。一高一矮两个身影在村路上渐渐地变小。风在农舍的屋顶上慢慢地停息，小竹林和小桥一起静默下来。无人的小船摇晃起来，一侧船舷在什么人的推动下缓缓地倾斜过去。黑黝黝的水面上，侧转的船边露出来一个人。这个人看着他的儿子跟着他哥哥转眼间消失的背影，晃了晃脑袋，然后弯下腰去，从紧贴河坎的水下捞起了一件东西。那辆养猪场雇工使用的破自行车。

从他脸上滴落下来的水珠儿咸津津的。整条河都咸津津的。咸津津地淌着他的思绪，阻挡着他回家的路。他跨上湿漉漉的自行车后，又向唐家的老宅看了一眼，那一眼的神情复杂难以形容。接着，他才默默地骑上了河堤。

谁也无法拯救他。他却在心里祈祷着，或许还能拯救他的儿子吧。

这是唐胜的猜想。三天后他接到一条短信，唐利说自己听到了他的喊声，谢谢他把阿辉保护下来。唐胜马上给他回电，但对方已经关机。

唐胜对张老师说，他一定是这样想的。

（首发于 2012 年第 9 期《中国作家》文学版）

闹市有草舍

一

　　茅廊巷处于市区的中心地段，宋时有柴场，故名。附近有浙二医院，有俗称为城站的杭州火车站，隔壁有忠孝巷，明时于谦曾居此。粉墙黛瓦的巷子里，宁静而和谐，路灯洒下一圈暖暖的昏黄灯光。天蒙蒙地亮了，巷口的菜场才逐渐嘈杂起来，挑担卖菜的贩子开始与早起的主妇们讨价还价，引车卖浆者悠长的吆喝声引来鸡鸣狗吠。菜场旁边有一座茅草屋，柴门吱呀呀地打开了，我姆娘蓬头垢面走将出来，回转身去对刚从床上坐起的女儿阿凤说，快起来吧，帮我去给人拔鸭毛。

　　这是一座在闹市中显得很突兀的茅草屋。我母亲称其草舍。它的墙基一半是砖，一半是黄泥，砖砌的部分大概是原先人家瓦房的废墟，残墙断壁人去屋空，姆娘一家人搬进去时没钱修缮，便用黄泥稻草对付着先住了下来。那是 20 世纪五十年代初，我母亲早已入不敷出，再也无力接济她的娘家兄姐们。姆娘的大儿子在青海劳改，二儿子去了朝鲜打仗，留在她身边的只有初中辍学的三儿子秋生和女儿阿凤。瘦小的秋生跑到笕桥机场去修跑道了，姆娘每天早晨带着阿凤去茅廊巷菜场替人杀鸡杀鸭子，挣几个辛苦铜钿弥补生活。

　　杭州人称姨夫为干爷，我的干爷病怏怏躺在竹榻上，睁着一双空洞的眼睛瞧着茅屋顶上一块补丁般的玻璃出神。他在想什么？他什么也不想。这个曾经的绸布店倌，抗战胜利前夕被日本兵暴打过一顿，每当阴天下雨就会浑身疼痛乃至咯血不止，不到六十岁，就几乎完全失去了劳动力。

菜场里污水横流，牲畜的粪便随着污水流淌到草舍门前，姆娘和阿凤捡了两块断砖扔在污水中，一老一小掂着脚跟从砖上走过去。鸡贩鸭贩看见她俩就扬起手招呼，快过来，买主都等不及了！姆娘颠着一双半解放的小脚跑过去，阿凤拎着一个热水瓶一只破脚盆紧跟其身后。姆娘手起刀落，一只老鸭子嘶哑地喊一声，双脚和翅膀在她手中剧烈地挣扎，鲜血汩汩地注入了地上的小碗中。阿凤手忙脚乱接过老鸭子，摁在盆里，滚烫的热水带着鸭血溅到她脸上，小姑娘在清晨的寒风中打着哆嗦。

买主是金钱巷派出所所长的夫人，茅廊巷是她先生的辖区。1949 年 5 月杭州城易帜前夕，所长就在菜场门口摆一个皮匠摊，一边给那些军警宪特钉后掌补鞋帮，一边东扯西拉地打探消息。太阳出来的时候，秋生将他父亲搀扶到一张竹躺椅上，我干爷眯缝着眼睛，冷冷的靠在躺椅上瞧着这个不安分的皮匠。"这个江北佬不像是良善之辈，"他对儿子说，"我们要对他提高警惕。"

干爷当时还不知道，他的大儿子已经在回家的路上，这个参加过中国远征军到过缅甸印度的中尉连副，在东北长春被四野俘虏，经过一个月的甄别教育，领了遣散费爬上了南归的闷罐子列车。他的二儿子则跟着国军 110 师师长廖运周在淮海战役中起义，成了解放军的机枪班长，在渡江战役中荣立大功，已经进军大西南。

干爷是一个城市贫民，他连自己的一日三餐都管不了，怎么管得了儿子们的人生选择？他有什么可以提高警惕的？！但是他的眼神依然那么犀利，从浑浊的眼球后面透出刺刀般的一缕寒光。"他会找我们麻烦的，"干爷跟他的三儿子说，"快了，很快他就会找上门来。"

这天早晨却并没有人找他家的麻烦。摇身一变为派出所所长夫人的皮匠老婆表现得很是和蔼可亲。老鸭很快被褪尽了毛，白花花的显得很肥壮。跟老鸭一样肥胖的所长夫人对阿凤说，"今天早点回去吧，等着报喜的人上你家去。"阿凤将杀白鸭子用一张荷叶包好递给她，不敢相信地说，"我家有什么喜事可报的，莫非要给我三哥安排正式工作了？"所长夫人有点不高兴了，两条稀疏的眉毛渐渐地拧起来，瞪了她一眼。她说，"你目光能不能放得远一点，进步一些？"阿凤吐吐舌头说，"哪我家还会有什么喜事呢？"所长夫人哼了一声，拎起菜篮子离开她们，走了几步她回过头，说，"你二哥又立功了，还当了排长，这才是你家真正的喜事，懂吗！"

对于我的干爷姆娘来说，居民区敲锣打鼓送来的喜报，却似乎远远没有二儿子从朝鲜寄来的第一个月排长津贴来得实惠。草舍里连两把请人坐下的椅子都没有，姆娘就站在柴门前向报喜的人们表示感谢。居民区主任说，你家有什么要求人民政府帮助解决的问题，尽管提出来。姆娘看看黝黯而家徒四壁的草舍，欲言又止。邮递员骑着一辆铃儿叮当乱响的破脚踏车过来了，"快拿图章来，有你家的汇款单！"阿凤嗖地一下窜出人群，手舞足蹈说，"我二哥寄来多少钱？这下我可以回学校去读书了吧，再也不用天天一大早起来拔鸡毛鸭毛了！"

许多年之后回忆起这一天，秋生那双蒙着一层老年白内障的眼眶里依然潮腻腻的。那天正好是星期天，秋生从机场工地上回来拿换洗的衣服，老远看见草舍前簇拥着一群大妈大嫂。秋生迟疑不决地走过去，听见阿凤喜极而泣的声音，他的心才稍稍放松一些。这时候已近中午，阳光照射着草舍旁的法国梧桐树，一根晾衣绳拴在两棵树上，干爷的一件旧长衫在微风中摇曳。居民区主任又问了一句，要我们帮什么忙？秋生看见菜场的矮脚经理也在看热闹，一句话便冲口而出："能不能从菜场拉一根电线出来，让我家也用上一盏电灯泡？"

人们都盯着矮脚经理看了，看得他很尴尬。那时没有各家各户的小电表，往往是七十二家房客的大墙门里，共用一只大电表。秋生央求说，"我家草舍夜里点油灯实在太不安全，有一盏15瓦的电灯泡就谢天谢地了！"又说，"电费每个月都照算好了，我们不会拖欠公家的。"

大妈大嫂们都看着矮脚经理，看得他嘿嘿地讪笑，一位漂亮大嫂搡了他一把，叫你表个态呢。矮脚经理就势抓住她那丰腴肥白的手捏了一把，他说，没问题，光荣之家么，照顾一下也应该的，再说还有你的金口。漂亮大嫂甩开他的手，说，别说的这么好听，要看你这个武大郎的实际行动，主任你说对吗？

居民区主任笑了。她说是的，草舍里点油灯确实不安全，这里不是乡下，一旦走火左邻右舍都会遭殃呢，尤其你这个菜场。矮脚经理咬了咬嘴唇，终于挥了挥手说，好吧，今天就给他家装上电灯。

阿凤的嘴唇哆嗦着，好像快哭出来了。姆娘忙前忙后，又跑去买了一盒飞马牌香烟来招待矮脚经理和菜场的电工。秋生在草舍里爬上爬下，帮助电工拉线。唯有干爷一如既往地靠在竹躺椅上，似乎怕别人嫌弃他的病，他戴着口罩，只露出一双淡漠的眼睛。灯突然亮了，秋生从一架竹梯上跳下来，他的身子像一根晾干竹似的轻盈无力，他的双脚因此而略显茫然地落在了泥地上。一盏15瓦的电灯泡就这样晃花了他们的眼睛，昏黄的灯光竟然如此炙热暖人。

风从茅廊巷的巷头巷尾吹来，夹杂着油烟味的晚风在深秋时节已经变得很冷，炊烟袅袅，秋生打着寒噤将菜场的电工送出门去。姆娘在灶头上忙碌，今晚他们不吃番薯粥了，吃白米饭。闻到草舍里传出的饭菜香味，秋生的喉咙里咕噜响了一声。他看到菜场门口有一堆垃圾，一个瘦骨嶙峋老男人伸出枯柴般的手在垃圾中挑选食物。秋生听说他是一个有历史问题的人，抗战时当过远征军的文书，现在他没有工作，没有收入，被交给居民区监督管制。秋生看见他的母亲趿拉着一双破胶鞋悄无声息地走出草舍，手里捧着一碗雪白的米饭。他阻止不了她，只好叹了一口气，提心吊胆地看看四周。

谢谢你。老男人的声音在打烊了菜场门前显得空旷无力。秋生看见他咧开嘴笑了，两颗残剩的牙齿在幽暗的天色下闪烁惨淡的白光。他是你大哥的战友，姆娘曾经跟她的三儿子说过，他们一起在澜沧江边打过日本人。于是秋生在恍惚之中看见一条波涛汹涌的大江，看见一群衣衫褴褛的士兵互相搀扶着从野人山里走出来。秋生摇摇头，又叹了一口气，跟着他娘回到草舍里去了。

姆娘一家人并非没有住过像样一点的房子，我的外公外婆还在世时，他们就跟老人住在一起。1945年，历经八年离乱的我父母从重庆回来了，赡养老人的担子自然落在我娘肩上，他们也过上了小康生活。然而，好日子注定是短暂的，内战的风云像一阵狂风，席卷了中国老百姓们的和平梦。1949

年，我母亲带着我和我的兄弟姐妹们去了香港，1950年又从香港回到杭州，这一出一进之间，世界和人的命运都已经彻底地变了模样。

城站对面有一座红楼，楼顶的钟声在夜空中悠扬地回荡。我仿佛看见他们坐在那盏连一个灯罩也没有的电灯下，欢快地咀嚼着白米饭。干爷坐在一张四仙桌的主座上，双手扒拉着桌上残留的饭粒，他无比珍惜地用痉挛的手指将饭粒捡起，一粒一粒送进嘴里。这些饭粒是从阿凤嘴边漏出来的。姆娘说，你像个大姑娘吗，你像是饿死鬼投胎来的！秋生将一块猪头肉送到妹妹碗里，"慢点吃，"他说，"没人跟你抢的！"

这是一幅十分温馨的画面，他们真的很容易满足。小时候我不止一次听姆娘说过，干爷是绍兴人，他有个弟弟一心一意要到上海去学生意，小叔子对嫂嫂说，我宁愿到繁花似锦的南京路上去做个小瘪三，也不想一辈子留在祥林嫂嫁给贺老六的深山冷岙当位土财主！姆娘对秋生和阿凤说，跟你们这个小叔叔相比，你们该知足了不是？住在热热闹闹的杭州城里，有饭吃，还有电灯点呢。阿凤说可惜我们住的是草舍。姆娘拿起筷子敲她的脑袋，说，"草舍怎么啦，冬暖夏凉的你晓得不晓得！"

二

我无法修正姆娘的话和秋生的记忆，在我七岁之前的印象里，这草舍是无论如何也谈不上冬暖夏凉的。夏天，阳光穿透了稀薄的云层，烤热屋顶上发黑的稻草和门前龟裂的石板路，无数苍蝇在垃圾堆上嗡嗡地打旋。一条肮脏丑陋的草狗，无精打采地躲在菜场的屋檐下，吐着腥臭的舌头。终于回到高小读书的阿凤坐到门槛上，趴在一张骨牌凳上做她的暑假作业。那是早晨，巷子里还有一点穿堂风，到了将近中午的时候，骄阳暴晒下的石板路便使她再也坐不住了。她回到草舍里去，不一会儿又走出来，走到梧桐树下，浑身湿漉漉的，像狗一样吐出舌头，呼哧呼哧地喘气。屋子里太闷热了，她撩起衣裙露出青涩的肚皮说，我热得都快要昏过去了。

只有干爷不流汗，他好像永远也感觉不到春夏秋冬似的。我看见他穿着一袭洗得发白的士林蓝竹布长衫，躺在竹躺椅上闭目养神。草舍里有一件与周边环境极不相称的奢侈品：一台老式收音机。这是一台德国产的根德4010电子管收音机，我母亲当年从香港带回来孝敬其父母的，外公外婆去世后留给了他们的大女儿我姆娘。收音机里每天播放着三反五反之类的新闻，他静静地听着，什么话也不说，过一会儿就闭上眼睛，还发出了轻轻的鼾声。

有一天他突然睁开眼睛对我说，"什么狗屁新闻？蒋老板一向循规蹈矩的，抗战时还帮助过新四军不少钱粮呢，怎么也成了不法奸商?!"

蒋老板是蒋光昌绸庄的大股东，干爷当过他手下的跑街先生，用现在的话说就是业务员。即使我还小不懂事，也知道一名雇员对剥削过他的老板如此一往情深，简直就是大逆不道。我无法回答他，只好畏畏缩缩地走到灶前去喝水。一大杯凉开水咕嘟咕嘟地灌进我的喉咙，从嘴边漏出的水受了惊似的顺着我的小脸往下淌，一直淌到泥地上，好像我都被他吓得尿失禁了。

巷里的碎石板路面在烈日下蒸腾着一股热气，秋生骑着一辆破脚踏车回来了。从笕桥机场到茅廊巷至少有十几公里，这段距离秋生只用了不到一个钟头。满头大汗的秋生在马路上疾驶，热风和尘土灌满了他的耳朵与鼻孔。自从《朝鲜停战协定》签订以后，秋生就不大关心他的二哥了，而在此之前，秋生却常常不得不打断母亲和巷里另外两家志愿军军属的那种冗长凄然的话题，她们总是在忧心忡忡地谈论着冰天雪地的三千里江山，谈论着上甘岭或者毒气弹什么的。秋生说，"报纸上不是说了吗，中朝人民力量大，打败了16个国家的军队!"秋生推着他娘回家去，"大哥还在青海劳改呢，你就不怕有人报告给派出所去?!"

问题不仅仅是他家的老大，还有我家这门亲戚。谁也不知道我父亲已经在凄风苦雨中死于非命，还以为他在海峡对面继续担任着要职。派出所所长的女儿跟阿凤是同班同学，你知道你为什么总是挂不上红领巾吗？有一天她对阿凤说，你二哥再立两次大功也不顶屁用，因为你姨夫是台湾的高级将领。"你知道什么叫特嫌吗？你们一家就是特嫌，"她抬起脚上那只不知谁当年留在皮匠摊上忘了取回的红皮鞋，踢阿凤一脚，"包括你，都可能是潜在的破坏分子!"

秋生的瘦削的身影被中午的阳光投射在石板路上，脚踏车像一条筋疲力尽的狗一样被他扔到墙脚喘息。阿凤叫了一声三哥，从梧桐树下奔了过去。小丫头扑到他身上呜呜地哭着，双手抓着头发，她说，我不想上学了，她每天都用红皮鞋踢我，我再也不想见到她了！秋生觉得她那种痛苦的模样很滑稽，他拍拍她的肩膀说，那你就踢回去好了，你的脚劲总比她大一点吧。她阿爸是派出所所长，阿凤抽抽噎噎地说道，我不敢，我怕她会叫她爹娘来报复我家。

秋生的脸色变得阴沉下来，他想说什么，摇摇头，又把话咽了回去，他的嘴唇因此而发出丝丝的声响。后来他告诉我，他当时觉得特别的窝囊，大哥跟日本人拼过刺刀二哥向 16 国军队扫过机枪，而他却面对一个臭皮匠出身的派出所所长只能忍气吞声。县官不如现管，十七岁的少年秋生，由此而深刻地体会了权力体制下一个小小老百姓的无奈。

二哥快要回来了！这是他安慰妹妹的话，也是他匆匆忙忙从笕桥工地上往家赶的原因。秋生在笕桥机场结识了一位场站助理员，此人有不少战友在驻朝部队。你哥所在的部队快要奉调回国了，有可能集体转业呢。昨天晚上，助理员请他喝酒，喝得微醺时向他吐露了这个信息。当时秋生愣了愣，一种终于可以卸下家庭重担的感觉突如其来，令他也放肆地端起了酒杯一饮而尽。那时候他感到异常的疲惫，他的身子好像稻草一样轻飘飘的，夜空中的星星和月亮都在摇晃，远处停机坪上的苏式米格飞机好像也漂浮在了半空中。

总归是少年心性，兄妹俩很快将不快抛在了脑后，秋生还没来得及说话，阿凤就迫不及待地将这个好消息告诉了父母。姆娘连问三遍，"真的吗，你有没有听错部队番号哦？"秋生说哪会听错呢，他们整个师都要归国了。

一场夏季的雷阵雨突然降临，天黑下来，周边的一切瞬间变得浑厚而凝重，转眼之间，草舍内外响起炒黄豆般的爆响声。屋顶上那块肮脏的玻璃亮瓦刹那间被洗干净了，接着便凝聚起潺潺流水。阿爸！阿凤惊叫一声，奔过去搀扶老人。她阿爸的头上，被雷电和暴雨击破的茅草顶不是漏了水，而是像一个吊桶掉了底，倾盆大雨直接倒在了他的身上。浑身湿透的干爷牙齿嗒嗒地响，苍白的脸上挂着几根烂稻草。秋生急忙伸出手，将他拽到屋角的竹榻上去，那里的屋顶还比较结实。晃荡在屋梁上的电灯泡瞬间亮了亮，接着熄灭，留给他们一片更加浓密的黑暗。姆娘摸索着，寻找以前用的油灯。姆娘嗓音嘶哑地喊阿凤，"阿凤你把火柴放到哪里去了？！"

深深的沮丧笼罩着草舍里一家人，这里那里，总是有雨水啪啪地落在他们头上和身上。暴雨急速而猛烈，像无数条抽打的鞭子。在它的肆虐下草舍和人都忍受着难以言说的疼痛，仿佛一切都快要被蹂躏得变形了。姆娘说，这屋子怎么还能住人呢，老二回来了叫他住在哪里？干爷在竹榻上摸索着，从一只发黑的竹枕下摸出来一支香烟。"秋生你把油灯挪过来，"他凑到灯前点燃烟，对他的老婆说，"船到桥头自然直，你操那份心做啥？人活着今天不晓得明天的事，"他喷出一口烟说，"他不是功臣吗，莫非人民政府叫功臣睡到马路上去？"

巷子里电闪雷鸣，树影憧憧，所有的乌云都变成雨水落了下来。堵塞的阴沟将菜场和茅廊巷都变成了泽国。天色从黑暗变成浅灰，千疮百孔的草舍如同一艘破船，漂浮在水上。这就是我跟着我母亲赶去现场时看到的情景。我母亲一只手撑着一把黄色油布雨伞，一只手拎着鞋子，卷起裤脚小心翼翼地跋入水中的画面沉重地烙在我童年的记忆中。我赤着脚，跟在母亲身后，那水冰凉冰凉的，使我在那个酷热的夏天感觉深深的寒意。

我的二表哥并没有很快回来，从那个夏天一直等到冬天，才收到了他的确切信息，他们回到了丹东，然后就在那里开始了漫长的总结和整训。战争结束了，每一支部队、每一个人的今后去向是迥然不同的。我母亲去旧货店卖掉了原先答应长大后会送给我骑的一辆蓝翎牌脚踏车，从郊区买来几车新的稻草，请来秋生的几位工友，将草舍的屋顶和泥墙修缮一下，日子就这样又过了下去。母亲对她的姐姐说，"我很想帮你盖成瓦房，但是我实在拿不出钱了。"姆娘抹着泪说，"够了，足够好了，"她像跟阿凤跟秋生那样说的那样，向我母亲重复了她的感受，她说，"我蛮喜欢住草舍的，草舍里冬暖夏凉。"

冬日的茅廊巷晨雾弥漫，提篮买菜的妇女们和菜贩子讨价还价的身影在雾气里若隐若现，放寒假了，姆娘在家里接了给人打毛线衣的活儿，阿凤仍然要去菜场给其他人当下手，拔那些永远拔不完的鸡毛鸭毛。她的双手长满了冻疮，脸上也是，她已经像个大姑娘了，戴着一只蒙住大半张脸的白口罩。但是派出所所长的女儿依然没有放过她。她走到阿凤跟前，用她的小红皮鞋踢一脚地上的鸭子说，"拔干净一点，上回我吃到了三根鸭毛毛。"阿凤蹲在地上，白口罩上粘着两根湿答答的鸭毛，她的声音从口罩后面屈辱地钻出来，"你妈当时检查过的，"她瓮声瓮气地说，"她说我拔得很干净。"

那天我正好去菜场找她，母亲叫我给她送去开学时要交的学杂费。我亲眼目睹了这一幕。你还要狡辩，我听见所长的女儿说，你想反抗人民民主专政啊？我愕然。这话我在收音机里听到过，从大人嘴里也听见过的，但是从一个十二三岁的小姑娘嘴里恶狠狠地说出来，还是令我情不自禁地打了个寒噤。所长女儿又抬起了她的小红皮鞋，这回不是踢在鸭子上，而是踢到了阿凤的身上。"你身上一股臭味，"她说，"以后离我们远一点。"

"你他妈才是臭烘烘的！"我冲到她跟前说。我看见她吃惊地向后退了一步，将手指着我，"你是谁，你这个小东西，"她的指甲像冰凉的刀锋划过我的脸庞，有一点疼痛，"我知道了，你是她表弟对吗，那个从香港回来的小特务！"她说。"你才是特务呢，"我说，"瞧你这件大衣，你这块围巾，跟电影里的女特务一模一样！"

后来我回想她身上穿的那件海勃绒大衣，那条羊毛格子围巾，我认为一定是从哪个资产阶级家庭得来的，不是抄家时顺手牵羊，就是她爹娘收受的贿赂，凭一个派出所所长的薪金，这位小千金绝对穿不起这样豪奢的服装。看热闹的人们围过来了，无论哪个年代，人们总是同情弱者的，那时候阿凤坐在淌满污水的水泥地上，两眼泪汪汪地看着大人们，无助的表情就像一只遇见狼外婆的兔子。而我呢，固然是龇牙咧嘴的一脸凶相，但毕竟是年龄太小，受到损失的形象几乎可以忽略不计。于是，不了解双方背景的人们纷纷指责这位跋扈的小千金，气得她猛地跺了跺脚，夺门而出。

我看见的一切别人也会看见，十年以后金钱巷派出所门口贴出了满墙的大字报，其中有一条就是质疑所长老婆和女儿穿用的来路不明的奢侈品。我看见昔日的皮匠愁眉苦脸站在院中，接受他的同事和下属们的批判，那时候所有的辩解和检讨都是白费心机，那些挂起红袖章的片儿警无疑比我凶狠多了，根本不容其分说，声讨的口号声一浪响过一浪。

这是后话。当时我们心中的委屈和气恨却像一个秤砣坠在那里。我记得阿凤牵着我的手回家去，茅廊巷里飘起了这个冬天的第一场雪花。寒风袭来，让人不由自主地打着哆嗦，我觉得我们像两个幼小的幽灵一般在寂寥无人的天地间飘荡。我们走进草舍，四处漏风的草舍似乎比外面更寒冷，干爷盖着棉被，棉被上还有一条我家用过的旧军毯，精瘦的身子虽然颤抖着，脸色却是一如既往的平静。"人生下来就是来世间受气的，不受气你就活不下去。"他悠悠地瞧着门外漫天飞舞的大雪说，"人的一生，无非是人家给你受受气，你再给人家受受气罢了。"

　　他的话留给我很深印象，雪花在茅草屋顶的亮瓦上飞舞，给他脸上涂了一层薄薄的天光，他的嗓音喑哑、干瘪而沉浊，好像有一口痰，或者是一口气，长久地堵在他的喉咙里。巷子里传来了一阵清凉的吆喝声，带着无限的孤寂与伤怀，"甜酒酿要哇，甜酒酿！"是那位当过远征军文书的老男人的叫卖声，居民区终于帮助他找了一份工作，给他置了一挑担子，在这个天寒地冻的冬季里，他步履蹒跚地踏雪而行，穿街走巷卖着甜酒酿。

三

二表哥回来是春末夏初的时候，他是黄昏时分乘火车到达城站的，那时没有民工潮也没有黄金假期，秋生跟我站在出口处，看见从月台上走过来稀稀拉拉的十来个人，二表哥背着铺盖东张西望地走在最后面。没有后来电视上常常看到的那种热烈欢迎的场面，什么也没有。二表哥穿着一套洗得发白的棉军装，戴着摘去了帽徽的剪绒帽，在这个略显炎热的江南季节显得不合时宜。那一年他不过二十四五岁吧，看上去却有三十出头了。他的皮肤很黑，额头上有一道狭长的伤疤，中等个子，脸上的表情看来有点傻乎乎的。走出出口处了，他站在那里茫然环顾，手里提着一只细帆布旅行包。在夕阳下这个大兵的身影臃肿而呆板，仿佛很不习惯都市的车水马龙。他抬起胳膊擦着脸上的汗，终于见到我们时露出了惊讶的神色。

我是第一次见到这位表哥，秋生也多年不曾见过他了。抗战胜利后，我家一度住在南京忠岚里，对面就是梅园新村，这位二表哥跑来我家谋生，我母亲看见他没事就往对面跑，跟那些延安来的马弁伙夫混得很熟，怕他给家里惹祸，让父亲将他送去当兵，没想到110师廖师长本来就是延安的人，一年后就把他带到了对方的营垒中。

二表哥弯下腰来问我，"你是小表弟？你快上学了吧？"我点点头，

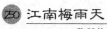

"快了，明年秋天我就可以读一年级了。"秋生接过他的旅行包说，"走吧，家里人都在等着你。"于是他跟着我们往茅廊巷走去。一路上他跟我们没什么可说的，只是瞧着久违的街景，显露出微微的激动。红星剧院门口贴着《盘夫索夫》的越剧海报，浙二医院旁边摆烧饼摊的、卖香烟和卖白兰花的小贩，都令他感到十分亲切。他问秋生说，"菜场门口那个皮匠还在吗，生活是否还过得去？"

他的日子比谁都好过，秋生说，他当上派出所所长了，权高位重，整天牛皮哄哄的。二表哥愣了愣，他的神情有点恍恍惚惚的，"莫非他从前是搞地下工作的？"他自言自语说，"难怪啊，有一回还鬼鬼祟祟地叫我帮他去送过一封信来着。"他站住了，就站在从前那个摆皮匠摊的位置上，一本正经地告诫秋生，"你刚才的态度不好，什么叫'牛皮哄哄的'，人家是老同志么，我们要尊敬他们。"

坦率地说，我跟秋生一样，对这位兄长的归来感到颇有些失望。秋生起初想跟他争论的，嘴唇抖动了一下，终究是刚见面的兄弟，把话又咽了回去。天色已黑，柴门大开，我母亲陪着姆娘走了出来。啪地一声响，二表哥双脚一碰，把手举到了帽檐上，他喊声娘，我姆娘一把拉住他，眼泪唰地流下来。我母亲也揉起了眼睛，干爷在屋子里猛烈地咳嗽起来，阿凤在惊喜地叫，一种前所未有的忙乱和温情笼罩了这个闹市区的茅草屋。

草舍里放不下一张新的竹榻了，那天夜里秋生是去我家睡的。离开草舍之前的许多语言我都记不清了，只记得二表哥说他带了一笔复员费回来，这笔钱可以用来将草舍扩建成瓦房。毫无疑问，这是最重要的一个好消息，留给我至深的印象。虽然，按照我母亲的计算，这笔钱还是不太够的，但是母亲说，大头解决了，余下的总是有限，就由我来想办法好了。

我记得人民银行那座高高的柜台，童年的我踮起脚也够不着它的台面，那是唯一合法出售金银饰品的地方，其他任何交易渠道都是要坐牢的。我记得母亲的面容，每次站在这柜台前总是神色黯淡。昔日将军夫人的雍容舒缓早已一去不返，如今她将最后一点纪念品都付给了窘困潦倒的现实。因为是绝对的垄断经营，柜台上收购的价格都定得极为低廉，母亲低声恳求着，能不能再高一点点，对方的口气便变得极不耐烦。出卖这些首饰的都是些已经沦为人下人的弱势女性，她们除了忍气吞声之外别无选择，后来的岁月中每当想起这幅画面我的心中便会涌起无限伤感，她们被迫卖掉的何止是一个戒指、一对耳环啊，随之而去的往往是她们一生中最美好的记忆。

母亲对她的姐姐说，现在好了，能够改造和扩建成瓦房了，下一步就是你家老二的工作问题了，想来总不会安排得太差。"列宁说，面包会有的，牛奶也会有的，"我母亲安慰她的姐姐说，"你们的好日子还在后头呢。"

医院、菜场和民居在灰色的晨曦里勾勒出缺少规划的轮廓，遥望远处可见波光粼粼的护城河，汽笛鸣叫，从北方驶来的一列火车摇摇晃晃地开进了城站站台。一串鞭炮从阿凤手上突然炸响，她脸上充满了兴奋的神情。改造草舍的工程就在这样的一个早晨开工了。那时二表哥整天忙于跑派出所和民政局，改造草舍的活儿主要还是落在秋生身上。由于一家人，尤其是我干爷无处搬离腾出施工场地，白天拆掉一处泥墙，晚上就得砌起砖墙，因此工程只能十分缓慢地进行。干爷事先警告过秋生，笕桥机场跑道的修缮工程丝毫不能受到家事影响，秋生的工友们因此而三天打鱼两天晒网。

跑来帮忙的主要是巷子里另外两家军属，她们的亲人一个去了北大荒一个去了福建前线。现在我们才知道，二表哥的老部队已经全体转业，开赴北大荒参加农垦，只有少数背景复杂和家庭实在困难的官兵被批准复员，回家就业。二表哥是因为家庭实在困难才复员的吗？这个理由很勉强。那么他就是前者了。这可是一个很让人担忧的问题。

二表哥不是没有见过世面的人，他跟着我父母见过国共两方面的许多大人物，从淮海战役到进军大西南，又跨过鸭绿江，以他的履历看，也算是见多识广了。但是，他现在面对着区民政局的一个科长，面对着派出所所长，却一点脾气都没有。他们很威严地坐在宽大的办公桌后面，翻着他的档案，所长说，你犯过什么严重错误，为什么被撤销排长职务，你必须再一次交代清楚。二表哥迟迟疑疑地说，档案上不是有记载吗，我违反纪律打过一名战俘，他是首尔人，参加过侵华日军。"档案是档案，你是你！"科长拍一下桌子，恼羞成怒地警告他。"历史问题不交代清楚，政府怎么考虑你的安置问题？！"

二表哥黑黝黝的脸变得苍白无比，能够决定他命运的人其实对他的交代根本不感兴趣，二表哥说当年暴打过他父亲的日本兵也是首尔人，所以他忍不住以牙还牙。他们都笑起来，好像他在编一个很滑稽的故事。"这么说你还是出于阶级仇民族恨啊？你大哥是什么人，你姨夫又是什么人？"所长叹一口气说，"老弟啊，我实事求是跟你说吧，上面有指示，对你这样的退伍兵是要甄别使用的。现在是什么形势？资产阶级正在向执政党猖狂进攻！"昔日的皮匠和那位科长一个唱红脸一个唱白脸，他说，"你多少也算是有功之臣，应该理解我们的难处。"

二表哥紧紧绞着自己的手，他的手心沁出了许多冷汗，后来他突然想起自己的身份，他说，我不是退伍士兵，我还是少尉副排长。他的话引来一阵冷笑声，民政局的科长说，副排长算什么，比你级别高得多的人到了这里也服服帖帖！所长挥挥手说，回去等着吧，我们也要等待上级新的精神。

一家人又变得心事重重，二表哥不敢再去找政府麻烦，无所事事的生活中最主要的内容是睡觉，在朝鲜的时候他曾经七天七夜没有合眼，坚守阵地，现在他怎么都睡不回来了。他睡觉时草舍改造就无法进行，工程进度更加拖得缓慢。醒来时他坐在梧桐树下发呆，以往的岁月如梦境一般消逝了，而今这个家庭里有两个失业者，还有一个是修跑道的临时工。长此以往，叫他们吃什么穿什么呢？没有人能够回答他们。

这个退伍的少尉排副荡来荡去，荡到了我外公外婆生前住过的欢乐巷。外公开过的木匠铺早已易主，现在是外公的一位徒弟在掌柜。徒弟看见他很高兴，招呼他进去喝杯茶。欢乐巷是我母亲、我姆娘和我的大哥大姐们充满往事记忆的地方，二表哥也不例外。石子路上，孩子们在滚铁环和追逐嬉闹，楼窗口伸出的晾干竹上，挂满了滴着水的衣服和尿布。闻着木匠铺里刨花的香味，二表哥仿佛回到了过去，回到他无忧无虑没心没肺的童年时代。他和他的大哥都曾被送到外公的铺子学过木工，但是哥俩都不是这块材料，宁愿扛枪而不愿意弯着腰，整天推着一把刨子刨木料。

我母亲因此而常感内疚，说是我的父亲害了他们。如果不是有一个骑大马挂洋枪的姨夫，他们如何会走到这一步？这也是我母亲总是想竭尽全力帮助她姐姐一家的一个原因。

谁也说不清二表哥在木匠铺子里究竟说了些什么，反正除了掌柜，员工们都按辈分叫他师哥。师弟们请他吃饭，听他讲打仗的故事，一个个露出崇敬和羡慕的神情。有人说到底是金日成先动的手呢，还是李承晚先发起的进攻？有人说究竟有多少志愿军被俘，有没有自愿去台湾的？二表哥大着舌头说，我也不清楚，我只、只晓得本连本营、最多是本团的伤亡情况。

那天夜里二表哥喝得醺醺然回家，一头躺倒在竹榻上呼呼大睡，姆娘叫他起来洗脸洗脚，他迷迷糊糊地坐起，又躺了下去，嘴里嘟哝着老子不能都告诉你们，这是机密什么的。干爷冷冷地看着他，叫姆娘别去管他。"这个只晓得扛枪打仗的蠢东西，"干爷愤愤然地说，"回来了还不如不回来。"

确实是这样的，他回来了还不如不回来。第二天早晨，宿醉未醒的二表哥就被叫进了派出所，这回连民政局那位科长也不出面了，直接由所长安排他的去向。所长说他被人举报泄露军事秘密，还说了一些涉嫌反动的牢骚话。二表哥脑子里一片空白，根本无从辩解，他一个早已离开战场的小排副能有什么军事秘密？他说过的牢骚话，只是不满于自己的生计无着而已，又如何扯得上反动呢？

穿窗而入的阳光照着他青白色的脸，所长漠然地注视着他，所长说你记不清了没关系，只要有举证者就可以定你的罪了，判刑倒是谈不上，监督管制完全够条件。二表哥沉没在某种无边的黑暗中，他听到巷子里传来叫卖甜酒酿的声音，那个当过远征军文书的老家伙摇摇晃晃地挑着担子，正趿拉着一双木拖鞋啪嗒啪嗒地由远而近，他的整个身心都疲软了，眼睛里流露出极度的焦躁和绝望。看在你当年替我们送过信的交情上，我给你指条路吧，所长的脸色终于和缓下来了，深思熟虑地教诲他，"上面正打算动员城镇无业人员去支援农业，你家带头报个名，那就什么事情也没有了，我们还可以给你家找个离杭州最近的地方，敲锣打鼓欢送你们下去。你毕竟是复员军人，以后当个民兵连长之类的，不比赖在城里当个被管制的无业游民好得多吗？"

按照我母亲的分析，这位皮匠出身的所长，包括民政局那位科长，倒也谈不上与我姆娘家有什么大的过节，他们所以这样做，一是迎合当时上级巩固政权的意图，二是给自己所辖的范围甩包袱罢了。至于这样的威逼利诱会给这个家庭带来何种后果，他们是不会去想的，这与他们的切身利益毫不相干。这是一个谁也不提任何个人利益的年代。

已是深秋清冷的天气，秋生被场站助理员派去东北采购工具和零部件了，助理员说，这趟差事办得好，我会向首长推荐你，让你转正为本场站的正式职工，那样的话，除了不戴帽徽领章，你跟军人没啥区别，有工资还有劳保服装发。在茅廊巷的草舍现场，秋生的两位工友，吭哧吭哧地抬着一个笨重的木头窗框，正在往砌起的砖墙上放。干爷呆坐于门前梧桐树下，用一块肮脏的手帕捂着嘴，不停地咳嗽，到了看见他的二儿子从派出所回来时，老头子想咳嗽却发不出任何声音了。儿子吞吞吐吐刚说出所长找他谈话的结果，老头子腾地站起，他的瘦削的身影被秋日的阳光投射在石板路上，久久地凝固不动，就像一棵大树旁又长出了一棵老树。几秒钟后，这棵岌岌可危的老树终于像被雷劈了似地倒了下去。

　　冷风从巷子里吹来，风声将姆娘和阿凤的喊声哭泣声传得很远，两位工友从建筑工变成了担架员，卸下柴门抬着我干爷往浙二医院急诊室迅跑。担架上的干爷脸色苍白如纸，嘴角因为充塞了瘀血而鼓起来，牙齿和舌间发出即将咽气般的咕噜声。派出所下手很快，一张户口迁移证书已经塞给了我的二表哥。这个昔日的有功之臣，从志愿军变成支农者的倒霉蛋拿着这张致命的白纸，像一具木偶那样茫然地站在医院门口，脸上浮现着梦幻般的神情。

　　整个事实确实像一场梦，使这个见惯腥风血雨的汉子掉了魂似的傻站在冷风中，那么凄凉，那么无助，那么绝望，不一会儿，他那原本年轻而黑亮的短发上，便结起了一层白色的霜。

四

我始终忘不了秋生从东北回来那天的神情，他赶到茅廊巷，草舍里空荡荡的，只有两只饿急了的老鼠在破灶头上跑来跑去。阿爸！姆妈！秋生的眼睛里闪烁着模糊的泪光，他的惊叫声在巷子里显得空旷无力。矮脚经理从菜场办公室走了出来，默默地看着他。邻居们也围过来，也是无声地看着他。等待居民区主任闻声过来的时间相当漫长，而在这段空白中就像一部黑白电影突然断片似的，现出一种令人心悸的悬疑与悲伤。修建了一半又被搬空的屋子比动工前更显破败，满地断砖碎瓦，废弃的残破家具散在角落里，上面撒落一些潮湿发黑的烂稻草。秋生低下头，看见自己的影子半蹲半伏在门槛上，好像跪在一座墓茔前那样。这确实像一座墓茔，埋葬了他的所有少年梦想。

你的户口也迁过去了，居民区主任告诉他，你们是全家人光荣下乡。秋生说，我已经满十八岁了，我的户口迁移应该由我自己做主！你离十八岁生日还有一个多月呢，所以你只能跟户主一起迁走。秋生抬起头，看见派出所所长出现在他面前。所长的脸上几乎没有表情，他好像并不期待秋生的回答，转过身去向围观者们挥挥手，他说，没你们的事，各忙各的去吧。

愤怒的秋生想跟他拼命，矮脚经理拉住了他。他紧紧地抱住秋生说，鸡蛋碰不过石头，你小子冷静一点！秋生抬起脚，他穿着一双黑色回力鞋，破损的鞋尖露出一个苍白的大脚趾，可惜他挣扎了半天也没能踢到所长身上。彼时的菜场经理不像是武大郎，而像从梁山上下来的矮脚虎王英，力气很大。只要你一心一意想回来，他安慰我的三表哥说，总有一天还会回来的！

那天傍晚走进我家的秋生，是一个表情呆滞，一言不发的少年郎。我母亲问他话，他什么也不回答，颓然坐在堂前的条凳上，只有那凹陷的胸脯在急促地颤动，双眼空洞无光。母亲说，你十八岁了，是个大人了，应当更成熟一些。"我像你那么大时，你姨夫突然成了异党分子，戴笠将他关进地牢，"母亲跟他说起我也是第一次听到的往事，"那时我拖着刚满两岁的你大表姐，怀里还抱着不到三个月的你大表哥，叫天天不应叫地地不灵，"母亲沉默了一会儿，怕冷似的抱紧双肩，接着往下说，"我想天无绝人之路，总会走出困境的，于是我忍辱偷生地走啊走，终于走到了'七七事变'，走到了你姨夫出狱重新带兵那一天。"

大起大落的经历从我母亲嘴里平淡地说出来，引起我们的震撼和沉思。那天夜里我陪着秋生在街头巷尾瞎逛，从官巷口逛到众安桥，再从法院路逛到湖滨，这个南宋古都的一草一木都使他无比流连。西湖边岸柳成行，月光映照着湖面，微波荡漾。我们走过孩儿巷，那是陆游住过的所在，据说"小楼一夜听春雨，深巷明朝卖杏花"的诗句诞生于此。后来我们走累了，走到武林门外的运河边，坐在码头的石阶上休息。京杭运河的河水黑黝黝的，一艘艘运货的驳船缓缓驶向北方。从这里出发，过了德清就到了吴兴的地界，我告诉秋生，"你们下乡的所在就在那里，如果从陆路走，乘汽车大概也就是两个钟头吧。"

"一个钟头也是乡下，"秋生沉闷地对我说，"我们一家人都不会种田，我连割羊草都割不来的，以后的日子怎么过呢？"

我无法回答他，两个人又陷入沉默之中。秋生脱下破球鞋，将脚浸在河水中，我跟他学，河水很凉，令我不由自主地打着哆嗦。临河的一户人家打开了窗子，灯光亮起来，照在秋生胸前一把挂着的钥匙上，这是茅廊巷那间草舍柴门上锁时用的钥匙。秋生摘下它，放在手上把玩许久，"我家从来用不着上锁，我一直没用过它，"他扬起手说，"让它留在杭州吧，不要再跟着我出去丢人现眼了！"

我抓住他的手，紧紧地抓住他。"不，不要扔到河里去！"我央求他，"你们会有回来那一天的，"我的眼泪终于像河水一样汩汩地淌了出来，我说，"把它交给我，我替你保管着，将来用来开新房子的门！"

我们回去，回到我家所在的皮市巷新开弄去。鬼差神使似的，我带着秋生走到了巷口一栋小楼前，"这就是那位皮匠所长的家，"我用一种与七岁年龄绝对不相称的冷静口吻对他说，我的双腿却在发软，"我们要给他一点警告。"

从巷子吹来一阵风，使秋生抱着身子打了个喷嚏，他说，怎么警告，你说什么警告？我蹑手蹑脚走到墙角去，从地上捡起一小块碎砖头。生活对幼小的我来说同样是一个漫长而痛苦的梦，我想起两年前母亲带我去报考幼儿园，结果被人赶了出来，因为我是狗崽子；我想起那个穿红皮鞋的千金小姐称我为香港回来的小特务，她的指甲像冰凉的刀锋划过我的脸庞。我的面容变得狰狞了，血直往上涌，我向后退一步，用尽全身力气扔出这块破砖头，我听到玻璃窗被打碎的声音，接着传来一声裂帛般的尖叫声。

秋生惊慌失措地逃开去，我却傻站在那里，不是我不想逃，而是我的双腿不听指挥了，一个劲儿地颤抖。于是秋生又跑回来，拉我躲进一堵高墙的角落里。谢天谢地！皮匠所长这天夜里在派出所值班，家里只有他老婆和女儿。啪地一声响，他家的门灯亮了，皮匠老婆从屋子里冲出来，向四周张望着，接着破口大骂。"什么人？搞什么破坏?!"她虚张声势地说，"我看见你了，你他娘的赶快走过来坦白交代，不然明天就送你全家去劳改!!"

左邻右舍的窗子都打开了，人们面面相觑，却没有一个人走出门来。有人伸出头来看看，又缩回身子去关上了窗户。还有人轻声嘀咕着什么，指着他家的屋顶说，好像是两只野猫吧，昨天夜里也在那里打架来着。这时候所长夫人仿佛才如梦初醒，她家的人缘实在是太差了。她声嘶力竭地又骂了几声，气得身体簌簌发抖地站在那里，却没有一个人出来附和她，显然，这使她品尝到了意外的失败和羞辱。

我和秋生如同邱少云那样，在烈火的燃烧下凝然不动。其实在这个过程中我都茫然地看着夜空，摆出一切都听天由命的姿态。后来我看见秋生蹲下身去抓了一把烂泥涂在脸上，我也蹲下身去，也用烂泥将自己涂成了一个大花脸。皮匠老婆终于回到屋里去了，我看着秋生，秋生看着我，我俩一如深夜出来人间拘魂的黑无常白无常。

　　心惊胆战的阶段已经过去，现在我感到很不过瘾。我们只打碎了很小的一块玻璃，而在那块碎裂的玻璃后面，那位穿红皮鞋的小姐依然紧皱眉头看着她卧室的窗外，仿佛知道破坏分子还隐藏在见不得人的阴暗角落里。秋生紧紧捏住我的手说，你别再过去了，我求求你到此为止吧。我说我不信她还能认出我来。秋生的手上全是冷汗，他说万一认出怎么办，我到乡下去了无所谓了，她老子肯定不会放过你的！我捡起的一块石头被秋生夺下，我挣脱他的手，迅速地跑过去，跑到了小姐卧室窗前，然后露齿嘿嘿地冷笑起来。

　　其实我只笑了两声，然后转身离去。但是她显然被吓坏了，她看见的是一张黑色的脸，跟浓密的夜色交融在一起，唯有两排牙齿是雪白的，那一张一合，仿佛黑幕中没有脑袋，没有鼻子和耳朵，只有一张嘴在蠕动。冷笑的声音是变了形的，尖利而沙哑，像妖怪那样，我还向她瞪圆了眼乌珠，亮出恐吓的眼神。我看见她惊骇的神情，那张小脸刹那间完全扭曲了。"啊！"她尖叫了一声，接着就将双手捂住眼睛，"啊"地又是一声尖叫！

　　那天夜里我们漂浮在黑暗中，一路上不再说话，走到新开弄的四眼井旁，秋生吊起一桶水，我俩先后将脸埋进水里，然后抬起头，这才摇晃着湿漉漉的脑袋大笑起来。秋生说你呀你真是一个小孩子。我老气横秋说，我本来就是个小孩子么，我要是大人了，还能这样跟他们逗着玩呀？

　　母亲带着我将秋生送到武林门长途汽车站。一路上看见无数标语和大字报，这些标语和大字报仿佛在一夜之间覆盖了机关学校，向政府提过意见的公职人员和知识分子一个个面如土色。"阿凤不怕没书读了，"母亲叹息说，"这些右派分子很快也会被送到农村去改造的，他们都是些有学问的人哪！"秋生挎着一只大背包，里面是几件旧衣服，母亲给阿凤买的文具等，还有一双军队发的大头翻毛皮鞋。这是那位场站助理员送给他的，秋生舍不得穿，依然套着那双破回力鞋，瘪塌瘪塌地低着头往前走。

　　风尘仆仆的长途汽车顶上背着一个巨型的煤气包，慢吞吞地开进车站。检票员喊，去吴兴的排队检票了！秋生向我们挥挥手，哽咽着说，我走了，有机会再来看你们。我说，最迟到春节，你一定要回来啊！我母亲说，叫你父母多保重，我也会去看他们的。

长途汽车摇摇晃晃地开出了车站，我看见秋生还扑在车窗上，从他昂起脑袋的身姿看，他好像在眺望远处。他在看什么，看他曾经的家园吗，那个闹市区的茅草屋？我想一定是。我跟母亲说，千万别把那个草舍卖掉，他们说不定还会回来住的。母亲朝我看一眼说，卖给谁，谁要买那个草舍呀，母亲想了想又说，就是有人愿买，又值得了几个钱呢？

绵绵细雨降落在街头，回到巷口时我心虚地朝金钱巷派出所所长家看，那一刻我的心情忐忑而紧张，城市的喧嚣声都湮没在了淅淅沥沥的秋雨中。我看到那块被砸碎的玻璃窗已经换上了新的玻璃，所长的千金斜躺在一张长沙发上，愣怔怔地瞧着窗外。这天不是星期天，她却没有去上学，她是不是被吓得请了病假？

我看着她，她也看着我，霏霏细雨中她的卧室像一座孤立无援的小岛。不知道为什么，我向她笑了笑。她愣了愣，慢慢地也笑起来，这使我发现其实她也是一个普普通通的小姑娘。她似乎很寂寞，眼神中还带着一点彷徨。那时我的笑容想必是很纯真很无辜的，于是她向我抬起手，轻轻地摇了摇，好像她已经彻底忘记了，我就是在茅廊巷菜场里跟她吵过架的那个香港小特务。

五

门前有一棵百年老树，繁密的枝丫像屋顶似的遮风挡雨，一条土沟环绕着一排三间茅屋，厨房和猪棚连在一起。清澈的山泉从屋后流过，几十米外有个鱼塘。这是表哥们的新家，坐落在这个叫作白沙地的村庄的村口。从白沙地向西走五六里，就走到了从杭州到南京的公路旁，抬头可见连绵蜿蜒的山脉，那山名叫莫干山，山上有不少换了新主人的昔日达官贵人的别墅。

整个家中，只有干爷小时候在农村生活过，初临白沙地的窘困可想而知。阿凤不止一次在田埂上走着走着，脚一滑就陷入了水田中。秋生去茅房拉屎，搁在粪缸上的木板一翘，半个身子落在了粪缸里。二表哥驾辕犁田时，那头牛根本不听他的指挥，鞭子抽得狠了，蛮牛挣脱缰绳在村里乱跑，一时间整个村庄鸡飞狗跳，人人为之目瞪口呆。

随遇而安的是我的姆娘，她说这是命，谁也别想逃脱命运的安排，做人只能顺势而行不可逆流而上。她老人家养了两头猪三匹羊，还养了几十只鸡和鸭子。每天一大早她就起来了，烧水做饭捞猪食，经过村口的人总会到她那里坐一会，歇歇脚，姆娘把一大桶茶水放在堂前任他们喝，看谁饿了还递过去半个番薯。不到一个月，从镇上到周边的村庄，乡民们都听说了，白沙地有个"杭州姆娘"待人客气心地善良。

同期下乡的杭州人不少，姆娘的勤劳大方使乡民们更乐意接受他们一家。秋生寄来一封信，详细描述了他们的处境。每一户下放的家庭或多或少都有历史问题，相对而言，他家反而成了靠近于贫下中农的一般群众。二表哥果然当上了民兵，不过不是连长而是教官，每天天不亮就领着贫下中农子弟们去晒谷场上立正稍息。阿凤去镇上的小学做插班生，读完六年级再说。秋生则忙于帮人盖房子，造仓库搭畜棚，建筑是他的老本行，从笕桥机场施工队出来的他，自然比土生土长的乡下人略胜一筹。

　　等到城里的右派们下来时，初看一眼，他们跟当地人已经无甚区别。杭宁公路在暮色中无穷无尽地向前延伸，村里主事的人带着他们，站在路旁等候接收这些需要监督改造的右派分子。寒风在旷野上呼啸，秋生打着寒噤拾起一个戴眼镜的右派分子的背包卷，那右派居然是省公安厅下来的，原先的职务比派出所所长大得多。右派的老婆孩子裹着大衣，畏畏缩缩地看着他们。秋生挑起他家的行李说，别害怕，这里的乡亲们不会虐待你们的。那右派"咦"了一声说，"你会说普通话，你不是本地人吧？"秋生呵出一口寒气笑笑，他紧紧裤腰带说，"我家跟你们一样，也是被人从杭州赶出来的。"

　　村后面有一座小山，山上有座破败的寺庙先前叫显清寺，寺前耸立着一座倾塌了一半的砖塔，晚归的鸟儿叽叽喳喳地叫着，钻进塔顶的巢中。风铃凄凉地响着，天色已黑。村里人都走了，唯有秋生和阿凤留下来，帮助这一家人收拾屋子烧水做饭。秋生问过村里主事的人，别的下放人家都给盖两间茅草屋，为什么让这家人住在庙里？村支书说，列朝列代，都有贬官被发配的，谁知道何年何月又被重新启用呢，那就省下盖茅屋的钱和力气吧。

　　四面漏风的破庙积满蜘蛛网，缺腿少胳膊的四大金刚面目狰狞地俯视着他们，孩子还小，又冷又饿，加上害怕，哇哇地哭叫。冬天是最可怕的季节，住在这破庙里就更可怕了。秋生点亮了一盏美孚灯，那是从杭州带去的，乡下只有没灯罩的简易油灯。阿凤在一个匆匆搭起的柴灶前烧火，火光映红半边墙壁，使屋子里暖和起来。右派夫妇感激不尽地对他俩说，谢谢你们两兄妹，让我们感受到了这人世间还有一点温暖存在。

　　一碗热粥下肚，筋疲力尽的孩子睡了，话语渐渐地多起来。秋生这才知道，1949 年之前，这位右派大哥就是那个皮匠所长的直接领导人。皮匠不是从苏北根据地派来的，本来就是老家遭灾，跑到杭州来谋生的无业游民，右派大哥把他拉进了他们的组织。"我后悔得很，没有好好教育他，"他说，"这种人存在浓厚的小农思想封建意识，满脑子成者为王败者为寇，现在自然要作威作福了！"

早晨的雾气很浓，等到太阳出来时，洋槐树上夜里凝结的白霜化作水珠滴滴答答地掉落下来，村路变成泥浆。秋生的手冻僵了，他爬在晒谷场旁边的新盖仓库上，抖瑟瑟地拿着榔头往房梁上钉钉子，远眺周围的田野，心中有说不出的凄凉和焦虑。冬天农闲的时光快要过去了，过了年就会迎来春耕，那时所有男人都要下田去耕作，冰冷的水田和咬人的蚂蟥在等着他，使他感到害怕。他问周围的老乡，我可不可以不去种田，专门干建筑活儿？

老乡们都同情地看着他，却无人赞同他。他们说农忙时谁家也不会去修畜栏盖屋子，你上哪里去找活干？镇上是有专业的建筑队，那是吃商品粮的，如何轮得到你呢？村支书说，我看你还是老老实实将自己改造成一名合格的农民吧，这是你唯一的出路。

大年三十的傍晚，镇上突然下来两个镇派出所的警察，召集了邻村的民兵，说是要批斗一个造谣惑众的破坏分子。村里人闻讯纷纷赶去看热闹，秋生也跟着去了。赶到那里他吓了一跳，批斗的居然也是从杭州下放来的一个老头子，听说从前在铁路上当过巡警。邻村的晒谷场边上也有一个仓库，秋生赶到时看见老头已被吊到了仓库的房梁上，那具干瘪的身体像一条带鱼在空中晃来晃去。老头的家人跪在地上苦苦哀求，说他并没有造谣惑众，只是将城里动员开展"大跃进运动"，各行各业都要招工的信息告诉了乡民们。他没有蛊惑乡下人进城去打工，而是准备把自己的子女送回杭州去碰碰运气罢了。

仓库门里门外围了好多人，秋生挤进去说，广播里是说了要搞大跃进，一天等于二十年，赶英超美呀。一名镇上的警察打量他一番，冷冷地说，这话是没错，但是谁说要招农村的人进城做工来着？照这样说，农村还要不要搞大跃进了？警察指着秋生的鼻子说，你同情他是不是，我看你也是一名破坏分子！

秋生来不及分辨，本村的一个民兵捂住了他的嘴。这个民兵名叫阿虎，跟教他立正稍息的二表哥关系不错。阿虎踢秋生一脚，点头哈腰对那位警察说，这个小青年不懂事，是我们村里有名的二愣子，请你多多包涵！阿虎将秋生推出门去，边推边咬牙切齿地告诉他，"你也想被吊到梁上去不是？吊上去你就完了，给你戴上一顶破坏分子的帽子，以后就谁也救不了你了！"

除夕之夜，秋生在显清寺度过，他请教那位当过省厅处长的右派大哥，老头子说的话有无可信之处，回城打工的可能性是否存在？这位老兄沉吟半晌说，既然是要搞工业大跃进，劳动力的需求必然会大大增加，从这个角度看，那个老家伙么，到也确实是称得上未雨绸缪闻风而动了。

那个大年初一的下午，我站在家门口发呆，一身尘土的秋生骑着一辆满是泥浆的旧脚踏车到了我家。前车把子上，吊着一只双脚被捆得死死的公鸡，后车架上，则用稻草绳绑着一个老南瓜。黑色的破棉袄露出几处花絮，他的模样像极了一个投机倒把的乡村贩子。我喊母亲，姆妈，秋生来拜年了！母亲急急忙忙跑出门来，看见秋生已经累得坐在了我家的门槛上。他连续不停地蹬了四五个钟头脚踏车，累得都脱力了。

那台德国产的电子管收音机已经还给我家，秋生和我趴在饭桌上，聚精会神地听新闻。"总路线""大跃进""人民公社化"，三面红旗已开始迎空飘扬，大炼钢铁大放卫星令人血脉贲张。东风压倒西风的歌声嘹亮，播音员语调铿锵地告诉全国人民，"我们正在一天天好起来，敌人正在一天天烂下去"。

那天晚上我跟秋生去了一趟茅廊巷。我们吃惊地看到，草舍里躺满了流浪汉，还有两个女的。他们打着地铺，谈笑风生，灶头上还炖着一锅不知从哪家饭店讨来的残羹剩菜。我们想进门去，他们居然不让进。秋生气得突然大声叫起来，说，这是我的家，你们统统给我滚出去！流浪汉们哈哈大笑。一个老家伙说，你的家？请问你有什么证据，有房契吗，有没有户口簿？秋生说，你们不走是吧，我去叫派出所警察来。那个老家伙说，我打听过了，这里的房主就是被派出所赶下乡的，这辈子也回不来了！秋生怒瞪双眼，他跺跺脚说，好，看你们走不走，我把它彻底拆了。秋生抓起门口一把居民区清理阴沟用的铁锹，砰地一锹下去，那柴门被劈得轰然倒塌，秋生继续挥舞铁锹，流浪汉们瞠目结舌。

邻居们闻声而至，或许是流浪汉们天天都骚扰他们的生活，街坊们纷纷谴责他们。正在菜场值班的矮脚经理气呼呼说，不管有没有户口，房子就是他家的，你们必须离开。不知是谁领头，大妈大婶们一拥而上，将他们的破衣烂衫和铺盖都扔了出去。流浪汉们虽然力气大，看见动了众怒，便也胆怯起来。一阵混乱之后，流浪者骂骂咧咧地离去了，我和秋生精疲力竭地向邻居们道谢，邻居们这才询问起他们一家下乡后的生活，听说秋生想回城打工，有的面露难色，有的说还是要找政府。

巷子里有人在放鞭炮，大过年的许多人动了恻隐之心。现在我们才知道，漂亮大嫂的丈夫居然是南下干部，在半山钢铁厂当基建处长。她对矮脚经理说，你再帮帮他们的忙吧。矮脚经理耸耸肩说，这可不是装一盏灯泡的小事，我这个股级干部使不了劲，至少要你老公这样的大处长点头才行呢。再说一个菜场用得了几个人？矮脚经理酸溜溜地说，哪像你老公这样的大厂，正式工合同工临时工加起来上万人，钢铁元帅要升帐，招个把人还不是他一句话的事情！

他的话让不少人频频点头，漂亮大嫂沉默了一会儿，再看看秋生那副叫花子的模样，眼圈就红了。她对秋生说，就是能进钢铁厂，也只能做个临时工，最多签两年合同吧，户口还是留在乡下的。秋生点点头说，我明白，我会好好干的。矮脚经理说，那是以后的事了，只要你表现好，办法总比困难多。他看着漂亮大嫂嬉皮笑脸说，你老公一定会听你的，老夫少妻么。漂亮大嫂羞红了脸啐他一口说，你真是狗嘴里吐不出象牙，我从来不过问老头子工作上的事，这一回破例了。

那一年我八岁了，怎么也忘不了这个大年初一的夜晚。我和秋生挤在堂前的一张竹榻上，窗外是清冷的夜空，繁星点点，世界显得澄澈而深不可测。风把墙门外的树木吹得瑟瑟地响，后来又纷纷扬扬地飘起了雪花。冷空气从缝隙很大的窗子里钻进来，睡不着的我俩拥被而起。我说，明天就要想办法把你家的草舍重新修一修，回来时就可以住进去了。秋生说不急，谁知道去钢铁厂的事有几分把握呢？我母亲在里屋听到了，说，别说话了，安心睡吧，看这动员的势头，家家户户都要把废铜烂铁拿出去大炼钢铁，秋生啊，你的事说不定还真有可能办成！

六

岂止是废铜烂铁，那个夏天我家把所有能拿出去的锅盆瓢勺乃至门锁钥匙都交到居民区，送进了小高炉，炼出一坨一坨灰不溜秋的铁疙瘩来。不分白天黑夜，街上不断传来敲锣打鼓的声音，男女老少挥舞纸旗喊着口号去区里市里报喜。记忆中，刚读小学的我就没上过几天正儿八经的课，不是参加拥护炮击金门马祖的游行，就是敲着一只破脸盆去巷子里轰麻雀除四害。我长高了，晒黑了，穿着一身肮脏的黄布衣裳，像个小俘虏兵似的，整天在大街小巷转悠。

秋生回来是在夏天的中午，不是他一个人，而是一大家子人，突如其来地出现了茅廊巷口。首先看见他们的是那位卖甜酒酿的老家伙。这家伙揉着他的昏花老眼，不敢相信似地向后退去，然后猛地扔下担子，手舞足蹈地喊回来啦，他们打回老家来了！矮脚经理三脚并做两步跑出菜场，什么打回老家来了，他恶狠狠地训斥老家伙说，他们是还乡团吗，而你是地主老财？！

这个还乡团太凄惨，好心的邻居因此而潸然泪下。三根筋挑着一颗脑袋的我干爷，颤颤巍巍地坐在一辆大板车上，怀里抱着一只热水瓶。姆娘背着包裹，两只手各拎着一只小母鸡。阿凤扛着一只破破烂烂的藤箱，光脚上套了一双木拖鞋。起初，人们竟找不到秋生，原来板车上除了干爷之外，还满载着稻草，那高高垒起的草堆将车后的秋生都淹没了，直到卸下一部分稻草后，邻居们才看到了笑嘻嘻的他。

只有二表哥没回来，他留在乡下参加人民公社，吃起了大食堂。食堂门口有一副对联：放开肚皮吃饱饭，鼓足干劲搞生产；这副对联很对他的胃口。秋生说，他二哥说要等到农闲时他才会过来，看看能否找到工作，如果找得到，他就留城，找不到的话还回白沙地去，乡下至少还有一口饭吃。

这些稻草大部分在当天下午就铺上了屋顶，小部分切碎搅和进黄泥灰浆，涂在断砖碎瓦修补的墙上。秋生请昔日的工友们吃了一餐饭，喝得醉醺醺地去敲漂亮大嫂家的门。后来秋生跟我说，看见大嫂的丈夫，他的酒就醒了。胖胖的基建处长有五十六七了，捂着大肚皮坐在沙发上，手上拿一根牙签剔着牙缝。明天让你休息一天，先去派出所报上临时户口，他吐着一口含混不清的胶东话说，后天就去上班，照顾你不必从学徒做起了，直接干普工吧，收入高一点。

秋生向他们千恩万谢地告辞出来，站在巷子里愣了半响。普工没什么技术，从眼前看薪水高一点，从发展看就永远低人一等。但是他没什么可说的，这样的安排已经算是他家祖宗坟头上冒青烟了。再说这也确实是在照顾他，家里那么穷，做学徒的话，十七块钱一个月，叫家里人吃什么？

第二天秋生去派出所的时候一心想避开所长，低着头走进户籍室，将钢铁厂开的证明递给内勤。这天秋生换了一套二表哥给他的旧军装，浆洗得很干净，脚上穿双姆娘新做的圆口布鞋，脸上的表情也很恭敬，看上去蛮规矩的一个小伙子。内勤是位刚进派出所的姑娘，朝他看一眼，又看看证明，将胸前的大辫子甩到脑后去，啪的一下就盖上了章。秋生正在暗自庆幸时，所长却从他的办公室里踱了出来，所长说，秋生啊，祝贺你啊，当上钢铁厂的工人阶级了！秋生一下子瞎了，嚅嚅嗫嗫不知说什么好，所长招招手说，你过来一下，秋生只好提心吊胆地走了过去。

秋生低着头站在那里，好像受审的犯人，所长说你们在乡下过得还可以吧，他点点头，所长说听说你哥当了民兵连长？秋生又点点头，接着发现不对，赶紧摇摇手说，是教员而不是连长。所长脸上终于有了些儿笑容，说，你总算还比较老实。接下来是短暂的沉默，所长点燃一支烟，坐了下去，他的脸色变得严肃而沉郁，眉头也皱紧了，秋生感觉到自己的呼吸非常急促，心在胸腔里怦怦直跳。

你们那个村里有一位从省厅下去的右派分子？所长问他。

嗯。秋生抬起头看他一眼，又低下头去。他家住在一所破庙里，日子过得蛮清苦的。他说。

听说你们跟他家关系不错，经常关照他们？所长沙哑的声音从烟雾后面传过来。你们就不怕再犯错误吗？

秋生苦笑起来，那时他的身体非常疲乏，仿佛散了架。他靠在墙上，双眼困倦地看着这位十年前从苏北乡下逃荒进城的灾民、而今的大所长。他的语调无奈而惫懒，好像已经对一切都无所谓了似的。"我们还有什么错误可犯的呢，本来就是靠干一天活吃两餐饭的人，"他用一种豁出去的语气说道，"我娘说过，做人么，终归是要有点同情心的，不然迟早会遭报应。"

秋生诧异地听见一声极轻微的叹息，转瞬即逝，令他怀疑自己是否出现了幻听症。所长的面前香烟缭绕，他的脸色青晃晃的，在烟雾中半隐半现。又过了好长时间，所长终于重新开口。他说，好了，你走吧，去了钢铁厂好好干，给你娘争口气。秋生那绷紧的身子猛然松弛下来，他走到门边，停下脚，又回过头去小心翼翼地看一眼所长。所长拍一下桌子说，你还不走，想留在这里吃中饭吗！秋生嗖地从地上挑起，好像听见枪声的兔子一般逃出了派出所。

很久之后，秋生才知道，那位省厅的原处长，给这位所长写了一封信，信写得很简短，希望对回城做工的秋生予以方便。是方便而不是关照，说明那位落难的老领导很有分寸，只是请对方不要再刁难这个可怜的小人儿罢了。但正是如此谨慎的措辞，格外令人难堪，当初在这位领导指引下从穷困潦倒走上翻身道路的不止皮匠一个人，比他官大的也多的是啊。

焦炭和水泥的微粒在夏季的热风中飘浮，炼钢炉炙烫的温度在几百米外便使人大汗淋漓。我去厂里看秋生，浑身被汗水浸得湿漉漉的，汗水滴到地下滋的一声响，随后便无影无踪。我抬起头喊，秋生秋生，一个戴着头盔、全身被套在厚厚的帆布劳保服里的人，怪模怪样地从高高的脚手架上爬下来。秋生摘下墨镜，脸上的汗水如溪水流淌，他说，你怎么跑到这里来了？我说，星期天你也不回家一趟，家里人都不放心呢。

秋生走进工棚，端起一只大茶缸，他喝水如牛饮，放下茶缸吁一口气，好像跋山涉水后终于卸下车辕的牲畜。"厂里总是加班，我也想着多挣几个加班铜钿，"他抹着脸上的汗水说，"家里没什么事吧，我阿爸的身体怎么样？"

从半山钢铁厂到城里有二十多里路，我是乘公交车去的，回程坐在秋生的脚踏车后架上。公路两边是正在收割的水稻田和纵横交错的河汊沟渠，身后的天空则是沉淀了一片烟尘的灰黑色，时不时有一片红色的光焰冲起，秋生说是高炉在出钢。夜色不知不觉降临，稻田里响起此起彼落的蛙鸣声。我告诉秋生，干爷的精神不错，每天躺在梧桐树下乘凉。阿凤也找到工作了，去了纺织厂的托儿所做小阿姨。矮脚经理给姆娘一个给菜场职工做饭的机会，至少不必天天凌晨起来去杀鸭子了。

人生的幸福就是那么简单，等到"双抢"结束，二表哥也来到杭州时，茅廊巷的草舍里便充满了满足感。这一回二表哥去求职，居然比之秋生还要容易。原来他当兵前虽然不肯学木匠，却在一家车行做过学徒，这家车行早已公私合营，成了汽车修理厂。从前的师傅向厂方一说，厂长就同意他先上班再说。大跃进如火如荼，劳动力普遍紧张，何况是一个学过修车技术的熟练工呀。

经历了一次次赤脚挑牛粪和被水田里蚂蟥噬咬得双腿鲜血淋漓的农活，经历了一个个清冷寂寞的乡村夜晚之后，秋生无比珍惜现在的生活，难得回家一趟，我总是看见他忙里忙外，不是在搭灶头，就是在造鸡窝，把草舍内外整得清清爽爽。我不屑地说，费那么大劲干啥，搞得再清爽也是茅草屋。秋生说，金窝银窝不如自家草窝，再说，明后年钞票积攒得差不多了，我们还是要把它改成瓦房的，那时你再看看，决不会比巷子里其他人家差呢。

这是他们全家的奋斗目标。尤其对二表哥，更是迫切，他的年纪不小了，姆娘已经悄悄地托人给她物色合适的儿媳妇。听起来二表哥的条件也不算差，复员军人，汽修厂技术工，如果不加上临时两个字，如果不是住的茅草屋，愿意跟他谈对象的姑娘肯定不少，但是现在呢，现在连巷子里一位小寡妇也对他不屑一顾。小寡妇对介绍人说，你叫我嫁到他家去，你开的什么玩笑？茅草顶，黄泥地，休息天他那兄弟回家时，两个人挤在一张竹榻上，乖乖，那时你叫我睡在哪里，睡到鸡窝里去吗？！

小寡妇跟皮匠所长同乡，也是苏北人，老公打一江山岛牺牲了，现在她拖着两个孩子，靠抚恤金过日子，过得紧巴巴的。小寡妇其实不算年轻了，至少比我二表哥大三岁。介绍人说女大三抱金砖么，阿凤愤愤然插嘴说，屁话，我二哥就那么差吗，连个带拖油瓶的江北佬都找不到？我们索性勒紧裤带熬一熬，明年盖起二层楼来，叫她后悔都来不及！

　　我母亲赞成阿凤的意见，那时我大姐已经到东北吉林参加重工业建设，每个月寄二十元钱来，母亲说，我也帮你们存点钱，至少可以买几包水泥，买几块预制板吧。秋生迟早也要娶媳妇的，只有争取盖起二层小楼来，一切问题才会迎刃而解一劳永逸！

　　秋生带着我在湖滨的大马路上穷逛，一分钱也舍不得花。我说买碗豆浆润润喉咙吧，他抖瑟瑟地问我吃甜浆还是咸浆？甜浆放白糖的，要三分钱，咸浆放一点酱油，只要两分钱。我说你跟半夜鸡叫里那个周扒皮有什么区别？秋生说一分钱可以买三枚钉子。我赖在街沿上不走了，我说我肚子饿，一点力气也没有了。秋生愁眉苦脸地说，想想我家的房子吧，小老弟，前面就是西湖了，风景多么美丽，一分钱门票都不收的，我们住在这样的城市里，睁开眼就看见热热闹闹的花花世界，你还有什么不满意的呢，吃一碗甜浆和吃一碗咸浆，有什么根本性的区别？

　　长大后回想，秋生的执着和坚韧令我感到辛酸。那年冬天，每个休息天他都在做煤渣砖，钢铁厂多的是废煤渣，他用大板车拉回来，地上放着木板做的格子框架，他将粉碎后的煤渣用灰浆搅拌好，然后一锹一锹送进框架去中夯实抹平，晒干后取出就成了厚厚的煤渣砖。这是个很累人的体力活，大冷天他只穿着一件薄棉毛衫，寒风呼号，他却满脸汗珠，瘦小的身子仿佛爆发出惊人的能量。其实他硬是在坚持，因为他常常一躺下就起不来了，而且反反复复地伤风感冒。我叫他悠着点，他笑笑，抬起长满冻疮的手指，计算已做成的煤渣砖数量，他说，快了快了，明年夏天之前，砖头肯定备够了。

　　他的眼睛因此而发亮，闪烁着兴奋与希冀，全家人都被他所感染，草舍里洋溢一片温暖。干爷剧咳一阵后，抬起哆嗦的手揩揩眼睛，说，吃、吃饭吧，今天要搞点荤菜来，阿凤，你去菜场买三两猪头肉，让你三哥多、多吃两碗饭。

七

乐极生悲的不是他们一家人，而是整个中国。

没有进城的农民也都丢下农活去找矿、炼钢、修水库了，成熟的庄稼烂在地里，或因收割草率而大量抛撒。各地严重的浮夸虚报产量，公社大食堂以数千年来未有之场面糟蹋粮食。很快，弹尽粮绝。二表哥回城一年以后，收到河南四川老战友的来信，他们那里已出现饿死人的现象，当地政府根本不去救灾，而是千方百计地掩盖灾情。一位元帅在庐山上说了点真相，却立刻遭到残酷打击，并引发了全国性的反击右倾机会主义高潮。当二表哥把战友的信读给父母听时，姆娘惊恐地捂住他的嘴说，这话叫人听见还了得！干爷颤巍巍地将一张报纸摊开，指着报上的头条新闻说，形势不是一片大好吗，大米援助几内亚，小麦援助阿尔巴尼亚，自己的子民饥寒交迫，却将粮食拿去送人，哪、哪个朝代会做、做这样的事情？

等到他明白皇帝也会打肿脸充胖子时，饥饿的浪潮已经迅速蔓延到大江南北。城镇居民还有二十来斤商品粮供应，他们的户口还在乡下，谁来供应？未等到汽修厂动员点名，二表哥就跟爹娘说，我先回白沙地去吧，那里还有两分自留地，赶紧种些番薯南瓜，屋前屋后也可种些蔬菜。全家人凄凄惨惨戚戚地坐在那盏 15 瓦的电灯泡下，讨论他的提议。秋生说，我是合同工，和正式工的待遇相差不大，一口饭还是有保障的。二哥本来就是临时工，既然到了这种地步，迟走不如早走。

路灯稀疏，昏黄的灯光剪出老式墙门和树木的轮廓，一群难民在菜场门外为了几片烂菜帮子争吵起来，一个少年被打了一拳，他顾不上还击，而是抓住一片烂菜帮子就往嘴里塞，鲜血从他的挨过打的鼻孔嘴角直往下淌。未抢到食物的难民回到路灯下面去，靠在电线杆上苟延残喘。有人从跟前走过时，他们微微地睁开眼睛，表情像一群饿狼，疲惫、痛苦或者凶相毕露。电线杆子旁边有一个阅报栏，多日未换的旧报纸在寒风中嘶嘶作响，报上的大标题依然是形势一片大好。一个撕下报纸挡寒的乞丐恶狠狠地骂了一句，我操。

二表哥傻乎乎地去向居民区主任告别，请求她们在自己走后关照一下他的家人。天下人到了这时皆已自顾不暇，主任看着他唯有苦笑。二表哥正想告辞时，看见那位拖儿带女的小寡妇进了门。小寡妇面色苍白，原本丰腴的腮帮子已经凹陷下去，发烧的女儿在她怀中嘤嘤哭泣，儿子拖着娘的衣裾喊饿。小寡妇叫一声主任，随即向主任跪了下去。"两天了，这孩子两天水米不进了，"小寡妇抽抽噎噎地说，"求求您救救她吧，我连去医院挂号的钱都拿不出，家里只剩下两斤六谷粉了！"

六谷就是玉米，粮站没米，定量供应的不是番薯就是六谷，缺油少荤腥，孩子整天吃这些怎么受得了。居民区主任自己也病快快的，无可奈何地对我二表哥说，你帮一下忙，先去医院给她挂上号再说，药费我去跑民政局。二表哥答应一声，抱过小孩往医院走，小寡妇气喘吁吁地跟在他身后。小寡妇说谢谢你，我实在是走投无路了。二表哥说，这是我应该做的，如果我去打一江山岛，没准这把骨头也会扔在那里。

医院里聚集了大批得浮肿病的人，苦苦哀求医生给他们开几斤黄豆粉。小寡妇牵着儿子的手蜷缩在急诊室门外，她说她从小就害怕医生和护士给人打针，酒精药棉的气味使她心慌头晕。挂号费和药费都是我二表哥付的，护士的脸藏在口罩后面，只露出一双不耐烦的眼睛。她等着二表哥扒开小女孩的裤子露出屁股，二表哥涨红了脸手足无措。护士说，你这个人怎么当爸的，在家里是个甩手掌柜，什么家务活也不干的对吗？二表哥说我不是她亲爸，护士冷哼一声说，难怪啊，原来是后爹，今天难得你发善心了！

护士啪地一针扎下去，小女孩哇哇大哭，二表哥手忙脚乱抱起她，跑到门外。小寡妇接过女儿，讪讪地说，让你受委屈了，原来她都听到了。二表哥搓搓手，一时无语。他们走出医院，夜已经深了，街上静寂无人，从前有卖烤地瓜和卖馄饨的小摊子，现在却是空空荡荡。二表哥摸摸兜里还有几角钱，说，本来想给孩子买碗馄饨，没想到这些摊子都不摆了。小寡妇说，小贩们怕难民哄抢，不敢出摊了。二表哥把钱塞到她手里说，不好意思，我也帮不了你太多的忙。

小寡妇站在路灯下黯然垂泪，对不起，她抽抽噎噎地说，当初我太势利，恶言恶语回绝了那个介绍人，我真是头发长见识短。二表哥叹口气说，你没错，水往低处流人往高处走，再说你也不全是为自己，还有两个孩子么。小寡妇抬起头还想说什么，二表哥堵住了她的话。二表哥说，我明天就回乡下去了，这一回恐怕是再也回不了杭州了，你们多保重。小寡妇站在那里哀伤地凝视着他逃兵一样离去的背影，半晌才回过神，跺一跺脚，捂住脸踉跄着走回家去。

幸亏二表哥及时回乡下去，这一年春节我们才增加了一些番薯南瓜充填肚子，不仅有这些杂粮，还有一点猪肉，据说是白沙地生产队分的，虽然，怎么煮也煮不烂，原来是老母猪的肉。母亲将它和两斤黄豆炖在一起，从我家厨房出来的香气弥漫了整个新开弄。邻居们都说还是乡下人过得好啊，年三十还有肉吃。

过完这个年，各个企事业单位大会小会开始动员，都说还是农村好，职工们应该主动分担国家暂时困难，精简下放去农村。秋生忐忑不安地对我母亲说，我的合同怕是不能续签了。我母亲神情黯淡地说，别说你这样的合同工了，就是正式职工，能精简的都要精简下去，我现在担心你那个在吉林的大表姐，说不定哪天就要投靠你们，也奔白沙地去了。

秋生再也没有精力做煤渣砖了，休息天他无精打采地坐在门槛上，抽起了平生第一支烟。阿凤去夺他的香烟，但是干爷却朝她摆摆手，阻止了她，"让他抽吧，"干爷沉重地叹着气说，"他心思太重，让他吐一口闷、闷气。"干爷的颚部因为突如其来的咳嗽而抽搐着，他的心脏也剧烈地疼痛起来，他艰难地摸出手帕，揩去嘴边的痰迹。手帕上出现了一朵鲜红的血花，干爷怔怔地看了这血花一会儿，然后若无其事地将手帕塞回了袖管。

印象中那是春末夏初的一天，秋生从脚手架上掉了下来。掉下时他手里捧着六块砖头，平时能捧八块砖的他，这天上午只是捧了六块，他的脚板仍有点发飘。这是饥饿的缘故，他想，我只要忍到中午开饭时就行了，实在不行就下去喝点水。但是他没能忍下去，因为他听到了车间主任的喊声。主任说，"本车间精简职工的名单下来了，秋生啊，你的合同就不再续签了，回乡下去种田吧！"

听完这话，秋生就一头栽了下来。那一刻他感到自己轻飘飘的，像一根羽毛在半空中飞，高炉的热风吹拂着他，他在一片炫目的红光中仿佛很欢快地喊了一声。幸亏脚手架下部张着一张安全网，所以他只是跌断了一条腿，钢铁厂职工医院的医生很利索地给他打上石膏绷带，然后拍拍他的肩说，小伙子没问题，躺上三五个月，你就又能爬脚手架了。

问题是秋生被救护车送回家时，那模样很吓人。汽车开到菜场门口停下，买菜卖菜的人都围了上来。认出他的大妈大嫂都乱喊乱叫。姆娘慌里慌张地跑出门，首先看见的不是秋生，而是干爷倒在了梧桐树下。眼尖的人看到他听见第一声喊就从竹躺椅上猛地站了起来，站立的时间却只有一秒钟，惊慌失措的人们奔过去喊他时，他已经无声无息地躺在地上，那姿势好像突然吃了一枪。这次倒下和上次倒下有个根本性的区别：干爷再也不可能醒来了。不过他没有闭上眼睛，他的整个人生已经定格，双眼却依旧茫然地看着天空，好像在谴责冥冥中主宰人命运的上苍。

秋生瘸着一条腿，架着父亲冰凉的身体的形象，长久地留在茅廊巷居民们的记忆中。背景是一堵煤渣砖叠起的墙。这些浸透他眼泪和血汗的煤渣砖都成了白费心机，盖一栋二层楼安居乐业的想法已经成为一个遥不可及的梦。

纸钱飞舞，红烛高照，干爷的葬礼按照他绍兴老家的风俗举行。仵作者被称"八先生"，由他们抬起灵柩。起棺时，秋生高高举起置于棺前的一只大碗，砰地一声，摔成四瓣八块。我跟阿凤走在前面，举着纸扎的"开路神"和"引路幡"，我手里执的白幡上写着"金童来引路"，阿凤执的幡上写着"玉女送归山"。和尚道士执禅杖、佛珠，敲着木鱼，口诵佛经。灵柩后面跟着送丧的眷属、亲友，孝子戴"三梁冠"，余者皆着素衣，系草绳，穿麻筋草鞋，持"哭丧棒"，女的则穿着白色鞋面、红布后跟之素鞋。

这样的治丧场面自然花费不小，我母亲曾跟姆娘商量是否从简，姆娘却摇摇头，说干爷他苦了一辈子，最后这点风光不能没有。还有一个原因是从老家和外地都来了些亲戚，葬礼太简朴了会被人说三道四。母亲因此而喟然长叹，原本省吃俭用积攒下来准备盖房子的钱，就这样被花了个一干二净。

出丧之后吃豆腐饭，我第一次见到了干爷的弟弟。他是从上海赶来的，这个少有壮志，宁愿到繁花似锦的南京路上去做个小瘪三，也不想一辈子在深山冷岙当位土财主的小叔，从学徒开始往上爬，果然爬到了南京路上一家南北货商店副经理的位置，人称二掌柜。跟他一起来的是他的女儿，比我大三四岁，穿着天蓝色的小海军裙，白皮鞋，比皮匠所长的千金还要神气。二掌柜的千金叫我"杭州阿乡"，她说，"侬迭个杭州阿乡，晓得南京路有多少闹忙吗，还有淮海路，比之杭州的延龄路勿晓得高级多少！下趟侬到上海来，我带侬去逛逛，乡下人应当多见见世面！"

我想笑，却笑不出来，因为秋生阿凤紧皱着眉头，干爷的丧事办完了，他们就要离开杭州了，这时候说起什么延龄路、南京路和淮海路，在他们听来是何等凄凉。不管来自上海的这位表妹对这座城市看得起看不起，这里都是他们难以割舍的故土，何况她还口口声声说什么乡下人寡见少闻呢。

矮脚经理恰好在此时进了门，他刚说出菜场想买下这座草舍改造成职工食堂，阿凤便猛地站起身跑进了厨房，她一屁股坐倒地上，在一只煤球炉旁放声大哭，把我们都吓坏了。姆娘说你刚才在坟头不哭，现在怎么号起丧来？窗外下起了淅淅沥沥的雨，我看见秋生支着拐杖，一脸落寞地一瘸一瘸走到了门外的雨地里，他好像对一切都不感兴趣了，任凭姆娘和他二哥去做主。他仰面朝天，让雨水尽情地在他脸上身上流淌。他知道这一回去白沙地就再也回不来了，既然如此，留着这座茅草屋还有什么意思？

这座草舍,在他们离开杭州那天，终于换了主人，被姆娘卖给了地方国营茅廊巷菜场。卖了多少钱？我从来没问过他们。我只晓得，我家原先住过众安桥井字楼一栋二层小楼，屋后还有几户人家共有的一个小花园，1955

年父亲罹难后，母亲不得不将它卖掉以抚养我和我的哥哥姐姐们，最终到手的卖房款是人民币一千元整。按此类推，茅廊巷的草舍绝对到不了一百元人民币，即便矮脚经理具有恻隐之心，多少会慷一点公家之慨，也不可能超过市价的百分之十，那就算它一百元吧。

一百元人民币，成了这个家庭重返白沙地后，生存、奋斗与繁衍的资本金。

八

我的印象中，毛泽东写过一首《水调歌头·重上井冈山》，词中曰："三十八年过去，弹指一挥间。"

毛泽东是大人物，"可上九天揽月，可下五洋捉鳖，谈笑凯歌还。"秋生是小人物，只能望着夜空数星星，去茅草屋后面的溪沟里摸摸螺蛳，高兴时喝两口地瓜烧，哼哼民间小调。

就这样，三十八年也过去了，也是弹指一挥间。

二表哥在世时，每天中午都会坐在镇政府门前的一棵洋槐树下，呼呼地打盹。其容貌酷似我晚年的干爷，脸上满是刀刻斧凿般的皱纹，不同的是，他总是穿着一身绿军装。起先穿的是他从朝鲜带回来的，后来穿我送给他的，再后来，他的外孙也当了兵，于是国防绿就陪伴了他的一生。这和他晚年的身份很相称：他在镇政府干了十几年门卫，直到干不动了才回到白沙地，回去后不久，终于寿终正寝。

哥俩的婚姻一度都比较困难，尤其秋生，很长的岁月里高不攀低不就，他想找个同样是从杭州下乡的闺女，但这样的人家又怎么看得上他。邻村那个被吊到房梁上去过的前铁路巡警说，我回不去了，我的后代总还是要回去的，所以我的女儿一定要嫁到杭州去，哪怕嫁个鳏夫，哪怕嫁一个踏三轮车的苦力，也比嫁到你家强啊。

秋生内心深处的想法其实跟老头儿一样，总有一天他也要回去的，找个杭州人的后裔才具共同奋斗的理想和目标。我母亲看穿了他的心思，母亲说，夫唱妇随，真的有了那么一天，还怕老婆不跟你往省城里走么？说不定，她会比你更向往，更迫切一些！秋生便呵呵地傻笑。

直到三十七八岁时，秋生才不得不认了命，找了同村的一位土著姑娘，对方的年龄比他却是小得多。如此看来，倘若不是他自己的纠结，看中他的人家还是蛮多的，毕竟他有初中文化，懂建筑技术，还会说杭州话普通话，更主要的是，经过漫长而痛苦的岁月磨炼后，他早已成了一个合格的农民，蚂蟥已不再咬他，而是见到他那树桩一般苍劲厚实的双腿就躲了开去。

或许与男女双方的年龄相差较大有关，或许当时生活还比较拮据，秋生结婚时显得十分低调。直到他儿子满月时，才把亲朋们请到白沙地去，操办了一场。彼时，从军后的我正好从西南边境参战归来，驾一辆吉普车匆匆赶去。阿凤比我先到。这个家唯有她，因为出嫁而回到了杭州。她丈夫是半山钢铁厂食堂的炊事员，秋生的老同事，前一天就在厨房里忙碌着。那时阿凤已经生了三个女儿，爸爸叫她们出去，她们赖在灶前不走，眼巴巴地盯着放在一只盘子里的白切鸡。我走过去，给她们一人一只鸡爪子，于是她们异口同声说，谢谢解放军舅舅。

姆娘已经抱不动孙子了，她坐在竹躺椅上，呵呵地朝人们笑，接着艰难地弯下腰去，拿起竹篮要剥蚕豆。我背着阳光揉揉眼睛，仿佛看见这张破旧的竹躺椅上还坐着另一个人，坐着我的干爷。我把他的孙子抱过去，我说，马儿，叫爷爷，马儿惊恐地看一眼，哇哇大哭。

麦苗青菜花黄，我向山上走去。环顾四周的乡村野景，在一片竹林的簇拥中，露出了显清寺的黑瓦白墙。乡民们刚有一口饭吃，所做的第一桩公益事业就是修缮庙宇，并且从不知何处请来了两个尼姑。我跟秋生说，尼姑是住在庵里的，如何供在寺里呢。尼姑们漠然地注视着我，似乎对穿着一身黄色料子军装的我颇具警惕。我点燃三炷香，向菩萨拱拱手，一位年长的尼姑捻捻佛珠，飞快地吟诵了几句佛经说，这位施主倒也虔诚。我笑笑，说，这是替我母亲点的香，她老人家对儒释道，对孔夫子、观音菩萨和吕洞宾一视同仁。

正在说话之间，寺外传来汽车的声音。我们迎出去，看见一辆黑色轿车，车上下来一位半老夫人，还有一个秘书模样的年轻人。夫人见到秋生就叫，秋生你给儿子办满月酒怎么不通知我们！秋生摸着脑后勺，不无尴尬地说，听说你家大哥回到省城后又升了官，权高位重日理万机，我不好意思再去打扰啊。半老夫人摇摇头，"谁教的你这一套，是你那姨妈吗？"她说，"我们可不是忘恩负义的小人，大哥他常常念叨你们一家呢。"

原来这是那位右派的夫人，前几年已经跟着错划改正的丈夫回了城，那天想到有一些没有带走的书籍等，还留在显清寺里，特意回来取走。车到村口看见围聚在秋生家看满月孩子的人们，便责怪起了秋生。秋生避开这个话题，将我介绍给这位夫人，夫人握着我的手，无限感慨地说，"我们早就料想到了这一天，我先生了解过令尊大人的历史，真是一位历尽沧桑的爱国将领。"

猪是自家养的，鱼是从塘里现钓起来的，菜是刚从地里摘下来的，还有自酿的米酒，我们吃得喝得醉醺醺。一个怯生生的小丫头在我身边转悠着，想问我什么欲言又止。我说，你说吧，有什么要求尽管提。小丫头说，叔叔你能不能带我去杭州读书啊？我阿爸告诉过我，杭州是我们的老家，那里有一所很大很高的菜场，鸡鸭鱼肉啊什么都有的，我们的家就在菜场旁边，是一栋大房子，冬暖夏凉的。

我看着二表哥，他臊红了脸转过身去。这个小丫头是他的继女，命运安排我的二表哥最终还是娶了一个小寡妇。当然，这个寡妇不是茅廊巷里的小寡妇，她的前夫也不是牺牲在一江山岛。虽然这个寡妇同样来自苏北农村，她的前夫在饥饿的年代积劳成疾，于贫病交迫中去世。

我的心突然很苦，或许是喝多了便使人分外容易伤感吧，泪水莫名其妙地就涌出了我的眼眶。小丫头惊恐地看着我说，叔叔你怎么了，我的要求太过分了是吗，那我就不要去杭州了。"你的要求一点不过分，"我拉起她的手说，"只是叔叔现在还做不到。"在腥风血雨的战场上不曾退缩的我，却不敢直面相对这个天真的小姑娘。"你好好读书，争取将来考上浙大或者杭大，"我略带哽咽地告诉她，"考不上也没关系，还有下一代，你的孩子总会回去的，那时，你们就可以天天到大菜场里去买菜了。"

还在襁褓里的马儿目睹了这一幕令人啼笑皆非的情景。小丫头面色酡红，在屋前的稻地里手舞足蹈，兴奋地乱喊乱叫：叔叔说我们总有一天会回杭州去的！我们可以天天到大菜场买菜哦！阿凤的女儿们瞠目结舌地看着她，跑过去围住她说，可以去大菜场买菜有什么好开心的，没有钞票你还不是天天吃番薯南瓜！我仿佛重温了干爷去世时的旧梦：看见干爷弟弟的女儿，那个二掌柜家的千金在嘲笑童年的我。钢铁厂炊事员的女儿们拉扯着这个乡村女孩说，看你这副疯样，也不怕让人笑话，菜场旁边的那栋房子是你住的吗，除非马儿长大后说不要那房子了，除非我们也都放弃了，才轮得到你去住呢！

小丫头的母亲慌里慌张跑过去，冲破封锁把女儿从孩子堆里拉出来，然后就揪住她打她的小屁股，那女人回首对我们说，乡下孩子不懂事，请叔叔姑姑们多原谅，她说，我们能住上这间茅草屋都心满意足了，哪敢去想什么杭州城里的房子呢！小丫头知道自己惹了祸，她任凭恼羞成怒的母亲噼里啪啦地打着她的屁股，眼泪却扑簌簌地掉了下来。大人们纷纷过去拉架，我走过去一把抱起小丫头，我大声向孩子们说，杭州还有什么爷爷外婆留给你们的狗屁房子呢？将来的一切都要靠自己的努力，靠自己的本事去挣，你们懂不懂?!

刚满月的秋生儿子自然记不住这场景，长大后才从看热闹的乡亲们嘴里听说。乡村的业余生活很单调，一个笑话可以说上几十年，马儿因此而烙在了心里。这孩子像他父亲，心思想必也是蛮重的，白沙地周边乡镇的基础教育质量可想而知，马儿能够考上中专已经是很了不起。中考时，其实他离录取分数线也还差几分，秋生拿出一张国家铁道部的表彰证书，总算才破格录取了他。十岁那年，马儿去离村里十多里地的铁路旁玩，发现铁路中间卧着一块大石头，他摘下红领巾迎着疾驰而来的火车大喊大叫，列车终于停下时距离大石头不到五米，司机抱着他感动得痛哭失声。这个情节现在看来很狗血，却是马儿成长过程中的真实记录。

黄昏时分，田野上的空气新鲜清冽，二表哥与秋生送我到公路旁。一条通往古运河的小河沿着公路的北侧流淌着，河对岸正在建设一座水泥厂，高高的烟囱已经竖起来了，旧时代的风景很快会一片一片地消失。白沙地拥有丰富的黄沙资源，村里有生产队自建的瓦窑，生产队长是二表哥。我说，老二你是抗美援朝时期的老复退军人，向上面打个报告批一块宅基地吧，你们也该分家了，借此机会，各盖一栋瓦房，也就让姆娘她老人家安心了。

我已经不是当年那个瘦三小老弟了，我穿着笔挺的混纺料子军服，虽然谈不上多大官衔，毕竟每个月有工资发的。我承诺也出一点力，他们自然要听我的。二表哥丝毫没有犹豫，答应我马上写报告，秋生却嚅嗫了半晌，说，现在不比从前，农闲时他去帮人盖房已无人抓他的资本主义尾巴，因此他多少也存了一点钱，只是不晓得为什么，对于自己要在白沙地盖栋房子，然后世世代代地住下去，他总觉得提不起积极性来。

"我这一辈子算是完了，再也回不了杭州了，"他黯然地问我，"莫非你认为，马儿也会一辈子待在白沙地吗？"

这个问题让我哭笑不得，"这可说不准，"我回答他说，"但是现在离马儿长大毕竟还有一二十年吧？有一点是可以肯定的：再过几年，农村盖新房的人会越来越多，盖房成本也就会越来越高，那时你会后悔的。"

秋生当然比我更清楚这个行情，他不吭声了。于是我帮他们做规划，要盖就盖得像样一点，必须有卫生间，按一个抽水马桶，屋子外面要建化粪池。二表哥问自来水怎么办？秋生瞪他一眼说，屋后就是湍急流淌的溪水，建个小水塔不就行了。

白沙地第一次建造带卫生间的小楼房，四乡八村的人都跑来参观，其实那房子很简陋，水泥外墙上既没有涂涂料更没贴马赛克什么的，灰塌塌地竖立在山脚下。屋子里也没有铺地砖或木地板，纯粹的水门汀。几年之后，周边乡村新盖的楼房都大大超过了他们，不少是现浇梁，外墙贴瓷砖，不说大理石地板吧，至少也要铺上地砖或强化地板。江山代有人才出，各领风骚数百年，二表哥与秋生建造的小楼所领的风骚只有两三年。

盖房的过程中还出了个事故，有人从大梁上掉了下来。这回不是秋生，而是阿虎，当过民兵排长的贫下中农。脚手架下也没有安全网，吓得我姆娘从厨房跌跌绊绊跑出来，一跤摔在门槛上，从此躺倒在床上，直至离开人世，再也没有下过床。二表哥与秋生心急火燎地将阿虎抬到担架上，送到镇上的卫生院，幸亏掉下来只有二层楼高，伤势不重，治疗期却也拖了大半年。阿虎的老婆拖儿带女，哭哭啼啼地找上门来。医药费、误工费、赡养费，七七八八的赔偿金算下来，搬进新房时，秋生连一串鞭炮都买不起了，按当地风俗是要设酒席庆贺一番的，乡民们都说，算了吧，这餐酒我们就不喝算了。

我当时在遥远的北方军营，很久之后才听说这事，给秋生寄去了三个月工资。我在从邮局回军营的路上痴痴地想，也许是我错了，也许，我真的不该逼着他在白沙地盖这栋房子？

九

马儿十八岁中专毕业后,进了吴兴一家汽车配件公司工作,不久被派到驻北方的办事处,开始搞售后服务,几年过去后居然成了办事处的小头目。据说这与老板的儿子有关,他俩是同学。有一天晚上,老板请几位政府官员吃饭,喝醉后步履不稳,一步踏空从饭店的台阶上滚了下来。中风连带疗伤,老板至少两三年不能管事,只好让儿子提前接了班。太子登基,自然要用其潜邸时期知根知底的人,马儿因此而连升三级。

北方办事处设在大连。那是甲午战争和日俄战争的主战场。1898年开始建城到现在,从古老的俄罗斯建筑、巴洛克建筑、拜占庭式建筑、日本别墅式建筑到中国古典式和现代化的建筑,将其装点得让人眼花缭乱。迷人的海滩上远眺千姿百态的礁石岛屿,脚下随处可捡螃蟹贝壳。放眼烟波浩渺的大海令人心旷神怡,旅顺口军港海鸥飞翔舰船林立。置身于斯,再浮躁的心,也会变得淡定、大度和从容起来。

秋生夫妇动身北上是在三年前,马儿在那里娶了一位当地姑娘,接着便来电要他们老两口过去,说是妻子怀孕了没人照料。老两口从白沙地来到杭州,准备乘火车前往。早已转业到地方的我,这天正好在家,听到楼道上的脚步声便打开门。没曾想我竟一时认不出秋生了,我看见一位头发花白的老人扶着墙，蹒跚地一步一步走上来，鼻梁上架一副黑框眼镜。我想这是谁啊，是不是单位里哪位早已离退休的老干部，为了没到位的福利待遇找到我家里来了？

秋生站在楼道上，抖瑟瑟地拉住我，眯缝着眼睛打量我，嘴里嘀咕着看不清，他的眼球不仅浑浊，好像还包着一层边缘卷曲不齐的白翳，使我觉得心酸。我握着他的手，那手掌粗糙如树皮，我说进屋再说吧，一路上辛苦了。秋生说辛苦什么呀，高速公路开通了，我从白沙地到杭州绕城高架桥，不到五十分钟，不过从高架桥上下来进入市区，倒是花了两个小时。

我陪他们去城站买火车票，一路上小心翼翼地搀扶着秋生。我说你得去眼科医生那里检查一下，看看能不能治好。秋生老婆说，前些年就都动过手术了，但是动完手术后，反而比过去更糟糕。我惊讶地问在哪里动的手术？秋生说湖州。吴兴县已经变成了湖州的一个区，白沙地因此也成了湖州市的郊区。

从城站出来是西湖大道，高楼林立，车水马龙。刺鼻的汽车尾气与尘土扑面而来。秋生说，茅廊巷菜场呢，是不是还在老地方？我搀着他拐进一条小街，指着一栋大楼说，还在老地方，但是重建过了，上面盖了写字楼。走近菜场，满地扔着甘蔗皮、果壳和烂菜叶子，还有许多爆响过的红纸炮仗，有的炮仗像箱子那么大。原来菜场附近有个新开张的工地，拱门上还挂了一条横幅：热烈庆祝拆迁工作胜利完成。一阵吵闹声从工地上传来，夹着一位妇人声嘶力竭的哭喊，使我们不由自主地停下脚步，侧耳聆听。

我的补偿协议还没签字呀，你们就强拆了我的房子，你们官商结合，跟强盗有什么区别？妇人的哭喊声进入耳膜，秋生在我身边莫名地一颤，眼圈突然就红了。我拉住他说，别走过去了，这样的事情天天发生，谁也管不了，看了心里难受。秋生却说，怪了，我怎么会有一种似曾相识的感觉，莫非当年第一次去白沙地时，我娘也是这样哭着喊着来着？！

跟你说过多次了，你不听活该！我们走过去，看见工地上有个男人，正抱着双臂，声色俱厉地在训斥一位老妇人。让你家搬迁到郊区去，增加十几个平方米的面积呢，你却一直赖在这里想做钉子户！你以为我们软弱可欺是不是？这个开发商的代理人说，"你去找上面好了，告诉你，改造市容，把它打造成中国最宜居的城市就是上面的决策。"抬头看见我们走近，这男人的手指一弹，一个烟蒂便落到了我们跟前，"看什么看，有什么热闹可看的？"他恼火地指着我的鼻子说，"对付这样的人就是不能手软，任何人想打抱不平最好先掂掂自己的分量！"我愣了愣，他却走进挂着拆迁办牌子的小屋，砰地关上了门。

老妇人坐在废墟上哭泣，旁边是被强拆者搬出来乱七八糟堆放在一起的家具。秋生蹲下了身去劝说她，"大妈你想通一点，郊区就郊区吧，空气好对健康有利，再说如今交通方便，退休了想进城也不在乎那点时间了。"妇人抹着眼泪鼻涕说，"现在连从前属于余杭、萧山、富阳的地盘都叫主城区了，大伯你晓得他们给我安排的房子在哪里吗？在杭州与嘉兴海宁交界的乡下啊。我到那里去看过了，手机响了，我打开一看，移动公司发来一条短信：'欢迎你到海宁来'！"

秋生无语，我也无语，仔细看一眼这妇人，却隐约觉得这眉眼和轮廓，在何处见过似的。于是我从她家的家具堆里拉过一把椅子，搀起她来，坐到椅子上去。我说，大妈你是这里的老住户吗？大妈抽抽噎噎地回答我说，小时候我娘家就在皮市巷口，结婚时搬到这里的。"算起来都四五十年了，"她泪流满面地向我倾诉，好像见到了久别重逢的亲人。"故土难离啊，现在老头子病故了，儿女在外地工作，你说叫我一个老太婆搬迁到乡下去，这日子怎么还过得下去呢？"

难以形容我与秋生的心情。一位系羊毛格子围巾、穿红色小皮鞋的小小官家千金刹那间重现在我们的脑际，惊愕之余，我们真的很难、很难将她与眼面前这位臃肿、无助的老太太重叠在一起。但这却是真的，活生生地出现在我们面前的事情！人生的浮沉起落，实在是没有一个标准的答案啊，或许，当我们还站在童年的门里踮脚张望门外的未来世界时，岁月便早已铺好了路，无论你愿意或不愿意，这条路都会通向你的终点。曾经给予人的，人也给予你，抱怨和挣扎皆无济于事。皮匠所长早已作古了，即使他还活在这个世上，又能奈之若何呢？

茅廊巷口的草舍，已经连一丝一毫的遗迹都荡然无存了，我们不欲再提往事，无力地劝慰一番老太太后离去。秋生走到菜场后的街口，一种前所未有的苍凉之情袭上心头。从昔日千金小姐、而今弱势老妪嘴里说出的故土难离之言，沉甸甸地落在他心里，似乎道出了一种无比深沉而绵长的情绪，使我觉得他又老了一些。君问归期未有期，他那皱纹层层叠叠的脸上，分明刻着欲说还休四个字。

回头看看菜场与开发商的工地，那老妇人的哭泣声仍然在市声中回荡。华灯初上，整个城市分外妖娆迷离。霓虹灯。高架桥。鳞次栉比的楼宇。电动车飞快地穿梭于汽车和行人之间。秋生老婆说，还是乡下好，乡下安静有序，城里让我慌兮兮的。你会习惯的，秋生沉默半晌，安慰她说，大连的外来人口比杭州少，城市也相对安静多了。

他们到大连去了，打来电话说，一切都好。住在海边一套两室一厅的高层公寓里，服侍等待临产的儿媳。秋生说，就是寂寞一些。马儿上班去后，家中只剩下他们，邻居们鸡犬之声相闻老死不相往来，跟当年住在茅廊巷是完全不同的感觉，人与人之间很淡漠。做婆婆的还有一些家务可做，秋生只能整天枯坐在客厅里，眼睛不好连电视也看不了，再说电视上不是超女，就是二人转，秋生说，光是听听，他的脑袋就晕了。

马儿的生活却是快节奏运转，办事处拢共几个人，每天面临大量事务，他的工作一半是白领一半是蓝领。收入与付出却不成比例，一个人负担一家人，还要支付房贷，还要准备婴儿的奶粉钱，逼得他到处找兼职。后来婴儿出生了，我从电话里听到他那嘹亮的哭声。我向秋生表示热烈祝贺，秋生却苦笑着对我说，这一大家子人已经把马儿拖累得都快跑不动了，他很担心这匹马，说不定哪一天，就会突然倒在大街上。

终于下决心回来是在去年秋天，秋生的眼睛完全看不见了，从小住在茅廊巷的他，觉得唯有浙二医院才能拯救他。星期天，我站在阳台上晾衣裳，看见一辆越野车从小区大门外驶进来，到我家门前停下，下来老老小小一家人。马儿从驾驶座上跳下，搀扶着他阿爸朝我喊叔叔。秋生也仰起了头，脸上的表情茫然而焦灼。一瞬间我的心里五味杂陈，中午的阳光下秋生的身影单薄佝偻，散发出老年人迟钝而无助的气息。他的鼻梁上仍然架着那副黑框眼镜，却一眼就能让人看出，这仅仅是一件装饰品罢了。

我请朋友帮忙，找到了浙二医院眼科的姚主任。姚主任检查完了说，

"从前是谁给你做的手术，简直不像话！"秋生那弓着的身体像秋天的树叶一样被寒风吹打着，瑟瑟地抖动。秋生说，"求求你，你是我唯一的希望了。"姚主任紧皱着眉头不说话。秋生又说，"我是你们医院的老邻居，从小就在这里看病的。"姚主任转过脸去看一眼病历卡，说，"你七十三岁了，你小时候我还没进幼儿园呢。"姚主任叹口气，又抬起手翻了翻秋生的眼皮，拍拍他的肩膀说，"好吧，我给你重新做手术，两只眼睛都由本人主刀。"周围的医生都惊讶地朝秋生看，有个实习的博士生悄声说，"这人看上去像个老农民，没想到运气这么好。"

原来姚主任是全国著名的眼科专家，多少有钱有势的人都在排着长队找他做手术。秋生说是他的老邻居三个字打动了姚主任。我觉得有点荒诞。秋生说那就是你的朋友来头不小了。我摇摇头，我说，"我那朋友曾经在这家医院工作过，是图书馆的管理员，她先生也不是当官的。"秋生说，"那还是我的话打动了他，此人心善，重旧情呢。"

手术做的果然很成功，摘下眼罩那天，医生护士和家属都围在秋生的病床前，屏气凝神地看着他，秋生慢慢地将眼皮蠕动几下，露出两条眼缝，看见拉下窗帘的房间中晃动着一些人影。他又将眼皮睁大一点点，看见了姚主任伸出的三个手指头，姚主任说，这是几根手指？他不吭声，姚主任又问一遍，秋生的嘴唇抖动着，仍然说不出话来。

大概静默了一分钟，秋生发出了一声动人心魄的喊叫，音量不高，颤抖如拨动琴弦。"我看见了！我什么都看见了！！"他说，眼泪刷刷地流出来，怎么都止不住。姚主任赶紧叫护士给他揩眼泪，姚主任说，"你给我冷静一些，不能哭，你懂不懂，千万别再哭了！"

医生护士走了，马儿扶着老爸走到病房的阳台上去。秋生甩开马儿的手，保持着一个再也不需要搀扶的姿态纹丝不动，这个姿态很有点悲壮感。马路对面就是茅廊巷，一位老妇人牵着一条狗在菜场门口溜达，老妇人不是从前的所长女儿，那条狗也不是从前的草狗，而是一条时髦的宠物犬。狗在汪汪地吠叫，好像要主人带它回家去。我听见秋生轻轻的呢喃声，似乎在计算这次手术花了多少钱。马儿说，放心吧，老爸，我不回大连去了，老板让我跟郊区政府洽谈开发白沙地那一片的山地、树林和水库做休闲项目，如果谈成的话，我能获得很大的一笔奖金呢。

马儿将这个项目的前景描绘得十分美好。秋生静静地听着，皱起的眉头渐渐地舒展开来。马儿说他打算先在湖州租一套房子，把一家人安顿下来，亲友们往来不知比住在大连方便多少。我说，那样的话我就能常常去看你们了。秋生沉默了一会儿对我说，我今天就出院，住到你那里去，过两天眼睛彻底好了，你给我买一张公交卡，离开杭州之前，我要好好地再看一看西湖、钱塘江和城里的大街小巷。

夕阳西下，落日残照，人和树叶一样已变得苍老。我们办了出院手续，慢慢地走回家去。天边现出了一道雨后彩虹，仿佛还在编织着一个虚幻美丽的梦境，马儿继续向我们描绘着他的发财理想。遵照医嘱，秋生仍然戴着眼罩，但是他分明在凝眸遥望，在寻找那条他既熟悉又陌生的小巷，他指着那片已经建成开盘的住宅工地说，这个位置的中心应该是从前小寡妇的家，旁边是个大墙门，墙门里有十几户人家，最里面住着居民区主任。

"我不指望你发多大的财，"秋生打断他儿子喋喋不休的话说，"如果有一天，你能给我在这个楼盘里卖一个小套的房子，让我叶落归根，我就心满意足了。"

我和马儿面面相觑。马儿迟迟疑疑地走过去，走到样板房门口，向一位售楼小姐打听这楼盘的价格，我看见他像是被蝎子蜇了一口似的，踉踉跄跄地倒退了几步。

其实他根本不用跑过去打听，楼盘大门前就竖着高高的广告牌，这里的房子均价是每平米人民币五万元。

马儿无法回答他了，我更无法回答，在这个世界上，恐怕谁也无法回答秋生了。

(首发于 2012 年第 4 期《收获》)